Harlan Coben

Der Preis der Lüge

Myron Bolitar ermittelt

Thriller

Deutsch
von Gunnar Kwisinski

GOLDMANN

Die Originalausgabe erschien 2016
unter dem Titel »Home« bei Dutton, a member of Penguin Random House LLC, New York.

2. Auflage
Deutsche Erstausgabe September 2018

Neumarkter Str. 28, 81673 München
Redaktion: Anja Lademacher
Umschlaggestaltung: UNO Werbeagentur, München
Umschlagmotiv: Lyn Randle / trevillion images
Motiv Umschlaginnenseiten: FinePic®, München
TH · Herstellung: kw
Satz: Buch-Werkstatt GmbH, Bad Aibling
Druck und Bindung: GGP Media GmbH, Pößneck
Printed in Germany
ISBN: 978-3-442-48734-9
www.goldmann-verlag.de

Für Mike und George
und Midlife-Bromances

1

Der Junge, der seit zehn Jahren vermisst wird, tritt ins Licht.

Ich neige nicht zu Hysterie und empfinde selten auch nur etwas, das man als Erstaunen bezeichnen könnte. In meinen über vierzig Lebensjahren habe ich schon viel gesehen. Ich bin fast getötet worden – und ich habe getötet. Ich habe Formen der Verkommenheit gesehen, die für die meisten Menschen problematisch, wenn nicht gar unbegreiflich wären, und manch einer würde wohl behaupten, dass diese Verkommenheit auch einigen meiner Handlungen zugrunde lag. Im Laufe der Jahre habe ich gelernt, meine Gefühle im Zaum zu halten, und, was noch wichtiger ist, meine Reaktionen in kritischen, brisanten Situationen zu kontrollieren. Ich mag schnell und gewaltsam zuschlagen, tue aber nichts ohne eine gewisse Bedachtsamkeit und Zielorientierung.

Diese Fähigkeiten, wenn man sie denn als solche wertet, haben mir und denjenigen, die mir wichtig sind, ein ums andere Mal das Leben gerettet.

Dennoch gestehe ich, dass mein Puls rast, als ich den Jungen – der inzwischen ein Teenager ist – hier erblicke. Mir dröhnen die Ohren. Unwillkürlich balle ich die Fäuste.

Zehn Jahre – und jetzt bin ich allenfalls fünfzig Meter von dem vermissten Jungen entfernt.

Patrick Moore – so heißt der Junge – lehnt an der mit Graffiti beschmierten Betonwand einer Unterführung. Seine Schultern sind gebeugt. Sein Blick schießt hin und her, bis er ihn schließlich auf den rissigen Straßenbelag vor sich richtet. Seine Haare sind kurzgeschoren – als ich klein war, nannten wir diese Frisur einen Mecki. Vor der Unterführung lungern noch zwei weitere männliche Teenager herum. Einer zieht immer wieder mit solcher Leidenschaft an seiner Zigarette, dass es wirkt, als hätte sie ihn beleidigt. Der andere trägt ein genietetes Hundehalsband und ein Netzhemd, präsentiert sich also im klassischen Outfit seines derzeitigen Gewerbes.

Die Fahrer in den darüber hinwegdonnernden Autos ahnen nicht, was unter ihnen los ist. Wir befinden uns in King's Cross, das in den letzten zwanzig Jahren zu großen Teilen »aufgewertet« wurde, unter anderem durch die Ansiedlung von Museen und Bibliotheken, den Eurostar sowie ein Hinweisschild auf den Bahnsteig 9 ¾, auf dem Harry Potter in seinen Zug nach Hogwarts stieg. Viele der sogenannten »unerwünschten Elemente« haben diesen riskanten, ortsgebundenen Transaktionen zugunsten der relativen Sicherheit des Online-Business den Rücken gekehrt – die Nachfrage auf dem gefahrenträchtigen Straßenstrich ist stark zurückgegangen, noch so ein positiver Nebeneffekt des Internets –, wenn man sich jedoch in die tatsächlich wie idiomatisch finsteren Gassen des Viertels begibt, abseits der glänzenden, neuen Bürotürme, findet man immer noch Orte, an denen dieses lasterhafte Element in hochkonzentrierter Form weiterlebt.

Und dort habe ich den vermissten Jungen gefunden.

Ein Teil von mir – der impulsive Teil, den ich im Zaum halte – will über die Straße rennen und den Jungen schnappen. Er wäre jetzt sechzehn Jahre alt, sofern es wirklich Patrick ist und kein Doppelgänger oder ich mich irre. Alles scheint zu passen – zumindest aus dieser Entfernung. Vor zehn Jahren – wie jung er damals war, können Sie sich leicht selbst ausrechnen – hatte sich Patrick in dem extrem wohlhabenden Ort Alpine mit

Rhys, dem Sohn meines Cousins, zu einem – auf dieser Bezeichnung wurde damals bestanden – »Playdate« getroffen.

Und genau dies erklärt mein Dilemma.

Wenn ich mir Patrick jetzt schnappe, einfach über die Straße renne und ihn mir greife, was wird dann aus Rhys? Einer der vermissten Jungen befindet sich in Sichtweite, ich bin aber hier, um beide zu retten. Also muss ich behutsam vorgehen. Darf nicht überhastet handeln. Ich muss Geduld haben. Ganz egal, was vor zehn Jahren geschehen ist, welche grausame Fügung der Menschheit (ich glaube nicht recht, dass das Schicksal grausam ist, da es sich bei den Übeltätern meist um Mitmenschen handelt) diesen Jungen aus der Opulenz seines Herrenhauses gerissen und in diese versiffte Unterführung geführt hat, ein Fehler von mir könnte bewirken, dass einer oder gar beide Jungs wieder verschwinden – und zwar für immer.

Ich muss auf Rhys warten. Ich werde auf ihn warten, mir beide Jungs schnappen und sie nach Hause bringen.

Vermutlich sind Ihnen inzwischen zwei Fragen durch den Kopf gegangen. Erstens: Wie kann ich mir sicher sein, dass ich mir beide Jungs schnappen kann, wenn ich sie zu Gesicht bekomme? Was wäre, werden Sie sich fragen, wenn die Jungs einer Gehirnwäsche unterzogen wurden und sich wehren. Was, wenn die Entführer, oder wer auch immer für ihre Unfreiheit verantwortlich ist, versuchen würden, mich entschlossen und brutal davon abzuhalten?

Meine Antwort lautet: Machen Sie sich darüber keine Gedanken.

Die zweite Frage beschäftigt mich allerdings tatsächlich: Was ist, wenn Rhys nicht auftaucht?

Ich bin nicht so sehr der Kommt-Zeit-kommt-Rat-Typ, also hecke ich einen Plan B aus, der unter anderem darin besteht, die Umgebung genauer zu erkunden und Patrick in sicherer

Entfernung zu folgen. Während ich noch an einigen Details dieses Plans feile, geht etwas schief.

Das Geschäft nimmt Fahrt auf. Und im Leben wird in Kategorien gedacht. Das ist auch in der Gosse nicht anders. Es gibt hier verschiedene Unterführungen, und in der ersten richtet sich das Angebot an heterosexuelle Männer, die weibliche Begleitung suchen. Dort herrscht der größte Andrang. Wegen der herrschenden Grundwerte, nehme ich an. Man kann noch so viel über Gender, Präferenzen und Perversionen reden, die Mehrheit der sexuell Frustrierten sind immer noch heterosexuelle Männer, die nicht genug bekommen. Alte Schule eben. Frauen mit leeren Blicken nehmen ihre Plätze an den Betonpollern ein, Autos fahren im Schritttempo vorbei, Frauen steigen ein und verschwinden, andere Frauen nehmen ihren Platz ein. Es ist fast so, als beobachte man einen Getränkeautomaten an einer Tankstelle.

In der zweiten Unterführung wartet ein kleines Kontingent von Transvestiten oder Transgender-Frauen in den unterschiedlichsten Ausformungen und Ausprägungen, und dann, ganz hinten, da wo sich auch Patrick gerade befindet, stehen die jungen Stricher.

Ich sehe, wie ein Mann in einem melonenfarbenen Hemd auf Patrick zustolziert.

Was, habe ich mich bei Patricks Ankunft gefragt, würde ich tun, wenn ein Freier seine Dienste in Anspruch nehmen will? Auf den ersten Blick mag es scheinen, dass es am besten wäre, in diesem Fall sofort einzuschreiten. Es wäre die menschlichste Reaktion. Andererseits darf ich mein Ziel nicht aus den Augen verlieren, *beide* Jungs nach Hause zu bringen. Immerhin waren Patrick und Rhys zehn Jahre lang verschwunden. Sie haben weiß Gott was durchgemacht, und obwohl mir der Gedanke nicht gefällt, dass einer der beiden ein weiteres Mal missbraucht werden könnte, habe ich das Für und Wider bereits abgewogen und eine Entscheidung getroffen. Und es ist sinnlos, über diese Entscheidung noch weiter nachzugrübeln.

Aber Melonenhemd ist kein Freier.

Das sehe ich sofort. Freier stolzieren nicht so selbstbewusst umher. Sie gehen nicht hoch erhobenen Hauptes. Sie schmunzeln nicht. Sie tragen keine leuchtend melonenfarbenen Hemden. Die Freier, die so verzweifelt sind, dass sie hierherkommen, um ihre Triebe zu befriedigen, schämen sich entweder, oder sie fürchten, entdeckt zu werden – oder beides.

Melonenhemd hingegen stolziert in der forschen Haltung eines gefährlichen, selbstsicheren Mannes. So etwas spürt man, wenn man eine gewisse Erfahrung in solchen Dingen hat. Das Unterbewusstsein sendet einen primitiven, inneren Warnton, den man sich nicht ganz genau erklären kann. Der moderne Mensch, der häufig mehr Angst vor der Blamage hat als um seine Sicherheit, neigt dazu, diese Warnung zu ignorieren, und bringt sich so in Gefahr.

Melonenhemd sieht kurz nach hinten. Zwei weitere Männer erscheinen und flankieren ihn. Beide sind sehr groß, tragen tarnfarbene Cargohosen und Unterhemden über der glänzenden, muskulösen Brust. Die anderen Jungs in der Unterführung – der Raucher und der mit dem Nietenhalsband – fliehen, als sie Melonenhemd sehen, und lassen Patrick allein mit den drei Neuankömmlingen.

Oh, das ist nicht gut.

Patrick blickt immer noch zu Boden. Sein nahezu kahlgeschorener Kopf glänzt. Er sieht die herannahenden Männer erst, als Melonenhemd schon fast vor ihm steht. Ich gehe näher heran. Wahrscheinlich arbeitet Patrick schon länger auf der Straße. Ich überlege kurz, was das für ein Leben sein muss, aus der komfortablen Blase eines amerikanischen Vororts herausgerissen zu werden, um hier in dieser – was auch immer es sein mag – zu landen?

Im Laufe dieser Zeit könnte Patrick sich jedoch gewisse Fähigkeiten angeeignet haben. Vielleicht kann er sich aus der Sache herausreden. Vielleicht ist die Situation nicht so brenzlig, wie sie mir erscheint. Ich muss abwarten und die Situation weiter beobachten.

Melonenhemd stellt sich direkt vor Patrick. Er sagt etwas zu ihm. Ich kann es nicht verstehen. Dann holt er aus und rammt Patrick ohne Vorwarnung die Faust in den Solarplexus.

Patrick klappt zusammen, fällt zu Boden und bleibt nach Luft schnappend liegen.

Die beiden tarnfarbenen Muskelpakete treten näher heran. Ich renne.

»Gentlemen«, rufe ich.

Melonenhemd und beide Tarnhosen fahren herum. Zuerst sehen ihre Mienen aus wie die von Neandertalern, die zum ersten Mal eine fremde Stimme vernehmen. Dann verengen sich ihre Augen, als sie mich begutachten. Lächeln umspielt ihre Lippen. Körperlich bin ich keine imposante Erscheinung. Ich bin etwa mittelgroß und eher schlank gebaut, habe blonde Haare mit grauen Strähnen, bei mittleren Temperaturen habe ich einen Teint wie Porzellan, bei Kälte geht er eher ins Rötliche, und meine Gesichtszüge könnte man als grazil bezeichnen, auf eine Weise, die – so hoffe ich – attraktiv erscheint.

Heute trage ich einen handgenähten, hellblauen Anzug aus der Savile Row, eine Lilly-Pulitzer-Krawatte, ein Hermès-Einstecktuch in der Brusttasche und Bedfordshire-Stiefeletten, die vom besten Schuster bei G.J. Cleverley's in der New Bond Street maßgefertigt wurden.

Ich bin schon ein echter Dandy, was?

Als ich auf die drei Gangster zuschlendere und bedaure,

keinen Regenschirm dabeizuhaben, den ich, nur aus Effekthascherei, herumwirbeln könnte, spüre ich, wie ihre Selbstsicherheit zunimmt. Das gefällt mir. Normalerweise habe ich ein oder zwei Handfeuerwaffen bei mir, aber in England sind die Gesetze diesbezüglich sehr streng. Was mich allerdings nicht weiter stört. Das Gute an diesen strengen Gesetzen ist, dass meine Gegner höchstwahrscheinlich auch unbewaffnet sind. Ich lasse den Blick noch schnell über ein paar Körperstellen schweifen, an denen man Waffen verbergen könnte. Die Gangster mir gegenüber haben eine Vorliebe für recht enganliegende Kleidung, die den Körperbau zwar betont, unter der man eine Waffe allerdings auch kaum verstecken kann.

Vielleicht tragen sie Messer – höchstwahrscheinlich sogar –, aber gewiss keine Schusswaffen.

Messer stören mich nicht groß.

Als ich sie erreiche, liegt Patrick – sofern es sich wirklich um Patrick handelt – noch immer japsend auf dem Boden. Ich bleibe stehen, breite die Arme aus und begrüße die drei Männer mit einem einnehmenden Lächeln. Sie starren mich an wie ein Kunstwerk in einem Museum, dessen Sinn sich ihnen nicht erschließt.

Melonenhemd tritt einen Schritt auf mich zu. »Wer zum Teufel sind Sie?«

Ich lächele immer noch. »Sie sollten jetzt gehen.«

Melonenhemd sieht Tarnhose eins rechts von mir an. Dann sieht er Tarnhose zwei links von mir an. Auch ich wende mich einmal kurz in jede Richtung. Dann sehe ich Melonenhemd wieder an.

Als ich ihm zuzwinkere, schießen seine Augenbrauen in die Höhe.

»Wir könnten ihn zerschneiden«, sagt Tarnhose eins. »In kleine Stücke.«

Ich heuchle Erschrecken und drehe mich zu ihm um. »Herrje, ich hab Sie ja gar nicht gesehen.«

»Was?«

»In dieser Tarnhose. Sie verschmelzen ja förmlich mit der Umgebung. Und sie steht Ihnen wirklich ganz ausgezeichnet.«

»Sie halten sich wohl für oberschlau, was?«

»Oberschlau ist vielleicht zu viel gesagt, aber ich bin schon ein helles Köpfchen.«

Alle lächeln breiter, auch ich.

Sie umzingeln mich. Ich kann versuchen, friedlich aus der Sache herauszukommen, mit ihnen reden, ihnen Geld anbieten, damit sie uns in Ruhe lassen, glaube aber aus drei Gründen nicht, dass das funktionieren könnte. Erstens würden diese Gangster verlangen, dass ich ihnen all mein Geld gebe, und dann würden sie nachsehen wollen, ob ich nicht noch weitere Wertgegenstände bei mir habe. Finanzielle Angebote bringen nichts. Zweitens haben alle Blut gewittert – leicht zu vergießendes Blut –, und sie mögen diesen Geruch. Und drittens, und das ist das Wichtigste, auch ich mag den Geruch von Blut.

Es ist so lange her.

Ich muss mir ein Lächeln verkneifen, als sie auf mich losgehen. Melonenhemd zieht ein großes Jagdmesser. Das gefällt mir. Ich empfinde keine größeren moralischen Skrupel dabei, diejenigen, die ich als bösartig identifiziert habe, Schmerzen zuzufügen. Trotzdem ist es gut, wenn ich den Menschen gegenüber, die solche Rechtfertigungen brauchen, um mich »sympathisch« zu finden, anführen kann, dass mein Gegner zuerst eine Waffe gezückt hat, es sich also um einen Akt der Selbstverteidigung gehandelt hat.

Trotzdem gebe ich ihnen noch eine letzte Chance.

Ich sehe Melonenhemd direkt in die Augen und sage: »Sie sollten jetzt gehen.«

Die beiden Tarnhosen mit den aufgeblähten Muskeln lachen, aber das Grinsen in Melonenhemds Gesicht schwindet. Er weiß Bescheid. Definitiv. Er hat mir in die Augen gesehen und weiß, was los ist.

Der Rest dauert nur wenige Sekunden.

Tarnhose eins kommt auf mich zu und betritt meine intime Zone. Er ist groß. Ich stehe auf Augenhöhe mit seinen eingeölten, gebräunten Brustmuskeln. Er blickt lächelnd auf mich herab, als wäre ich eine schmackhafte Leckerei, die er mit einem Bissen verschlingen will.

Es gibt keinen Grund, das Unvermeidliche hinauszuzögern.

Ich schlitze ihm mit dem Rasiermesser, das ich in der Hand versteckt habe, die Kehle auf. In einem fast perfekten Bogen spritzt Blut auf mich herab. Verflixt. Jetzt muss ich noch einmal in die Savile Row.

»Terence!«

Es ist Tarnhose zwei. Sie sehen sich ähnlich, und als ich mich jetzt auf ihn zubewege, überlege ich, ob sie Brüder sind. Er ist vor Kummer erstarrt, sodass es sehr leicht ist, ihn auszuschalten, wobei ich nicht glaube, dass eine erhöhte Kampfbereitschaft ihm viel genützt hätte.

Ich bin gut mit dem Rasiermesser.

Tarnhose zwei verendet ebenso wie sein potenzieller Bruder Terence.

Damit bleibt noch Melonenhemd, ihr geliebter Anführer, der diesen Rang höchstwahrscheinlich dadurch erlangt hat, weil er ein klein wenig brutaler und gerissener als seine gefallenen Kameraden ist. Klugerweise hat Melonenhemd seinen Angriff schon gestartet, als ich noch mit der Beseitigung von Tarnhose zwei beschäftigt war. Am Rande meines Gesichtsfelds glitzert ein Messer, das von oben auf mich heruntersaust.

Nicht klug von ihm.

So sticht man nicht auf einen Gegner ein. Es ist zu einfach, sich gegen einen solchen Angriff zu verteidigen. Der Kontrahent kann sich wegducken und so Zeit gewinnen, oder er kann den Unterarm nach oben reißen und den Stoß blocken. In Kursen zum Umgang mit Schusswaffen wird einem beigebracht, die Waffe auf die Körpermitte zu richten, damit man auch dann noch etwas trifft, wenn man nicht hundertprozentig genau gezielt hat. Man plant also die Möglichkeit ein, einen Fehler zu machen. Dasselbe gilt für den Kampf mit einem Messer. Die Stoßbewegung sollte so kurz wie möglich sein. Außerdem zielt man auf die Körpermitte, damit man den Gegner auch dann verwundet, wenn er ausweicht.

Melonenhemd tut das nicht.

Ich ducke mich und wehre den Stoß mit dem rechten Unterarm ab. Dann wirble ich mit gebeugten Knien herum und ziehe ihm das Rasiermesser über den Bauch. Ich warte nicht auf seine Reaktion, sondern richte mich auf und erledige ihn genauso wie die beiden anderen.

Wie schon erwähnt, hat das Ganze nur wenige Sekunden gedauert.

Auf dem rissigen Straßenbelag hat sich eine blutrote Lache gebildet. Sie wird immer größer. Ich gönne mir eine Sekunde, mehr nicht, um das Hochgefühl auszukosten. Das würden Sie auch tun, auch wenn Sie es sich vielleicht nicht eingestehen.

Ich drehe mich zu Patrick um.

Doch er ist weg.

Ich sehe nach links und nach rechts. Da ist er, fast schon außer Sichtweite. Ich eile ihm nach, merke aber schnell, dass das keinen Sinn hat. Er ist unterwegs nach King's Cross Station, einem der belebtesten Bahnhöfe Londons. Er wird längst am Bahnhof sein – sich im Schutz der Öffentlichkeit befinden –, wenn ich ihn erreiche. Ich bin blutüberströmt. So gut ich mein Metier auch beherrsche, und obwohl King's Cross tatsächlich der Bahnhof ist, von dem Harry Potter sich mit dem Zug nach Hogwarts aufgemacht hat, einen Tarnumhang besitze ich nicht.

Ich bleibe stehen, sehe mich um, überlege kurz und ziehe eine Schlussfolgerung.

Ich habe Mist gebaut.

Es wird Zeit, sich rar zu machen.

Ich habe keine Angst davor, dass jetzt auf irgendeiner Überwachungskamera zu sehen sein könnte, was ich getan habe. Das kriminelle Milieu entscheidet sich nicht ohne Grund für Orte wie diesen. Hier gibt es keine neugierigen Augen, einschließlich der digitalen und elektronischen.

Trotzdem habe ich die Sache verbockt. Nach all den Jahren, nach dieser unendlichen, fruchtlosen Suche, bin ich schließlich auf eine Spur gestoßen, und wenn ich diese Spur verliere …

Ich brauche Hilfe.

Ich eile davon und drücke die Eins auf meiner Kurzwahlliste. Die Eins habe ich seit fast einem Jahr nicht mehr gedrückt.

Er meldet sich nach dem dritten Klingeln. »Hallo?«

Obwohl ich mich gewappnet habe, ringe ich einen Moment um Fassung, als ich seine Stimme höre. Die Nummer ist unterdrückt, er weiß also nicht, wer anruft.

Ich sage: »Das heißt, ›Ich höre‹.«

Er schnappt nach Luft. »Win? Mein Gott, wo warst du die …?«

»Ich habe ihn gesehen«, sage ich.

»Wen?«

»Überleg mal.«

Nach einer sehr kurzen Pause. »Moment, beide?«

»Nur Patrick.«

»Wow.«

Ich runzele die Stirn. Wow? »Myron?«

»Ja?«

»Nimm die nächste Maschine nach London. Ich brauche deine Hilfe.«

2

Zwei Minuten bevor Win anrief, hatte Myron Bolitar nackt neben einer zum Niederknien schönen Frau im Bett gelegen. Beide hatten zur edlen Deckenvertäfelung hinaufgestarrt, nach Luft geschnappt und sich den Nachwirkungen der Ekstase hingegeben, die man nur durch … äh … Ekstase erreicht.

»Wahnsinn«, sagte Terese.

»Ich weiß, ich weiß.«

»Das war …«

»Ich weiß.«

Das postkoitale Gesäusel lag Myron einfach im Blut.

Terese schwang die Beine aus dem Bett, stand auf und ging zum Fenster. Myron sah ihr zu. Er mochte die Art, wie sie sich nackt bewegte, die selbstbewussten, pantherartig geschmeidigen Schritte. Das Apartment lag am westlichen Rand des Central Parks. Terese blickte aus dem Fenster in Richtung See und Bow Bridge. Wenn Sie je einen Film gesehen haben, in dem ein verliebtes Paar in New York über eine Fußgängerbrücke geht, kennen Sie die Bow Bridge.

»Herrgott, was für eine Aussicht«, sagte Terese.

»Genau das Gleiche dachte ich auch gerade.«

»Glotzt du mir auf den Arsch?«

»Ich sehe es eher als eine Art Observation. Ich passe darauf auf.«

»Dann willst du ihn schützen?«

»Den Blick abzuwenden wäre unprofessionell.«

»Ja, und wir müssen doch mit allen Mitteln verhindern, dass du unprofessionell wirkst.«

»Danke.«

Dann sagte seine Verlobte, die ihm immer noch den Rücken zuwandte: »Myron?«

»Ja, meine Liebe.«

»Ich bin glücklich.«

»Ich auch.«

»Das ist beängstigend.«

»Furchterregend«, stimmte Myron zu. »Komm wieder ins Bett.«

»Ehrlich?«

»Ja.«

»Mach keine Versprechungen, die du nicht halten kannst.«

»Oh, ich kann sie halten«, sagte Myron. Dann: »Gibt's hier einen Lieferservice, der Austern und Vitamin E im Angebot hat?«

Sie drehte sich um, lächelte, und ka-wumm, sein Herz zersprang in tausend Stücke. Terese Collins war wieder da. Nach den quälenden Jahren voller Unsicherheit und mit langen Trennungsphasen würden sie jetzt endlich heiraten. Es war ein unbeschreibliches Gefühl. Ein wunderbares Gefühl. Ein Gefühl, das ihm so furchtbar zerbrechlich vorkam.

Und in diesem Moment klingelte das Handy.

Beide erstarrten, als spürten sie es. Wenn alles so gut lief, hielt man gewissermaßen die Luft an, weil es einfach so weitergehen sollte. Es ging nicht darum, die Zeit anzuhalten, nicht einmal ihren Lauf zu verlangsamen, in erster Linie ging es darum, für alle Zeit in seiner kleinen Blase zu bleiben.

Das Handyklingeln brachte, um diese hundsmiserable Metapher aufzugreifen, die Seifenblase zum Platzen.

Myron sah aufs Display, aber die Nummer war unterdrückt.

Teresa und er waren im Dakota Building in Manhattan. Als Win vor einem Jahr verschwunden war, hatte er Myron das Apartment zur Verfügung gestellt. Der hatte dann allerdings den größten Teil dieses Jahres in seinem Elternhaus im nahegelegenen Livingston, New Jersey, verbracht, und, soweit es in seinen Möglichkeiten stand, versucht, seinen Neffen Mickey zu erziehen. Inzwischen war sein Bruder, der Vater des Teenagers, zurückgekehrt, woraufhin Myron den beiden das Haus überlassen hatte und wieder in die Stadt gezogen war.

Das Handy klingelte ein zweites Mal. Terese wandte sich ab, als hätte sie eine Ohrfeige bekommen. Er sah die Narbe von der Schusswunde an ihrem Nacken. Wieder einmal machte sich der vertraute Beschützerinstinkt in ihm bemerkbar.

Myron überlegte einen Moment lang, ob er es klingeln lassen und hinterher die Mailbox abhören sollte, doch dann schloss Terese die Augen und nickte knapp. Beiden war klar, dass es das Unvermeidliche nur hinauszögern würde, wenn er nicht ranging.

Beim dritten Klingeln nahm Myron das Gespräch an. »Hallo?«

Nach einem seltsamen Zögern und kurzem Knistern sagte die Stimme, die er so lange nicht gehört hatte: »Das heißt: ›Ich höre‹.«

Myron versuchte, sich zu sammeln, schnappte aber trotzdem nach Luft. »Win? Mein Gott, wo warst du die …?«

»Ich habe ihn gesehen.«

»Wen?«

»Überleg mal.«

Myron ahnte etwas, aber er hatte sich nicht getraut es auszusprechen. »Moment, beide?«

»Nur Patrick.«

»Wow.«

»Myron?«

»Ja?«

»Nimm die nächste Maschine nach London. Ich brauche deine Hilfe.«

Myron musterte Terese. Ihre Augen wirkten, als wären sie zersprungen. So war es schon einmal gewesen, vor Jahren, als sie zusammen durchgebrannt waren, was ihm damals jedoch erst nach ihrer Rückkehr aufgefallen war. Er streckte ihr die Hand entgegen. Sie ergriff sie.

»Das Leben ist im Moment etwas kompliziert«, sagte Myron.

»Terese ist zurück«, sagte Win.

Das war keine Frage. Er wusste Bescheid.

»Ja.«

»Und ihr heiratet endlich.«

Auch keine Frage.

»Ja.«

»Hast du ihr einen Ring gekauft?«

»Ja.«

»Bei Norman in der 47th Street?«

»Selbstverständlich.«

»Mehr als zwei Karat?«

»Win ...?«

»Ich freue mich für euch beide.«

»Danke.«

»Aber ihr könnt doch nicht«, sagte Win, »ohne deinen besten Freund als Trauzeugen heiraten.«

»Ich habe meinen Bruder schon gefragt.«

»Der wird freiwillig verzichten. Die Maschine fliegt ab Teterboro. Ein Wagen steht vor der Tür.«

Win legte auf.

Terese sah ihn an. »Du musst hinfliegen.«

Er wusste nicht, ob es eine Frage oder eine Feststellung war.

»Wenn Win anruft, ist das keine unverbindliche Bitte«, sagte Myron.

»Nein«, stimmte sie zu. »Das ist es nicht.«

»Es wird nicht lange dauern. Ich komm bald zurück, und dann heiraten wir. Versprochen.«

Terese setzte sich aufs Bett. »Kannst du mir sagen, worum es geht?«

»Wie viel hast du gehört?«

»Nur ein paar Wortfetzen.« Dann: »Hat der Ring mehr als zwei Karat?«

»Hat er.«

»Gut. Also erzähl.«

»Erinnerst du dich an die Alpine-Entführungen vor zehn Jahren?«

Terese nickte. »Natürlich. Wir haben darüber berichtet.« Sie hatte jahrelang als Moderatorin für einen Nachrichtensender gearbeitet.

»Einer der entführten Jungs, Rhys Baldwin, ist mit Win verwandt.«

»Das hast du mir nie erzählt.«

Myron zuckte die Achseln. »Eigentlich hatte ich auch nicht viel damit zu tun. Seit ich dich kenne, ist da eigentlich nichts mehr passiert. Ich hatte die Geschichte mehr oder weniger auf Eis gelegt.«

»Anders als Win.«

»Win legt nie etwas auf Eis.«

»Also hat er eine neue Spur?«

»Mehr als eine Spur. Er meint, er hätte Patrick Moore gesehen.«

»Und warum ruft er nicht die Polizei?«

»Das weiß ich nicht.«

»Du hast ihn aber auch nicht gefragt.«

»Ich vertraue seiner Einschätzung.«

»Und er braucht deine Hilfe?«

»Ja.«

Terese nickte. »Dann musst du jetzt packen.«

»Kommst du damit klar?«

»Er hat recht.«

»Womit?«

Sie stand auf. »Wir können nicht ohne deinen besten Freund als Trauzeugen heiraten.«

*

Win hatte eine schwarze Limousine geschickt. Sie stand im Torbogen des Dakota Buildings. Myron stieg ein und fuhr darin gut eine halbe Stunde zum Teterboro Airport im Norden New Jerseys. Wins Flugzeug, ein Boeing Business Jet, stand abflugbereit auf der Rollbahn. Es gab keinen Sicherheitscheck, keine Gepäckaufgabe, kein Ticket. Die Limousine hielt direkt an der Gangway. Die Flugbegleiterin, eine hübsche, junge Asiatin, empfing Myron in einer altmodischen, maßgeschneiderten Uniform, einschließlich weißer Bluse und Pagenhut.

»Schön, Sie zu sehen, Mr Bolitar.«

»Ebenso, Mia.«

Für den Fall, dass die Information nicht angekommen ist: Win war reich.

Wins richtiger Name lautete Windsor Horne Lockwood III, Teile seines Familiennamens fand man unter anderem in Firmennamen wie Lock-Horne Investments and Securities oder dem Lock-Horne-Building an der Park Avenue. Die Familie gehörte zum klassischen, alten Geldadel – dem *ganz* alten, klassischen Geldadel, der in pinkfarbenen Polohemden von Bord der Mayflower auf den nächsten Golfplatz geschlendert war, auf dem die besten Abschlagzeiten bereits für sie reserviert waren.

Myron zog den Kopf ein, als er mit seinen eins zweiundneunzig durch die Flugzeugtür trat. Das Innere war mit Ledersesseln, einer Couch, Holzvertäfelung, dickem grünem Teppichboden und Tapeten im Zebramuster, einem Breitbildfernseher, einer Schlafcouch und einem Schlafzimmer mit Doppelbett ausgestattet. Die Maschine hatte einem Rapper gehört, und Win hatte beschlossen, die Einrichtung nicht zu verändern, weil er sich darin »voll krass« vorkam.

So ganz allein im Flugzeug fühlte Myron sich etwas verloren, ging aber davon aus, dass er es verkraften würde. Er nahm Platz und legte den Sicherheitsgurt an. Das Flugzeug rollte zur Startbahn. Mia fing mit den Sicherheitsbelehrungen an. Den Pagenhut ließ sie auf. Wie Myron wusste, stand Win auf den Hut.

Nicht einmal zwei Minuten später waren sie in der Luft.

Wieder kam Mia zu ihm und fragte: »Kann ich Ihnen etwas bringen?«

»Haben Sie ihn gesehen?«, fragte Myron. »Wo ist er gewesen?«

»Diese Frage darf ich leider nicht beantworten«, erwiderte Mia.

»Warum nicht?«

»Win hat mich gebeten, dafür zu sorgen, dass Sie einen angenehmen Flug haben. Wir haben Ihr Lieblingsgetränk an Bord.«

Sie hielt ein Tablett mit einem Yoo-Hoo-Schokodrink in der Hand.

»Danke, aber davon bin ich ab«, sagte Myron.

»Wirklich?«

»Ja.«

»Wie bedauerlich. Vielleicht einen Cognac?«

»Ich brauche erst einmal nichts. Was dürfen Sie mir denn sagen, Mia?«

Mia. Myron fragte sich, ob das ihr echter Name war. Win hatte er gefallen. Er war mit ihr nach hinten ins Flugzeug gegangen und hatte dann voller Absicht ganz fürchterliche, zweideutige Wortspiele gemacht, wo Mia doch wie »mir« klingt: »Ich brauche etwas Zeit mit Mia«, oder »ich genieße die fleischliche Unzucht mit Mia«, oder »ich mag den Pagenhut. Er steht Mia.«

Win eben.

»Was dürfen Sie mir sagen?«, wiederholte Myron.

Mia antwortete: »Für London ist strichweise Regen vorhergesagt.«

»Na so was, wer hätte das erwartet. Ich meine, was dürfen Sie mir über Win sagen?«

»Gute Frage«, sagte sie. »Was können Sie Mia ...«, sie deutete auf sich, »... über Win sagen?«

»Fangen Sie nicht damit an.«

Sie lächelte. »Das Spiel der New York Knicks wird live übertragen, falls Sie es sich ansehen wollen.«

»Ich gucke kein Basketball mehr.«

Mia sah ihn mit einem so mitleidigen Blick an, dass er sich fast abgewandt hätte. »Ich habe die Dokumentation über Sie bei ESPN gesehen«, sagte sie.

»Daran liegt's nicht«, sagte Myron.

Sie nickte, glaubte ihm aber offenbar kein Wort.

»Wenn das Spiel Sie nicht interessiert«, sagte Mia, »hätten wir noch ein Video, das Sie sich ansehen könnten.«

»Was für ein Video?«

»Win hat mich beauftragt, Sie zu bitten, es sich anzusehen.«

»Das ist doch kein, äh ...«

Win pflegte seine ... äh ... fleischlichen Stelldicheins zu filmen und sie sich beim Meditieren anzusehen.

Mia schüttelte den Kopf. »Die macht er nur zu seinem eigenen Privatvergnügen, Mr Bolitar. Das wissen Sie doch. Es steht auch in der Verzichtserklärung, die wir unterschreiben müssen.«

»Verzichtserklärung?« Bevor sie antworten konnte, hob er die flache Hand. »Schon gut, vergessen Sie's.«

»Hier ist die Fernbedienung.« Mia gab sie ihm. »Sind Sie sicher, dass ich Ihnen im Moment nichts bringen kann?«

»Nein, alles okay, danke.«

Myron drehte sich zum Fernseher um, der an der Wand hing, und schaltete das Video ein. Er erwartete schon, dass Win auf dem Bildschirm erscheinen und ihm eine Art *Mission-Impossible*-Nachricht präsentieren würde, doch es war eine dieser True-Crime-Shows des Kabelfernsehens, in denen wahre Verbrechen aufgearbeitet wurden. Es handelte sich um einen Rückblick auf die Entführung der beiden Jungs, da sie inzwischen zehn Jahre zurücklag.

Myron lehnte sich zurück und sah sich die Sendung an. Die Auffrischung kam durchaus gelegen. Kurz gefasst war Folgendes geschehen:

Vor zehn Jahren war der sechsjährige Patrick Moore zum gemeinsamen Spielen im Haus seines Klassenkameraden Rhys Baldwin im »noblen« – die Medien benutzten dieses Wort immer – Vorort Alpine, New Jersey gewesen. Alpine lag ganz in der Nähe von Manhattan auf der anderen Seite des Hudson River. Wie nobel es genau war? Der Durchschnittspreis für ein Haus lag im letzten Vierteljahr bei über vier Millionen Dollar.

Die Eltern hatten die beiden Jungs der Obhut von Vada Linna überlassen, einem achtzehnjährigen, finnischen Au-pair-Mädchen. Als Patricks Mutter, Nancy Moore, ihren Sohn wieder abholen wollte, hatte niemand geöffnet. Sie hatte sich keine größeren Sorgen gemacht, sondern angenommen, die junge Vada wäre mit den Jungs spazieren oder ein Eis essen gegangen, etwas in dieser Art.

Zwei Stunden später war Nancy Moore zurückgekommen und hatte ein zweites Mal an die Haustür geklopft. Wieder hatte niemand aufgemacht. Sie war immer noch kaum besorgt gewesen, hatte aber Rhys' Mutter Brooke angerufen. Brooke hatte versucht, Vada auf ihrem Handy zu erreichen, war aber direkt zur Mailbox durchgestellt worden.

Brooke Lockwood Baldwin, eine Cousine ersten Grades von Win, war angesichts dieser Nachricht sofort nach Hause geeilt. Sie hatte die Haustür aufgeschlossen. Beide Frauen hatten nach ihren Söhnen gerufen. Zuerst hatte niemand geantwortet. Dann hatten sie aus dem abgeschlossenen, zu einem großen Spielzimmer umgebauten Keller ein Geräusch gehört.

Dort hatten sie die geknebelte und auf einen Stuhl gefesselte Vada Linna entdeckt. Das junge Au-pair-Mädchen hatte eine Lampe umgetreten, um die beiden Frauen auf sich aufmerksam zu machen. Sie war verängstigt, ansonsten aber unverletzt gewesen.

Die beiden Jungs, Patrick und Rhys, waren jedoch verschwunden.

Vada war, wie sie berichtete, in der Küche gewesen, um den Jungs einen Snack zuzubereiten, als zwei bewaffnete Männer von der Veranda durch die Glasschiebetür ins Haus eingedrungen waren. Sie hatten Sturmhauben und schwarze Rollkragenpullover getragen.

Vada hatten sie in den Keller geschleppt und gefesselt.

Nancy und Brooke hatten sofort die Polizei gerufen. Beide Väter, Hunter Moore, ein Arzt, und Chick Baldwin, ein Hedgefonds-Manager, waren von ihren Arbeitsplätzen herbeizitiert worden. Danach war etliche Stunden lang nichts geschehen – es gab weder Spuren noch sonstige Hinweise, und die Entführer meldeten sich nicht. Dann hatte Chick Baldwin unter seiner Firmenadresse eine E-Mail mit einer Lösegeldforderung erhalten. Sie stammte von einem anonymen E-Mail-Konto. Der Anfang der Mail beinhaltete eine eindringliche Warnung, auf keinen Fall die Polizei einzuschalten, wenn sie die Kinder lebend wiedersehen wollten.

Dafür war es zu spät.

In der Mail wurde von den Familien verlangt, zwei Millionen Dollar bereitzuhalten, »eine Million pro Kind«. Weitere Instruktionen würden folgen. Die Brookes und die Baldwins besorgten das Geld und warteten. Nach drei quälenden Tagen kam die nächste Mail, in der die Entführer verlangten, dass Chick Baldwin – »nur Chick Baldwin« – zum Overpeck Park fahren und das Geld an einem bestimmten Ort bei den Bootsrampen hinterlegen sollte.

Chick Baldwin folgte der Aufforderung.

Das FBI hatte natürlich eine vollständige Überwachung des Parks veranlasst und behielt sämtliche Ein- und Ausgänge im Auge. Außerdem hatten sie in der Tasche einen GPS-Sender platziert, wobei diese Technik vor zehn Jahren noch nicht ganz so ausgereift gewesen war wie heutzutage.

Bis zu diesem Zeitpunkt war es der Polizei gelungen, die Entführung geheim zu halten. Die Medien hatten nichts erfahren. Auf Drängen der Polizei waren weder Freunde noch Verwandte informiert worden – auch Win nicht. Selbst die anderen Kinder der Baldwins und der Moores waren im Dunkeln gelassen worden.

Chick Baldwin hatte das Geld abgelegt und war weggefahren. Eine Stunde war vergangen. Dann eine zweite. In der dritten Stunde hatte jemand die Tasche an sich genommen, wie sich herausstellte, handelte es sich jedoch nur um einen hilfsbereiten Jogger, der sie zum Fundbüro bringen wollte.

Sonst hatte niemand versucht, das Lösegeld abzuholen.

Die Familien hatten sich um Chick Baldwins Computer

geschart und auf eine weitere E-Mail gewartet. Das FBI ging derweil ein paar Theorien nach. Zuerst hatten sie sich Vada Linna, das junge Au-pair-Mädchen, näher angesehen, aber nichts gefunden. Sie war damals erst seit zwei Monaten im Land, sprach kaum Englisch und hatte nur eine Freundin. Das FBI hatte ihre E-Mails durchforstet, ihre SMS, ihre Internet-Chronik, war aber auf nichts Verdächtiges gestoßen.

Danach hatte sich das FBI die vier Eltern der Kinder angesehen. Der Einzige, mit dem sie sich etwas länger beschäftigt hatten, war Rhys' Vater Chick Baldwin gewesen. Erstens hatte er die Mail mit der Lösegeldforderung bekommen, vor allem aber war Chick ein etwas zwielichtiger Typ. Er war in zwei Fälle von Insiderhandel verwickelt, außerdem liefen mehrere Verfahren wegen Unterschlagung gegen ihn. Manche Leute behaupteten, bei seinem Fonds handele es sich um ein Schneeballsystem. Diverse Klienten – darunter ein paar sehr einflussreiche Personen – waren verärgert über ihn.

Aber so verärgert, dass sie so etwas anzetteln würden?

Also hatte auch das FBI auf eine weitere Nachricht von den Entführern gewartet. Ein weiterer Tag war verstrichen. Dann ein zweiter. Ein dritter, ein vierter. Kein Wort. Eine Woche verging.

Dann ein Monat. Ein Jahr.

Zehn Jahre.

Nichts. Keine Hinweise auf die Jungen.

Bis jetzt.

Als der Abspann begann, lehnte Myron sich zurück. Mia stellte sich zu ihm und sah ihn fragend an.

»Jetzt hätte ich gern den Cognac«, sagte er.

»Sofort.«

Als sie zurückkam, sagte Myron. »Setzen Sie sich, Mia.«

»Lieber nicht.«

»Wann haben Sie Win das letzte Mal gesehen?«

»Ich werde für meine Diskretion bezahlt.«

Myron verkniff sich eine dumme Bemerkung. »Es gab Gerüchte«, sagte er. »Über Win, meine ich. Ich habe mir Sorgen gemacht.«

Sie legte den Kopf schräg. »Vertrauen Sie ihm nicht?«

»Ich würde ihm mein Leben anvertrauen.«

»Dann sollten Sie seine Privatsphäre respektieren.«

»Das habe ich das ganze letzte Jahr getan.«

»In dem Fall kommt es auf die paar Stunden auch nicht mehr an.«

Natürlich hatte sie recht.

»Er fehlt Ihnen«, sagte Mia.

»Natürlich.«

»Er liebt Sie, das wissen Sie doch.«

Myron antwortete nicht.

»Sie sollten versuchen, ein bisschen zu schlafen.«

Auch da hatte sie recht. Er schloss die Augen, wusste aber, dass er nicht einschlafen konnte. Ein guter Freund hatte Myron vor Kurzem dazu überredet, es mit Transzendentaler Meditation zu versuchen, und obwohl er von dem Konzept nicht vollkommen überzeugt war, halfen ihm die Einfachheit und die Ruhe in solchen Augenblicken, wenn er nicht einschlafen konnte. Er stellte die Meditations-Timer-App – ja, er hatte eine auf seinem Handy – auf zwanzig Minuten, schloss die Augen und ließ sich fallen.

Die Leute glaubten, die Meditation würde den Geist leeren. Das war Unsinn. Man konnte den Geist nicht leeren. Je mehr man versuchte, an etwas *nicht* zu denken, desto intensiver dachte man daran. Wenn man wirklich entspannen wollte, musste man die Gedanken zulassen. Man lernte, sie zu beobachten, ohne sie zu werten oder darauf zu reagieren. Das tat Myron jetzt.

Er dachte an das Wiedersehen mit Win, an Esperanza und Big Cyndi, an seine Mutter und seinen Vater unten in Florida. Er dachte an seinen Bruder Brad, an seinen Neffen Mickey und an die Veränderungen in ihren Leben. Er dachte an Terese, die nach langer Zeit wieder in sein Leben zurückgekehrt war, an ihre bevorstehende Hochzeit, an ihr gemeinsames Leben, an die unerwartet greifbare Möglichkeit, glücklich zu werden.

Er dachte daran, wie erschreckend zerbrechlich ihm das alles vorkam.

Schließlich landete das Flugzeug, bremste, rollte zum Gate. Als es komplett zum Stehen gekommen war, zog Mia den Hebel und öffnete die Tür. Sie lächelte breit. »Viel Glück, Myron.«

»Ihnen auch, Mia.«

»Grüßen Sie Win von mir.«

3

Der Bentley wartete auf der Rollbahn. Als Myron auf die Gangway trat, öffnete sich die hintere Tür. Win stieg aus.

Myron beschleunigte seinen Schritt und spürte, wie ihm Tränen in die Augen schossen. Am Ende der Gangway, drei Meter vor seinem Freund, blieb er stehen, blinzelte, lächelte.

»Myron.«

»Win.«

Win seufzte. »Du willst, dass dieser Moment unvergesslich wird, richtig?«

»Was wäre das Leben ohne diese Momente?«

Win nickte. Myron trat vor. Die beiden Männer umarmten sich heftig, klammerten sich aneinander, als wäre der andere ein Rettungsfloß.

Ohne die Umarmung zu lockern, sagte Myron: »Ich habe tausend Fragen.«

»Und ich werde sie nicht beantworten.« Beide ließen los. »Wir müssen uns auf Rhys und Patrick konzentrieren.«

»Natürlich.«

Mit einer Geste forderte Win Myron auf, hinten einzusteigen. Myron tat das und rutschte durch, um Win Platz zu machen. Der Bentley war eine schwarze Stretch-Limousine. Die Trennwand zum Fahrer war geschlossen. Es gab nur zwei Sitze und eine gut ausgestattete Bar, sodass man viel Beinfreiheit hatte. Die meisten Stretch-Limousinen hatten mehr Sitze. Win hielt das für überflüssig.

»Ein Drink?«, fragte Win.

»Nein, danke.«

Der Wagen setzte sich in Bewegung. Mia stand vor der Flugzeugtür oben auf der Gangway. Win ließ das Fenster herunter und winkte. Sie winkte zurück. In Wins Miene lag Wehmut. Myron starrte seinen Freund an, seinen besten Freund, seit sie sich in ihrem ersten Jahr auf der Duke University kennengelernt hatten, und fürchtete, dass Win plötzlich wieder verschwinden könnte.

Win sagte: »Sie hat einfach ein Spitzen-Hinterteil, findest du nicht auch?«

»Mhm. Win?«

»Ja.«

»Warst du die ganze Zeit in London?«

Win blickte weiter aus dem Fenster und sagte: »Nein.«

»Wo dann?«

»An diversen Orten.«

»Es gab Gerüchte.«

»Ja.«

»Sie besagten, du wärst ein Einsiedler geworden.«

»Ich weiß.«

»Unwahr?«

»Ja, Myron, unwahr. Ich habe diese Gerüchte in die Welt gesetzt.«

»Warum?«

»Später. Jetzt müssen wir uns auf Patrick und Rhys konzentrieren.«

»Du sagtest, du hättest Patrick gesehen.«

»Ich glaube schon, ja.«

»Du glaubst es?«

»Patrick war sechs, als er verschwand«, sagte Win. »Er wäre jetzt sechzehn.«

»Also hattest du keine Möglichkeit, ihn genau zu identifizieren.«

»Korrekt.«

»Also hast du jemanden gesehen, von dem du glaubst, dass es Patrick war.«

»Wieder korrekt.«

»Und dann?«

»Dann habe ich ihn verloren.«

Myron lehnte sich zurück.

»Das überrascht dich«, sagte Win.

»Das tut es, ja.«

»Du denkst: ›Das sieht dir gar nicht ähnlich‹.«

»So ist es.«

Win nickte. »Ich habe mich verkalkuliert.« Dann fügte er hinzu: »Es gab Kollateralschäden.«

Das war bei Win nie gut.

»Wie viele?«

»Vielleicht sollten wir erst einmal kurz die Rückspultaste drücken.« Win zog einen Zettel aus seinem Jackett. »Lies das.«

Win reichte ihm etwas, das wie eine ausgedruckte E-Mail aussah. Sie war an Wins privates E-Mail-Konto geschickt worden. Im Lauf des letzten Jahres hatte Myron ein halbes Dutzend Mails an diese Adresse geschickt. Er hatte keine Antwort bekommen. Der Absender war anon5939414. Der Text lautete:

> Sie suchen Rhys Baldwin und Patrick Moore. Die beiden waren in den letzten zehn Jahren meistens zusammen, aber nicht immer. Sie waren mindestens dreimal getrennt. Jetzt sind sie wieder zusammen.
>
> Es steht ihnen frei zu gehen, sie würden aber vermutlich nicht mit Ihnen kommen. Sie sind nicht mehr diejenigen, für die Sie sie halten. Sie sind auch nicht mehr

diejenigen, an die sich ihre Familien erinnern. Womöglich gefällt Ihnen nicht, was Sie finden. Die beiden befinden sich am unten angegebenen Ort. Die Belohnung interessiert mich nicht. Ich werde Sie eines Tages um einen Gefallen bitten.

Keiner der beiden erinnert sich wirklich an sein vorheriges Leben. Haben Sie Geduld mit ihnen.

Ein kalter Schauer lief Myron über den Rücken. »Ich gehe davon aus, dass du versucht hast festzustellen, woher diese Mail kam?«

Win nickte.

»Und des Weiteren gehe ich davon aus, dass du nichts gefunden hast.«

»Ein VPN«, sagte Win. »Unmöglich herauszubekommen, woher oder von wem die Mail stammt.«

Myron las sie noch einmal. »Dieser letzte Absatz.«

»Ja, ich weiß.«

»Der hat irgendwas.«

»Er wirkt authentisch«, sagte Win.

»Und deshalb hast du die Mail ernst genommen?«

»Ja«, sagte Win.

»Und die angegebene Adresse?«, fragte Myron.

»Das ist ein recht kleiner, aber sehr verkommener Ort in London. Eine Unterführung, in der die unterschiedlichsten illegalen Aktivitäten stattfinden. Ich habe sie inspiziert.«

»Okay.«

»Jemand, der den Alterungsbildern von Patrick sehr ähnlich sieht, ist dort erschienen.«

»Wann?«

»Etwa eine Stunde bevor ich dich angerufen habe.«

»Hast du ihn sprechen hören?«

»Wie bitte?«

»Hat er etwas gesagt? Ich versuche herauszubekommen, um wen es sich handelt. Vielleicht hatte er einen amerikanischen Akzent?«

»Nein, ich habe ihn nicht sprechen hören«, sagte Win. »Außerdem bringt uns das nichts. Er könnte sein ganzes Leben auf der Straße verbracht haben.«

Schweigen.

Dann wiederholte Myron: »Sein ganzes Leben?«

»Ich weiß«, sagte Win. »Es bringt nichts, darüber nachzudenken.«

»Du hast Patrick also gesehen. Und was dann?«

»Ich habe gewartet.«

Myron nickte. »Du hast also gehofft, dass Rhys auch auftaucht.«

»Ja.«

»Und dann?«

»Drei Männer, die offenbar nicht gut auf Patrick zu sprechen waren, haben ihn angegriffen.«

»Und du hast sie aufgehalten.«

Zum ersten Mal umspielte ein schwaches Lächeln Wins Lippen. »Das ist halt meine Art.«

Das stimmte.

»Alle drei?«, fragte Myron.

Win zuckte lächelnd die Achseln.

Myron schloss die Augen.

»Die Männer waren übelste Verbrecher«, sagte Win. »Denen wird niemand nachtrauern.«

»War es Selbstverteidigung?«

»Ja, okay, lass es uns so nennen. Wollen wir jetzt wirklich im Nachhinein eine kritische Diskussion über meine Methoden führen, Myron?«

Er hatte recht.

»Also, was ist passiert?«

»Während ich mit besagten Gangstern beschäftigt war, ist Patrick geflüchtet. Ich habe noch gesehen, wie er im Bahnhof King's Cross verschwunden ist. Kurz darauf habe ich dich zu Hilfe gerufen.«

Myron lehnte sich zurück. Sie näherten sich der Themse an der Westminster Bridge. Das London Eye, dieses gewaltige Riesenrad, das sich in etwa mit der Geschwindigkeit eines Gletschers bewegte, schimmerte in der Nachmittagssonne. Vor Jahren war Myron einmal damit gefahren. Er hatte sich zu Tode gelangweilt.

»Dir ist doch bewusst«, sagte Win, »dass das hier eilt.«

Myron nickte: »Sie werden die Jungs verschwinden lassen.«

»Genau. Sie außer Landes bringen, oder, falls sie Angst haben, entdeckt zu werden …«

Win brauchte den Satz nicht zu beenden.

»Hast du den Eltern davon erzählt?«

»Nein.«

»Nicht mal Brooke?«

»Nein«, sagte Win. »Ich sehe keinen Grund, ihr falsche Hoffnungen zu machen.«

Sie fuhren Richtung Norden. Myron sah aus dem Fenster. »Sie sind verschwunden, als sie sechs Jahre alt waren, Win.«

Er sagte nichts.

»Alle dachten, sie wären längst tot.«

»Ich weiß.«

»Alle außer dir.«

»Oh, ich habe auch gedacht, dass sie tot wären.«

»Aber du hast weiter gesucht.«

Win legte die Fingerspitzen aneinander. Es war eine wohlbekannte Geste, die Myron in die Vergangenheit zurückversetzte.

»Als ich Brooke das letzte Mal gesehen habe, haben wir eine Flasche sehr teuren Wein aufgemacht. Wir haben an Deck gesessen und aufs Meer geblickt. Eine Zeit lang war sie da, die Brooke, mit der ich aufgewachsen bin. Manche Menschen ziehen einen ständig runter. Bei Brooke ist es genau umgekehrt. Sie verströmt Freude. Das war schon immer so. Du kennst dieses Klischee, dass bei einigen Leuten der Raum heller wird, sobald sie ihn betreten?«

»Natürlich.«

»Brooke gelang das sogar aus der Ferne. Man brauchte nur an sie zu denken, schon ging es einem besser. Solche Menschen will man beschützen. Und wenn man solche Menschen so leiden sieht, will man – nein, muss man – dieses Leid lindern.«

Win tippte die Fingerspitzen aneinander. »Wir saßen also an Deck, tranken Wein und starrten aufs Meer. Viele Menschen trinken Alkohol, um solche Schmerzen, wie Brooke sie erlitten hat, zu betäuben. Doch bei Brooke geschah das Gegenteil. Durch den Alkohol fiel die Maske. Das Lächeln, das sie sich immer noch abgerungen hatte, verschwand. Und dann hat sie mir etwas gebeichtet.«

Er schwieg. Myron wartete.

»Brooke hat lange über Rhys' Heimkehr fantasiert. Jedes Mal wenn das Telefon klingele, stocke ihr das Herz. Sie hofft dann jedes Mal, es wäre Rhys, der ihr erzählen würde, dass alles in Ordnung sei. Auf belebten Straßen meinte sie, ihn zu erkennen. Sie träumte davon, ihn zu finden, ihn zu retten, ein tränenreiches Wiedersehen zu feiern. Sie ließ sich den unheilvollen Tag immer wieder durch den Kopf gehen, überlegte, was passiert wäre, wenn sie nicht weggegangen, sondern zu Hause geblieben wäre, oder wenn sie Rhys und Patrick mitgenommen hätte, statt sie bei dem Au-pair-Mädchen zu lassen. Sie versuchte also, winzige Details in der Vergangenheit zu verändern, um das Ganze ungeschehen zu machen. Es lässt einen nicht los, sagte Brooke. Es ist ein ewiger Begleiter. Selbst wenn man gelegentlich ein paar Schritte Abstand gewinne, der Tag lasse einen nicht los, er tippe einem auf die Schulter, zupfe einen am Ärmel.«

Myron saß ganz still.

»Natürlich habe ich das alles gewusst. Es ist keine weltbewegende Erkenntnis, dass Eltern leiden, wenn ihren Kindern etwas zustößt. Brooke sieht immer noch wunderbar aus. Sie ist eine starke Frau. Aber sie sagt, alles habe sich verändert.«

»Was meinst du mit ›verändert‹?«

»Es muss aufhören.«

»Wie meinst du das?«

»Das war der entscheidende Punkt in Brookes Beichte. Weißt du, was sie inzwischen hofft, wenn das Telefon klingelt?«

Myron schüttelte den Kopf.

»Dass es die Polizei ist. Dass Rhys' Leiche endlich gefunden wurde. Verstehst du? Das Nichtwissen – die Hoffnung – schmerzt inzwischen mehr als die Vorstellung, dass die Jungen tot sind. Und dadurch wird die Tragödie noch obszöner. Schlimm genug, dass eine Mutter so leiden muss. Aber das, was sie mir erzählt hat – der Wunsch, dass es, egal wie, aufhören soll –, war noch schlimmer.«

Sie schwiegen eine Weile.

Dann sagte Win: »Hey, die Knicks gewinnen wie am Fließband. Was sagst du dazu?«

»Witzig.«

»Man muss trotz allem locker bleiben.«

»Wo fahren wir hin?«

»Zurück nach King's Cross.«

»Wo du dich eigentlich auf keinen Fall blicken lassen darfst.«

»Ich bin außergewöhnlich attraktiv. Die Leute erinnern sich an mich.«

»Deshalb brauchst du meine Hilfe.«

»Freut mich, dass deine scharfen Ermittlungswerkzeuge nicht stumpf geworden sind, während wir uns nicht gesehen haben.«

»Also erzähl«, sagte Myron. »Machen wir einen Plan.«

4

Als sie am Bahnhof vorbeifuhren, las Myron das Schild und fragte: »King's Cross. Ist das nicht da, wo Harry Potter …?«

»Das ist es.«

Myron ließ seinen Blick über den Bahnhof schweifen. »Sauberer, als ich erwartet hatte.«

»Gentrifizierung«, sagte Win. »Aber so richtig wird man den Schmutz nicht los. Im Endeffekt fegt man ihn nur in die dunklen Ecken.«

»Und du weißt, wo diese dunklen Ecken sind?«

»Es stand in der E-Mail.« Der Bentley hielt. »Wir können nicht näher ranfahren, ohne zu riskieren, gesehen zu werden. Nimm das.«

Win reichte ihm ein Smartphone.

»Ich habe ein Handy.«

»Aber nicht so eins. Es ist ein vollwertiges Überwachungssystem. Ich kann dir via GPS folgen, via Mikrofon alle Gespräche mithören und alles sehen, was du via Kamera siehst.«

»Und das Schlüsselwort«, sagte Myron, »ist ›via‹.«

»Urkomisch. Aber wo wir gerade von einem Schlüsselwort sprechen, wir brauchen ein Notsignal, wenn du in Schwierigkeiten gerätst.«

»Wie wäre es mit ›Hilfe‹?«

Win sah ihn ausdruckslos an. »Dein. Humor. Hat. Mir. Gefehlt.«

»Erinnerst du dich an unsere Anfangszeiten?« Myron konnte

sich ein Lächeln nicht verkneifen. »Ich hab dich auf dem Handy angerufen, und du konntest mithören.«

»Ich erinnere mich.«

»Wir hielten das für hightech.«

»Das war es auch«, sagte Win.

»Ich höre«, sagte Myron.

»Wie bitte?«

»Wenn ich in Schwierigkeiten bin, sage ich ›ich höre‹.«

Myron stieg aus und ging am Bahnhof entlang. Ihm fiel auf, dass er beim Gehen eine Melodie aus einem Musical pfiff – *Ring of Keys* aus *Fun Home*. Das konnte einem seltsam vorkommen. Schließlich handelte es sich um eine schreckliche, gefährliche und todernste Situation, andererseits hätte er sich aber selbst in die Tasche gelogen, wenn er sich nicht eingestanden hätte, dass es aufregend war, wieder mit Win zusammenzuarbeiten. Meistens war der Anstoß zu ihren oft tollkühnen Rettungsmissionen von Myron gekommen. Eigentlich sogar immer, wenn man darüber nachdachte. Win war die mahnende Stimme gewesen, der Kumpel, der in die Sache hineingezogen wurde und mehr aus Spaß mitmachte als aus Gerechtigkeitsstreben.

Zumindest behauptete Win das.

»Du«, hatte Win zu ihm gesagt, »hast einen Heldenkomplex. Du glaubst, du könntest die Welt verbessern. Du bist Don Quichotte, der die Windmühlen attackiert.«

»Und du?«

»Ich bin ein Augenschmaus für die Damenwelt.«

Win.

Es war noch hell, aber nur naive Geister glaubten, dass solche Geschäfte immer im Schutz der Dunkelheit abgewickelt wurden. Trotzdem war Myron, als er Wins gestrigen Aussichtspunkt erreichte, sofort klar, dass es nicht leicht werden würde.

Die Polizei war vor Ort.

An der Stelle, an der Patrick Wins Beschreibung zufolge gestanden hatte, sah Myron zwei Polizisten in Uniform und zwei weitere Personen in weißen Overalls. Die Blutlachen wirkten selbst aus der Entfernung noch frisch. Und sie waren sehr groß. Es sah aus, als hätte jemand aus großer Höhe Farbeimer herunterfallen lassen.

Die Leichen waren nicht zu sehen. Stricher natürlich auch nicht – die würden sich an einem Tatort sicher nicht blicken lassen. Eine Sackgasse, dachte Myron. Sie mussten einen neuen Plan schmieden.

Er wandte sich ab und wollte sich auf den Rückweg zu dem Ort machen, wo Win ihn im Bentley abgesetzt hatte, als ihm etwas ins Auge fiel. Myron blieb stehen. Da, am Ende der Railway Street, entdeckte er in einer »dunklen Ecke«, wie Win es genannt hatte, eine Person, die eigentlich nur eine Straßenhure sein konnte.

Sie trug das klassische amerikanische Huren-Outfit aus den Siebzigern – Netzstrumpfhose, hohe Lederstiefel (was sich zu widersprechen schien), einen Minirock, der kaum mehr bedeckte als ein breiter Gürtel, und ein rotes Top, das wie eine Wurstpelle saß.

Myron ging auf sie zu. Als er näher kam, sah die Frau ihn an. Myron winkte kurz.

»Suchen Sie Gesellschaft?«, fragte sie.

»Äh, nein. Eigentlich nicht.«

»Sie haben nicht ganz verstanden, wie das hier läuft, was?«

»Wohl nicht. Tut mir leid.«

»Versuchen wir's noch mal: Suchen Sie Gesellschaft?«

»Auf jeden Fall.«

Die Frau lächelte. Myron hatte mit schrecklichen Zahnlücken gerechnet, die Frau hatte aber ein vollständiges Gebiss, und die Zähne waren weiß. Er schätzte sie auf etwa fünfzig, oder vielleicht harte vierzig Jahre. Sie war groß, wohlproportioniert, etwas schlampig und strahlte eine überschäumende Freundlichkeit aus, eine Kombination, die durch ihr Lächeln abgerundet wurde.

»Sie sind Amerikaner«, sagte sie.

»Ja.«

»Viele von meinen Kunden sind Amerikaner.«

»Sieht aus, als hätten Sie nicht viel Konkurrenz.«

»Nein, nicht mehr. Wissen Sie, die Mädels gehen heutzutage nicht mehr auf die Straße. Das läuft alles am Computer über eine App.«

»Bei Ihnen aber nicht.«

»Nein, das passt nicht zu mir, wissen Sie? Das ist mir zu unterkühlt. Die Leute sind alle auf Tinder oder Ohlala oder sonst irgendwas. Echt schade. Wo bleibt da der persönliche Kontakt? Mir fehlt einfach die menschliche Note.«

»Mhm«, sagte Myron, weil er nicht wusste, was er sonst hätte sagen sollen.

»Also ich bin gerne auf der Straße. Mein Geschäftsmodell beruht daher auf einer Art Sehnsucht nach der Vergangenheit, verstehen Sie, was ich meine? Ich versuche … wie sagt man das?«, sie überlegte einen Moment, dann schnippte sie mit den Fingern, »nostalgische Gefühle zu wecken, ja? Ich meine, die Leute, die hier ihren Urlaub verbringen, die kommen doch nach King's Cross, um eine Nutte zu sehen, nicht um mit ihrem iPhone herumzuspielen, oder?«

»Mhm.«

»Die wollen das komplette Bild. Die Straße hier, diese Klamotten, mein Verhalten, das, was ich sage – ich habe mir meine Marktlücke gesucht und bediene diese Nische.«

»Ist immer gut, wenn man eine Lücke füllen kann.«

»Früher hab ich Pornos gedreht.«

Sie wartete.

»Na ja, wahrscheinlich erkennen Sie mich nicht. Es waren nur drei Filme damals, als … na ja, ein paar Geheimnisse muss eine Frau auch für sich behalten. Meine bekannteste Rolle war das dritte Dienstmädchen in einer Szene mit diesem berühmten Italiener, Rocky oder Rocco irgendwas. Aber ich war jahrelang ein erstklassiger Fluffer. Sie wissen doch, was ein Fluffer ist, oder?«

»Ich denke schon.«

»Bei all den Kameras, den Lichtern und den vielen Leuten, die zusehen, war es bei den meisten Kerlen ehrlich gesagt nicht einfach, dafür zu sorgen, dass sie, na ja, hart blieben. Dafür waren wir Fluffer zuständig. Hinter den Kulissen. Ach, das war ein toller Job. Das hab ich jahrelang gemacht, kannte alle Tricks, das kann ich Ihnen sagen.«

»Das kann ich mir vorstellen.«

»Aber dann kam Viagra und, tja, eine Pille ist eben viel billiger als ein Mädel. War wirklich schade. Und so sind wir Fluffer jetzt ausgestorben. Wie die Dinosaurier oder Videokassetten. Daher stehe ich hier auf dem Straßenstrich. Ich will mich aber auch nicht beschweren, ist doch klar, oder?«

»Wie Kloßbrühe.«

»Aber wo wir gerade davon reden, Ihre Zeit läuft schon, klar.«

»Das ist okay.«

»Manche Mädels verkaufen ihren Körper. Ich nicht. Ich verkaufe meine Zeit. Wie ein Rechtsanwalt. Was Sie mit dieser Zeit machen – und die Uhr tickt, während ich das sage –, liegt ganz bei Ihnen. Also, was suchen Sie, mein Bester?«

»Äh, einen jungen Mann.«

Ihr Lächeln verschwand. »Und weiter.«

»Einen Teenager.«

»Näh.« Sie winkte ab. »Sie sind kein Sittich.«

»Kein was?«

»Kein Sittich. Kein Pädo. Sie werden mir doch jetzt nicht erzählen, dass Sie ein Pädo sind, oder?«

»Äh, nein. Bin ich nicht. Ich suche ihn bloß. Ich will ihm nichts tun.«

Sie stemmte die Hände in die Hüfte und sah ihn einen Moment lang an. »Und warum glaube ich Ihnen?«

Myron setzte sein einnehmendstes Lächeln auf. »Mein Lächeln.«

»Nein, aber Sie haben ein vertrauenerweckendes Gesicht. Das Lächeln ist verdammt schmierig.«

»Es sollte einnehmend sein.«

»Ist es nicht.«

»Ich will ihm nur helfen«, sagte Myron. »Er ist in großer Gefahr.«

»Und wie kommen Sie darauf, dass ich Ihnen helfen kann?«

»Er war gestern hier. Bei der Arbeit.«

»Aha.«

»Was ist?«

»Gestern?«

»Ja.«

»Dann waren Sie das, der diese Schweinepriester abgemurkst hat?«

»Nein.«

»Schade«, sagte sie. »Dafür hätte ich eine Gratisnummer spendiert.«

»Der Junge. Er ist wirklich in großer Gefahr.«

»Das sagten Sie schon.« Sie zögerte. Myron zog sein Portemonnaie heraus. Sie winkte ab. »Ich will kein Geld. Na ja, eigentlich schon. Aber nicht dafür.«

Sie wirkte unsicher.

Myron deutete auf sich. »Vertrauenerweckendes Gesicht, nicht vergessen.«

»Die Jungs werden sich hier eine ganze Weile nicht mehr blicken lassen. Nicht, solange die Bullen hier sind. Sie werden an den anderen Ort gehen.«

»Und wo ist der?«

»Hampstead Heath. Normalerweise lungern sie da rum. Am Ende der Merton Lane.«

5

»Hampstead Heath«, sagte Win, als Myron wieder im Wagen saß. »Ein historischer Ort.«

»Inwiefern?«

»Schon Keats ist auf diesen Wegen gewandelt. Wie auch Kingsley Amis, John Constable, Alfred Tennyson und Ian Fleming. Die haben dort alle zumindest für eine Weile gewohnt. Noch bekannter ist es jedoch aus einem anderen Grund.«

»Und der wäre?«

»Weißt du noch, dass George Michael festgenommen wurde, weil er in einer öffentlichen Toilette Sex hatte?«

»Klar. War das hier?«

»In Hampstead Heath, ja. Der Park ist schon seit Ewigkeiten ein Schwulentreffpunkt, meines Wissens gibt es dort aber nur sehr wenig Prostitution. Es ging immer eher um Klappen.«

»Klappen?«

»Gott, bist du naiv. Klappen sind Orte, an denen anonymer Sex unter Männern stattfindet, womit vor allem öffentliche Toiletten gemeint sind, aber auch Gebüsch und so weiter. Normalerweise wechselt dort kein Geld den Besitzer. Trotzdem könnten junge Stricher versuchen, dort ihrem Geschäft nachzugehen, zum Beispiel indem sie sich einen potenziellen Sugardaddy suchen oder ein Netzwerk von Freiern aufbauen. Ich schlage vor, dass wir zum Park fahren und nach links in Richtung der öffentlichen Toilette gehen. Dann folgen wir dem Weg an den Teichen entlang. Das dürfte in etwa das fragliche Gebiet sein.«

»Du scheinst auf diesem Gebiet recht bewandert zu sein.«

»Ich bin auf allen Gebieten recht bewandert.«

Das stimmte.

»Außerdem nutze ich diese neumodische Erfindung. Google.« Win hielt sein Smartphone hoch. »Solltest du auch mal probieren. Brauchst du die?«

Win reichte Myron die Alterungsfotos von Patrick und Rhys. Außerdem beschrieb er mit erstaunlicher Genauigkeit das Aussehen des potenziellen Patrick, den er am Vortag gesehen hatte.

Myron starrte die Gesichter an. »Was sagtest du, wie alt wären Patrick und Rhys jetzt?«

»Beide sechzehn. Zufälligerweise – oder auch nicht – ist man in Großbritannien mit sechzehn dem Schutzalter entwachsen, was bedeutet, dass gegen einen älteren Sexualpartner nicht mehr automatisch Anzeige erstattet wird.«

Myron fotografierte mit seinem Handy die Fotos ab und gab sie Win zurück. Er streckte die Hand aus, um die Tür zu öffnen, hielt dann aber inne.

»Irgendetwas haben wir übersehen, Win.«

»Wahrscheinlich.«

»Hast du auch den Eindruck?«

»Ja.«

»Ist das eine Falle?«

»Schon möglich«, sagte Win und legte die Fingerspitzen wieder aneinander. »Wir können das allerdings nur feststellen, indem wir weitermachen.«

Die Limousine hatte an der Ecke Merton Lane, Millfield Lane gehalten.

»Bist du startklar?«

»Los geht's«, sagte Myron und stieg aus.

Hampstead Heath war verschwenderisch grün und schön. Myron ging die von Win vorgeschlagene Runde, sah aber nichts von Patrick oder Rhys. Es waren viele Männer im Alter zwischen achtzehn (oder jünger) und achtzig Jahren unterwegs, die unauffällige Kleidung trugen –, aber was hatte er auch erwartet? Myron wurde nicht Zeuge irgendwelcher sexueller Handlungen, was allerdings, wie er annahm, daran lag, dass es die öffentliche Toilette und diverse Gebüsche abseits der Wege gab.

Nachdem er eine Viertelstunde durch den Park spaziert war, hielt Myron das Handy ans Ohr.

»Nichts«, sagtc er.

»Hat dich jemand angemacht?«

»Nein.«

»Autsch.«

»Ich weiß«, sagte Myron. »Findest du, dass ich in dieser Hose dick aussehe?«

»Wir scherzen noch«, sagte Win.

»Was?«

»Wir glauben an die totale Gleichstellung und werden wütend, wenn jemand auch nur den Hauch eines Vorurteils anklingen lässt«, sagte Win.

»Aber trotzdem machen wir uns darüber lustig«, vollendete Myron den Gedankengang.

»So ist es.«

Da entdeckte Myron etwas, das ihm zu denken gab.

»Warte mal«, sagte Myron.

»Was ist?«

»Als du die, äh, Szene gestern beschrieben hast, sagtest du etwas von zwei anderen Strichern.«

»Richtig.«

»Einer hatte einen rasierten Kopf und trug ein Hundehalsband.«

»Wieder richtig.«

Myron hielt das Handy so, dass die Kamera auf den jungen Mann in Lederkleidung am Teich zeigte.

»Und?«

»Das ist er«, sagte Win.

Myron steckte das Handy wieder ein und überquerte den Weg. Hundehalsband hatte die Hände so tief in den Hosentaschen vergraben, als würde er dort etwas suchen, was ihn fürchterlich nervte. Seine Schultern waren gebeugt. Er hatte ein Tattoo am Hals, das Myron nicht erkannte, und zog so stark an seiner Zigarette, als wollte er sie in einem Zug aufrauchen.

»Hey«, sagte Myron, der den … Jungen? Mann? Typen? … auf sich aufmerksam machen wollte, gleichzeitig aber fürchtete, ihn zu verschrecken.

Hundehalsband fuhr herum, sah Myron an und versuchte dabei, tough auszusehen. Vorgetäuschter Mut verriet sich jedoch häufig durch ein leichtes Zucken. Und genau das sah Myron hier. Es war die typische Reaktion von Menschen, die erstens zu viel Prügel bezogen hatten, daher das Zurückzucken, und zweitens auf die harte Tour erfahren hatten, dass die Prügel nur noch schlimmer wurden, wenn man Schwäche zeigte, daher der aufgesetzte Mut. Es war unübersehbar, dass der Junge an solchen Angstschüben litt.

»Haben Sie Feuer?«, fragte er.

Myron wollte schon antworten, dass er nicht rauchte und kein Feuerzeug bei sich hätte, aber vielleicht war die Frage nach dem Feuer eine Art Code, also trat er näher an den Jungen heran.

»Können wir uns kurz unterhalten?«, fragte er.

Hundehalsbands Blick schoss hin und her, wie ein Vogel von Zweig zu Zweig hüpft. »Ich kenne da eine Stelle.«

Myron antwortete nicht. Er dachte über das Leben des Jungen nach, darüber, wie es angefangen hatte, welchen Weg es genommen hatte, wo es die falsche Richtung eingeschlagen hatte. War es ein langsamer Abstieg gewesen, war er schon als Kind misshandelt worden oder so etwas? War der Junge ein Ausreißer? Hatte er eine Mutter oder einen Vater? War er geschlagen worden, gelangweilt oder auf Drogen? Hatte die Abwärtsspirale ihn langsam herabgezogen, oder war er plötzlich gefallen und hart gelandet – ein Knall, ein Schrei, dann der Aufprall?

»Also?«, fragte der Junge.

Myron musterte den mageren Jugendlichen mit seinen blassen, spindeldürren Armen, einer Nase, die mehr als einmal gebrochen worden war, den Ohrringen und -steckern, den Lidstrichen, dem verdammten Hundehalsband, und dachte an Patrick und Rhys, zwei Jungs, die im Luxus aufgewachsen und von einem Moment auf den anderen aus dieser Welt herausgerissen worden waren.

Sahen die beiden jetzt auch aus wie dieser Bursche?

»Ja«, sagte Myron, bemüht, nicht zu ernüchtert zu klingen. »Es kann losgehen.«

»Folgen Sie mir.«

Hundehalsband ging hinauf zum Pfad, der zwischen den beiden Teichen hindurchführte. Myron wusste nicht recht, ob er neben dem Jungen gehen sollte – Myron schätzte, dass er zwischen achtzehn und zwanzig Jahre alt war, und das war jung genug, um noch als Junge bezeichnet zu werden –, oder ob er sich hinter ihm halten sollte. Hundehalsband eilte voran, also blieb Myron hinter ihm.

Er hatte noch kein Geld verlangt. Das beunruhigte Myron etwas. Er behielt die Umgebung im Auge. Sie gingen weiter hinauf auf ein dichtes Gebüsch zu. Hier waren weniger Menschen unterwegs. Myron wandte sich Hundehalsband wieder zu. Als sie an einem Mann in Tarnhose vorbeikamen, sah Myron, wie sich die beiden Männer fast unmerklich zunickten.

Oh-oh.

Myron wollte Win kurz warnen.

»Wer war das?«, fragte er.

»Hä?«

»Der Typ, dem Sie gerade zugenickt haben. Der in der Tarnhose.«

»Ich hab keine Ahnung, was Sie meinen.« Dann fragte er: »Sind Sie Amerikaner?«

»Ja.«

Der Junge ging hinter ein Gebüsch. Vom Weg aus waren sie jetzt nicht mehr zu sehen. Auf dem Boden lag ein benutztes Kondom.

»Und worauf stehen Sie so?«, fragte der Junge.

»Gespräche.«

»Was?«

Myron war eins zweiundneunzig groß und kräftig gebaut, ein ehemaliger College-Basketballstar. In seiner aktiven Zeit hatte er 100 kg gewogen. Seitdem hatte er rund fünf Kilo zugelegt. Er stellte sich so in Position, dass Hundehalsband nicht ohne Weiteres wegrennen konnte. Myron war sich nicht sicher, ob er ihn im Zweifel mit Gewalt aufgehalten hätte, jedenfalls wollte er ihm die Flucht nicht zu leicht machen.

»Sie waren gestern dabei«, sagte Myron.

»Hä?«

»Als das … bei diesem Vorfall. Sie haben es gesehen.«

»Wer sind Sie? Sind Sie ein Bulle?«

»Nein.«

»Warum sollte ein Amerikaner …?« Seine Augen wurden kurz trüb und weiteten sich dann. »Oh, nein, ich habe nichts gesehen.«

Myron überlegte, ob Win womöglich etwas gesagt hatte und Hundehalsband sich die Sache jetzt so zusammenreimte: Ein

Amerikaner tötet drei Menschen – und ein anderer Amerikaner hat einen Zeugen ausfindig gemacht.

»Das interessiert mich nicht«, sagte Myron. »Ich suche den Jungen, der da war. Er ist abgehauen.«

Hundehalsband sah ihn misstrauisch an.

»Hören Sie, ich will weder Ihnen noch sonst irgendjemandem in irgendeiner Form Schaden zufügen.«

Er schenkte Hundehalsband seinen vertrauenswürdigsten Blick, doch im Gegensatz zu der Retro-Straßenhure hatte der Junge so etwas vermutlich noch nie gesehen. In seiner Welt waren Menschen entweder Täter oder Opfer eines Betrugs.

»Ziehen Sie die Hose runter«, sagte Hundehalsband.

»Was?«

»Dafür sind wir doch hier, oder?«

»Nein, hören Sie zu, ich bezahle Sie. Ich bezahle viel.«

Er zögerte. »Wofür?«

»Kennen Sie den Jungen, der abgehauen ist?«

»Und wenn?«

»Ich gebe Ihnen fünfhundert Pfund, wenn Sie mich zu ihm bringen.«

Wieder schoss sein Blick unruhig hin und her. »Fünfhundert?«

»Ja.«

»Haben Sie so viel dabei?«

Oh-oh. Aber wer A sagt, muss auch …

»Ja, hab ich.«

»Dann haben Sie wohl auch noch mehr.«

Wie auf ein Stichwort kamen zwei Männer um das Gebüsch herum. Der eine war der Tarnhosenträger, den Myron auf dem Weg schon gesehen hatte, der andere ein großer Schläger mit einem schwarzen T-Shirt, das so eng saß wie eine Aderpresse, einer Cro-Magnon-Stirn und Armen mit dem Umfang von Schweinshaxen.

Der Schläger biss auf seinem Tabak herum wie ein Wiederkäuer. Er ging so sehr in seiner Rolle auf, dass er sogar mit den Fingerknöcheln knackte.

»Sie werden uns Ihr ganzes Geld geben«, sagte Tarnhose, »oder Dex verpasst Ihnen ein paar – und dann nehmen wir es uns einfach.«

Myron sah Dex an. »Knacken Sie wirklich gerade mit den Fingerknöcheln?«

»Was?«

»Also, ich hab's ja begriffen. Sie sind ein harter Bursche. Aber mit den Fingerknöcheln knacken? Das ist doch wirklich etwas zu dick aufgetragen.«

Dex war verwirrt. Er runzelte die Stirn. Myron kannte solche Typen. Ein Kneipenschläger. Er nahm es mit Schwächeren auf, hatte aber nie mit jemandem gekämpft, der wirklich etwas draufhatte.

Dex stellte sich ganz nah vor Myron. »Bist du so eine Art Klugscheißer?«

»Wie viele Arten gibt's denn da so?«

»Oh, Mannomann.« Dex rieb sich tatsächlich die Hände. »Ich freu mich schon richtig.«

»Aber bring ihn nicht um, Dex.«

Dex lächelte mit kleinen, spitzen Zähnen, wie ein Raubfisch, der um einen Guppy kreiste. Es gab keinen Grund zu warten. Myron legte seine Finger mit gebogenen Handflächen zu einer Speerspitze zusammen und rammte sie Dex direkt in die Kehle. Der Schlag traf wie ein Pfeil.

Dex griff sich mit beiden Händen an den Hals, sodass er gänzlich ohne Deckung dastand. Myron wollte ihm keine bleibenden Schäden zufügen. Also trat er Dex das Standbein weg, woraufhin der zu Boden ging. Dann schoss Myron herum und sah Tarnhose an, doch der wollte nichts damit zu tun haben.

Was vielleicht daran lag, dass er gesehen hatte, wie schnell sein Komplize außer Gefecht gesetzt worden war. Vielleicht wusste er aber auch, was Win gestern seinen Haute-Couture-Kumpels angetan hatte. Er floh.

Genau wie Hundehalsband.

Mist.

Myron war schnell, doch als er sich umdrehte, spürte er, dass sich die alte Verletzung an seinem Knie bemerkbar machte. Wahrscheinlich hatte er im Flugzeug und im Auto einfach zu lange gesessen. Er hätte das Knie während des Spaziergangs besser dehnen müssen.

Der Junge rannte unterdessen wie ein Hase. Myron nahm an, dass er oft hatte wegrennen müssen. Und obwohl Myron inzwischen etwas Mitleid empfand, war er nicht bereit, sich seine einzige Spur durch die Finger schlüpfen zu lassen.

Hundehalsband durfte nicht zu viel Vorsprung gewinnen.

Wenn der Vorsprung zu groß wurde – wenn er unter Menschen war, eine belebte Straße erreichte –, wäre Hundehalsband sicher vor dem, tja, was auch immer Myron mit ihm anstellen wollte. Außerdem könnte er um Hilfe rufen. Gegenden wie diese hatten ihre eigenen Ordnungsmächte.

Andererseits: Würde ein Dieb, der einen Mann in einem solchen Park ausnehmen wollte, versuchen, Aufmerksamkeit auf sich zu ziehen?

Aber das spielte womöglich keine Rolle. Myron war jetzt auch auf dem Pfad, aber der Junge hatte schon einen deutlichen Vorsprung, der noch anzuwachsen schien. Wenn Myron ihn nicht erreichte, wäre das eine weitere verpasste Gelegenheit. Die Verbindungen zu dem, was Win gestern gesehen hatte – die Verbindungen zu Patrick und Rhys –, waren so schon dürftig. Wenn der Junge verschwand, könnte sich die Sache erledigt haben.

An einer Straßenlaterne bog Hundehalsband ab und verschwand aus dem Blickfeld. Mist. Keine Chance, dachte Myron. Keine Chance, ihn noch einzuholen.

Und dann segelte Hundehalsband durch die Luft.

Seine Beine verloren den Bodenkontakt, sein Körper schwebte für einen kurzen Moment waagerecht über dem Boden. Jemand hatte das Einfachste der Welt gemacht.

Jemand hatte ihm ein Bein gestellt.

Win.

Hundehalsband landete auf dem Bauch. Myron sah um die Ecke. Win sah ihn kaum an und verschwand wieder im Schatten. Myron eilte zu Hundehalsband, setzte sich rittlings auf ihn und drehte ihn auf den Rücken. Hundehalsband bedeckte sein Gesicht mit den Händen und wartete auf die Schläge.

Der Junge sagte mit mitleiderregender Stimme: »Bitte …«

»Ich tu dir nichts«, sagte Myron. »Beruhig dich einfach. Es ist alles okay.«

Es dauerte noch ein paar Sekunden, bis der Junge die Hände vom Gesicht nahm. Er hatte Tränen in den Augen.

»Ich verspreche es«, sagte Myron. »Ich tu dir nichts, okay?«

Der Junge nickte, man sah aber, dass er kein Wort glaubte. Myron ging das Risiko ein, von ihm herunterzusteigen, und half ihm, sich aufzurichten.

»Versuchen wir's noch mal«, sagte Myron. »Kennst du den Jungen, der gestern abgehauen ist? Den, um den sie gekämpft haben?«

»Der andere Amerikaner?«, sagte Hundehalsband. »Ist er ein Freund von Ihnen?«

»Ist das wichtig?«

»Er hat alle drei umgebracht, als ob er einen Spaziergang macht. Hat sie einfach so aufgeschlitzt.«

Myron probierte es anders. »Kanntest du die drei?«

»Klar. Terence, Matt und Peter. Haben mich immer wieder zusammengeschlagen. Alle drei. Wenn ich ein Pfund in der Tasche hatte, wollten sie zwei von mir.« Er sah Myron an. »Wenn Sie etwas damit zu tun haben, schüttele ich Ihnen die Hand.«

»Hatte ich nicht«, sagte Myron.

»Sie sind nur auf der Suche nach dem Jungen, den die drei schikaniert haben.«

»Ja.«

»Warum?«

»Ist eine lange Geschichte. Jemand muss ihn retten.«

Hundehalsband runzelte die Stirn.

»Kennst du ihn jetzt, ja oder nein?«

»Ja«, sagte Hundehalsband. »Natürlich kenne ich ihn.«

»Kannst du mich zu ihm bringen?«

Argwohn zeigte sich in den Augen des Jungen. »Haben Sie die fünfhundert Pfund noch?«

»Hab ich.«

»Geben Sie sie mir.«

»Woher soll ich wissen, dass du nicht wieder abhaust?«

»Weil ich gesehen habe, was Ihr Freund gemacht hat. Wenn ich abhaue, bringen Sie mich um.«

Myron wollte ihm sagen, dass das nicht stimmte, es schadete aber wohl nicht, wenn der Junge Angst hatte. Hundehalsband streckte die Hand aus. Myron gab ihm die fünfhundert Pfund. Der Junge stopfte sich das Geld in den Schuh.

»Und Sie verraten niemandem, dass Sie es mir gegeben haben?«

»Nein.«

»Dann kommen Sie. Ich bring Sie zu ihm.«

6

Myron versuchte, mit dem Jungen zu plaudern, als sie in Gospel Oak in die Bahn stiegen. Aber kaum setzte der Zug sich in Bewegung, stopfte der Junge sich Stöpsel in die Ohren und drehte die Lautstärke so weit auf, dass Myron die frauenfeindlichen Texte mithören konnte.

Myron überlegte, ob die Handyverbindung zu Win noch stand oder ob er sich inzwischen zu weit entfernt hatte. Als sie in Highbury & Islington umstiegen, stellte der Junge die Musik aus und fragte: »Wie heißen Sie?«

»Myron. Und du?«

»Und wie weiter?«

»Myron Bolitar.«

»Sie sind ziemlich gut mit den Fäusten. Dex hat weniger Widerstand geleistet als ein nasses Papiertaschentuch.«

Myron fiel nichts ein, was er darauf erwidern konnte, also sagte er nur: »Danke.«

»Wo genau aus den Staaten kommen Sie her?«

Seltsame Frage: »Aus New Jersey.«

»Sie sind ziemlich groß. Spielen Sie Rugby?«

»Nein. Ich … ich habe auf der Uni Basketball gespielt. Und du?«

Der Junge schnaubte. »Uni. Klar. Auf welcher waren Sie?«

»Auf der Duke University«, sagte Myron. »Wie heißt du?«

»Machen Sie sich darüber keine Gedanken.«

»Wie kommt's, dass du auf der Straße arbeitest?«, fragte Myron.

Der Junge versuchte, Härte zu zeigen, wirkte dabei aber, wie die meisten Jugendlichen, eher mürrisch als bedrohlich. »Was geht Sie das an?«

»Das soll keine Beleidigung sein oder so was. Ich habe nur gehört, dass der größte Teil dieses, äh, Geschäfts heutzutage übers Internet abgewickelt wird. Über Grindr, Scruff oder solche Apps.«

Der Junge senkte den Kopf. »Es ist eine Strafe.«

»Was ist eine Strafe?«

»Die Arbeit auf der Straße.«

»Wofür?«

Der Zug hielt. »Hier müssen wir raus«, sagte der Junge und stand auf. »Kommen Sie.«

Die Straße vor dem Bahnhof war laut und voll. Sie gingen die Brixton Road entlang, an einem Saintsbury's Supermarkt vorbei und verschwanden in einem Laden, an dem der Schriftzug »AdventureLand« prangte.

Die Kakophonie der Geräusche, keines wohlklingend, außer vielleicht auf nostalgische Art, war der erste Angriff auf die Sinne. Das Rumpeln von Bowling-Pins, das digitale Dingding von Spielautomaten, das harte Surren bei Fehlschüssen, das mechanische Hupen bei verwandelten Freiwürfen. Man hörte die künstlich erzeugten Geräusche virtueller Flugzeugabschüsse und im Kugelhagel sterbender Monster. Neonlichter blinkten in fluoreszierenden Farben. Sie gingen zwischen Skee-Ball-, Pac-Man-, Airhockey-Automaten, Ballerspielen und Rennsimulatoren hindurch, es gab sogar diese Kräne, mit denen man echte Stofftiere aus einem Glaskäfig befreien konnte. Dazu Autoskooter, Tischtennis- und Poolbillardtische und eine Karaokebar.

Und natürlich eine Menge vorwiegend männliche Teenager.

Myron ließ den Blick durch den Raum schweifen. Vor einer

Tür standen zwei Security-Männer. Um noch gelangweilter auszusehen, hätten sie die Hilfe eines Neurochirurgen gebraucht. Myron kümmerte sich nicht weiter um sie. Ihm fielen allerdings sofort mehrere Männer ins Auge, die versuchten, sich der Umgebung anzupassen – nein, mit der Umgebung zu verschmelzen.

Sie trugen Tarnhosen.

Der Junge mit dem Hundehalsband schlängelte sich durch die Menschenmenge zu einem Bereich, der als »Lazer-Labyrinth« gekennzeichnet war und in dem es aussah wie in einer dieser Szenen in *Mission: Impossible*, in der jemand versucht, sich zwischen Lichtstrahlen hindurchzuschlängeln, ohne sie zu berühren und so einen Alarm auszulösen. Dahinter befand sich eine als Notausgang ausgewiesene Tür. Der Junge ging hin und blickte in eine Überwachungskamera. Myron folgte ihm. Der Junge signalisierte, dass Myron in die Linse blicken sollte. Myron tat das breit lächelnd und winkte kurz in die Kamera.

»Wie sehe ich aus?«, fragte er den Jungen. »Meine Frisur ist einfach schrecklich, oder?«

Der Junge wandte sich ab.

Die Tür öffnete sich. Sie gingen hindurch. Die Tür schloss sich wieder. Dahinter erwarteten sie zwei weitere Tarnhosenträger. Myron deutete auf die Hosen.

»Gab es da einen riesigen Ausverkauf?«

Keiner fand das amüsant.

»Haben Sie eine Waffe dabei?«

»Nur mein einnehmendes Lächeln.«

Myron demonstrierte es. Die Männer wirkten nicht sehr beeindruckt.

»Leeren Sie Ihre Taschen aus. Portemonnaie, Schlüssel, Handy.«

Myron tat das. Sie hatten sogar eine dieser Schalen wie am Flughafen, in die man die Metallgegenstände legte, bevor man durch die Schleuse ging. Einer nahm einen Metalldetektor und fuhr damit Myrons Körper ab. Aber auch das reichte noch nicht. Mit etwas zu viel Überschwang begann er, Myron abzutasten.

»Ach, Herrgott, fühlt sich das gut an«, sagte Myron. »Ein bisschen mehr nach links.«

Der Mann hörte sofort auf.

»Okay, die zweite Tür rechts.«

»Kann ich meinen Kram wiederhaben?«

»Beim Rausgehen.«

Myron sah Hundehalsband an. Der hatte den Blick gesenkt.

»Warum habe ich den Verdacht, hinter der Tür nicht das zu finden, was ich suche?«

Auch diese Tür war verschlossen. Darüber befand sich eine weitere Überwachungskamera. Der Junge blickte zu ihr hinauf. Wieder signalisierte er Myron, es ihm nachzutun. Myron befolgte die Aufforderung, dieses Mal allerdings ohne das einnehmende Lächeln. Die werden schon sehen.

Es klackte. Die verstärkte Stahltür schwang auf. Der Junge ging zuerst hindurch. Myron folgte ihm.

Das erste Wort, das ihm einfiel, war »high-tech«. Oder waren das zwei Worte? AdventureLand war eine Art Müllhalde für Spielautomaten, die ihre beste Zeit hinter sich hatten. Dieser Raum hingegen war schick und modern eingerichtet. Hochwertige Monitore, mehr als ein Dutzend, hingen an den Wänden, standen auf Schreibtischen und auch sonst überall. Myron entdeckte vier Männer. Keiner trug eine Tarnhose.

Mitten im Raum stand ein korpulenter Inder mit kahlrasiertem Kopf. Er trug Kopfhörer und hielt einen Gamecontroller in der Hand. Alle spielten ein Ballerspiel im Militärstil. Während alle um ihn herum wie wild an ihren Controllern rissen, wirkte der korpulente Mann entspannt, fast lässig.

»Psst, noch eine Minute, ja? Die verdammten Italiener glauben, sie hätten uns im Sack.«

Der korpulente Inder wandte ihnen den Rücken zu. Alle blickten auf den mittleren Bildschirm an der hinteren Wand. Er sah aus wie das Leaderboard irgendeines Spiels, dachte Myron. Auf dem ersten Platz lag ROMAVSLAZIO. Auf dem zweiten FATGANDHI47, auf dem dritten HUNGSTALLION12. Uh-oh, träum weiter, Gamer-Boy. Weitere Teams auf dem Leaderboard waren UNECHANCEDETROP, GIRTH-VADER (wahrscheinlich ein Freund von HUNGSTALLION12) und MOMMY'S BASEMENT (Ehrlichkeit – endlich ein selbstkritischer Gamer-Name).

Der korpulente Inder hob langsam die Hand, wie ein Dirigent kurz vor dem ersten Takt. Er sah zu dem dünnen Schwarzen an der Tastatur hinüber.

»Jetzt!«, sagte der korpulente Inder und senkte den Arm.

Der dünne Schwarze drückte eine Taste.

Einen Moment lang geschah nichts, dann änderte sich etwas auf dem Leaderboard, und FATGHANDI47 stand auf Platz eins.

Die Männer im Raum jubelten und klatschten sich ab. Dann umarmten sie sich und klopften sich gegenseitig auf den Rücken. Myron und Hundehalsband standen nur da und warteten, bis der Jubel langsam abklang. Die anderen drei Männer setzten sich wieder hinter ihre Computer. Myron sah ihre Spiegelbilder auf den Monitoren. Der große Bildschirm in der Mitte, der das Leaderboard angezeigt hatte, wurde schwarz. In diesem Moment drehte der korpulente Inder sich um und begrüßte Myron.

»Willkommen.«

Myron sah Hundehalsband an. Der Junge war wie versteinert.

Den Inder korpulent zu nennen war politischer Korrektheit geschuldet. Er war kugelrund, hatte ein Dreifachkinn und einen Bauch, als hätte er eine Bowlingkugel verschluckt. Sein

T-Shirt reichte nicht ganz bis zur Hüfte und stand fast wie ein Rock ab. Sein fetter Nacken ging direkt in den glattrasierten Schädel über, bildete eine trapezförmige Einheit. Er hatte einen kleinen Schnurrbart, trug eine Drahtgestellbrille und präsentierte ein Lächeln, das man irrtümlicherweise für freundlich halten konnte.

»Willkommen, Myron Bolitar, in unserem bescheidenen Büro.«

»Schön, hier zu sein«, sagte Myron, »Fat Gandhi.«

Das freute ihn. »Ah ja, natürlich. Sie haben das Leaderboard gesehen.«

»Das habe ich.«

Er breitete die Arme aus, und seine Trizeps flatterten in der nicht vorhandenen Brise. »Der Name passt doch wohl?«

»Wie eine gut geschneiderte Socke«, sagte Myron, obwohl er keine Ahnung hatte, was das bedeuten sollte.

Fat Gandhi sah Hundehalsband an. Der Junge sank immer weiter in sich zusammen, bis Myron das Bedürfnis verspürte, sich vor ihn zu stellen.

»Wollen Sie gar nicht wissen, woher ich Ihren Namen kenne?«, fragte Fat Gandhi.

»Der Junge hat in der U-Bahn danach gefragt«, sagte Myron. »Er hat auch gefragt, woher ich komme und auf welcher Uni ich war. Ich vermute, dass Sie das mitgehört haben.«

»So ist es.«

Fat Gandhi präsentierte ein weiteres gütiges Lächeln, doch dieses Mal sah Myron die Verkommenheit dahinter deutlich – wenn seine Fantasie ihm keinen Streich spielte.

»Denken Sie, Sie wären der Einzige, der ein Handy als Abhöreinrichtung nutzen kann?«

Myron schwieg.

Fat Gandhi schnippte mit den Fingern. Auf dem großen

Bildschirm erschien ein Stadtplan. Überall blinkten blaue Punkte. »Alle meine Mitarbeiter tragen solche Handys. Wir können sie als Abhörgeräte benutzen, als GPS-Sender oder um Leute anzupiepen. So können wir jederzeit feststellen, wo unsere Angestellten sind.« Er deutete auf die blauen Punkte auf dem Bildschirm. »Wenn wir auf einer unserer Apps eine passende Anfrage bekommen – sagen wir, einer unserer Klienten verspürt das Bedürfnis nach einem unterernährten männlichen Weißen mit einem genieteten Hundehalsband …«

Der Junge begann zu zittern.

»… wissen wir, wo sich ein solcher Angestellter befindet und können jederzeit ein Treffen arrangieren. Wir können auch mithören, wenn uns danach ist. Wir können feststellen, ob Gefahr droht, oder auch …«, und jetzt war es ein echtes Raubtierlächeln, »… ob uns jemand übers Ohr hauen will.«

Der Junge griff in seinen Schuh, zog die fünfhundert Pfund heraus und streckte sie Fat Gandhi entgegen. Fat Gandhi nahm sie nicht. Der Junge legte das Geld auf einen Schreibtisch. Dann glitt er förmlich hinter Myron. Myron ließ ihn gewähren.

Fat Gandhi wandte sich dem Stadtplan zu. Wieder breitete er die Arme aus. Die anderen Männer im Raum saßen mit gesenkten Köpfen vor ihren Tastaturen und tippten darauf herum.

»Dies ist unser Nervenzentrum.«

Nervenzentrum, dachte Myron. Eigentlich müsste der Kerl eine haarlose Katze liebkosen. Er klang wie ein Verbrecher aus einem James-Bond-Film.

Er sah Myron über die Schulter an. »Soll ich Ihnen verraten, warum ich keine Bedenken habe, Ihnen das alles zu erzählen?«

»Das liegt an meinem vertrauenerweckenden Gesicht. Das kommt mir heute Nacht echt zugute.«

»Nein.« Er wandte sich Myron zu. »Ich erzähle Ihnen das, weil Sie absolut nichts machen können. Haben Sie die Security gesehen? Natürlich könnte sich die Polizei hier irgendwann Zutritt verschaffen. Und vielleicht kann das auch derjenige, der auf Ihrem Handy mithört, wer immer das auch sein mag. Ach übrigens, einer meiner Männer fährt gerade mit Ihrem Handy spazieren. Einfach nur, damit wir alle noch mehr Spaß daran haben, nicht wahr?«

»Das wird bestimmt der Knaller.«

»Aber da wäre noch etwas, Myron. Darf ich Sie Myron nennen?«

»Natürlich. Darf ich Sie dann Fat nennen?«

»Ha ha. Sie gefallen mir, Myron Bolitar.«

»Prima.«

»Myron, Ihnen ist vielleicht schon aufgefallen, dass wir hier keine Festplatten haben. Alles – alle Informationen über unsere Klienten, unsere Mitarbeiter, unsere Angestellten, unsere Geschäfte – werden in einer Cloud gespeichert. Falls hier also jemand reinkommt, drücken wir eine Taste, und voilà …«, Fat Gandhi schnippte mit den Fingern, »… ist hier nichts mehr zu finden.«

»Clever.«

»Ich erzähle das nicht, weil ich angeben will.«

»Aha?«

»Ich möchte nur, dass Sie verstehen, mit wem Sie es zu tun haben, bevor wir anfangen, Geschäfte zu machen. Genau wie ich Wert darauflege zu erfahren, mit wem ich es zu tun habe.«

Wieder schnippte er mit den Fingern.

Der Bildschirm wurde wieder eingeschaltet, und fast hätte Myron gestöhnt.

»Nachdem wir Ihren Namen kannten, war es nicht schwer, uns weitere Informationen zu beschaffen.« Fat Gandhi deutete auf den Bildschirm. Er zeigte ein Standbild des Titels.

»Wir haben uns die Dokumentation über Sie angesehen, Myron. Sehr bewegend.«

Als Sportfan eines gewissen Alters kannte man die »Legende« von Myron Bolitar, dem ehemaligen Erstrunden-Pick der Boston Celtics. Wenn man jünger war oder Ausländer, wie diese Jungs hier, tja, dann wusste man dank des Riesenerfolgs des vor Kurzem entstandenen ESPN-Dokumentarfilms *Die Kollision* trotzdem mehr, als Myron lieb war.

Wieder schnippte Fat Gandhi mit den Fingern, und das Video startete.

»Mhm«, sagte Myron. »Ich hab das schon mal gesehen.«

»Ach, kommen Sie. Nicht so bescheiden.«

Die Dokumentation begann recht optimistisch: fröhliche Musik, strahlender Sonnenschein, jubelnde Massen. Irgendwie waren sie an Video-Aufnahmen gekommen, die den zehnjährigen Myron bei einem Jugend-Basketballspiel zeigten. Und so ging es weiter. Myron Bolitar, der Highschool-Basketball-Superstar aus Livingston, New Jersey. Während des Studiums an der Duke University nahm sein Ruhm noch zu. Er spielte in der Jugend-Nationalmannschaft, gewann zweimal die Universitätsmeisterschaft und wurde sogar zum College-Spieler des Jahres gewählt.

Die fröhliche Musik wurde lauter.

Als die Boston Celtics ihn in der ersten Runde der NBA-Drafts auswählten, schienen sich Myrons sämtliche Träume zu erfüllen.

»Doch dann«, verkündete der unheilschwangere Kommentar aus dem Off, »nahm das Schicksal seinen Lauf.«

Die fröhliche Musik brach ab, etwas Bedrohlicheres war zu hören.

Das Schicksal nahm im dritten Viertel von Myrons erstem Saisonvorbereitungsspiel seinen Lauf, dem ersten – und letzten – Spiel, in dem er das grüne Celtics-Trikot mit der Nummer 34 getragen hatte. Die Celtics spielten gegen die Washington Bullets. Bis zu diesem Zeitpunkt hatte Myrons Debüt dem Hype weitere Nahrung gegeben. Er hatte achtzehn Punkte gemacht. Er passte in die Mannschaft, lief auf Hochtouren, verlor sich in der süßen, verschwitzten Glückseligkeit, die er einzig und allein auf dem Basketballplatz verspürte, und dann …

Die Macher von *Die Kollision* zeigten den »schrecklichen« Zusammenprall sicher zwei Dutzend Mal aus den unterschiedlichsten Blickwinkeln. Sie zeigten ihn in Normalgeschwindigkeit. Sie zeigten ihn in Zeitlupe. Sie zeigten ihn aus Myrons Perspektive, von oben, vom Platzrand aus. Es änderte nichts. Das Ergebnis war immer das gleiche.

Der Neuling Myron Bolitar sah in eine andere Richtung, als Big Burt Wesson, ein mittelmäßiger Power Forward, vollkommen unerwartet mit ihm zusammenprallte. Myrons Knie wurde in einem Winkel verdreht, der weder von Gott noch von der Natur vorgesehen war. Selbst aus der Entfernung hörte man das übelkeitserregende Geräusch – ein nasses Reißen.

Bye-bye, Karriere.

»Das ansehen zu müssen«, sagte Gandhi mit übertriebenem Schmollmund, »hat uns traurig gemacht.« Er sah sich um. »Stimmt doch, Jungs, oder?«

Alle, einschließlich Hundehalsband, zogen sofort einen ebensolchen Schmollmund. Dann starrten sie Myron an.

»Na ja, ich bin drüber weg.«

»Sind Sie das?«

»Der Mensch denkt, und Gott lenkt«, sagte Myron.

Fat Gandhi lächelte. »Das gefällt mir. Ist das eine amerikanische Redensart?«

»Jiddisch.«

»Ah. Auf Hindi sagen wir, ›Wissen ist besser als diskutieren‹. Verstehen Sie? Zuerst haben wir also Ihren Namen erfahren. Dann haben wir uns die Dokumentation über Sie angesehen, Ihren E-Mail-Account gehackt …«

»Was haben Sie?«

»Wir haben nichts wirklich Interessantes gefunden, sind aber auch noch nicht ganz fertig. Außerdem haben wir Ihre Anruflisten überprüft. Vor nicht einmal vierundzwanzig Stunden wurde Ihr Handy in New York von einer unterdrückten Nummer aus angerufen. Der Anruf kam aus London.«

Er hob die Hände, die Handflächen nach oben. »Und jetzt sind Sie hier. Bei uns.«

»Gründliche Arbeit«, sagte Myron.

»Wir geben uns Mühe.«

»Dann wissen Sie auch, warum ich hier bin.«

»Das tun wir.«

»Und?«

»Ich nehme an, dass Sie für die Familie des Jungen arbeiten.«

»Ist das wichtig?«

»Eigentlich nicht. Natürlich stehen wir auch Rettungsaktionen offen gegenüber. Wenn ich ehrlich bin, ist das alles nur eine Frage des Profits. Ich habe das vom großen Eshan gelernt, der eine Religionsgemeinschaft – Sie würden es wohl als Sekte bezeichnen – in der Nähe von Varanasi in Indien errichtet hatte. Er war ein wunderbarer Mensch. Er sprach von Frieden, Harmonie und Wohltätigkeit. Er war unglaublich charismatisch. Die Teenager strömten in Scharen zu ihm und schenkten dem Tempel all ihre irdischen Güter. Sie wohnten in Zelten auf einem gut bewachten Stück Ödland. Manche Eltern wollten ihre Kinder zurückhaben. Der große Eshan hat das dann möglich gemacht. Er hat nie zu viel verlangt – man darf nicht zu gierig werden, sagte er immer –, aber wenn er von den Eltern mehr bekam, als ihr Kind durch Arbeit, Betteln oder Anwerbungsmaßnahmen heranschaffen konnte, nahm er das Geld. Ich handhabe das ganz ähnlich. Wenn meine Angestellten am meisten durch Sexarbeit verdienen können, werden sie dazu eingeteilt. Wenn sich jemand am besten für Raubüberfälle eignet, wie unser Freund Garth es bei Ihnen versucht hat, wird ihm diese Aufgabe übertragen.«

Mann, der Kerl hörte sich wirklich gern reden.

»Wie viel?«

»Hunderttausend Pfund in bar für jeden Jungen.«

Myron antwortete nicht.

»Die Summe ist nicht verhandelbar.«

»Ich versuche nicht zu verhandeln.«

»Wunderbar. Wie lange brauchen Sie, um das Geld zu besorgen?«

»Sie können es sofort bekommen«, sagte Myron. »Wo sind die Jungs?«

»Ach, kommen Sie. So viel Bargeld werden Sie kaum bei sich tragen.«

»Ich kann es innerhalb einer Stunde beschaffen.«

Fat Gandhi lächelte. »Ich hätte mehr verlangen sollen.«

»Sie sollten nicht zu gierig werden, wie der große Eshan schon sagte.«

»Kennen Sie sich mit Bitcoin aus?«

»Eigentlich nicht.«

»Spielt auch keine Rolle. Unsere Transaktion wird in Cyberwährung abgewickelt werden.«

»Auch damit kenne ich mich nicht aus.«

»Beschaffen Sie das Geld. Dann erhalten Sie die entsprechenden Instruktionen.«

»Wann?«

»Morgen«, sagte Fat Gandhi. »Ich werde alles vorbereiten und Sie anrufen.«

»Je früher, desto besser.«

»Ja, ich verstehe. Eins muss Ihnen allerdings auch klar sein, Myron. Wenn Sie unsere Abmachung in irgendeiner Form zu umgehen versuchen, werde ich die Jungs umbringen. Man wird ihre Leichen niemals finden. Ich werde sie langsam und qualvoll umbringen, und es wird auch nicht das kleinste Stückchen Asche übrigbleiben. Habe ich mich deutlich ausgedrückt?«

Ein Stückchen Asche? »Das haben Sie«, sagte Myron.

»Dann können Sie jetzt gehen.«

»Eins noch.«

Fat Gandhi wartete.

»Woher soll ich wissen, dass es sich dabei nicht um einen Schwindel handelt?«

»Zweifeln Sie an meinen Worten?«

Myron zuckte die Achseln. »Ich frag ja nur.«

»Vielleicht ist es ja ein Schwindel«, sagte Fat Gandhi. »Dann bräuchten Sie sich wohl gar nicht die Mühe machen, morgen wieder herzukommen.«

»Ich will mich nicht verdrücken. Und Sie …«, Myron deutete auf ihn, »… sind klug genug, das zu erkennen.«

Fat Gandhi strich sich übers Kinn und nickte.

Wie Myron wusste, waren Psychopathen fast immer anfällig für Komplimente.

»Ich finde nur«, fuhr Myron fort, »dass es, bei der im Raum stehenden Summe, doch nett wäre, wenn ich den einen oder anderen Hinweis bekäme. Woher soll ich wissen, ob Sie die Jungen wirklich haben?«

Wieder hob Fat Gandhi die Hand und schnippte mit den Fingern.

Die Dokumentation verschwand vom Bildschirm.

Einen Moment lang war das Bild einfach schwarz. Myron dachte, Fat Gandhi hätte den Fernseher abgeschaltet. Aber das stimmte nicht. Er trat an eine Tastatur und tippte ein paarmal bedächtig auf eine Taste. Das Bild wurde heller. Langsam zeichnete sich auf dem Monitor ein Raum mit Betonwänden ab.

Und mitten in diesem Raum saß Patrick.

Er hatte zwei blaue Augen und eine blutige, geschwollene Lippe.

»Er wird außerhalb dieses Gebäudes festgehalten«, sagte Fat Gandhi.

Myron versuchte, mit fester Stimme zu sprechen. »Was haben Sie mit ihm gemacht?«

Wieder schnippte Fat Gandhi mit den Fingern. Der Bildschirm wurde dunkel.

Myron starrte auf die schwarze Fläche. »Was ist mit dem anderen Jungen?«

»Ich finde, das reicht jetzt. Es ist Zeit für Sie zu gehen.«

Myron sah ihm in die Augen. »Also haben wir einen Deal.«

»Den haben wir.«

»Dann will ich nicht, dass irgendjemand die beiden noch einmal anrührt. Und ich will, dass Sie mir Ihr Wort darauf geben.«

»Was ich allerdings nicht tun werde«, erwiderte Fat Gandhi. »Ich melde mich morgen bei Ihnen. Und jetzt verlassen Sie bitte mein Büro.«

7

Als Myron und Win das letzte Mal gemeinsam in London waren, hatte Win sie in seiner Lieblingssuite, dem Davies Penthouse, im Claridge's Hotel in der Brook Street, einquartiert. Die Reise hatte für alle Beteiligten ein schlechtes Ende genommen. Dieses Mal hatte Win, vielleicht einfach um der Abwechslung willen, das bescheidenere Covent Garden Hotel an der Monmouth Street in der Nähe von Seven Dials gewählt. Als Myron in seinem Zimmer war, rief er von einem Einweg-Handy, das Win ihm gegeben hatte, Terese an.

»Alles okay mit dir?«, fragte sie.

»Mir geht's gut.«

»Die Sache gefällt mir nicht.«

»Das ist mir klar.«

»Wir haben schon viel zu viele solcher Situationen erlebt.«

»Richtig.«

»Wir wollten dieses Leben hinter uns lassen.«

»Das haben wir. Das tun wir.«

»Ich bin nicht gut als geduldige Gemahlin, die zu Hause der Heimkehr des Hausherren harrt.«

»Hübsche Alliterationen. Die vier H nach den vielen G.«

»Ich war schließlich jahrelang eine gefragte Moderatorin«, sagte Terese. »Womit ich allerdings nicht angeben will.«

»Alliterieren ist nur eine deiner vielen Fähigkeiten.«

»Du kannst es einfach nicht lassen, was?«

»Liebe mich für all meine Fehler.«

»Weshalb auch sonst? Okay, sag mir, wie's steht. Und verkneif dir die Zweideutigkeiten, die das Wörtchen ›stehen‹ nahelegt.«

»Nahe liegen?«

»Ich liebe dich, das weißt du doch.«

»Ich liebe dich auch.«

Dann erzählte er ihr alles.

Als er fertig war, sagte Terese: »Er mag es, wenn man ihn Fat Gandhi nennt?«

»Er ist ganz scharf darauf.«

»Das klingt ein bisschen, als wären Win und du in einen alten Humphrey-Bogart-Film geraten.«

»Ich bin zu jung, um diese Anspielung zu verstehen.«

»Das hätt'st du wohl gern. Du wirst also das Lösegeld überbringen?«

»Ja.«

Stille.

»Ich hab nachgedacht«, sagte Myron.

»Mhm.«

»Über die Familien, meine ich. Vor allem über die Eltern.«

»Du meinst die Familien von Patrick und Rhys?«

»Ja.«

Stille.

»Und …«, sagte sie, »… jetzt willst du doch bestimmt meine Meinung als Fachfrau für solche Angelegenheiten erfahren?«

Terese hatte vor vielen Jahren ein Kind verloren. Sie wäre fast daran zerbrochen.

»Ich hätte es nicht ansprechen sollen.«

»Falsche Antwort«, sagte sie. »Wenn du gewissermaßen auf Zehenspitzen um dieses Thema herumschleichst, ist das viel schlimmer.«

»Ich will eine Familie mit dir gründen.«

»Das will ich auch.«

»Und wie sollen wir das schaffen?«, fragte Myron. »Wenn man eine Person so sehr liebt, wie kommt man dann mit der Angst zurecht, dass sie jederzeit verletzt oder getötet werden kann?«

»Ich könnte einfach erwidern, das ist das Leben«, sagte Terese.

»Das könntest du.«

»Ich könnte auch darauf hinweisen, dass man keine Wahl hat.«

»Irgendwie höre ich da ein ›aber‹ herannahen«, sagte Myron.

»Gut erkannt. *Aber* ich glaube, es gibt noch eine andere Antwort, die ich lange nicht verstanden habe.«

»Und die lautet?«

»Wir verdrängen das«, sagte Terese. »Wir verschließen die Augen vor dieser Gefahr, sonst würden wir morgens überhaupt nicht aus dem Bett kommen.«

»Ich liebe dich«, wiederholte er.

»Ich liebe dich auch. Das heißt, wenn ich dich verlieren sollte, würde ich lähmende Schmerzen verspüren. Das weißt du doch, oder?«

»Ja.«

»Wenn man Liebe empfinden will, muss man bereit sein, Schmerzen zu erleiden. Diese beiden Dinge sind untrennbar miteinander verbunden. Wenn ich dich nicht lieben würde, bräuchte ich mir keine Sorgen darüber zu machen, dass ich dich verlieren könnte. Wenn man lachen will, muss man mit Tränen rechnen.«

»Klingt logisch«, sagte Myron. Dann: »Weißt du was?«

»Erzähl.«

»Du bist es wert.«

»Genau das ist der Punkt.«

Myron hörte, wie ein Schlüssel ins Türschloss gesteckt wurde. Win trat ins Zimmer. Myron verabschiedete sich von Terese und beendete das Telefonat.

»Wie geht's ihr?«

»Sie macht sich Sorgen.«

»Lass uns in einen Pub gehen, ja? Ich verhungere.«

Sie gingen in Richtung Seven Dials. Im Cambridge Theatre lief das Musical *Matilda*.

»Das wollte ich schon immer mal sehen«, sagte Myron.

»Wie bitte?«

»*Matilda*.«

»Mir scheint das nicht der richtige Zeitpunkt zu sein.«

»Das war ein Witz.«

»Ja, ich weiß. Dein Humor ist ein Abwehrmechanismus. Eine bezaubernde Macke.« Win überquerte die Straße. »Das Musical ist übrigens langweilig.«

»Moment, du hast es gesehen?«

Win ging weiter.

»Du bist ohne mich in ein Musical gegangen?«

»Wir sind da.«

»Du hasst Musicals. Selbst in *Rent* musste ich dich reinzerren.«

Win antwortete nicht. Seven Dials war ein kleiner Platz, von dem, wie der Name sagte, sieben Straßen sternförmig abgingen und in dessen Mitte sich eine etwa drei Stockwerke hohe Sonnenuhr-Säule befand. An einer Ecke befand sich das Cambridge Theatre. An einer anderen lag ein kleiner Pub, The Crown. Den betrat Win.

Es war ein altmodischer Pub mit poliertem Tresen, dunkler Holzvertäfelung und, obwohl man kaum Platz zum Werfen hatte, einem Dartboard. Er war gemütlich und randvoll mit stehenden Gästen. Win nahm Blickkontakt mit dem Barkeeper auf. Der Barkeeper nickte, die Menge teilte sich, Platz wurde geschaffen, plötzlich waren am Tresen zwei Hocker frei und zwei Pints Fuller's London Pride standen für sie bereit.

Win setzte sich auf einen Hocker, Myron auf den anderen. Win hob sein Glas. »Cheers, Kumpel.«

Sie stießen an. Zwei Minuten später stellte der Barkeeper zwei Portionen Fish and Chips vor sie. Bei dem Geruch gab Myrons Bauch ein kurzes freudiges Knurren von sich.

»Ich dachte, hier gibt es nichts zu essen«, sagte Myron.

»Gibt es auch nicht.«

»Du bist großartig, Win.«

»Ja. Ja, das bin ich.«

Sie genossen das Essen und die Biere. Was auch immer Win zu sagen hatte, konnte warten. Irgendwann hatten sie aufgegessen und bestellten eine zweite Runde Drinks. Im Fernsehen lief ein Rugbyspiel. Myron wusste nicht viel über Rugby, blickte aber trotzdem auf den Bildschirm.

»Unser Freund Fat Gandhi«, sagte Win, »hat sich also die ESPN-Dokumentation über dich angesehen.«

»Ja.« Myron sah ihn an. »Kennst du sie?«

»Natürlich.«

Dumme Frage.

»Es würde mich trotzdem interessieren«, sagte Win, »wie du damit umgegangen bist.«

Myron zuckte die Achseln. »Ich fand sie im Großen und Ganzen recht zutreffend.«

»Du hast ihnen sogar ein Interview gegeben.«

»Ja.«

»Das ist neu. Du hast vorher nie über die Verletzung gesprochen.«

»Stimmt.«

»Du hast dir auch nie Wiederholungen von dem Zusammenprall angesehen.«

»Stimmt.«

Sich das anzusehen hatte ihn zu sehr mitgenommen. Ganz normal, oder? Im Alter von zweiundzwanzig Jahren war sein Traum, sein Lebensziel, alles, was er sich je gewünscht hatte, zum Greifen nahe gewesen. Und dann: zack, Licht aus, vorbei, Ende, aus.

»Ich habe nie begriffen, was das bringen sollte«, sagte er.

»Und jetzt?«

Myron trank einen kräftigen Schluck von seinem Ale. »Man hat mir ständig gesagt, die Verletzung hätte mich ›definiert‹.«

»Eine Zeit lang war das auch so.«

»Genau. Eine Zeit lang. Inzwischen aber nicht mehr. Daher konnte ich mir endlich angucken, wie Burt Wesson in mich reingerannt ist, ohne viel mehr als ein leichtes Stechen zu verspüren. Der dämliche Sprecher hat immer wieder gesagt, die Verletzung …«, Myron zeichnete Anführungszeichen in die Luft, »… hätte ›mein Leben zerstört‹. Aber ich weiß jetzt, dass das nur ein Scheideweg war. All die Jungs, mit denen ich damals angefangen habe, diejenigen, die es geschafft haben, die eine erfolgreiche NBA-Karriere hingelegt haben, echte Superstars waren, haben inzwischen ihren Rücktritt erklärt. Auch sie stehen nicht mehr im Rampenlicht.«

»Die haben in dieser Zeit«, sagte Win, »allerdings haufenweise Weiber aufgerissen.«

»Tja, da ist was dran.«

»Und bei denen wurde das Licht nicht plötzlich ausgeknipst. Es wurde gedimmt.«

»Ganz langsam«, sagte Myron.

»Genau.«

»Vielleicht ist das sogar noch schwieriger.«

»Wieso?«

»Ist es besser, ein Pflaster mit einem Ruck abzureißen oder es langsam abzupulen?«

Win trank einen Schluck Bier. »Gutes Argument.«

»Um in einem anderen Bild zu sprechen, ich bin einfach ins Wasser geworfen worden. Das ging alles so schnell, dass ich etwas tun musste. So habe ich Jura studiert und bin Sportagent geworden.«

»Das lag nicht daran«, sagte Win.

»Nicht?«

»Du bist schon immer ein ambitionierter – nein, übertrieben ehrgeiziger – Hurensohn gewesen.«

Myron lächelte und hob das Glas. »Cheers, Kumpel.«

Wieder stießen sie an, dann räusperte Win sich und sagte: »Der mentsch tracht un got lacht.«

»Wow«, sagte Myron.

»Ich habe Jiddisch gelernt«, sagte der blonde, blauäugige Angelsachse. »Wirkt Wunder, wenn ich ein jüdisches Mädel angrabe.«

Der mentsch tracht un got lacht: Der Mensch denkt, und Gott lenkt.

Mann, es tat gut, wieder mit Win zusammen zu sein.

Beide schwiegen einen Moment lang. Beide dachten das Gleiche.

»Vielleicht ist die Verletzung auch nicht mehr so wichtig«, sagte Myron, »weil ich weiß, dass es im Leben viel Schlimmeres gibt.«

Win nickte. »Patrick und Rhys.«

»Was weißt du über Cyberwährungen?«

»Gelegentlich werden Lösegelder so bezahlt, durch die vielen neuen Anti-Geldwäsche-Gesetze ist das inzwischen aber außerordentlich schwierig. Mein Experte meint, dass man die Währung kaufen, sie in eine Art Online-Portemonnaie stecken und dann an die Typen transferieren muss. Das geschieht im Darknet.«

»Verstehst du das?«

»Ich hab dir doch gesagt, dass ich in praktisch allem Experte bin.«

Myron wartete.

»Aber nein, ich habe keine Ahnung.«

»Wäre es möglich, dass wir alt werden?«

Wins Handy surrte. Er sah aufs Display. »Ein befreundeter Constable schickt mir Informationen über unseren Freund Fat Gandhi.«

»Und?«

»Sein richtiger Name lautet Chris Alan Weeks.«

»Ehrlich?«

»Neunundzwanzig Jahre alt. Er ist zwar polizeibekannt, aber vorwiegend im Darknet aktiv.«

»Das Darknet, schon wieder.«

»Außerdem dilettiert er ein bisschen in Prostitution einschließlich Zwangsprostitution, Raub, Erpressung …«

»Dilettiert?«

»Mein Wort, nicht ihres. Und … ach, aber auch das wird dich nicht überraschen, er ist ein Computer-Hacker. Seine Organisation ist für etliche Abzockereien im Internet verantwortlich.«

»Meinst du solche, wo ein nigerianischer Prinz dir sein ganzes Geld schenken will?«

»Ich fürchte, diese sind einen Hauch ausgefeilter. Fat Gandhi – wenn du nichts dagegen hast, werde ich weiterhin seinen Künstlernamen verwenden.«

»Schon okay.«

»Fat Gandhi ist Computerspezialist. Er hat in Oxford studiert und dort auch seinen Abschluss gemacht. Wie wir beide wissen, bezeichnen die Strafverfolgungsbehörden Kriminelle nicht gerne als ›Genies‹ oder ›Superhirne‹ – unser puttenhaft gebauter Freund scheint dem aber ziemlich nahezukommen. Hmm.«

»Was ist?«

»Außerdem steht Fat Gandhi in dem Ruf, sich seine Position durch ›kreative Gewalt‹ zu sichern. Und das waren jetzt ihre Worte.«

Win hielt inne und lächelte.

»Das klingt ein wenig nach dir«, sagte Myron.

»Daher mein Lächeln.«

»Steht da etwas von Entführungen?«

»Die Begriffe Menschenhandel und Zwangsprostitution beinhalten per Definition auch Entführungen.« Win hob eine Hand, bevor Myron ihn unterbrechen konnte. »Wenn du aber das Kidnappen von Kindern reicher Leute zum Zweck der sexuellen Ausbeutung meinst, nein, auf diese Vorgehensweise gibt es keine Hinweise. Außerdem wäre Fat Gandhi zum Zeitpunkt der Entführung gerade mal neunzehn Jahre alt gewesen. Dem Vernehmen nach hat er damals in Oxford studiert.«

»Hast du dann eine Idee, wie Patrick und Rhys bei ihm gelandet sein könnten?«

Win zuckte die Achseln. »Mehrere. Der ursprüngliche Kidnapper hat sie verkauft. Die Jungs könnten in den letzten zehn Jahren durch Dutzende Hände gegangen sein. Womöglich ist er nicht der erste Blutsauger, der sie in seinen Fängen hat.«

»Igitt.«

»Ja, igitt. Es ist denkbar, dass Patrick und Rhys als Ausreißer auf der Straße gelebt haben. Ein Parasit wie Fat Gandhi kriegt sie auch dann in seine Fänge. Er bietet ihnen Arbeit an, besorgt ihnen ein paar Drogen, macht sie abhängig, sodass sie Geld verdienen müssen. Es gibt zig Möglichkeiten, wie das genau abgelaufen sein könnte.«

»Und keine davon ist gut.«

»Nein, mir fällt zumindest keine ein. Aber wie wir wissen, sind Menschen sehr widerstandsfähig. Besonders junge Menschen. Aber jetzt müssen wir uns erst einmal darauf konzentrieren, sie zu retten.«

Myron starrte in sein Bier. »Du hast Patrick auf der Straße gesehen.«

»Ja.«

»Wenn er so viel Freiheit hatte …«

»… warum hat er dann nicht zu Hause angerufen?«, beendete Win den Satz. »Du kennst die Antwort. Ein Stockholm-Syndrom, Angst, vielleicht wurde er beobachtet, oder er erinnert sich einfach nicht mehr an sein früheres Leben. Er war erst sechs Jahre alt, als er entführt wurde.«

Myron nickte. »Was noch?«

»Ich werde das AdventureLand überwachen lassen.«

»Wieso?«

Win antwortete nicht. »Einer meiner Leute wird sich an Fat Gandhis Fersen heften, sobald er die Spielhalle verlässt. Das Geld müsste in rund zehn Minuten da sein. Unsere Zimmer liegen nebeneinander. Wenn er dich anruft, gehen wir los. Ansonsten …«

»Warten wir.«

*

Der Anruf kam um vier Uhr morgens.

Myron wachte auf und griff nach dem Handy. Win erschien noch bekleidet in der Tür. Er signalisierte Myron mit einem Nicken, dass er rangehen sollte, und hielt sein Handy ans Ohr, um mitzuhören.

»Guten Morgen, Mr Bolitar.«

Es war Fat Gandhi. Er rief absichtlich um vier Uhr morgens

an. Das war Myron klar. Fat Ghandi wollte ihn unvorbereitet und schlaftrunken erwischen, weil er hoffte, dass Myron dann verwirrt und geistig noch nicht ganz anwesend war. Klassischer Spielzug.

»Hey«, sagte Myron.

»Haben Sie das Geld?«

»Ja.«

»Wunderbar. Gehen Sie bitte zur NatWest Bank an der Fulham Palace Road.«

»Jetzt?«

»So bald wie möglich, ja.«

»Es ist vier Uhr morgens.«

»Das ist mir bekannt. Eine Angestellte namens Denise Nussbaum erwartet Sie vor der Tür. Gehen Sie zu ihr. Sie wird Ihnen helfen, ein Konto zu eröffnen und das Geld einzuzahlen.«

»Ich kann Ihnen nicht folgen.«

»Das werden Sie, wenn Sie die Anweisungen befolgen. Gehen Sie zur NatWest. Denise Nussbaum hilft Ihnen bei der Überweisung.«

»Sie erwarten also, dass ich das Geld überweise, bevor ich die Jungs habe?«

»Nein. Ich erwarte, dass Sie tun, was ich sage. Die Jungs werden dort erscheinen, sobald das Konto eröffnet ist. Wenn Sie sie gesehen haben, werden Sie die Überweisung auf unser Cyberwährungskonto abschließen. Dann bekommen Sie die Jungs.«

Myron sah Win an. Der nickte.

»Okay«, sagte Myron.

»Was haben Sie, Mr Bolitar? Hätten Sie es lieber auf die altmodische Art abgewickelt? Dachten Sie, ich würde Sie von einer roten Telefonzelle in die nächste schicken, um Ihnen zu sagen, dass Sie sich in eine bestimmte U-Bahn setzen sollen, um das Lösegeld dann schließlich irgendwo in einen hohlen Baum zu stopfen?« Fat Gandhi kicherte. »Sie sehen zu viel fern, mein Freund.«

Herrje. »Ist das alles?«

»Nicht so schnell, Mr Bolitar. Ich hätte noch ein paar … na, sagen wir, Bitten.«

Myron wartete.

»Kommen Sie ohne irgendwelche Waffen.«

»Okay.«

»Sie kommen allein. Wir lassen Sie beschatten. Uns ist bewusst, dass Sie hier im Land Unterstützer haben. Personen, mit denen Sie zusammenarbeiten. Sollten wir in der weiteren Umgebung der Finanztransaktion eine dieser Personen entdecken, wird das Konsequenzen haben.«

»Wer sieht hier wohl zu viel fern?«

Das gefiel Fat Gandhi. »Verärgern Sie mich lieber nicht, Kumpel.«

»Selbstverständlich«, sagte Myron.

»Gut.«

»Eins noch.«

»Ja?«

»Ich weiß, dass Sie recht angsteinflößend sind und so weiter«, sagte Myron. »Aber wir sind das auch.«

Myron wartete auf eine Antwort, aber das Gespräch wurde beendet. Myron und Win sahen sich an.

»Hat er aufgelegt?«, fragte Win.

»Ja.«

»Wie unhöflich.«

8

Sie setzten sich hinten in den Stretch-Bentley. Win trug das Geld in einem ziemlich eleganten Lederkoffer bei sich. Myron las das Label.

»Ein Swaine-Adeney-Brigg-Aktenkoffer für eine Lösegeldübergabe?«

»Ich hatte nichts Günstigeres zur Hand.«

»Kennst du die Fulham Palace Road?«, fragte Myron.

»Nicht besonders gut.«

»Wo kannst du mich dann absetzen, ohne dass wir gesehen werden?«

»Hinter dem Claridge's Hotel.«

»Ist das in der Nähe der Bank?«

»Nein. Das ist zwanzig Autominuten entfernt.«

»Ich kann dir nicht folgen.«

»Ich habe dein Handy gestern Nacht ausgetauscht.«

»Ja, ich weiß.«

»Als dein rundlicher Freund aus der Spielhalle besagtes Handy gestern zeitweilig konfisziert hatte, ließ er einen Peilsender einbauen.«

»Echt?«

»Ja.«

»Also kennt er meinen Aufenthaltsort.«

»Na ja, deinen natürlich nicht. Ich habe einen meiner Männer damit ins Claridge's geschickt. Er hat dort unter dem Namen Myron Bolitar eingecheckt.«

»Hat mein Name die Davies Suite genommen?«

»Nein.«

»Mein Name ist Luxus gewohnt.«

»Bist du fertig?«

»So gut wie. Fat Gandhi glaubt also, dass ich im Claridge's wohne.«

»Ja, du wirst durch den Angestellteneingang in der Seitenstraße hineingehen. Mein Mann wird dir dein Handy zurückgeben. Außerdem wird er dir zwei Abhörgeräte anlegen.«

»Zwei?«

»Vielleicht filzen sie dich ja noch mal. Sie werden hoffentlich nicht beide finden.«

Myron verstand. Wenn Win Peilsender an Autos anbrachte, hängte er immer eins unter die Stoßstange – wo man es leicht fand – und eins an eine besser verborgene Stelle.

»Verwende das Schlüsselwort.«

»Ich höre.«

»Ja, ausgezeichnet, dass du dich noch daran erinnerst.« Win drehte sich um und sah Myron in die Augen. »Verwende es auch, wenn du glaubst, dass es nichts nützt.«

»Hä?«

»Wir haben uns die Spielhalle über Nacht genau angesehen«, sagte Win. »Dein Kumpel Fat Gandhi hat sie nicht verlassen. Und es ist auch niemand hineingegangen, auf den Patricks oder Rhys' Beschreibung passt.«

»Hast du irgendwelche Arbeitshypothesen?«

»Er könnte sie in der Spielhalle gefangen halten. Wir haben Anzeichen für ...«, Win hielt kurz inne und tippte mit den Fingern an die Lippen, »... Anzeichen für Leben im Keller gehört.«

»Also könnte da unten jemand sein.«

»Also könnten da unten diverse Jemande sein.«

»Habt ihr Wärmebildkameras benutzt?«

»Haben wir, aber die Kellerwände sind dick. Trotzdem …«

»Was ist?«

Win schüttelte den Kopf. Der Wagen hielt.

»Mein Mann steht gleich links. Geh rein, nimm dein Handy, lass dich verkabeln und fahr mit einem Taxi zu dieser Adresse in der Fulham Palace Road.«

Myron tat, was Win verlangt hatte. Er hatte ein paar kurze Flashbacks zu seinem letzten Aufenthalt in diesem Hotel und dachte an Tod, Chaos und Zerstörung, die daraus hervorgegangen waren. Er schob die Gedanken beiseite. Myron kannte seinen Helfer nicht. Der Helfer führte seine Aufgaben schweigend aus. Zuerst klebte er Myron einen Sender unters Hemd auf die Brust.

»Huch, ist das kalt«, sagte Myron.

Nichts.

Der Mann steckte ihm ein zweites Gerät in den Schuh. Myron verließ das Hotel durch den Haupteingang. Ein Portier in kompletter Uniform samt Zylinder fragte: »Kann ich etwas für Sie tun, Sir?«

Myron ließ den Blick einmal unauffällig über die Straße schweifen, wobei er den Griff des Geldkoffers etwas zu fest umklammerte. Er suchte nach Verdächtigen, die ihn beschatten könnten. Auf der Straße war um diese Zeit noch niemand – es lehnte auch niemand an einem Laternenpfahl und gab vor, Zeitung zu lesen, und niemand kniete sich hin, um sich die Schuhe zuzuschnüren.

Das einzige eventuell Bemerkenswerte war ein grauer Wagen mit getönten Fenstern, der ein Stück links die Straße hinunter stand.

»Ein Taxi, bitte.«

Der Portier blies in eine Pfeife, obwohl nur eine Wagenlänge von Myron entfernt ein schwarzes London-Taxi stand. Mit großer Geste öffnete er Myron die Tür. Myron wühlte in der Tasche nach etwas Kleingeld, fand keins, zuckte hilflos die Achseln. Der Portier blieb unbeeindruckt. Myron stieg hinten ein, weil er die Beinfreiheit mochte, und nannte dem Fahrer die Adresse der Bank in der Fulham Palace Road.

Nach drei Blocks war Myron klar, dass der graue Wagen ihm folgte. Myron wusste, dass die Leitung zu Win stand und er alles hören konnte, aber es brachte noch nichts, damit herumzuspielen. Er führte sein Handy ans Ohr.

»Bist du dran?«

»Ja.«

»Ein grauer Wagen folgt mir«, sagte Myron.

»Fabrikat?«

»Weiß ich nicht. Ich kenne mich mit Autos nicht aus. Weißt du doch.«

»Beschreib ihn bitte.«

»Das Logo sieht aus wie ein aggressiver, aufrecht stehender Löwe.«

»Grauer Peugeot. Das ist eine französische Marke. Du magst die Franzosen.«

»Das stimmt.«

Obwohl es fünf Uhr morgens war, herrschte auf der Fulham Palace Road reger Verkehr. Das Taxi setzte Myron vor der NatWest-Bank ab. Sie war natürlich geschlossen. Myron bezahlte und stieg aus. Das Taxi fuhr weg. Myron stand mit einem Koffer voll Geld vor der Bank. Die Geldscheine waren »markiert«, soll sagen, Win kannte die Seriennummern, schließlich hatte Fat Gandhi keine unmarkierten Banknoten verlangt. Oder war das sowieso wieder nur so ein Filmtopos? Wer sah sich beim Bezahlen schon die Seriennummern von Geldscheinen an?

Nachdem er eine ganze Minute lang wie ein Idiot dagestanden hatte, klingelte Myrons Handy. Die Nummer war unterdrückt, aber es musste Fat Gandhi sein. Myron ging ran und meldete sich mit einem falschen englischen Akzent im Tonfall von Alfred dem Butler: »Wayne Manor. Ich werde ihn rufen, Sir.«

»Eine Batman-Anspielung«, kicherte Fat Gandhi. »Wen mögen Sie am liebsten? Christian Bale, oder?«

»Es gibt nur einen Batman, und der heißt Adam West.«

»Wer?«

Die Jugend von heute.

»Sehen Sie ein graues Auto mit getönten Fenstern?«, fragte Fat Gandhi.

»Den Peugeot?«, prahlte Myron mit seinen Autokenntnissen.

»Ja. Steigen Sie da ein.«

»Was ist mit Denise Nussbaum in der Bank?«

Fat Gandhi legte auf.

Der Wagen fuhr vor. Der dünne Schwarze aus dem Hinterzimmer der Spielhalle öffnete Myron die Tür und sagte: »Rein mit dir, Kumpel.«

Myron warf einen Blick in den Wagen. Ein Fahrer. Ein dünner Mann.

»Wo sind die beiden Jungs?«

»Ich bring Sie hin.«

Der dünne Mann rutschte auf die andere Seite und ließ Myron Platz. Myron zögerte einen Moment, stieg dann aber ein. Der dünne Schwarze neben ihm hatte einen Laptop auf dem Schoß. »Geben Sie mir Ihr Handy?«, sagte er.

»Nein.«

»Es nützt Ihnen sowieso nichts.« Er lächelte breit. »Ich hab die Funkzelle geblockt.«

»Wie bitte?«

Er lächelte Myron zu. »Dies ist ein Laptop. Damit verrausche ich die Signale Ihres Handys. Nicht wie gestern, als die ganzen Daten an irgendeinen Zuhörer rausgegangen sind. Der kann Sie nicht mehr hören. Ach, und falls Sie irgendwelche Abhörgeräte am Körper tragen oder so, gilt das auch für die.«

»Nur damit ich das richtig verstehe«, sagte Myron. »Ihr Laptop unterbindet also die Übertragung sämtlicher Funksignale?«

Der Typ lächelte breiter. »Genau.«

Myron nickte. Dann fuhr er das Autofenster herunter, riss dem dünnen Mann den Laptop aus der Hand und warf ihn auf die Straße.

»Hey! Was zum …?« Er sah aus dem Heckfenster, wo sein zerschmetterter Laptop auf dem Asphalt lag. »Ticken Sie noch ganz richtig? Wissen Sie, was der kostet?«

»Eine Milliarde Pfund?«

»Das ist nicht witzig, Kumpel.«

»Gewiss nicht. Schluss mit den Spielchen. Rufen Sie Fat Gandhi an.«

Der Bursche sah aus, als würde er gleich in Tränen ausbrechen. »Ach, das hätten Sie nicht tun müssen«, jammerte er. »Ich hab nur gemacht, was man mir gesagt hat.«

»Dann tun Sie jetzt, was *ich* Ihnen sage. Rufen Sie Fat Gandhi an. Sagen Sie ihm, dass ich das Geld habe. Ich will die Jungs.«

Seine Schultern sanken herab. »Wissen Sie, was der Laptop mich gekostet hat?«

»Interessiert mich nicht. Wenn Sie weiter rumnerven, werfe ich Sie auch aus dem Fenster. Jetzt rufen Sie ihn an.«

»Das ist nicht nötig.« Er deutete nach vorn Richtung Windschutzscheibe. »Wir sind da. Hätten Sie sich nicht einfach kurz gedulden können?«

Myron sah durchs Fenster. An der nächsten Kreuzung lag die Spielhalle.

Der Peugeot hielt am Straßenrand. Myron stieg aus, ohne

sich für sein Verhalten zu entschuldigen. Zwei Männer in Tarnhosen öffneten ihm die Tür. Der dünne Bursche folgte ihm und beharrte weiter auf seiner Position: »Das Arschloch hat meinen Laptop aus dem Fenster geschmissen!«

Es machte den Eindruck, als hätte man den Stecker der Spielhalle gezogen, und wahrscheinlich verhielt es sich tatsächlich so. Alles war dunkel, still, und nichts rührte sich. Die Räumlichkeiten, die noch vor ein paar Stunden hektisch in allen möglichen Farben geflackert hatten, waren in Grautöne getaucht. Die dunklen Silhouetten der ausgeschalteten Maschinen wirkten seltsam, fast bedrohlich. Eine beinah postapokalyptische Stimmung erfüllte das Gebäude.

»Gehen wir«, sagte Tarnhose eins.

»Wohin?«

»Hinterzimmer.«

Das gefiel Myron nicht. »Im Gebäude ist doch niemand. Wir können die Übergabe auch hier machen.«

»So läuft das nicht«, sagte Tarnhose zwei.

»Dann möchte ich lieber gehen.«

»Dann möchten wir …«, Tarnhose verschränkte die Arme und spannte die Bizepse an, »… Sie windelweich prügeln und das Geld trotzdem behalten.«

Myron umklammerte den Aktenkoffer fester. Er konnte beide problemlos ausschalten, er ging den ersten Schlag schon in Gedanken durch – aber was dann? Er würde wohl oder übel mitspielen müssen. Also folgte er ihnen denselben Weg entlang, den er schon beim letzten Mal mit Hundehalsband gegangen war, und blieb am Ausgang stehen.

Wieder blickte er in die Überwachungskamera über der Tür, lächelte breit und streckte ihr zwei erhobene Daumen entgegen. Mr Selbstbewusst. Regel 14 für Lösegeldübergaben: Zeige dem Bösewicht nie, dass du Angst hast.

Die Tür wurde geöffnet. Die Tarnhosen leerten Myrons Taschen aus. Mit dem Metalldetektor entdeckten sie den Sender auf seiner Brust.

Als sie ihn abnahmen, öffnete Fat Gandhi die Tür zum Hinterzimmer, steckte den Kopf heraus und fragte: »Keine Waffen?«

»Keine.«

»In Ordnung. Lass ihm den Rest.«

Myron war nicht sicher, ob er das gut finden sollte.

Wieder trat er in den Raum mit den Computern und den Flachbildschirmen. Der dünne Schwarze fing schon wieder an: »Er hat meinen Laptop kaputt gemacht«, rief er und deutete auf Myron. »Hat ihn einfach aus dem Fenster geworfen wie den Müll von letzter Woche.«

Fat Gandhi präsentierte sich in einem gelben Anzug mit wattierten Schultern und nach unten eng zulaufenden Hosenbeinen. »Ist das Geld in dem Koffer?«

»In meiner Unterwäsche ist es nicht«, sagte Myron.

Fat Gandhi bedachte Myrons Spruch mit einem Stirnrunzeln, was nur fair war.

»Irgendjemand hört am Handy mit«, sagte Fat Gandhi.

Myron sparte sich die Antwort.

»Dieser Schlupfwinkel hat nur einen Eingang«, sagte Fat Gandhi. »Verstehen Sie?«

»Haben Sie gerade Schlupfwinkel gesagt?«

»Hier sind überall Kameras. Derek und Jimmy, hebt mal die Hände.«

Die beiden Männer, die die Bildschirme anstarrten, hoben die Hände.

»Derek und Jimmy haben die Überwachungskameras im Auge. Wenn jemand versucht, hier einzudringen, sehen wir ihn. Die beiden Türen, durch die Sie hereingebracht wurden, sind stahlverstärkt, aber das dachten Sie sich vermutlich schon. Kurz gesagt, es ist ausgeschlossen, dass jemand rechtzeitig zu Ihrer Rettung in diesen Raum gelangt, selbst wenn er oder sie sehr schnell und schwer bewaffnet sein sollte.«

Keine Angst. Keine Angst zeigen. »Ja, gut, alles klar. Können wir jetzt weitermachen? Sie sagten etwas von Cyberwährung?«

»Nein.«

»Nein, Sie haben nichts …«

»Das bringt nichts, Mr Bolitar. Zuerst müsste man sich die Bitcoins oder eine andere beliebte Cyberwährung besorgen. Dann müsste ich Ihnen eine lange Public-Key-Adresse geben, was im Prinzip einem eindeutig zugeordneten Bankkonto entspricht. Sie würden das Geld über ein Netzwerk überweisen, und, puff, wäre es verschwunden. So hatte ich den Geldtransfer ursprünglich geplant.«

»Aber inzwischen haben Sie Ihre Meinung geändert?«

»Korrekt. Wissen Sie, bei kleineren Beträgen funktioniert das prima, aber bei einer so großen Summe würde nachgeforscht werden. Cyberwährungen sind heutzutage zu begehrt. Soll ich Ihnen was verraten?« Er beugte sich vor, als wollte er Myron ein Geheimnis anvertrauen. »Ich glaube, diese Cyberwährungen dienen inzwischen einer riesigen verdeckten Ermittlung, die Strafverfolgungsbehörden sammeln so Informationen über den Schwarzmarkt. Daher habe ich mir gedacht: Warum verlangen die Piraten in Somalia immer Bargeld?«

Er sah Myron an, als erwartete er eine Antwort. Myron fürchtete, dass der Mann womöglich aufhören würde zu reden, falls er nicht antwortete.

»Weil Bargeld das einfachste, schnellste und beste Zahlungsmittel ist.«

Fat Gandhi griff nach dem Aktenkoffer.

»Moment«, sagte Myron. »Wir hatten eine Abmachung.«

»Sie vertrauen meinem Wort nicht?«

»Das läuft jetzt folgendermaßen«, sagte Myron, der den Anschein erwecken wollte, die Sache unter Kontrolle zu haben. »Die beiden Jungs verlassen das Gebäude. Sie gehen raus. Sobald sie draußen sind, gebe ich Ihnen das Geld.«

»Wohin sollen sie gehen?«

»Sie sagten, Sie wüssten, dass jemand mithört.«

»Fahren Sie fort.«

»Er weiß, wo ich bin. Also wird er mit dem Wagen vorfahren. Die Jungs gehen zu diesem Wagen, ich gebe Ihnen das Geld und verschwinde.«

Fat Gandhi schnalzte missbilligend. »Das wird nicht funktionieren.«

»Warum nicht?«

»Weil nicht alles, was ich Ihnen erzählt habe, der Wahrheit entspricht.«

Myron schwieg.

»Ihr Freund hört nicht mit. Die Signale aller Geräte hier, auch die unserer eigenen Handys, sind im Moment geblockt. Der Raum ist so gebaut. Zur Sicherheit. Unser hochentwickeltes WLAN läuft, ist aber passwortgeschützt. Ich fürchte, Sie sind nicht angemeldet. Es ist also ganz egal, was für Geräte Sie in welchen Körperöffnungen versteckt haben, sie sind vollkommen nutzlos.«

Die Finger auf den Tastaturen schienen etwas langsamer zu tippen.

»Spielt keine Rolle«, sagte Myron.

»Wie bitte?«

»Ich habe den Laptop Ihres Freundes zerstört.«

Der Dünne: »Der hat ein Vermögen gekostet! Das Arschloch hat …«

»Ruhe, Lester.« Fat Gandhi wandte sich wieder an Myron. »Und?«

»Daher war der Handyempfang bei meiner Ankunft nicht geblockt. Meine Leute wissen, dass ich hier bin. Sie werden draußen warten. Wenn Sie die beiden Jungs rausschicken, holen sie sie ab. Ist doch ganz einfach, oder?«

Myron schenkte ihnen sein Lächeln Nummer 19: Wir-sind-doch-alle-Freunde-deluxe.

Fat Gandhi streckte die Hand aus. »Bitte geben Sie mir den Aktenkoffer.«

»Geben Sie mir die Jungs.«

Er wedelte mit der fetten Hand mit dem eng sitzenden Armreif, worauf der große Flachbildschirm an der Wand aufleuchtete.

»Zufrieden?«

Das Bild zeigte die gleiche Zelle wie gestern. Die beiden Jungs saßen mit angezogenen Knien und gesenkten Köpfen auf dem Boden.

»Wo sind sie?«

Fat Gandhis Lächeln fühlte sich an, als würde sich ein Dutzend Schlangen auf Myrons Rücken winden.

»Ich zeige es Ihnen. Warten Sie hier.«

Fat Gandhi gab auf der kleinen Tastatur neben der Tür einen Code ein, wobei er darauf achtete, dass Myron ihn nicht sehen konnte. Er verließ den Raum. Zwei weitere Männer in Tarnhosen traten ein.

Hmm, wieso?

Es wurde still im Raum. Das Tippen hörte auf. Myron versuchte, in den Gesichtern der Männer etwas zu erkennen.

Irgendetwas stimmte nicht.

Nach zwei Minuten hörte Myron Fat Gandhi sagen: »Mr Bolitar?«

Er war jetzt auf dem großen Bildschirm.

Bei den beiden Jungs in der Zelle.

Win hatte recht gehabt. Sie wurden direkt hier in der Spielhalle festgehalten.

»Bringen Sie sie raus«, sagte Myron.

Fat Gandhi lächelte nur in die Kamera. »Derek?«

Einer der Mitarbeiter sagte: »Ja, Fat Gandhi?«

»Zeigen die Überwachungskameras irgendwelche Bewegungen?«, fragte Fat Gandhi.

»Nein, nichts.«

Fat Gandhi streckte den Zeigefinger in die Luft. »Die Kavallerie kommt nicht zu Ihrer Rettung, Mr Bolitar.«

Oh-oh.

»Wovor soll sie mich retten?«

»Sie haben drei meiner Männer umgebracht.«

Die Temperatur im Raum veränderte sich – nicht zum Besseren. Alle bewegten sich langsamer.

»Damit hatte ich nichts zu tun.«

»Bitte, Mr Bolitar. Sie haben es doch nicht nötig zu lügen.«

Tarnhose eins zog ein langes Messer. Tarnhose zwei ebenfalls.

»Verstehen Sie, in was für ein Dilemma Sie mich gestürzt haben, Mr Bolitar? Es wäre eine ganz andere Sache gewesen, wenn Sie und Ihr Partner respektvoll an mich herangetreten wären.«

Ein dritter Mann erhob sich von seinem Platz am Computer. Auch er hielt ein Messer in der Hand.

Myron versuchte, die Schritte im Kopf durchzugehen. *Schnapp dir das Messer von Tarnhose eins, dann kümmer dich um den rechts …*

»Sie hätten zu uns kommen können, wie das bei Geschäftsleuten üblich ist. Sie hätten um einen fairen Austausch bitten können. Ein Arrangement. Wir hätten etwas mit Ihnen ausgearbeitet …«

Nein, unmöglich. Der Abstand zwischen den beiden ist zu groß. Und die Tür ist verschlossen …

»Das haben Sie aber nicht getan, Mr Bolitar. Stattdessen haben Sie drei von meinen Männern abgeschlachtet.«

Derek zog ein Messer. Jimmy auch.

Dann holte der dünne Bursche eine Machete hervor.

Sechs bewaffnete Männer in einem kleinen Raum.

»Ich kann Sie hier doch nicht einfach hinausspazieren lassen? Wie würde das denn aussehen? Meine Männer müssen darauf vertrauen können, dass ich mich um sie kümmere?«

Vielleicht ducken, einen Tritt nach hinten … aber nein. Zuerst muss ich an die Machete. Aber der ist weiter weg. Es sind zu viele, hier ist nicht genug Platz.

»Ich wäre ja gern im Raum geblieben, um mir das Resultat anzusehen, aber dieser Anzug? Er ist neu und steht mir ausgesprochen gut.«

Er hatte keine Chance. Sie kamen näher.

»Ich höre!«, schrie Myron.

Alle hielten einen Moment lang in der Bewegung inne. Myron warf sich auf den Boden und rollte sich zusammen.

Dann explodierte die Wand.

Ein ohrenbetäubender Lärm. Die Wand stürzte ein, als wäre der unglaubliche Hulk von der Straße aus hindurchgebrochen. Alle außer Myron wurden unvorbereitet erwischt. Er war überzeugt gewesen, dass Win sich etwas hatte einfallen lassen. Eigentlich hatte er erwartet, dass Win irgendwie an den Kameras vorbeikommen würde. Das war er aber nicht. Er hatte gesagt, er hätte den Ort gestern Nacht beobachtet. Er war auf die Außenwand des Raumes gestoßen. Wahrscheinlich hatte er ein leistungsstarkes Abhörgerät daran angebracht, sodass er hören konnte, wann er einschreiten musste.

Hatte er Dynamit oder eine Art Granate benutzt?

Myron wusste es nicht.

Die Schockmethode, Baby. Wins größte Stärke.

Die Männer im Raum hatten keine Ahnung, womit sie es zu tun hatten. Aber sie würden es erfahren.

Myron reagierte schnell. Auf dem Boden liegend streckte er das Bein aus und brachte einen der beiden zu Fall. Es war Tarnhose zwei. Myron griff nach der Hand mit dem Messer. Aus reinem Überlebensinstinkt umklammerte Tarnhose zwei das Messer fest. Das war in Ordnung. Genau das hatte Myron erwartet. Er hatte nicht die Absicht, ihm das Messer abzunehmen. Stattdessen riss er seine Hand hoch – und damit auch die seines Gegners.

Die Klinge bohrte sich in die Kehle von Tarnhose zwei.

Blut spritzte. Dann sank die Hand herab.

Das Messer löste sich mit einem feuchten Schmatzen, als Myron es herauszog. Im Raum war ein wildes Chaos ausgebrochen. Die zerstörte Wand hatte so viel Staub erzeugt, dass man kaum etwas sah. Myron hörte Schreie und Husten. Der Aufruhr hatte auch die Aufmerksamkeit des Mannes erregt, der im Flur Wache stand.

Als er die Tür öffnete, war Myron vorbereitet. Seine Faust traf ihn auf der Nase und trieb ihn in den Flur zurück. Myron folgte ihm sofort. Falls es sich vermeiden ließ, wollte er nicht noch jemanden umbringen. Er schlug noch einmal zu. Der Mann taumelte nach hinten gegen die Wand. Myron packte ihn am Hals und hielt ihm die blutige Messerspitze vors Auge.

»Bitte!«

»Wie komme ich in den Keller?«

»Die Tür links. Code 8787.«

Myron schlug den Mann in den Bauch, ließ ihn auf den Boden rutschen und rannte los. Er erreichte die Tür, tippte den Code ein, stieß sie auf.

Der Geruch traf ihn mit einer solchen Wucht, dass er fast ohnmächtig wurde.

Nur wenige Dinge können so unvermittelt ein Déjà-vu-Erlebnis hervorrufen wie starke Gerüche. Und genau das hatte Myron gerade. Er reiste zurück in seine Basketballzeit, zu den stinkenden Umkleideräumen nach einem Spiel, den Wäschewagen mit der dreckigen Wäsche, den verschwitzten Socken, Trikots und Suspensorien der Jugendlichen. Es war ein schrecklicher Geruch gewesen, aber nach einem Spiel oder dem Training zuvor sauberer Jungs, die Basketball gespielt hatten, hatte auch ein Anflug von Süße darin gelegen, die den Geruch, wenn schon nicht angenehm, so doch zumindest erträglich machte.

Das war hier anders.

Es roch dreckig, ranzig und übel.

Als Myron vom Treppenabsatz aus in den Keller blickte, traute er seinen Augen nicht.

Zwanzig oder dreißig Teenager huschten wie Ratten im Strahl einer Taschenlampe hin und her.

Was zum …?

Der Keller sah aus wie ein heruntergekommenes Flüchtlingslager. Auf dem Boden lagen Pritschen mit Decken und Schlafsäcken. Aber er hatte keine Zeit, sich darum zu kümmern. Als Myron die Treppe hinabging, sah er die Zelle.

Leer.

Unten angekommen wandte er sich nach rechts. Die Jugendlichen drückten sich wie in einem Zombie-Film in die Ecke – als würden sie übereinanderklettern und irgendetwas fressen, das dort hing. Myron ging darauf zu. Jugendliche stellten sich ihm in den Weg. Myron stieß sie zur Seite. Die meisten waren Jungs, aber es waren auch ein paar vereinzelte Mädchen dazwischen. Alle sahen ihn mit leeren, ausdruckslosen Blicken an und schoben sich weiter nach vorne.

»Wo ist Fat Gandhi? Wo sind die Jungs, die in der Zelle waren?«

Keiner antwortete. Alle drängten weiter in die Ecke. War da eine Tür, oder …

Ein Loch?

Die Jugendlichen verschwanden in einem Loch im Beton.

Myron versuchte, schneller hinzukommen, auch wenn er die Jugendlichen härter anpacken musste, als er eigentlich wollte. Einer fing an zu schreien und krallte sich in Myrons Gesicht. Myron stieß ihn fort. Jetzt bewegte er sich wie ein Footballspieler, verteilte mit gesenkten Schultern Ellbogenschläge, bis er das Loch erreicht hatte.

Ein weiterer Jugendlicher kroch hinein.

Es war ein Tunnel.

Myron packte den Jungen von hinten. Andere Jugendliche drängten nach, versuchten, die Öffnung zu erreichen. Myron hielt ihn fest. Er zog den Jungen zu sich heran, bis ihre Gesichter nur wenige Zentimeter voneinander entfernt waren.

»Ist Fat Gandhi da durch? Hat er zwei Jungs mitgenommen?«

»Wir sollen alle abhauen«, sagte der Junge und nickte. »Sonst finden die Bullen uns.«

Sie schoben sich wieder nach vorn. Myron hatte zwei Möglichkeiten: Zur Seite gehen oder …

Er sprang in das Loch und landete auf dem kalten, feuchten Boden. Als er aufstand, stieß er mit dem Kopf gegen eine Betondecke. Einen Moment lang sah er Sterne. Der Tunnel war niedrig. Kleinere Personen konnten vermutlich rennen. Myron nicht.

Weitere Jugendliche strömten hinter ihm her.

Du musst weiter, dachte Myron.

»Patrick!«, rief er. »Rhys!«

Einen Moment lang hörte er nur die scharrenden Schritte der Jugendlichen, die durch den dunklen Tunnel flohen. Dann ein Schrei: »Hilfe!«

Myrons Puls raste. Obwohl es ein kurzer Schrei war, der nur aus einem Wort bestand, wusste Myron eins sicher.

Es war ein amerikanischer Akzent.

Er versuchte, schneller voranzukommen. Im Tunnel waren schon so viele Jungs, dass sie ihm den Weg blockierten. Auch Mädchen. Er schob sich an ihnen vorbei.

»Patrick! Rhys!«

Es hallte. Aber niemand antwortete.

Höhe und Breite des Tunnels variierten ständig, er wand sich in unerwarteten Biegungen und Kurven. Die Wände waren schwarz, verwittert und feucht. Im schwachen Schein der wenigen Lichtquellen wirkte er nur noch geisterhafter.

Überall waren Teenager, vor ihm, hinter ihm und rechts und links von ihm. Einige eilten voraus, andere fielen zurück.

Myron packte einen von ihnen fester, als er es geplant hatte, und zog ihn zu sich. »Wohin führt der Tunnel?«

»An viele Orte.«

Myron ließ ihn los. *An viele Orte*. Toll.

Er kam an eine Weggabelung und blieb stehen. Einige Jugendliche liefen nach links, andere nach rechts.

»Patrick! Rhys!«

Stille. Und dann wieder die amerikanisch klingende Stimme: »Hilfe!«

Nach rechts.

Myron eilte der Stimme nach, versuchte, noch schneller voranzukommen, das Tempo zu halten und trotzdem nicht mit dem Kopf an die Decke zu stoßen. Von dem Gestank wurde ihm schlecht. Er lief weiter. Er fragte sich, wie lange es diese Tunnel schon gab – vielleicht seit Jahrhunderten. Er kam sich wie in einem Roman von Charles Dickens vor, als er die beiden Jungs vor sich sah.

Und einen dicken Mann in einem gelben Anzug.

Fat Gandhi drehte sich um und sah ihn an. Er zog ein Messer.

»Nicht!«, rief Myron.

Vor ihnen waren noch mehr Teenager. Myron senkte den Kopf und rannte so schnell er konnte auf die Jungs zu.

Fat Gandhi hob das Messer.

Myron rannte weiter, auch wenn er wusste, dass er zu weit weg war.

Das Messer sauste nach unten. Myron hörte einen Schrei.

Ein Junge sank zu Boden.

»Nein!«

Myron stürmte auf den am Boden liegenden Jungen zu. Der gelbe Anzug rannte weg. Myron kümmerte sich nicht um ihn. Weitere Teenager drängten sich an ihm vorbei. Myron schob seinen Körper schützend vor den Jungen mit der Stichwunde.

Wo war der andere Junge?

Da. Myron streckte die Hand aus und ergriff den Knöchel des anderen Jungen. Er hielt ihn fest. Andere Teenager kletterten über ihn. Myron ließ den Knöchel nicht los. Er blieb über dem Jungen mit der Stichwunde, setzte seinen Körper als Schutzschild ein. Er suchte nach der Wunde und versuchte, die Blutung mit dem Unterarm zu stillen.

Jemand trat Myron aufs Handgelenk. Sein Griff um den Knöchel des anderen Jungen lockerte sich.

»Bleib hier!«, rief er.

Doch der Knöchel wurde weggezogen.

Myron biss die Zähne zusammen. Wie lange konnte er ihn noch halten?

Er umklammerte den Knöchel weiter, selbst als der Junge versuchte, sich zu befreien, selbst als er einen Tritt ins Gesicht bekam, und auch nach dem zweiten Tritt. Doch dann, beim dritten Tritt, löste sich sein Griff.

Der Junge wurde vom Strom der Teenager mitgerissen.

Weg.

»Nein!«

Myron blieb unten, beugte sich schützend über den verletzten Jungen. Er drückte seinen Unterarm fest auf die Wunde.

Du stirbst nicht. Hörst du? Wir sind nicht den ganzen Weg gekommen, um dich zu retten, damit …

Als der Strom der Teenager versiegte, riss Myron sich schnell das Hemd vom Leib und legte dem Jungen einen provisorischen Druckverband an. Schließlich sah er den Jungen an.

Und erkannte ihn.

»Halt durch, Patrick«, sagte Myron. »Ich bring dich nach Hause.«

9

Drei Tage vergingen.

Die Polizei stellte Myron viele Fragen. Er gab eine Menge Halbwahrheiten von sich und berief sich auf seine Schweigepflicht als zugelassener Anwalt, um Wins Namen nicht nennen zu müssen. Ja, er sei auf Ersuchen eines Mandanten im Lock-Horne-Jet hergeflogen. Ja, er habe Geld übergeben, weil er gehofft habe, dadurch die Freilassung von Patrick Moore und Rhys Baldwin zu erwirken. Nein, er habe keine Ahnung, was mit der Wand passiert sei. Nein, er habe keine Ahnung, wer den Sechsundzwanzigjährigen namens Scott Taylor mit dem ellenlangen Vorstrafenregister durch einen Stich in die Kehle getötet habe. Nein, er wisse nichts über die drei Männer, die am Vortag bei King's Cross getötet worden seien. Zu diesem Zeitpunkt sei er ja noch in New York gewesen.

Kein Hinweis auf Fat Gandhi. Kein Hinweis auf Rhys.

Die Polizei durfte ihn nur eine begrenzte Zeit festhalten. Es gab keinen Hinweis darauf, dass Myron sich etwas Ernsthaftes zu Schulden hatte kommen lassen. Jemand (Win) hatte Myron einen jungen Rechtsanwalt namens Mark Wells als Verteidiger geschickt. Wells half.

Also ließen sie Myron schließlich widerwillig gehen. Es war inzwischen Mittag, und er saß wieder im Crown Pub auf dem gleichen Hocker wie vor ein paar Tagen. Win kam herein und setzte sich auf den Hocker neben ihm. Der Barkeeper stellte zwei Ales vor sie.

»Mr Lockwood«, sagte er. »Das ist ja Monate her. Nett, Sie wiederzusehen.«

»Freut mich auch, Nigel.«

Myron sah erst den Barkeeper, dann Win an, dann zog er fragend eine Augenbraue hoch.

»Ich bin erst heute aus den Staaten hergeflogen, als ich die Neuigkeiten gehört habe.«

Der Barkeeper starrte Myron an. Myron starrte erst den Barkeeper, dann Win an und sagte »Ach.«

Der Barkeeper ging.

»Hat der Zoll keine Unterlagen über eine frühere Einreise?«

Win lächelte.

»Natürlich nicht«, sagte Myron. »Übrigens danke, dass du mir den Rechtsanwalt geschickt hast, Wells.«

»Solicitor.«

»Was?«

»In Großbritannien nennt man sie Solicitor, sie üben eher eine beratende und notarielle Funktion aus. In den USA wäre er ein Lawyer, also ein Rechtsanwalt, der einen auch vor Gericht vertritt.«

»In Großbritannien würde ich dich als analfixiert bezeichnen, in den USA als Ar…«

»Ja, schon klar, ich verstehe, was du meinst. Aber wo wir gerade von Solicitors sprechen, meiner ist gerade bei der Polizei. Er wird sie davon in Kenntnis setzen, dass ich es war, der deine Dienste in Anspruch genommen hat, und dass du, als mein anderer Rechtsberater, meine Interessen geschützt hast.«

Myron sagte: »Ich habe mich auf die anwaltliche Schweigepflicht berufen.«

»Dann werde ich das bestätigen. Außerdem werden wir die anonyme E-Mail aushändigen, durch die ich überhaupt auf diese Sache gestoßen wurde. Vielleicht hat Scotland Yard bei der Suche nach dem Absender ja mehr Glück als ich.«

»Meinst du?«

»Ausgeschlossen. Ich wollte nur Bescheidenheit vortäuschen.«

»Die steht dir nicht«, sagte Myron. »Also, wie hast du es gemacht?«

»Ich habe doch gesagt, dass wir die Spielhalle inspiziert haben. Allerdings nicht nur die Innenräume.«

Myron nickte. »Du hast also herausbekommen, wo der Schutzraum war.«

»Ja. Dann haben wir ein Fox-MJ-Abhörgerät angebracht. Wenn man es an eine Wand drückt, kann man alles hören. Wir haben gewartet, bis du das Codewort gerufen hast.«

»Und dann?«

»Das war ein RPG-29.«

»Eine Panzerfaust. Sehr subtil.«

»Meine Stärke.«

»Danke«, sagte Myron.

Win tat so, als hätte er es nicht gehört.

»Und wie geht's Patrick?«, fragte Myron. »Die Cops haben mir nichts gesagt. In der Zeitung stand, dass seine Eltern herübergeflogen sind, aber niemand war bereit zu bestätigen, dass es sich tatsächlich um Patrick handelt.«

»Warte.«

»Was?«

»Darüber werden wir in naher Zukunft von einer besseren Quelle weitere Informationen erhalten.«

»Von wem?«

Win schüttelte den Kopf. »Vielleicht hast du dich schon gefragt, warum die Polizei wegen der Stichwunde im Hals nicht weiter nachgefragt hat.«

»Eigentlich nicht«, sagte Myron.

»Nicht?«

»Bei dem Chaos hat es niemand gesehen. Ich bin davon ausgegangen, dass du das Messer mitgenommen hast, sodass sie mich nicht damit in Verbindung bringen konnten.«

»Nicht ganz. Erstens hat die Polizei deine Kleidung konfisziert.«

»Die Hose mochte ich eigentlich recht gern.«

»Ja, sie hat dich wirklich schlank gemacht. Aber sie werden das Blut daran untersuchen. Es wird natürlich mit dem des Opfers übereinstimmen.«

Myron gab sich geschlagen und trank einen Schluck. »Wird es Probleme geben?«

»Ich glaube nicht. Erinnerst du dich an unseren schwarzen Freund mit der Machete?«

»Schwarzen Freund?«

»Oh ja, lass uns hier auf die politisch korrekte Ausdrucksweise achten. Ist er Anglo-Afrikaner? Ich muss kurz im Handbuch nachschlagen.«

»Mein Fehler. Was ist mit ihm?«

»Er heißt Lester Connor.«

»Ja.«

»Als die Polizei den Tatort erreichte, war Lester bewusstlos und – Überraschung – hatte das blutige Messer in der Hand. Natürlich behauptete er, man hätte ihm das Messer untergeschoben.«

»Natürlich.«

»Du könntest jedoch sagen, dass du gesehen hast, wie Lester Scott Taylor in die Kehle gestochen hat.«

»Das könnte ich.«

»Aber?«

»Aber das werde ich nicht«, sagte Myron.

»Weil?«

»Weil es nicht die Wahrheit wäre.«

»Mr Connor hat versucht, dich umzubringen.«

»Ja, fairerweise muss man jedoch berücksichtigen, dass ich seinen Laptop kaputt gemacht habe.«

»Aber da stimmt doch die Verhältnismäßigkeit nicht so recht.«

»Besser, als dass die Aussage nicht stimmt.«

»Touché.«

»Wenn sie mich fragen, sage ich, dass irgendjemand auf den Kerl eingestochen hat und er dann auf mich gefallen ist. In dem Durcheinander hätte ich nicht gesehen, wer es war, außerdem hätte ich das Ganze sowieso nicht richtig mitbekommen.«

»Das müsste gehen«, sagte Win.

»Gibt es Spuren zu Rhys?«

»Erinnerst du dich, dass ich sagte, ich habe da eine bessere Quelle?«, fragte Win.

»Wer ist dieser Informant?«

»Wer ist diese *Informantin?«* Win schüttelte den Kopf. »Mein Gott, Myron, du bist so sexistisch. Und da ist sie auch schon.«

Win sah zur Tür. Myron folgte seinem Blick und erkannte die Frau, die hereinkam, sofort. Es war Brooke Baldwin, Wins Cousine und, wichtiger noch, die Mutter des noch immer vermissten Rhys.

Myron hatte Brooke seit, na ja, wohl etwa fünf Jahren nicht mehr gesehen.

Ein Barhocker erschien zwischen Myron und Win. Beide rückten etwas auseinander, um Platz zu machen. Brooke kam, ohne zu zögern, auf sie zu, griff nach dem Bier, das Nigel schon für sie auf den Tresen gestellt hatte, und nahm einen kräftigen Zug. Als sie das Glas wieder abstellte, war es halb leer. Nigel nickte beifällig.

»Das brauchte ich«, sagte Brooke.

Myron hatte zu viele Eltern/Ehepartner/Geliebte von Vermissten kennengelernt. Die hatten zerbrechlich und ausgelaugt gewirkt, was vollkommen nachvollziehbar war. Bei Brooke war es eher ins Gegenteil umgeschlagen. Sie war braungebrannt, lässig, gesund und strotzte vor Energie, als wäre sie gerade ein paar 50-Meter-Bahnen geschwommen oder hätte ein paar Runden Boxtraining hinter sich. Ihre zierliche Gestalt wurde von kräftigen Muskelsträngen zusammengehalten. Das Wort, das ihm sofort einfiel, als er diese wohlhabende Fußball-Mutter aus dem Vorort sah, die einen der grausamsten Tiefschläge erlitten hatte, die das Leben bereithielt, war: resolut.

Brooke Lockwood Baldwin mochte Eliteschulen besucht haben und in einem Herrenhaus aufgewachsen sein, trotzdem passte sie in einen Pub wie diesen. Man musste damit rechnen, dass sie einen zum Darts herausforderte oder die Gläser vom Tisch fegte, um einen im Armdrücken zu schlagen.

Brooke wandte sich an Myron und sagte ohne ein Wort der Begrüßung: »Erzählen Sie mir, was genau passiert ist.«

Das tat er. Er erzählte ihr alles, von seiner Ankunft in London bis zu den Vernehmungen durch die Polizei. Sie musterte ihn unverwandt mit ihren grünen Augen.

Als er fertig war, sagte Brooke: »Sie haben Rhys am Knöchel festgehalten?«

»Ich denke schon, ja.«

Sie sprach leiser: »Sie haben ihn berührt.«

Die Worte hingen eine Weile in der Luft.

»Es tut mir leid«, sagte Myron. »Ich habe versucht, ihn festzuhalten.«

»Ich mache Ihnen keinen Vorwurf. Haben Sie sein Gesicht gesehen?«

»Nein.«

»Dann können wir nicht sicher sein, dass es Rhys war.«

»Nein, ich weiß es nicht genau«, sagte Myron.

Brooke sah Win an. Win sagte nichts. Sie wandte sich wieder an Myron.

»Andererseits gibt es auch keinen Grund anzunehmen, dass es nicht mein Sohn war, oder?«

Win meldete sich zu Wort: »Kommt drauf an.«

»Worauf?«

»Wissen wir sicher, dass der andere Junge Patrick ist?«

»Ja«, sagte Brooke. »Nancy hat es zumindest bestätigt.«

»Ist sie sich sicher?«, fragte Myron.

»Sie und Hunter behaupten es. Die beiden sind inzwischen geschieden. Hunter und Nancy. Sie haben sich bald danach getrennt.«

Sie sagte nicht, nach was. Es war nicht nötig.

»Wir sind zusammen hergeflogen. Alle vier. Waren mal wieder zusammen. Ich weiß nicht mehr, wann wir uns das letzte Mal unterhalten haben. Dabei sind wir immer noch Nachbarn. Wahrscheinlich hätten wir ausziehen sollen, aber … sie hat mir immer die Schuld gegeben. Nancy, meine ich.«

»Klingt nicht fair«, sagte Myron.

»Myron?«

»Ja?«

»Versuchen Sie nicht, mich zu schützen.«

»Das war nicht meine Absicht.«

»Die Jungs waren bei mir im Haus. Es war mein Au-pair-Mädchen. Ich hätte zu Hause bleiben und auf sie aufpassen müssen. Wenn es andersherum gewesen wäre … Egal. Ist lange her.«

Win fragte: »Gibt es irgendeine objektive Bestätigung, dass es Patrick ist?«

»Zum Beispiel?«

»Zum Beispiel DNA.«

»Ich habe sie darauf angesprochen. Ich denke, sie werden demnächst einen Test machen, aber im Moment läuft da noch so ein juristisches Brimborium ab. Patrick – wenn wir davon ausgehen, dass es Patrick ist – ist noch minderjährig, daher brauchen sie eine Genehmigung seiner Eltern.«

Win nickte. »Und es gibt keinen konkreten Beweis dafür, dass Nancy und Hunter die Eltern des Jungen sind.«

»Hübscher Teufelskreis?«

»Und was hat Patrick gesagt?«, fragte Myron. »Wo sind sie gewesen? Wer hat sie entführt?«

Brooke nahm das Glas, betrachtete den Inhalt einen Moment lang, dann kippte sie ihn herunter. Myron und Win beobachteten sie und warteten.

»Patrick hat überhaupt noch nichts gesagt.«

Einen Moment lang schwiegen alle.

»Ist er so schwer verletzt?«

»Offensichtlich. Sie lassen mich allerdings auch nicht zu ihm. In sein Krankenhauszimmer dürfen nur enge Verwandte.«

»Nancy sagt, er wird überleben, wäre aber ziemlich weggetreten gewesen. Wo wir gerade von einem Teufelskreis sprechen. Zehn Jahre lang hatten wir keine Ahnung, wo Rhys sein könnte. Wir haben keinen Piep gehört. Jetzt ist plötzlich jemand da, der mir Antworten geben könnte, und ich darf nicht mit ihm reden.«

Brooke schloss die Augen und rieb sie mit Daumen und Zeigefinger. Myron streckte die Hand aus und wollte sie ihr auf die Schulter legen. Win verhinderte es durch ein leichtes Kopfschütteln.

»Jedenfalls«, sagte sie, als sie die Augen wieder öffnete, »geben wir heute Nachmittag eine Pressekonferenz. Die Medien haben von der Sache Wind bekommen. Es ist an der Zeit, der Öffentlichkeit auch den Rest mitzuteilen.«

»Es ist drei Tage her«, sagte Myron. »Warum haben Sie so lange gewartet?«

Brooke stand auf und drehte sich um, sodass sie sich an den Tresen lehnen konnte. »Am ersten Tag haben zwei Detectives, oder wie auch immer die bei Scotland Yard heißen, Chick und mich zur Seite genommen. ›Wir haben ein Problem‹, erklärten sie. ›Wenn wir an die Presse gehen und Rhys' Alterungsfoto überall verbreiten, könnten zwei Dinge geschehen. Erstens …‹«, Brooke hob den Zeigefinger, »›… wir bauen Druck auf und finden Rhys. Oder zweitens …‹«, der Mittelfinger folgte dem Zeigefinger, »›… wir bauen Druck auf, der Entführer bringt Rhys um und entsorgt die Leiche‹.«

»Das haben sie gesagt?«, fragte Myron.

»Genau so. Sie haben uns geraten, ihnen etwas Zeit zu geben, damit sie in Ruhe nach Spuren suchen können.«

»Dann gehe ich davon aus, dass sie keine gefunden haben.«

»Richtig. Rhys scheint spurlos verschwunden zu sein. Wieder.«

Wieder.

Und wieder schloss sie die Augen. Und wieder streckte Myron die Hand aus. Und wieder stoppte Win ihn mit einem Kopfschütteln. Das war keine Gefühlskälte. Er wollte nur verhindern, dass sie völlig zusammenbrach. Myron verstand das.

»Und daraufhin«, fragte Win, »haben die Ermittler einen anderen Vorschlag gemacht?«

»Nein«, sagte Brooke. »Das war ich. Ich habe einen Entschluss gefasst. Meine Entscheidung. Wir wenden uns an die Öffentlichkeit. Vielleicht hilft es, meinen Sohn zu finden, oder es bringt ihn um. Keine Ahnung. Nett, oder?«

»Es ist der richtige Schritt«, sagte Win. »Es ist der einzig mögliche Schritt.«

»Meinst du?«

»Ja.«

Myron sah, dass sie die Fäuste ballte. Ihr Gesicht lief rot an, und als es das tat, sah Brooke plötzlich aus wie ihr Cousin Win – zumindest erkannte man die verwandtschaftliche Ähnlichkeit. Als sie weitersprach, war ihre Stimme plötzlich hart.

»Du meinst also, ich dürfte auch eine Meinung dazu haben, was mit meinem Sohn geschieht?«

Win antwortete nicht.

»Du hast eine anonyme E-Mail bekommen«, sagte Brooke.

»Ja.«

»Du bist an den genannten Ort gefahren und hast drei Männer getötet.«

»Lauter«, sagte Win. »Ich glaube, der Gentleman dort in der Ecke hat dich nicht verstanden.«

Aber Brooke wollte nichts davon hören. »Warum hast du mir nichts von der Mail erzählt?«

»Es war eine anonyme Mail. Ich dachte, es würde nichts dahinterstecken.«

»Blödsinn«, sagte Brooke. »Offenbar erschien sie dir so glaubhaft, dass du der Sache nachgegangen bist.«

»Richtig.«

»Und warum hast du mir nichts davon erzählt, Win?«

Keine Antwort.

»Weil du dachtest, ich würde zusammenklappen? Weil du mir keine Hoffnungen machen wolltest?«

Stille.

»Win?«

Er drehte sich zur Seite und sah sie direkt an. »Ja«, sagte er. »Genau deshalb.«

»Diese Entscheidung stand dir nicht zu.«

Er breitete die Arme aus. »Trotzdem habe ich sie getroffen.«

»Warum? Dachtest du, ich würde es nicht aushalten? Dachtest du, du könntest mir so weiteres Leid ersparen?«

»Etwas in der Art.«

»Du weißt nichts über mein Leid.« Brooke beugte sich zu ihm hinüber. »Wie kannst du es wagen? Wie kannst du es wagen, diese Entscheidung für mich zu fällen?«

Sie starrte ihn an. Win sagte nichts.

»Win?«

»Du hast recht«, sagte er. »Ich hätte dir das erzählen müssen.«

»Das reicht mir nicht.«

»Es muss reichen, Brooke.«

»Nein, tut mir leid, so leicht kommst du mir nicht davon. Wenn du mir von der E-Mail erzählt hättest, wäre ich vielleicht mit hierhergekommen. Vielleicht hätte ich irgendwie helfen können. Und die Sache wäre vielleicht – nein, definitiv – anders gelaufen.«

Win sagte nichts.

»Stattdessen«, sagte Brooke und deutete auf das Fenster des Pubs, »ist mein Junge immer noch da draußen. Allein. Du hast Mist gebaut, Win. Du hast riesengroßen Mist gebaut.«

»Jetzt wollen wir das Ganze mal etwas ruhiger angehen«, sagte Myron. »Wir wissen nicht, ob das irgendetwas geändert …«

Brooke unterbrach Myron, indem sie ihn ansah: »Ist Rhys hier, Myron?«

Myron sagte nichts mehr.

»Im Endeffekt geht es einzig und allein darum, ob er hier ist.« Sie wandte sich wieder ihrem Cousin zu. »Das war seit zehn Jahren die erste echte Spur. Seit zehn schrecklichen, elenden Jahren. Und jetzt …«

»Brooke?«

Das war Win.

»Ich hab's verstanden«, sagte er. »Du bist wütend.«

»Mann, du bist echt ein Blitzmerker.«

»Und außerdem willst du mich motivieren«, sagte Win. »Das ist nicht nötig. Das weißt du auch.«

Ihre Blicke trafen sich. Wenn jemand mit der Hand dazwischengeraten wäre, wäre sie vermutlich von einem Laserstrahl abgetrennt worden.

Ihr Handy klingelte.

»Finde ihn, Win.«

»Das werde ich.«

Beide blinzelten. Brooke zog ihr Handy aus der Tasche und hielt es ans Ohr. »Hallo?« Ein paar Sekunden später legte sie wieder auf. »Das war die Polizei.«

»Was wollte sie?«

»Es geht um Patrick. Er ist aufgewacht.«

10

Win fuhr nicht mit ihnen zum Krankenhaus.

Er hielt es bis auf Weiteres für das Beste, auf Distanz zu den Strafverfolgungsbehörden zu bleiben. Sie hatten kurz überlegt, ob auch Myron sich fernhalten sollte – die Polizei hatte auf seine Erklärungen zum Gewaltausbruch in der AdventureLand-Spielhalle alles andere als begeistert reagiert –, schließlich waren sie aber zu dem Schluss gekommen, dass er in der Nähe sein sollte, falls er irgendwie gebraucht wurde.

Brooke telefonierte fast während der gesamten Taxifahrt. Sie rief Chick, ihren Mann, an und verabredete sich mit ihm am Krankenhaus. Mit jedem Telefonat nahm ihre Aufregung zu.

»Was ist los?«, fragte Myron.

»Sie sagen, wir können noch nicht mit Patrick sprechen.«

»Wer?«

»Die Polizei.«

Myron überlegte. »Liegt die Entscheidung bei ihnen?«

»Was meinst du damit?«

»Wer hat entschieden, dass du nicht mit ihm sprechen darfst? Obliegt das der Polizei? Müsste das letzte Wort nicht bei den Eltern liegen?«

»Ich weiß noch immer nicht genau, welchen juristischen Status Nancy und Hunter haben.«

»Hast du ihre Telefonnummern?«

»Nur Nancys.«

»Versuch's.«

Sie rief Nancy an. Die ging nicht ran. Sie schickte eine SMS. Keine Antwort.

Als sie am Krankenhaus ankamen, ging Chick rauchend vor dem Eingang auf und ab. Als er sie sah, warf er die Zigarette wütend zu Boden und trat sie theatralisch aus. Mit finsterem Blick öffnete er die Taxitür. Brooke stieg aus. Myron folgte ihr.

Als Chick Myron sah, verfinsterte sich seine Miene noch mehr.

»Sie sind Wins Freund. Der Basketballer. Was wollen Sie hier?«

Win mochte Chick nicht, und das war alles, was Myron über ihn wissen musste.

Chick sah Brooke an. »Was will er hier?«

»Er war es, der Patrick gerettet hat.«

Chick betrachtete Myron weiterhin mit finsterer Miene. »Sie sind da gewesen?«

»Ja.«

»Und wieso haben Sie meinen Sohn nicht gerettet?«

Meinen Sohn, dachte Myron. Nicht unseren.

»Er hat's versucht, Chick«, sagte Brooke.

»Was ist? Kann er nicht selbst antworten?«

»Ich hab's versucht, Chick.«

Chick trat einen Schritt auf ihn zu. Der finstere Blick war nicht gewichen. Myron fragte sich langsam, ob es wirklich ein finsterer Blick oder sein normaler Gesichtsausdruck war. »Wollen Sie mir dumm kommen? Hä?«

Myron wich nicht zurück. Er ballte auch nicht die Fäuste, aber verdammt, er hätte es wirklich gern getan. Trotz des kurzfristigen Anrufs seiner Frau hatte Chick noch Zeit gefunden, einen schimmernden Seidenanzug anzulegen, dazu trug er eine Krawatte, die so perfekt gebunden war, dass es irgendwie unwirklich aussah. Seine Schuhe strahlten in einem beinahe übernatürlichen Glanz, als wären sie irgendwie mehr als neu, und seine schwarzen, etwas zu langen, nach hinten gekämmten Haare enthielten genau die richtige Menge grauer Strähnen. Seine Haut wirkte etwas wächsern, als hätte er kürzlich eine Gesichtsmaske oder eine ähnlich aufwendige kosmetische Behandlung bekommen, und auch sonst war alles an ihm perfekt gestylt.

Brooke sagte: »Für so etwas haben wir jetzt keine Zeit.«

Chick sah Myron erst in ein Auge, dann ins andere, dann wieder ins erste. Myron blieb einfach stehen und ließ ihn machen. Man beurteilte einen Menschen nicht nach seiner äußeren Erscheinung. Win war ein wandelndes und sprechendes Beispiel dafür. Außerdem war der Mann tief verletzt. Auch das merkte man. Er mochte ein aufgeblasenes Arschloch sein, aber sein Sohn war vor zehn Jahren entführt worden. Man sah das in Chicks Gesicht, obwohl er alles tat, um es zu kaschieren.

Irgendwie hatte Myron Mitleid mit dem Mann.

Aber dann erinnerte er sich daran, dass Win ihn nicht mochte.

»Ich habe alles versucht«, sagte Myron. »Er hat sich losgerissen. Tut mir leid.«

Chick zögerte kurz, dann nickte er. »Mir tut's auch leid. Das war eine …«

»Kein Problem.«

Brooke sagte mit sanfter Stimme: »Chick?«

Chick bekräftigte seine Entschuldigung noch einmal, indem er kurz Myrons Arm drückte, bevor er sich seiner Frau zuwandte.

Brooke sagte: »Lass uns reingehen, ja?«

Chick nickte und ging zu ihr.

Brooke hielt die Hand schützend vor die helle Sonne. »Myron?«

Er sah sich um und entdeckte auf der anderen Straßenseite

einen Costa-Coffeeshop. »Ich warte da. Wenn Sie mich brauchen, schicken Sie eine SMS.«

Chick und Brooke gingen ins Krankenhaus. Myron überquerte die Straße und ging nach rechts in den Costa. Costa war eine britische Coffeeshop-Kette, deren Läden aussahen wie typische Ketten-Coffeeshops. Würde man die dunkelrote Einrichtung grün einfärben, könnte man sich in einem Starbucks wähnen. Myron war überzeugt, dass leidenschaftliche Fans der einen oder anderen Kette regen Widerspruch einlegen würden, aber er würde sich deshalb keine grauen Haare wachsen lassen.

Er bestellte sich einen Kaffee, und als ihm dabei auffiel, dass sein Magen knurrte, checkte er, was es zu essen gab. In dieser Hinsicht – dem Nahrungsangebot – schien Costa einen leichten Vorsprung auf seinen amerikanischen Konkurrenten zu haben. Er bestellte sich ein »British Ham and Cheese Toastie«. Toastie. »Toastie« war ein hübsches Wort. Myron hatte es noch nie gehört und dennoch richtigerweise, wie sich später herausstellte, kombiniert, dass es sich bei einem »Toastie« wohl um ein getoastetes Sandwich handeln musste.

Manche Leute erstarrten vor Ehrfurcht angesichts Myrons Kombinationsgabe.

Er bekam eine SMS von Brooke: LASSEN UNS NICHT ZU IHM. WIR SOLLEN WARTEN.

Myron antwortete: SOLL ICH RÜBERKOMMEN?

Brooke: NOCH NICHT. HALTE DICH AUF DEM LAUFENDEN.

Myron setzte sich und aß das Toastie. Nicht übel. Er verschlang es zu schnell und überlegte, ob er sich noch eins bestellen sollte. Wann hatte er zuletzt etwas gegessen? Er lehnte sich zurück, trank seinen Kaffee und las ein paar Zeitungsartikel, die er auf dem Smartphone gespeichert hatte. Die Zeit verging. Es war ein bisschen zu ruhig im Coffeeshop. Myron musterte die verschlossenen Mienen. Vielleicht bildete er es sich ein, aber er meinte, den in der Luft liegenden Kummer förmlich zu riechen. Natürlich war direkt gegenüber ein Krankenhaus, vielleicht sah er deshalb so viel Sorge und Leid in Gesichtern, die auf Neuigkeiten warteten, Gesichtern, die Neuigkeiten fürchteten, Gesichtern, die darauf hofften, in dieser angenehmen Gleichförmigkeit und Normalität eines Ketten-Coffeeshops etwas Ruhe zu finden.

Sein Handy vibrierte. Noch eine SMS, dieses Mal von Terese: HABE EIN BEWERBUNGSGESPRÄCH IN JACKSON HOLE. ALS PRIMETIME-NACHRICHTEN-MODERATORIN.

Das waren gute Neuigkeiten. Myron antwortete: WOW, FANTASTISCH.

Terese: FLIEGE MORGEN IN SEINEM PRIVATFLUGZEUG ZUR RANCH DES BESITZERS.

Myron: TOLL. FREUT MICH SEHR FÜR DICH.

Terese: NOCH HAB ICH DEN JOB NICHT.

Myron: IM BEWERBUNGSGESPRÄCH WIRST DU IHN UMHAUEN.

Terese: ER KANN DIE HÄNDE NICHT IMMER BEI SICH BEHALTEN.

Myron: UND ICH KANN IHN UMBRINGEN.

Terese: ICH LIEBE DICH, WIE DU WEISST.

Myron: ICH LIEBE DICH AUCH. IST ABER MEIN ERNST. WENN ER DICH ANRÜHRT, BRING ICH IHN UM.

Terese: DU FINDEST IMMER DIE RICHTIGEN WORTE.

Myron lächelte. Er wollte eine Erwiderung schreiben, als ihm etwas ins Auge fiel.

Oder jemand ins Auge fiel.

Nancy Moore, Patricks Mutter, betrat gerade den Coffeeshop. Er tippte hastig: MUSS LOS und drückte »Senden«.

Im Gegensatz zur starken, entschlossenen Brooke Baldwin wirkte Nancy Moore klein und ausgelaugt. Sie hatte ihre blonden Haare zu einem zerzausten Pferdeschwanz gebunden, in dem ein paar graue Strähnen hervorstachen. Sie trug ein weites

Sweatshirt mit dem Schriftzug LONDON, bei dem das L aus einer alten Telefonzelle und einem Doppeldeckerbus bestand. Wahrscheinlich hatte sie sehr hastig gepackt und es erst hier in einem Touristenshop gekauft.

Nancy Moore bestellte beim Barista etwas, sprach aber offenbar zu leise, sodass er die Hand hinters Ohr hielt, um ihr zu zeigen, dass er sie nicht verstand. Sie wiederholte die Bestellung und fing an, im Portemonnaie nach Geld zu kramen.

Myron stand auf. »Mrs Moore?«

Sie erschrak. Die Münzen fielen ihr aus der Hand. Myron bückte sich, um sie aufzusammeln. Nancy wollte erst helfen, dann war ihr die Anstrengung aber offenbar zu groß. Myron richtete sich wieder auf und gab ihr die Münzen.

»Danke.«

Nancy Moore starrte ihn einen Moment lang an. Ein seltsamer Ausdruck zog über ihr Gesicht. Weil sie ihn erkannte? Überrascht war? Beides?

»Sie sind Myron Bolitar«, sagte sie.

»Ja.«

»Wir sind uns schon begegnet«, sagte sie.

»Einmal«, sagte Myron.

»Bei … Sie brach ab. Es war im Haus der Baldwins gewesen, dem Tatort, an dem das schreckliche Ereignis stattgefunden hatte. Etwa einen Monat nach der Entführung. Win und Myron waren zu spät zu Hilfe gerufen worden. »Sie sind ein Freund von Win.«

»Ja.«

»Und Sie … Sie sind derjenige, der …« Sie blinzelte, sah zu Boden. »Wie kann ich Ihnen angemessen dafür danken, dass Sie meinen Jungen gerettet haben?«

Myron ignorierte die Frage. »Wie geht es Patrick?«

»Körperlich wird das alles wieder.«

Der Barista kam zurück und stellte zwei Pappbecher mit Kaffee vor sie.

»Sie haben ihm das Leben gerettet«, sagte sie. Ihre Stimme klang ergriffen. »Sie haben meinem Sohn das Leben gerettet.«

»Freut mich, dass es ihm gut geht«, sagte Myron. »Ich habe gehört, dass er bei Bewusstsein ist?«

Nancy Moore antwortete nicht sofort. Dann sagte sie: »Darf ich Sie etwas fragen?«

»Natürlich.«

»Wie viel wissen Sie noch von Ihrem Leben, bevor Sie sechs Jahre alt waren?«

Er wusste, worauf das hinauslief, machte aber trotzdem mit. »Nicht viel.«

»Und aus der Zeit zwischen sechs und sechzehn?«

Myron schwieg.

»Das war die wichtigste Zeit, stimmt's? Grundschule, Mittelstufe, der Beginn der Highschool. Das ist die Zeit, in der wir geformt werden. Da werden wir zu dem, der wir sind.«

Der Barista nannte den Preis. Nancy Moore gab ihm die Münzen. Er gab ihr etwas Wechselgeld und eine Papiertüte für die beiden Kaffeebecher.

»Ich will Sie nicht drängen«, sagte Myron. »Aber hat Patrick etwas darüber erzählt, was mit ihm passiert ist oder wo Rhys sein könnte?«

Nancy Moore steckte das Wechselgeld etwas zu konzentriert ins Portemonnaie. »Nichts, was Ihnen weiterhelfen könnte«, sagte sie.

»Was heißt das?«

Sie schüttelte nur den Kopf.

»Was hat er gesagt?«, fragte Myron. »Patrick, meine ich. Wer hat sie entführt? Wo sind sie die ganze Zeit gewesen?«

»Sie suchen nach Antworten«, sagte sie. »Ich will nur meinen Sohn zurückhaben.«

»Ich suche nach Antworten«, sagte Myron, »weil ein Junge noch vermisst wird.«

Ihr Blick war jetzt stahlhart. »Glauben Sie, Rhys' Schicksal interessiert mich nicht?«

»Nein, keineswegs. Ich bin sicher, dass es Ihnen viel bedeutet.«

»Glauben Sie, ich wüsste nicht, was Brooke und Chick durchmachen?«

»Ganz im Gegenteil«, sagte Myron. »Ich glaube, das weiß kaum jemand so gut wie Sie.«

Sie schloss die Augen. »Tut mir leid. Es ist bloß …«

Myron wartete.

»Patrick kann im Moment kaum sprechen. Er ist … es geht ihm nicht gut. Psychisch, meine ich. Er hat noch nichts gesagt.«

»Ich will nicht gefühllos klingen«, sagte Myron, »aber sind Sie sicher, dass es Patrick ist?«

»Ja.«

Ohne jedes Zögern. Ohne den geringsten Zweifel.

»Haben Sie einen DNA-Test gemacht?«

»Nein, aber das werden wir, wenn es erforderlich ist. Er erkennt uns, glaube ich. Mich jedenfalls. Aber es ist Patrick. Es ist mein Sohn. Ich weiß, dass es wie ein albernes Klischee klingt, aber als Mutter spürt man so etwas.«

Könnte ein Klischee sein – oder auch nicht. Andererseits, um ein anderes Klischee zu bedienen: Wir sehen, was wir sehen wollen, besonders als verzweifelte Mutter, die hofft, zehn schmerzliche Jahre zu beenden.

Tränen schossen ihr in die Augen. »Ein Verrückter hat auf ihn eingestochen. Auf meinen Jungen. Sie haben ihn gefunden.

Sie haben ihn gerettet. Verstehen Sie? Er wäre verblutet. Die Ärzte haben das gesagt. Sie haben ihm …«

»Nancy?«

Eine Stimme hinter ihm. Myron drehte sich um und sah Hunter Moore, Nancys Exmann und Patricks Vater, in der Tür stehen.

»Komm«, sagte er. »Wir müssen los.«

Er ließ die Tür los und verschwand nach links.

Hunter Moore hatte sich nicht anmerken lassen, ob er Myron erkannt hatte. Aber eigentlich war kaum davon auszugehen. Sie waren sich nie begegnet – er war an jenem Tag nicht bei den Baldwins gewesen –, außerdem hatte er es offenbar eilig, seine Frau abzuholen.

Nancy nahm die Tüte und die Kaffees. Sie wandte sich an Myron.

»Es reicht bei Weitem nicht aus, mich noch einmal bei Ihnen zu bedanken. Die Vorstellung, dass Patrick, nachdem er nach so langer Zeit lebend gefunden wurde, ohne Ihr Einschreiten jetzt tot wäre …«

»Schon okay.«

»Ich werde für immer in Ihrer Schuld stehen.«

Dann eilte sie fort, folgte ihrem Exmann durch die Tür nach links. Einen Moment lang bewegte Myron sich nicht. Der Barista fragte: »Wollen Sie einen Refill?«

»Nein, danke.«

Myron bewegte sich immer noch nicht.

»Alles in Ordnung mit Ihnen, Kumpel?«, fragte der Barista.

»Alles okay.«

Er starrte noch einen Moment in Richtung Tür. Und dann kam ihm ein seltsamer Gedanke. Das Krankenhaus lag rechts. Hunter und Nancy Moore waren jedoch nach links gegangen.

Hatte das etwas zu bedeuten?

Nein. Für sich genommen wenigstens nicht. Vielleicht besorgten sie etwas in einer Apotheke, schnappten ein bisschen frische Luft oder …

Myron ging zur Tür. Er trat auf die Straße und sah nach links. Nancy Moore stieg in einen schwarzen Transporter.

»Warten Sie«, sagte Myron.

Aber sie war zu weit weg, und die Straße war laut. Die Schiebetür des Transporters glitt zu, als Myron losrannte.

»Warten Sie einen Moment«, rief er.

Doch der Transporter war schon unterwegs. Myron sah, wie er die Straße entlangfuhr und hinter einer Kurve verschwand. Er blieb stehen und zog sein Handy heraus. Wahrscheinlich hatte es nichts zu bedeuten. Vielleicht holte die Polizei sie zu irgendeiner Vernehmung ab. Vielleicht brauchten sie etwas Ruhe, nachdem sie die Nacht am Bett ihres Sohnes verbracht hatten.

Beide?

Uh-uh, auf keinen Fall. Hatte Nancy Moore auf ihn den Eindruck einer Frau gemacht, die eine Pause von ihrem Sohn brauchte, nachdem der nach zehn Jahren wieder aufgetaucht war? Ausgeschlossen. Er würde eher davon ausgehen, dass sie nie wieder von seiner Seite wich, dass sie Angst hätte, den Blick länger als ein paar Sekunden von ihm abzuwenden.

Myron drückte die Kurzwahltaste eins auf dem Handy, das Win ihm gegeben hatte. Über mögliche Rückverfolgungen machte er sich keine Sorgen. Der Anruf würde hierhin und dorthin geleitet werden, bevor er auf irgendeiner temporären Handynummer landete, die nicht rückverfolgbar war.

»Ich höre«, sagte Win.

»Ich glaube, wir haben ein Problem.«

»Erzähl.«

Er berichtete von Nancy und Hunter Moore und dem

schwarzen Transporter. Dabei überquerte er die Straße und ging zum Eingang des Krankenhauses. Als er Win alles erzählt hatte, legte er auf. Dann rief er Brooke auf dem Handy an. Sie meldete sich nicht.

Auf einem Schild im Krankenhaus – auf diversen Schildern, wie Myron jetzt sah – stand »Bitte Handy ausschalten«. Die Leute starrten ihn an. Myron steckte es mit einem kurzen, entschuldigenden Achselzucken ein und ging zur Anmeldung.

»Ich möchte zu einem Patienten.«

»Wie heißt er?«

»Patrick Moore.«

»Und Sie sind?«

»Myron Bolitar.«

»Einen Moment, bitte.«

Myron ließ den Blick durch den Raum schweifen. Er entdeckte Brooke und Chick am Fenster in einer Ecke des Wartebereichs. Brooke hob den Blick, sah ihn an und stand auf. Er eilte zu ihr.

»Was ist los?«, fragte Brooke.

»Was hat die Polizei euch gesagt?«

»Nichts. Wir durften nicht zu ihm.«

»Weißt du seine Zimmernummer noch?«

»Ja. Nancy hat sie mir gestern gesagt. Zimmer 322.«

Myron drehte sich um. »Gehen wir.«

»Was ist passiert?«

Er ging um eine Ecke. Da stand ein Wachmann. »Den Besucherpass bitte.«

»Nein«, sagte Myron.

Der Wachmann war verwirrt. »Was?«

Auf seinem Namensschild stand »LAMY«.

Myron war groß und kräftig, aber er wusste, wie er noch

größer wirkte. Dieses Wissen nutzte er jetzt. »Ich muss in den dritten Stock und nach einem Patienten sehen.«

»Dann holen Sie sich einen Besucherpass.«

»Das kann jetzt so oder so laufen, äh, Lamy. Ich kann Sie umhauen, was für Sie im besten Fall peinlich wäre, aber womöglich noch weitere Konsequenzen nach sich ziehen könnte. Sie könnten auch stärker sein, als Sie aussehen, sodass ich gezwungen wäre, Ihnen wehzutun – vielleicht auch mehr, als ich eigentlich will. Oder Sie begleiten mich die Treppe hinauf und passen auf, dass ich nur kurz einen Blick auf einen Patienten werfe, um mich zu vergewissern, dass mit ihm alles in Ordnung ist, worauf ich sofort wieder mit Ihnen hier runterkomme.«

»Sir, ich muss darauf bestehen …«

»Sie haben die Wahl.«

Myron ließ dem Wachmann keine Zeit. Er stürmte an ihm vorbei und rannte die Treppe hinauf. Der Wachmann folgte ihm, allerdings ohne großen Elan.

»Halt! Posten zwei bittet um Hilfe! Eindringling im Treppenhaus.«

Myron rannte weiter. Sein Knie, das vor so langer Zeit für das Ende seiner Karriere verantwortlich war, schmerzte leicht, doch davon ließ er sich nicht aufhalten. Er wusste nicht, ob Brooke oder Chick ihm folgten. Es spielte keine große Rolle. Der Wachmann würde Unterstützung anfordern. Die würde kommen oder auch nicht. Sie würden ihn festnehmen oder auch nicht. Aber rechtzeitig stoppen konnten sie ihn nicht.

Er stieß die Tür zum dritten Stock auf. Vor ihm befand sich Zimmer 302. Er wandte sich nach rechts und sprintete an Zimmer 304 vorbei. Hinter ihm rief jemand: »Anhalten! Sofort anhalten!«

Er hörte nicht darauf.

Er rannte bis zum Zimmer 322, öffnete die Tür und ging hinein, als er weitere Schritte auf sich zukommen hörte. Hinter der Tür blieb er stehen. Er wartete, aber es war so, wie er vermutet hatte.

Das Bett war leer – genau wie das Zimmer.

11

Es gab kurz Ärger mit dem Wachdienst, der sich aber schnell wieder legte.

Myron verließ das Zimmer und ging mit erhobenen Händen zurück zum Ausgang. Die Wachleute wussten nicht recht, wie sie mit dem Eindringling umgehen sollten. Der Mann war in ein leeres Zimmer gerannt. Gab es einen Grund, ihn festzunehmen? Myron erklärte ihnen, dass er sowieso nicht flüchten wollte, worauf sie es gut sein ließen.

Chick drehte durch, besonders als er hörte, wie gelassen die Polizisten reagierten: Sie hätten keine Möglichkeit gehabt Patrick festzuhalten, er sei ein Opfer, kein Krimineller, und habe mit seinen Eltern nach Hause fahren wollen.

»Haben Sie ihm Fragen über meinen Sohn gestellt?«, schrie Chick.

Natürlich hätten sie das, antworteten die Polizisten ruhig. Patrick und seine Eltern hätten behauptet, dass er nichts Relevantes wisse und zu stark traumatisiert sei, um darüber zu sprechen.

Chick: »Und das haben Sie einfach so hingenommen?«

Die Polizisten hatten mit einem höflichen Seufzen und einem dezenten Achselzucken reagiert. Sie hätten getan, was sie konnten. Allerdings könnten sie einen traumatisierten und verletzten Teenager unmöglich dazu zwingen, mit ihnen zu reden. Der Junge habe gesagt, dass er mit seinen Eltern in die Vereinigten Staaten zurückkehren wolle. Die Ärzte hatten eingewilligt und erklärt, dass es möglicherweise das Beste für ihn sei. Die Polizei hatte keine juristische Handhabe, ihn gegen seinen Willen festzuhalten.

Das Gespräch ging noch eine Weile weiter, führte aber letztendlich zu nichts.

Zwei Stunden nachdem Brooke und Chick Baldwin erfahren hatten, dass die Moores in einem Privatflugzeug auf dem Rückweg in die USA waren, gaben sie im Grosvenor House in der Park Lane eine Pressekonferenz.

Myron und Win standen im Hintergrund und sahen zu.

»Sie sieht nicht aus wie eine trauernde Mutter, oder?«, sagte Win.

Er sprach von Brooke.

»Was nicht bedeutet, dass sie es nicht ist.«

»Nein, ich habe ihr jedoch geraten, für die Kameras ein paar Tränen zu verdrücken.«

Myron nickte. »Das wäre gut.«

»Ich weiß allerdings nicht, ob sie das kann. Ich habe ihr gesagt, dass die Leute den Kummer sehen wollen. Sonst glauben sie nicht, dass sie wirklich leidet.«

»Ich erinnere mich noch an die Zeit, als die Jungs verschwunden waren«, sagte Myron. »Und die vielen Berichte in den Nachrichten über das …«, er malte mit den Fingern Anführungszeichen in die Luft, »… ›Auftreten‹ deiner Cousine.«

»Selbst damals konnte sie ihren Schmerz nicht so zeigen, dass die Medien zufrieden waren.«

»Stimmt. Und daher wurde von mehreren Kommentatoren darüber spekuliert, dass sie womöglich an der Sache beteiligt gewesen sein könnte. Schließlich ist es in ihrem Haus passiert, mit ihrem Kindermädchen – und das Schlimmste war, dass man ihr die Verzweiflung nicht ansah.«

»Erbärmlich«, sagte Win.

»So ist es. Wenn Brooke geschluchzt oder einen Nervenzusammenbruch erlitten hätte, wäre die Welt mit ihr in Tränen ausgebrochen. Stattdessen haben sie sie benutzt.«

»Ich erinnere mich. Das war der Anfang dieser ganzen Mütter-bleibt-zu-Hause-Kampagne. Brooke sei nachlässig gewesen. Sie sei eine dieser verwöhnten, reichen Frauen, die sich ein Au-pair-Mädchen nehmen, weil sie sich nicht um ihre eigenen Kinder kümmern wollten.«

»Keiner will sich eingestehen, dass es auch ihm passieren kann«, sagte Myron.

»Also suchen die Leute sich einen Schuldigen«, sagte Win. »So sind die Menschen.«

Während der Pressekonferenz sprach vor allem die Polizei. Brooke starrte scheinbar ins Nichts. Trotz Wins Ratschlag weinte sie nicht. Auch Chick gab in seinem schicken Anzug nicht unbedingt ein mitleiderregendes Bild ab, aber zumindest sah man die Verzweiflung in seiner Miene.

Myron beugte sich vor. »Gut, dass du wieder da bist, Win.«

»Ja«, sagte Win. »Ja, das ist es.«

Die Polizei berichtete so vage wie nur möglich über das Geschehen. Einer der amerikanischen Jungen, die seit zehn Jahren vermisst worden waren, war in London gerettet worden. Sie nannten keine Einzelheiten. Sie beanspruchten den Erfolg nicht für sich, schrieben ihn aber auch nicht Myron zu.

Für Myron war das mehr als in Ordnung.

Die Polizei äußerte die Vermutung, dass der andere vermisste Teenager, Rhys Baldwin, der Sohn der beiden schon viel zu lange leidenden Eltern auf dem Podium, auch in der Nähe sein könnte. Ein Reporter rief: »Wie kommen Sie darauf?« Der Sprecher ignorierte ihn. Als dann ein altes Foto vom sechsjährigen Rhys und diverse Alterungsbilder präsentiert wurden, sah Myron zum ersten Mal, dass Brookes Fassade ins Bröckeln geriet.

Sie weinte jedoch nicht.

»Sie werden zurückfliegen, sobald sie dies hinter sich haben«, sagte Win.

»Sie bleiben nicht hier?«

Win schüttelte den Kopf. »Sie wollen nach Hause. Sie wissen, dass sie in London nichts tun können. Du musst mit ihnen fliegen. Du musst versuchen, Patrick irgendwie zum Reden zu bringen. Du musst vorne anfangen und dich von dort in meine Richtung vorarbeiten.«

»Du meinst, ich beginne am ursprünglichen Tatort?«

»Ja.«

»Meinst du wirklich, dass wir so weit zurückgehen müssen?«

»Die Sache mag hier zu Ende gegangen sein, aber begonnen hat es dort, in ihrem Haus.«

»Was hältst du davon, dass die Moores sich heimlich mit Patrick davongestohlen haben?«

»Nicht viel«, sagte Win.

»Wäre durchaus möglich, dass er zu stark traumatisiert ist, um zu reden.«

»Das wäre es.«

»Was könnte sonst dahinterstecken?«

»Das, was du anfangs schon erwähntest.«

»Und was war das?«

»Wir haben etwas übersehen.«

Dann zeigte die Polizei ein Foto von Fat Gandhi und nannte auch seinen richtigen Namen, Chris Alan Weeks, wobei sie betonte, dass er kein Verdächtiger sei, sondern eine Person von besonderem Interesse, die über Informationen verfügen könnte. Der Mann auf dem Foto hatte Haare und wog vermutlich rund fünfundzwanzig Kilo weniger als der, dem Myron begegnet war.

»Soll die Polizei ihn finden?«, fragte Win, »oder soll ich das tun?«

»Welche Rolle spielt das?«

Win sah ihn an. »Was passiert, wenn die Polizei ihn festnimmt?«

»Wenn Rhys bei ihm ist, tja, dann ist die Sache erledigt. Fall gelöst.«

»Recht unwahrscheinlich, dass das so abläuft«, sagte Win. »Er ist extrem vorsichtig. Entweder würde er Rhys umbringen – Spekulationen darüber können wir uns jedoch sparen, weil sie uns nicht weiterbringen –, oder dein rundlicher Freund wird ihn an einem sicheren Ort unterbringen, an dem wir ihn nicht zu fassen kriegen.«

»Okay.«

»Also frage ich noch einmal: Was passiert, wenn die Polizei ihn festnimmt?«

»Zuerst sperren sie ihn ein.«

»Stimmt.«

Myron erkannte, worauf Win hinauswollte. »Er nimmt sich einen Anwalt. Sie haben nichts gegen ihn in der Hand. Alle Daten liegen in einer gesicherten Cloud. Die Jugendlichen werden nicht gegen ihn aussagen. Er ist vorsichtig. Sie haben zwar meine Aussage, dass er auf Patrick eingestochen hat, es war aber dunkel, und die Anwälte werden anführen, dass ich das gar nicht so genau sehen konnte, was ja auch zutrifft.«

Win nickte. »Glaubst du, er wird reden?«

»Um dich zu zitieren: ›Recht unwahrscheinlich, dass das so abläuft‹.«

»Wenn ich ihn hingegen finde …«, sagte Win.

Myron drehte sich um und konzentrierte sich wieder auf die Pressekonferenz.

»Du befürwortest mein Vorgehen nicht?«

»Du weißt, dass ich das nicht tue.«

»Aber du kennst mich und weißt, wie ich agiere.«

»Und das mag, na ja, in der Vergangenheit auch gelegentlich in Ordnung gewesen sein. Unter bestimmten Umständen.«

»Für deine schöne neue Welt gilt das aber nicht mehr?«

»Bist du wirklich dafür, dass Regierungen Menschen foltern dürfen, um an Informationen zu kommen?«

»Herrgott, nein«, sagte Win.

»Nur du persönlich?«

»Ja, so ist es. Ich vertraue meinem Urteil und meinen Motiven. Denen der Regierungen vertraue ich nicht.«

»Also gelten für dich andere Regeln.«

»Ja, selbstverständlich.« Win legte den Kopf schräg. »Ist dir das zu hoch?«

Myron schüttelte den Kopf. »Eins noch.«

»Ja?«

»Du warst lange weg.«

Win sagte nichts.

»Wenn ich jetzt zurückfliege«, sagte Myron, »will ich dich nicht wieder verlieren.«

»Du hast doch gehört, was Brooke gesagt hat.«

»Das habe ich.«

»Ich habe Mist gebaut. Egal, was es kostet, ich muss ihren Sohn finden.«

*

Eine Stunde später, sie stiegen gerade in Wins Flugzeug, bekam Brooke eine SMS. Sie las sie und blieb stehen. Auch Myron und Chick blieben stehen und sahen sie an.

»Was gibt's?«,

»Sie ist von Nancy.«

Sie reichte Chick das Handy. Er las vor: »Ich tue das, was das Beste für meinen Sohn ist. Und für deinen. Vertrau mir. Wir melden uns bald.« Chicks Blick war immer noch finster. »Was zum Teufel soll das heißen?«

Brooke nahm ihm das Handy wieder ab. Sie versuchte noch einmal, Nancy anzurufen, doch auch dieses Mal ging sie nicht ran. Also schickte sie eine SMS, in der sie um eine Erklärung oder genauere Details bat. Auch darauf meldete sich niemand.

»Sie mochte uns nie«, sagte Chick. »Sie hat uns immer die Schuld gegeben für das, was passiert ist, obwohl auch unser Sohn verschwunden ist.«

Er zog den Kopf ein und trat ins Flugzeug. Mia erwartete sie in ihrer figurbetonten Stewardessen-Uniform. Sie begrüßte sie alle den Umständen entsprechend mit einem dezenten Lächeln und nahm ihnen ihre Jacken ab.

»Sie benimmt sich, als wäre es deine Schuld«, sagte Chick zu seiner Frau. »Das habe ich dir schon öfter gesagt.«

»Ich weiß, Chick. Sehr oft.«

»Auch bevor das hier passiert ist, meine ich. Na ja, Hunter trinkt jetzt, aber der war schon immer eine zwielichtige Gestalt. Dem wurde doch alles auf dem Silbertablett präsentiert. Außerdem ist er ein Langweiler vor dem Herrn. Da kann man sich genauso gut mit einem Betonklotz unterhalten. Aber was zieht Nancy hier eigentlich für eine Nummer ab?«

Die Frage konnte niemand beantworten.

Chick sah Mia an. »Ist jemand im Schlafzimmer?«

»Es steht Ihnen zur Verfügung, Sir.«

»Schön. Können Sie mir etwas Wasser bringen?«

»Sofort, Sir.«

Chick zog ein Tablettenfläschchen aus der Tasche. Er schüttete zwei Pillen auf seine Handfläche, überlegte kurz und nahm noch eine dritte. Mia reichte ihm ein Glas Wasser. Er schluckte die drei Tabletten und deutete auf den Raum im Flugzeugheck. »Habt ihr was dagegen, wenn ich …?«

»Kein Problem«, sagte Brooke.

Drei Minuten später hörten sie ihn schnarchen. Mia schloss die Tür, und das Geräusch verschwand. Das Flugzeug raste die Startbahn entlang und hob ab. Myron und Brooke saßen nebeneinander.

»Und was hat Win jetzt vor?«, fragte sie.

»Er will sich Fat Gandhi schnappen, bevor die Polizei ihn kriegt.«

Brooke nickte. »Das wäre gut. Glauben Sie, dass er das schafft?«

»Wenn Win hier wäre, würde er antworten: ›Ich tu mal so, als hätte ich diese Frage nicht gehört‹.«

Sie lächelte. »Er liebt uns.«

»Ich weiß.«

»Er liebt nicht viele Menschen«, sagte sie. »Aber wenn er einen liebt, ist es gleichermaßen extrem wie auch beruhigend.«

»Ich weiß gar nicht mehr, wie oft er mir schon das Leben gerettet hat.«

»Und Sie ihm seins«, sagte sie. »Das hat er mir erzählt. Sie haben sich auf der Duke University kennengelernt, stimmt's?«

»Ja.«

»Wann?«

»Gleich im ersten Jahr.«

»Und wie war Ihr erster Eindruck von ihm?«

Myron sah zur Seite und bemühte sich, nicht zu lächeln. »Mein Dad hat mich hingefahren. Ich war nervös, schließlich war es mein erstes Jahr auf der Uni, weg von zu Hause und so weiter. Er hat versucht, mich mit ein paar lockeren Sprüchen abzulenken und aufzuheitern. Dann hat er mir beim Einzug geholfen. Wir mussten mein Zeug vier Treppen hochtragen. Ich hab ihm immer wieder gesagt, dass ich das auch allein schaffe.

Ich war ein bisschen besorgt, weil mein Dad damals alles andere als fit war …«

Myron schüttelte den Kopf und kam zurück aufs Thema.

»Im Studentenwohnheim lag so ein Buch mit den Fotos der neuen Bewohner. Hatten Sie das auch?«

»Aber klar«, sagte Brooke, und ein trauriges Lächeln umspielte ihre Lippen. »Wir sind unseres durchgegangen und haben die Jungs auf einer Skala von eins bis zehn bewertet.«

»Herrje, wie oberflächlich, Brooke.«

»Ja, so bin ich.«

»Jedenfalls haben Dad und ich eine Pause gemacht und es durchgeblättert. Und ich erinnere mich noch daran, wie er Wins Bild entdeckte – der mit seinen blonden Haaren und den blauen Augen wirkte, als posierte er fürs Titelbild der Zeitschrift *Arrogante Lackaffen*. Er hatte auch diesen hochnäsigen Gesichtsausdruck. Sie wissen, welchen ich meine?«

Brooke ahmte ihn perfekt nach.

»Ja, genau den.«

»Als wäre er das außergewöhnlichste Wesen auf Gottes grüner Erde.«

»Genau. Neben dem Foto standen die versnobte Privatschule, von der er kam, und sein vollständiger Name. Ich lese ihn also – Windsor Horne Lockwood III – und fange an zu lachen, zeige ihn meinem Dad, auch er lacht, und ich sage voller Überzeugung: ›Den Typen werde ich garantiert die ganzen vier Jahre nicht zu Gesicht bekommen. Und mich schon gar nicht mit ihm anfreunden‹.«

Brooke lächelte: »Ich weiß genau, was Sie meinen.«

»Am selben Abend sind wir uns dann begegnet. Seitdem ist er mein bester Freund.«

»Also verstehen Sie mich.«

»Klar. Die Menschen hassen ihn, sobald sie ihn sehen. Sie

halten ihn für einen arroganten, feigen WASP, der nicht einmal eine Fliege mit bloßer Hand erschlagen könnte.«

»Ein leichtes Opfer«, sagte Brooke.

»Ja. Und am Anfang hat er sich auch nichts anmerken lassen. Na ja, ich habe aber trotzdem sofort gespürt, dass er auch eine dunkle Seite hat. Schon bei unserer ersten Begegnung beim Kennenlernabend.«

»Vielleicht haben Sie sich deshalb zu ihm hingezogen gefühlt?«

»Wegen der dunklen Seite?«

»Ja. Er war das Yin zu Ihrem Yang.«

»Möglich«, stimmte Myron zu.

»Und seit wann wissen Sie Bescheid?«, fragte sie. »Ich meine, wann haben Sie von seinen, äh, Fähigkeiten erfahren. Erinnern Sie sich noch daran?«

Das tat Myron. Nur zu gut. »Gleich im ersten Semester. Etwa einen Monat nach Vorlesungsbeginn haben ein paar Footballspieler beschlossen, Win den Kopf zu rasieren. Sie kennen das. Ihnen gefielen die glatten, perfekt frisierten blonden Haare einfach nicht.«

»Schon klar.«

»Eines Nachts sind diese großen, kräftigen Footballspieler also in das Zimmer eingedrungen, in dem Win schlief. Ich glaube, sie waren zu fünft. Vier sollten Wins Arme und Beine festhalten, während der fünfte ihm den Kopf rasierte.«

»Oh je«, sagte Brooke.

»Genau.«

»Und wie ist das für sie ausgegangen?«

»Ich will es mal so ausdrücken«, sagte Myron. »Die Footballmannschaft hat eine sehr schlechte Saison gespielt. Es standen einfach zu viele auf der Verletztenliste.«

Brooke schüttelte den Kopf. »Gut, dass er auf unserer Seite ist«, sagte sie.

»Ja, auf jeden Fall.«

»Und was haben Sie jetzt vor, Myron?«

»Win hat recht. Ganz egal, was für schreckliche Dinge den beiden Jungs widerfahren und wie sie nach London geraten sind, begonnen hat es in Ihrem Haus. Er versucht, die Sache von hinten aufzurollen. Wir fangen vorne an, begeben uns zurück an den Anfang. Wir versuchen herauszubekommen, was damals passiert sein könnte.«

Brooke überlegte. »Ich verstehe immer noch nicht recht, was das bringen soll. Wir haben den Tatort doch schon tausendmal begutachtet.«

»Ja, aber jetzt sehen wir ihn uns noch einmal mit anderen Augen an. Wir sind in der Lage, ein Stück in die Zukunft zu schauen. Das ist wie bei einer Autofahrt, wenn man nicht weiß, wohin man fährt. Letzte Woche kannten wir nur den Ausgangspunkt. Jetzt wissen wir, wo das Auto vor drei Tagen war. Also gucken wir uns das mit diesem Wissen im Hinterkopf noch einmal ganz genau an.«

»Kann ja nicht schaden«, sagte Brooke.

»Vor allem aber müssen wir versuchen, Patrick zum Reden zu bewegen.«

»Stimmt.«

»Nancys SMS vor dem Abflug – was halten Sie davon?«

»Ich weiß nicht recht.«

»Chick scheint ihr nicht zu vertrauen. Was ist mit Ihnen?«

Brooke überlegte. »Sie ist eine Mutter.«

»Was wollen Sie damit sagen?«

»Ich will damit sagen, dass sie das tun wird, was für ihr Kind am besten ist. Nicht das, was für meins am besten ist.«

Mia brachte ihnen Wasser und angewärmte Nüsse. Sie stellte sie ab und drehte sich um.

»Sie meinen also, dass Nancy uns nicht hilft?«, fragte Myron.

»Nein, Nancy versteht, wie ich leide. Vermutlich besser als jeder andere. Aber Eigeninteresse ist ein starkes Motiv. Sie ist eine Mutter, die sich Sorgen um ihr Kind macht. Sie hat geschrieben: ›Ich tue das, was das Beste für meinen Sohn ist. Und für deinen.‹ Sie hat nicht geschrieben: ›Ich tue das, was das Beste für unsere Söhne ist.‹ Verstehen Sie?«

»Ja.«

»Und was machen wir jetzt damit?«

»Wir tun das, was das Beste für Ihren Sohn ist. Und für Nancys.«

12

Bei der Landung erhielt Brooke eine weitere SMS von Nancy. WIR KOMMEN MORGEN UM 9 UHR BEI EUCH VORBEI, OKAY?

Brooke las sie Myron und Chick vor.

»Wer zum Teufel ist ›wir‹?«, fragte Chick.

»Keine Ahnung.«

»Frag sie.«

»Lass uns lieber abwarten«, sagte Brooke. »Sonst verschrecken wir sie noch.«

»Wieso verschrecken?«, fragte Chick.

»Ich weiß nicht. Was meinen Sie, Myron?«

»Warten Sie es ab«, sagte Myron.

Brooke tippte die Antwort ein: OKAY, BIS MORGEN.

Auf dem Flughafen warteten zwei Limousinen, eine für die Baldwins, eine für Myron. Brooke blieb kurz stehen, bevor sie einstieg, und wandte sich an Myron.

»Sie sollten morgen auch dabei sein. Sie haben ihren Sohn gerettet. Nancy und Hunter stehen in Ihrer Schuld.«

Myron war nicht sicher, ob das eine gute Idee war, sagte aber: »Okay.«

Er wartete, bis Brooke und Chick in ihrer Limousine außer Sicht waren, bevor er zu seiner ging. Als er hinten einstieg, sagte der Fahrer: »Es ist alles vorbereitet. Ich stehe Ihnen die ganze Nacht zur Verfügung.«

»Wunderbar.«

»Also zur Highschool.«

Myron sah auf die Uhr. »Ja, das müsste passen.«

Er lehnte sich zurück. Vermutlich würde morgen die Welt untergehen, aber der bevorstehende Abend würde vielleicht nicht direkt lebensbejahend, aber doch zumindest halbwegs normal verlaufen. Um 18 Uhr 30 erreichten sie die städtische Grünfläche vor der Highschool. Die ovale Fläche von knapp einem Kilometer Umfang, auf der die Bewohner des Ortes joggten, spazieren gingen oder sich unterhielten, hatte den cleveren Spitznamen »The Circle« erhalten, weil, tja, ein Kreis schließlich fast dasselbe war wie ein Oval. Gegenüber der Schule befand sich das städtische Polizeirevier. Die Stadtbibliothek lag vorne rechts, wenn man auf den Circle kam. Das städtische Freizeitcenter lag hinten rechts. Die Stadtkirche nahm das linke Grundstück ein, und da, mittig hinten im Oval, wenn man so wollte, lag die weitläufig angelegte städtische Highschool.

Das Schlüsselwort lautete: *städtisch*.

Der Fahrer hielt vor der Schulsporthalle. Myron öffnete die schwere Metalltür und ging hinein. Die Halle war leer und dunkel. Das überraschte ihn, doch dann fiel ihm ein, dass hinter dem Footballfeld eine neue Halle errichtet worden war. Dieses Gebäude, das Myron so viel bedeutet hatte, war jetzt die »alte Halle«. Und so sah sie auch aus. Die Halle sah aus, als wäre sie hundert Jahre alt. Sie sah aus, als sollten hier, wie in den Anfangszeiten des Basketballs, Pfirsichkörbe an den Brettern angebracht sein, statt Metallringe mit Netzen.

Die Schritte hallten laut durch den Raum, als Myron über das alte Holzparkett ging. In der Mitte des Felds blieb er einen Moment lang stehen. Der wohlbekannte Schweißgeruch hing in der Luft. Entweder wurde hier immer noch trainiert, oder der Geruch hatte sich – durchmischt mit dem eines starken Reinigungsmittels – für alle Ewigkeit in den Holzwänden und -balken festgesetzt. Manche Menschen fanden diesen Geruch vermutlich unerträglich. Für Myron hatte er etwas Himmlisches.

Gerüche führten ihn zurück in die Vergangenheit. Der Begriff Déjà-vu beschrieb dieses Erlebnis nur unzureichend. Er drehte sich langsam um die eigene Achse und nahm alles in sich auf. Er blickte auf die Betonwand über der Tür. Das Schild hing dort noch.

TOP-SCORER BASKETBALL: EWIGE BESTENLISTE
1. MYRON BOLITAR

Die Erinnerungen stürmten mit solcher Macht auf ihn ein, dass ihm schwindelig wurde. Die alte, klapprige Ziehharmonika-Tribüne war zwar an die Wand geschoben, in Myrons Erinnerung war sie allerdings voll ausgefahren. Vor seinem inneren Auge sah er seine alten Mannschaftskameraden und Trainer, und einen Moment lang versuchte er zu überschlagen, wie viele Stunden er hier verbracht hatte, und dachte daran, wie gut es ihm hier ergangen war, auf diesem Parkett, in den engen Grenzen des Basketballfelds. Angeblich sollte Sport ein Spiegel des Lebens sein, eine Lektion, bei der man Durchhaltevermögen und Stärke für die Zukunft trainierte, eine großartige Vorbereitung auf das wahre Leben. Das hörte man immer wieder. Für Myron hatte das nicht gegolten.

Myron war auf dem Basketballplatz alles leichtgefallen. Im wahren Leben war das anders.

Er verließ die Halle, trat ins Sonnenlicht und stieg wieder in die Limousine. »Falsche Halle«, sagte Myron. »Ich glaube, die neue ist hinter dem Footballfeld.«

Der Fahrer brachte ihn hin. Als er die Tür der neuen Halle öffnete, hörte er das beruhigende Geräusch eines aufprallenden Basketballs und das wohlbekannte Quietschen von

Sportschuhen auf dem Hallenboden. Im Hintergrund lief leise Musik. Die neue Sporthalle war State of the Art, was immer das genau heißen mochte. Sie war hell beleuchtet, die Anzeigetafeln waren cool, und die bequemen Sitze hatten Rückenlehnen. Alles glänzte. Aber der Geruch – die Mischung aus Schweiß und Reinigungsmittel – war auch hier unverkennbar. Myron lächelte.

Das Jungsteam der Highschool machte ein Trainingsspiel, eine Hälfte trug Weiß, die andere Grün. Myron setzte sich in die erste Reihe, sah zu und versuchte, nicht zu breit zu grinsen. Die Spieler waren gut – kräftiger und besser durchtrainiert als zu seiner Zeit. Die Lancers waren in dieser Saison noch ungeschlagen, und hinter vorgehaltener Hand hieß es, dass sie eine realistische Chance hätten, ihre fünfundzwanzig Jahre alte Rekord-Siegesserie zu übertreffen. Das war in der Zeit, als der letzte Jugend-Auswahlspieler in dieser Schulhalle aktiv war.

Ja, erraten.

Lauter gute Spieler rannten auf dem Platz auf und ab, ein paar waren sogar ausgezeichnet, doch einer ragte heraus.

Ein Zehntklässler namens Mickey Bolitar. Myrons Neffe.

Mickey drehte sich Richtung Ecke, verlud seinen Gegenspieler, bekam den Pass, täuschte einen Drei-Punkte-Wurf an und zog an der Grundlinie entlang zum Korb. Seine Bewegungen waren das reinste Gedicht. Myron konnte kaum den Blick von ihm abwenden. Man erkannte es sofort. Die Größe. Myron sah seinem Neffen ins Gesicht und merkte, dass er »im Tunnel« war, konzentriert, aber dennoch locker, am Limit, aber dennoch entspannt, oder wie auch immer man es bezeichnen wollte. Eigentlich aber konnte man es in einem Wort zusammenfassen.

Zu Hause.

Auf dem Platz fühlte Mickey sich – genau wie sein Onkel früher – zu Hause. Auf dem Platz war alles in Ordnung. Auf dem Platz konnte man alles in den Griff bekommen. Man hatte Freunde und Kontrahenten. Man hatte den Ball und die beiden Körbe. Man hatte Regeln. Man hatte etwas, woran man sich festhalten konnte. Man war bei sich. Man war sicher.

Man war zu Hause.

Coach Grady sah Myron und kam zu ihm. Manche Dinge änderten sich. Andere nicht. Der Coach trug immer noch ein Polohemd mit einem gestickten Logo auf der Brusttasche und Shorts, die einen Tick zu eng waren. Er schüttelte Myron die Hand, dann umarmte er ihn.

»Ist verdammt lange her«, sagte Myron.

»Ja«, sagte Coach Grady. Er breitete die Arme aus. »Wie gefällt dir die neue Halle?«

Myron sah sich kurz um. »Irgendwie vermisse ich die alte ja.«

»Ich auch.«

»Andererseits sind wir womöglich einfach griesgrämige alte Männer.«

»Auch möglich.«

»Vielleicht sollte ich mich auf die Veranda vor dem Haus stellen und die Kids anschreien, dass sie sich von meinem Rasen verpissen sollen?«

Beide drehten sich um und sahen sich das Spiel an. Wieder täuschte Mickey einen Dreier an, und als der Verteidiger darauf reagierte, spielte er einen Pass in die Mitte, sodass ein Mitspieler einen einfachen Korbleger machen konnte.

»Er ist etwas Besonderes«, sagte Grady.

»Ja.«

»Ich glaub sogar, er ist noch besser als du damals.«

»Jetzt ist aber mal gut.«

Coach Grady lachte und pfiff ab. Das Spiel endete, und erst jetzt tauchte Mickey aus dem Tunnel auf, sah sich um und entdeckte seinen Onkel. Er winkte nicht. Myron auch nicht. Der

Coach forderte sie auf, einen Kreis zu bilden, sagte ein paar aufmunternde Worte, dann streckten alle die Hände in die Mitte und riefen »Team!«, bevor sie ihre Taschen holten und duschen gingen.

Mickey joggte zu Myron. Er hatte sich ein Handtuch um den Nacken gelegt. Myron stand auf. Mickey war sechzehn Jahre alt und etwas größer als Myron, also gut ein Meter fünfundneunzig. Er lächelte nicht oft, wenigstens nicht in Gegenwart seines Onkels, allerdings war ihre Beziehung, obwohl sie noch gar nicht lange bestand, bis vor Kurzem ziemlich angespannt gewesen.

Jetzt lächelte Mickey.

»Hast du die Tickets?«, fragte Mickey.

»Liegen an der Kasse.«

»Ich dusch nur schnell. Bin gleich zurück.«

Er joggte davon. Die Halle leerte sich. Myron schnappte sich einen herumliegenden Basketball und ging aufs Feld. Er stellte sich an die Freiwurflinie, tippte den Ball dreimal auf den Boden. Seine Finger fanden die Rillen, ohne dass er darüber nachdenken musste. Er warf den Ball mit einem perfekten Rückwärtsdrall. Zisch. Er machte es noch einmal. Und noch einmal.

Zeit verging. Wie viel, konnte er nicht sagen.

»Myron?«

Es war Mickey.

Sie gingen raus auf den Parkplatz. Als Mickey die Limousine sah, blieb er stehen.

»Fahren wir damit?«

»Ja. Ist das ein Problem?«

»Ein bisschen protzig.«

»Ja, das stimmt.«

Mickey blickte sich um und vergewisserte sich, dass keiner seiner Freunde sie sah. Da die Luft rein war, stiegen beide in den Fond. Mickey beugte sich vor und reichte dem Fahrer die Hand. »Ich bin Mickey.«

»Ich bin Stan«, sagte der Fahrer. »Nett, dich kennenzulernen, Mickey.«

»Ebenso.«

Mickey lehnte sich zurück und schnallte sich an. Der Wagen fuhr los. »Ich dachte, du wärst unterwegs, und wir könnten heute nicht hingehen«, sagte Mickey.

»Ich bin gerade zurückgekommen.«

»Wo warst du?«

»In London«, sagte Myron. »Wie geht's Oma und Opa?«

Oma und Opa waren Ellen und Alan Bolitar, Myrons Eltern. Sie waren für die nächsten paar Tage bei Mickey untergebracht.

»Denen geht's gut.«

»Wann kommen deine Eltern zurück?«

Mickey zuckte die Achseln und sah aus dem Fenster. »Sie sind erst mal in einer dreitägigen Reha.«

»Und dann?«

»Wenn alles gut läuft, kann Mom danach ambulant weiterbehandelt werden.«

Mickeys Tonfall machte deutlich, dass Myron ihn zufriedenlassen sollte. Dieses eine Mal tat ihm Myron den Gefallen.

Sie brauchten eine halbe Stunde für die Fahrt ins Zentrum von Newark. Das Prudential Center wird auch »The Rock« genannt, wegen des Felsens von Gibraltar im Logo der Prudential Versicherung. Hier spielte das Eishockeyteam der New Jersey Devils. Andere Profimannschaften waren hier nicht mehr aktiv. Die ehemaligen New Jersey Nets waren nach Brooklyn umgezogen und hatten ihren Namen entsprechend geändert, aber Myron hatte hier viele College-Basketballspiele gesehen – und zweimal auch Bruce Springsteen.

Myron holte die Tickets an der Kasse ab. Dazu erhielt er zwei laminierte Backstage-Pässe.

»Gute Plätze?«, fragte Mickey ihn.

»Direkt am Ring.«

»Nett.«

»Deine Tanten kümmern sich um unser Wohlergehen. Weißt du doch.«

Das heutige Unterhaltungsprogramm: Profi-Wrestling.

Früher, bevor im Internet Bilder von spärlich bekleideten Frauen jederzeit verfügbar waren, hatten heranwachsende Jungs sich diesen Kitzel unter dem Vorwand verschafft, sich sonntagmorgens professionelles Frauen-Wrestling im Lokalfernsehen anzusehen. Das Rahmenprogramm der heutigen Hauptkämpfe bot unter anderem einen Rückblick in diese Zeiten, zu den Tagen der FLOW, der Fabulous Ladies of Wrestling – die sich ursprünglich die Beautiful Ladies of Wrestling nennen wollten, wobei die Fernsehsender Probleme mit dem sich daraus ergebenden Akronym gehabt hatten –, und einigen der damaligen Publikumslieblinge.

FLOW war vor vielen Jahren Pleite gegangen, aber irgendwie hatte jemand unter Führung von Myrons früherer Geschäftspartnerin Esperanza Diaz die Gesellschaft wieder zum Leben erweckt. Nostalgie war in, und Esperanza, die in ihrer Zeit bei FLOW als »Little Pocahontas, die indianische Prinzessin« bekannt geworden war, hoffte, daran verdienen zu können. Sie hatte jedoch keine heißen, jungen Wrestlerinnen angeheuert, um männliche Jugendliche zu beeindrucken. Dieser Markt war schon gesättigt.

Stattdessen hatte sie die Cougar-Tour des professionellen Wrestlings ins Leben gerufen, also gewissermaßen die »Senior Tour« des Profi-Wrestlings. Und warum auch nicht? Die Senior Tour im Golf zog große Menschenmengen an. Auch im Tennis lief es ordentlich. Fan-Conventions mit alten Fernsehstars aus den 70ern waren gefragter denn je. Und wenn Sie sich anschauen, welche Rockbands in ihren Lieblingsarenen auftreten – die Rolling Stones, The Who, Steely Dan, U2, Bruce Springsteen –, dann wurde sofort deutlich, dass Jugend entweder nicht mehr angesagt war oder dieser Klientel nicht das entsprechende Einkommen zur Verfügung stand.

Warum also sollte man daraus keinen Profit schlagen?

Im heutigen Zweier-Team-Wettbewerb der Cougar-Division traten Little Pocahontas und Big Chief Mama an.

Auch bekannt als Esperanza Diaz und Big Cyndi.

Dann betraten sie den Ring – Esperanza, die in ihrem knappen Wildleder-Bikini mit Leopardenmuster und dem zum Lasso gebundenen Zopf immer noch so heiß aussah, dass einem der Zahnschmelz zu zerfließen drohte, und Big Cyndi mit ihren zwei Metern und einhundertfünfzig Kilo im mehr als knappen Leder-Strapsbustier mit vollem Federschmuck –, und die Menge explodierte.

Mickey drehte sich nach rechts, als das gegnerische Team aus dem Tunnel kam. »Was zum …?«

Die Menge begann zu buhen.

Offenbar war die FLOW wirklich bereit, an ihre Grenzen zu gehen. Waren Esperanza und Big Cyndi in einem Alter, in dem sie noch als MILF durchgehen mochten, gehörten ihre finsteren Kontrahentinnen: »Ladys und Gentlemen, einen Riesenapplaus für die Achse des Bösen, Kommie-Connie und Iron Curtain Irene!«, auf jeden Fall in die Kategorie GILF.

Für diejenigen, die mit Akronymen womöglich so ihre Probleme haben: Das G stand für Großmutter.

Dennoch trug Kommie-Conny voller Stolz (oder Trotz) das gleiche super enge, freizügige rote Kostüm mit chinesischen Sternen und Mao-Bildern, das sie damals berühmt gemacht hatte, während Irene einen Zweiteiler präsentierte, der über dem Dekolleté eine alte sowjetische Sichel hatte.

Mickey zückte sein Smartphone und spielte damit herum.

»Was machst du?«, fragte Myron.

»Ich guck was nach.«

»Was?«

»Moment.« Dann: »Laut dieser Webseite ist Kommie-Connie vierundsiebzig Jahre alt.«

Myron lächelte. »Sieht toll aus, oder?«

»Äh, yeah, denke schon.«

Mickey verstand es nicht. Allerdings war er auch sechzehn. Myron war ein Teenager gewesen, als er Connie zugesehen hatte, also sah er sie vielleicht immer noch durch die Brille seiner Jugend, so wie wir viele Bands unserer Jugend mit den Ohren von damals hören. Egal. Als sie sich zurücklehnten und den Kampf ansahen, stopfte Myron Popcorn in sich hinein.

»Tante Esperanza soll also eine amerikanische Ureinwohnerin sein«, fragte Mickey.

»Ja.«

»Sie ist aber Latina, oder?«

»Ja.«

»Und Big Cyndi ist?«

»Was weiß denn ich?«

»Aber keine Indianerin?«

»Nein, gewiss nicht.« Myron sah ihn an. »Am Profi-Wrestling ist so gut wie nichts politisch korrekt.«

»Sondern eher alles ausgesprochen unsensibel.«

»Ja, vermutlich schon. Sie spielen Rollen. Können wir uns morgen darüber echauffieren?«

Mickey nahm eine Handvoll Popcorn. »Ich habe ein paar meiner Teamkameraden gesagt, dass ich Little Pocahontas kenne.«

»Die waren bestimmt schwer beeindruckt.«

»Auf jeden Fall. Einer sagte, sein Dad hätte immer noch ein Poster von ihr in seinem Fitnessraum.«

»Was dann wohl auch kaum politisch korrekt ist.«

Im Ring trug Big Cyndi mehr Make-up als Zuschauer und Band in einem Kiss-Konzert zusammen. Allerdings machte sie das auch im Alltag so. Mit einer kurzen Bewegung nahm sie Kommie-Connie in einer Ringecke in den Schwitzkasten, dann warf sie Myron mit der freien Hand eine Kusshand zu.

»Ich liebe Sie, Mr Bolitar«, rief sie.

Mickey gefiel das. Der Menge auch. Und, tja, Myron sowieso.

Bei der Senior Tour respektive der Cougar Division drehte sich alles um Erinnerungen, ähnlich wie man sich von seiner Lieblingsband wünschte, dass sie die alten Hits spielte. Und genau das boten die vier Wrestlerinnen den Zuschauern.

Little Pocahontas war schon immer ein Liebling der Fans gewesen. Sie hatte ihre Kämpfe immer aufgrund ihrer kämpferischen Fähigkeiten gewonnen, war geschmeidig, zierlich und elegant durch den Ring getänzelt, hatte schnelle Ausfälle gemacht, war geschickt ausgewichen und hatte sich so gute Noten und Anfeuerungsrufe von den Zuschauern verdient, worauf ihre hinterhältige Kontrahentin zu verbotenen Mitteln griff, um das Blatt zu wenden. Dieser Betrug bestand normalerweise entweder darin, Little Pocahontas Sand in die Augen zu werfen (Esperanza konnte großartig »brennende Augen« spielen), oder das allseits gefürchtete verbotene Objekt zu benutzen, um sie außer Gefecht zu setzen.

Heute taten Kommie-Connie und Iron Curtain Irene beides.

Als der korrupte Ringrichter, den Kommie-Connie durch die Andeutungen sexueller Gefälligkeiten bestochen hatte, Big Cyndi ablenkte, warf Iron Curtain Irene Esperanza Sand in die Augen, während Kommie-Connie ihr ein verbotenes Objekt in die Niere rammte. Little Pocahontas steckte in Schwierigkeiten! Jetzt gingen die beiden bösen Wrestlerinnen gemeinsam auf Little Pocahontas los – auch das war verboten! –, prügelten gnadenlos auf sie ein, bis die Zuschauer kreischten und flehten, dass jemand der armen Schönheit helfen möge, bis Big Chief Mama schließlich bemerkte, was dort vor sich ging, den Ringrichter aus dem Ring schubste und die heiße Heldin rettete, sodass Little Pocahontas und Big Chief Mama schließlich gemeinsam die Achse des Bösen besiegen konnten.

Extrem unterhaltsam.

Die Menge, einschließlich Myron und Mickey, erhob sich und grölte.

»Und wieso warst du in London?«, fragte Mickey.

»Ich habe einem alten Freund geholfen.«

»Wobei?«

»Wir wollten zwei vermisste Jugendliche ausfindig machen.«

Mickey drehte sich um und sah ihn mit ernster Miene an. »Wurde da nicht einer gefunden?«

»Du hast das gesehen?«

»Sie haben in den Nachrichten drüber berichtet. Patrick irgendwas.«

»Patrick Moore.«

»Er ist so alt wie ich, oder? Wurde entführt, als er sechs war?«

»Richtig.«

»Was ist mit dem anderen Jungen?«

»Rhys Baldwin.« Myron schüttelte den Kopf. »Den suchen wir noch.«

Mickey schluckte und blickte wieder zum Ring hinüber. Little Pocahontas hatte Iron Curtain Irene gerade das Standbein weggefegt, sodass sie auf die Matte knallte. Kommie-Connie lag schon und – keuch – Big Chief Mama stand auf dem obersten Seil.

»Das große Finale«, sagte Myron grinsend.

Big Chief Mama schien der Schwerkraft zu trotzen, als sie die Knie beugte und vom obersten Seil hoch in die Luft schnellte. Die Zuschauer hielten kollektiv den Atem an, als sie, fast wie in Zeitlupe, wieder von der Erde angezogen wurde und mit einem lauten Klatschen auf ihren beiden Gegnerinnen landete.

Die beiden Gegnerinnen rührten sich nicht.

Als Big Chief Mama aufstand, erwartete man fast, dass ihre beiden Kontrahentinnen flach wie Pfannkuchen sein würden – ähnlich wie Knetmasse oder eine Cartoon-Figur. Big Chief Mama drehte Connie um. Little Pocahontas drehte Irene um. Gemeinsam drückten sie ihre Gegnerinnen zu Boden, die Glocke ertönte und der Ansager rief: »Die Gewinner und weiterhin Cougar-Team-Champions, aus dem Reservat direkt in Ihre Herzen, einen Riesenapplaus für Little Pocahontas und Big Chief Mama!«

Die ganze Arena stand, als Big Cyndi Esperanza auf ihre Schultern hob. Beide winkten und verteilten Kusshände, während der Applaus auf sie einprasselte.

Dann begann der nächste Kampf.

13

Eine Stunde später zeigten Myron und Mickey ihre Pässe vor und gingen in den Backstage-Bereich. Big Cyndi, die immer noch das Leder-Bustier und den Federschmuck trug, rannte auf Myron zu und rief: »Oh, Mr Bolitar!«

Big Cyndis Schminke war inzwischen etwas zerlaufen, sodass ihr Gesicht einer Schachtel Wachsmalkreide ähnelte, die man zu nah an den Kamin gestellt hatte.

»Hey, Big Cyndi.«

Sie schlang ihre baumdicken Arme um Myron und zog ihn an sich, hob ihn dabei sogar leicht hoch. Big Cyndi war immer noch verschwitzt, und eine Umarmung von ihr war ein überwältigendes Gefühl, fast so, als wäre man in warmen, feuchten Dämmstoff eingewickelt.

Myron lächelte und genoss das Gefühl. Als sie ihn schließlich wieder absetzte, sagte er: »Du erinnerst dich an meinen Neffen?«

»Oh, Mr Mickey?«

Big Cyndi umarmte ihn ebenso ungestüm. Mickey wirkte etwas verwirrt – für jemanden, der das nicht kannte, war es eine wilde Fahrt –, hielt sich aber tapfer. »Hey, Cyndi, Sie waren toll da draußen.«

Sie sah Mickey mit einem seltsamen Blick an. »Cyndi?«

»Entschuldigung. Big Cyndi.«

Sie freute sich. Big Cyndi war Rezeptionistin in Myrons und Esperanzas Sportagentur gewesen. Sie bevorzugte die förmliche Anrede, daher war Myron stets Mr Bolitar, und sie bestand darauf, Big Cyndi genannt zu werden, nicht nur Cyndi. Sie hatte sogar ganz offiziell ihren Namen ändern lassen, sodass in ihren Papieren jetzt stand: Nachname: Cyndi, Vorname: Big.

»Wo ist Esperanza?«, fragte Myron.

»Sie gibt eine Signierstunde für die VIPs«, sagte Big Cyndi. »Sie wissen ja, wie beliebt sie ist.«

»Ja, natürlich.«

»Diese VIPs sind fast alle Männer, Mr Bolitar.«

»Natürlich.«

»Sie bezahlen fünfhundert Dollar Eintritt. Dafür können sie ein Foto machen lassen, auf dem sie mit Little Pocahontas zu sehen sind. Aber ich habe ja auch meine eigene Fangemeinde.«

»Oh, das weiß ich.«

»Ich nehme tausend Dollar, Mr Bolitar. Ich bin etwas anspruchsvoller.«

»Gut zu wissen.«

»Möchten Sie einen grünen Smoothie? Sie sehen nicht gut aus, Mr Bolitar.«

»Nein, danke.«

»Mr Mickey?«

Mickey hob eine Hand. »Im Moment nicht.«

Zwei Minuten später kam Esperanza herein und zog sich einen Bademantel über das Bikinikostüm. Mickey stand sofort auf, als sie den Raum betrat. Es ließ sich einfach nicht verhehlen, dass Esperanzas Aussehen Männer wie Jungs ansprach. Ihre Schönheit erinnerte an Sonnenuntergänge in der Karibik oder Strandspaziergänge im Mondschein.

»Oh, wie süß von dir, dass du aufstehst, Mickey.«

Sie sah Myron, der sitzengeblieben war, stirnrunzelnd an und gab Mickey einen schnellen Wangenkuss. Mickey gratulierte ihr zu der tollen Show. Myron blieb sitzen und wartete. Esperanza und er waren seit langer Zeit eng befreundet. Sie hatte für ihn in der Sportagentur gearbeitet, hatte während dieser Zeit ein Abendstudium gemacht und war schließlich seine Partnerin geworden. Er kannte sie. Sie kannte ihn.

Also wartete er.

Nachdem sie ein paar Minuten mit Mickey geplaudert hatte, nahm Esperanza Mickeys Hand. »Hast du etwas dagegen, wenn ich ein paar Minuten allein mit deinem Onkel rede?«

»Äh, nein, kein Problem.«

»Kommen Sie, Mr Mickey«, sagte Big Cyndi und winkte, dass er ihr folgen sollte. »Kommie-Conny hat Sie in der ersten Reihe gesehen und sagte, sie wollte Sie kennenlernen.«

»Äh, okay.«

»Sie sagte, Sie sähen – und das ist ein Zitat – ›einfach zum Anbeißen‹ aus.«

Mickey erbleichte, folgte ihr aber aus dem Raum.

»Er ist ein guter Junge«, sagte Esperanza.

»Das ist er.«

»Hat er inzwischen aufgehört, dich zu hassen?«

»Ich glaub schon, ja.«

»Und wie geht's seinen Eltern?«

Myron drehte die rechte Hand leicht hin und her, um seinen Zweifeln Ausdruck zu verleihen. »Wir werden sehen.«

Esperanza schloss die Tür. »Du warst also in London.«

»Ja.«

»Du hast mir nicht gesagt, dass du hinfährst.«

»Ich hab's selbst erst kurz vorher erfahren.«

»Und jetzt hab ich in den Nachrichten gehört, dass in London ein vermisster Junge gefunden wurde.«

»Ja.«

»Aber nicht Wins Cousin.«

»Nein«, sagte Myron. »Es war der andere Junge. Patrick Moore.«

»Außerdem war im Bericht die Rede von einer gewaltigen Explosion an dem Ort, an dem der Junge gefunden wurde. Eine ganze Wand soll eingestürzt sein.«

»Du kennst Win«, sagte Myron. »Diskretes Auftreten ist nicht unbedingt seine Stärke.«

Esperanza sah ihm in die Augen. »Dann ist es wahr? Du hast Win getroffen?«

»Ja. Er hat mich um Hilfe gebeten.«

»Ist alles okay mit ihm?«

»Ist es das je gewesen?«

»Du weißt, was ich meine.«

»Es scheint ihm gut zu gehen.«

»Die Gerüchte, dass er durchgedreht ist und irgendwo als Einsiedler lebt …?«

»Die hat er selbst in die Welt gesetzt.«

Myron erzählte ihr, was passiert war. Esperanza setzte sich ihm gegenüber und hörte zu. Es fühlte sich an wie früher, in besseren Zeiten, als sie jünger gewesen waren, die Firma gerade neu gegründet und sich stundenlang über Verträge und Sponsoren unterhalten hatten. Esperanza war viele Jahre lang ein Teil von Myrons Alltag gewesen. Das fehlte ihm.

Als er fertig war, schüttelte Esperanza den Kopf. »Irgendwas stimmt da nicht.«

»Schon klar.«

»Und morgen trefft ihr euch mit dem Jungen, den du gerettet hast?«

»Das hoffen wir.«

»Dir ist klar, dass Big Cyndi und ich dir helfen können, oder?«

»Ich schaff das schon. Ihr seid beschäftigt.«

»Tu das nicht, Myron.«

»Was soll ich nicht tun? Du musst eine Firma leiten.«

»Genau. Ich leite die Firma. Big Chief Mama und Little

Pocahontas werden turnusmäßig ins Programm genommen, allerdings nicht zu jedem Termin. Wir können das einrichten, wenn du uns brauchst.« Esperanza beugte sich vor. »Es geht um Wins Cousin. Ich will dabei sein. Big Cyndi auch. Schließ uns nicht aus.«

Myron nickte. »Okay.« Dann: »Wo ist Hector eigentlich?«

Ihre Miene verfinsterte sich. Als sie wieder etwas sagte, spie sie die Worte wütend aus. »Bei seinem Vater.«

»Oh. Wenn ich deinen Tonfall richtig deute, läuft der Kampf ums Sorgerecht nicht besonders gut.«

»Tom kennt den Richter. Ein Golfkumpel, wenn du es genau wissen willst.«

»Und du hast nicht die Möglichkeit, den Gerichtsstand zu ändern?«

»Meine Anwältin sagt nein. Rat mal, was Tom behauptet?«

»Woher soll ich das wissen?«

»Ich würde einem ...«, Esperanza malte mit den Fingern Anführungszeichen in die Luft, »... unzüchtigen Lebensstil frönen.«

»Weil du Wrestlerin bist?«

»Weil ich bisexuell bin.«

Myron runzelte die Stirn. »Ehrlich?«

»Ja.«

»Aber Bisexualität ist heutzutage doch totaler Mainstream.«

»Ich weiß«, sagte Esperanza.

»Fast schon ein Klischee.«

»Mir brauchst du das nicht zu sagen. Ich komme mir sowieso schon vor, als ob ich völlig out wäre.«

Sie wandte sich ab.

»Sieht also schlecht aus?«

»Ich könnte ihn verlieren, Myron. Du kennst Tom. Er ist einer von diesen Master-of-the-Universe-, Wir-machen-keine-Gefangenen-Typen. Es geht nicht darum, was richtig oder wahr ist. Es geht nur ums Gewinnen. Er will den Sieg, ganz egal, was es kostet.«

»Kann ich dir irgendwie helfen?«

»Beantworte mir eine Frage.«

»Welche?«

»Du wusstest doch, dass er ein Idiot ist, oder?«

Myron antwortete nicht.

»Wie konntest du es dann zulassen, dass ich ihn heirate?«

»Ich dachte, ich dürfte mich da nicht einmischen«, sagte Myron.

»Wer hätte sich denn sonst einmischen sollen?«

Rumms. Esperanza starrte ihn einen Moment lang schweigend an. Sie hatte keine Familie. Sie hatte nur Myron, Win und Big Cyndi.

»Hättest du auf mich gehört?«, fragte Myron.

»Genauso wenig wie du auf mich gehört hast, als ich dir gesagt habe, wie furchtbar Jessica war.«

»Da hatte ich irgendwann eine Erleuchtung.«

»Oh, sowieso. Du hattest eine Erleuchtung. Und zwar gleich nachdem sie dich abserviert und einen anderen Mann geheiratet hat.« Esperanza hob die Hand. »Entschuldige, das war dumm von mir. Ich bin sauer.«

»Kein Problem.«

»Außerdem hast du jetzt Terese.«

»Und die findet deine Zustimmung?«

»Ich liebe sie. Wenn ich sie umdrehen könnte, würde ich sie dir ausspannen.«

»Wie schmeichelhaft«, sagte Myron.

»Moment.«

»Was ist?«

»Willst du mich nicht mehr als Trauzeuge, weil Win wieder da ist?«

»Das bist du nie gewesen«, sagte Myron. »Traditionell übernimmt das bei einem Mann ein Mann, was der Ausdruck ›Best Man‹ ja schon verrät.«

»Das ist sexistisch.«

»Terese und ich wollten dich etwas anderes fragen.«

»Was denn?«

»Wir möchten, dass du die Zeremonie vornimmst.«

Esperanza war nicht oft perplex. Jetzt war sie es. »Wirklich?«

»Ja. Du musst dich im Internet weihen lassen oder so was, aber wir wollen wirklich, dass du diejenige bist, die uns vermählt.«

Esperanza sagte: »Du Schwein.«

»Was?«

»Ich muss gleich zu einer weiteren Autogrammstunde, und jetzt fange ich an zu weinen.«

»Nein, tust du nicht. Dafür bist du viel zu tough.«

»Auch wieder wahr.« Sie stand auf und ging zur Tür. »Myron?«

»Ja.«

»Wie oft hat Win dich schon um Hilfe gebeten?«

»Ich glaube, das war das erste Mal.«

»Wir müssen Rhys finden«, sagte Esperanza.

*

Auf der Fahrt nach Hause war Mickey sehr still.

Onkel und Neffe waren nicht immer einer Meinung. Mickey gab Myron eine Mitschuld an dem, was seinen Eltern zugestoßen war. In gewisser Weise hatte er recht. Esperanza hatte ihn gefragt, warum Myron nicht eingeschritten war und sie vor Tom gewarnt hatte. Das hing mit Mickey zusammen. Damals, vor sehr langer Zeit, war Myron eingeschritten, als sein Bruder

(Mickeys Vater) Brad mit dem schwangeren Wunderkind (Mickeys Mutter) Kitty Hammer durchbrennen wollte.

Seine in bester Absicht getroffene Entscheidung hatte ein Desaster nach sich gezogen.

»Der vermisste Junge«, sagte Myron, »ist so alt wie du.«

Mickey sah aus dem Fenster. Für sein Alter hatte er schon sehr viel durchgemacht – die inkonsequente Erziehung, die Drogensucht seiner Mutter, die absurde Rückkehr seines Vaters aus dem Grab. Außerdem hatte Mickey offensichtlich auch ein paar typische Bolitar-Heldenkomplex-Gene geerbt. Er hatte in sehr kurzer Zeit viel Gutes getan. Das machte Myron gleichermaßen stolz wie auch besorgt.

»Ich hatte gehofft, dass du mir vielleicht ein paar Einblicke in seine Gedankenwelt geben könntest«, sagte Myron.

»Echt jetzt?«

»Ja.«

Mickey verzog das Gesicht. »Wenn ich also etwas mit einem Mittvierziger zu tun habe, könnte ich Einblicke in seine Gedankenwelt bekommen, indem ich dich frage?«

»Berechtigter Einwand«, sagte Myron.

»Wann wurde er entführt? Vor zehn Jahren?«

»Ja.«

»Habt ihr irgendeine Idee, wo er die ganze Zeit gewesen ist?«, fragte Mickey.

Myron schüttelte den Kopf. »Aber wir haben ihn als Stricher auf der Straße aufgegriffen.«

Schweigen.

»Myron?«

»Ja.«

»Erzähl mir alles, okay?«

Myron erzählte ihm die Geschichte. Mickey hörte zu, ohne ihn zu unterbrechen.

»Also ist Patrick jetzt zu Hause«, sagte Mickey.

»Ja.«

»Und du sollst dich morgen mit ihm treffen.«

»Das ist der Plan.«

Mickey rieb sich das Kinn. »Wenn es nicht gut läuft, sag mir Bescheid.«

»Wie kommst du darauf, dass es nicht gut laufen könnte?«

»Ach, nur so.«

»Und was willst du dann machen?«

Mickey antwortete nicht.

»Ich will nicht, dass du da mit reingezogen wirst, Mickey.«

»Es geht um einen vermissten Teenager, Myron. Wie du schon sagtest, könnte ich einen gewissen Einblick haben.«

14

Myron fuhr den Berg hinauf an den Häusern der Neureichen vorbei, die so überdimensioniert aussahen, als hätten sie Wachstumshormone genommen. Der Rasen war überall zu ordentlich manikürt, die Hecken zu exakt geschnitten. Die Sonne schien am Himmel, als hätte man sie dort platziert und mit einem Knopfdruck eingeschaltet. Der Backstein war perfekt verblichen – zu perfekt, sodass das Viertel noch mehr nach einem Las-Vegas- oder Disney-Nachbau aussah. Die Zufahrten waren nicht asphaltiert, sondern aus irgendeinem edlen Sandstein, den man nicht verschmutzen wollte, indem man darüberfuhr. Alles stank nach Geld. Myron kurbelte das Fenster hinunter und erwartete, einen passenden Soundtrack zu dieser makellosen Umgebung zu hören, vielleicht etwas von Bach oder Mozart. Er vernahm aber nur eine große Stille, was, wenn man es sich recht überlegte, genau der perfekte Soundtrack war.

Die hübschen, malerischen Häuser strahlten die Herzlichkeit eines Kettenmotels aus.

Auf der Straße standen diverse neue Pick-up-Trucks, wenn auch nicht so viele, wie man vielleicht erwartet hätte. Das Tor stand offen, also fuhr Myron in die … ja, richtig … Sandstein-Zufahrt der Baldwins. Es war halb neun. In einer halben Stunde sollte das Treffen mit den Moores stattfinden. Myron stieg aus. Der Rasen leuchtete so grün, dass er sich fast gebückt hätte, um zu fühlen, ob er frisch gestrichen war.

Ein schokoladenbrauner Labrador rannte auf ihn zu. Der

Schwanz der Hündin wedelte so hektisch, dass der Hintern kaum hinterherkam. Die letzten beiden Meter schlitterte sie fast auf ihn zu. Myron kniete sich hin und kraulte die Hündin hinter den Ohren.

Ein junger Mann – um die zwanzig – folgte ihr. Er hielt eine Hundeleine in der Hand. Seine Haare waren lang und gewellt – so lang und gewellt, dass er andauernd den Kopf nach hinten warf, damit sie ihm nicht in den Augen hingen. Er trug einen engen, schwarzen Jogginganzug mit dunkelblauen Ärmeln, die perfekt zu seinen dunkelblauen Sportschuhen passten. Myron meinte in seinen Zügen Ähnlichkeiten zu beiden Eltern zu erkennen.

»Wie heißt sie?«, fragte Myron.

»Chloe.«

Myron erhob sich. »Sie müssen Clark sein.«

»Und Sie müssen Myron Bolitar sein.« Er trat näher und streckte die Hand aus. Myron schüttelte sie. »Nett, Sie kennenzulernen.«

»Gleichfalls«, sagte Myron.

Myron überschlug es schnell im Kopf. Clark war Rhys' großer Bruder. Als die Entführung stattfand, war er elf gewesen, also musste er jetzt einundzwanzig sein.

Einen Moment lang standen die beiden sich leicht verlegen gegenüber. Clark sah nach rechts, dann nach links, dann lächelte er gezwungen.

»Gehen Sie zur Uni?«, fragte Myron, um irgendetwas zu fragen.

»Ja. Ich bin im vorletzten Jahr.«

»Und wo?«

»Auf der Columbia.«

»Tolle Uni«, sagte Myron, um irgendetwas zu sagen. »Wissen Sie schon, in welchem Fach Sie Ihren Abschluss machen, oder ist das so eine nervige Erwachsenenfrage?«

»Politikwissenschaft.«

»Oh«, sagte Myron. »Darin habe ich auch meinen Abschluss gemacht.«

»Toll.«

Weiteres peinliches Schweigen.

»Haben Sie schon eine Idee, was Sie nach dem Abschluss machen wollen?«, fragte Myron, weil ihm keine abgedroschenere und geistlosere Frage für einen Einundzwanzigjährigen einfiel.

»Nicht die geringste«, sagte Clark.

»Nur nichts übereilen.«

»Danke.«

War das Ironie? Jedenfalls folgte weiteres peinliches Schweigen.

»Ich geh wohl besser rein«, sagte Myron und deutete auf die Haustür, für den Fall, dass Clark nicht wusste, was er mit »rein« meinte.

Clark nickte. Dann sagte er: »Sie waren es doch, der Patrick gerettet hat.«

»Ich hatte Hilfe.« Auch das war eine dumme Erwiderung auf seine Feststellung. Schließlich wollte der Junge nicht prüfen, ob er sich in Bescheidenheit übte. Dann: »Ja, ich war dabei.«

»Mom sagt, Sie hätten Rhys auch fast gerettet.«

Myron hatte keine Ahnung, was er darauf antworten sollte, also ließ er den Blick ein wenig schweifen. Dann dämmerte ihm etwas.

Dies war der Tatort.

Er stand auf dem Weg, den Nancy Moore gegangen war, als sie hier das erste Mal geklingelt hatte, um Patrick von seinem Spielkameraden abzuholen. Und bald darauf war Brooke ihn entlanggegangen, nachdem sie Vada Linna, das Au-pair-Mädchen, nicht erreicht hatte.

»Sie waren elf, oder?«, fragte Myron.

Clark nickte. »Ja, das stimmt.«

»Erinnern Sie sich an irgendetwas?«

»Zum Beispiel?«

»Einfach irgendwas. Wo waren Sie, als es passiert ist?«

»Wieso ist das wichtig?«

»Ich will mir das Ganze noch einmal ansehen, weiter nichts.«

»Und was habe ich damit zu tun?«

»Nichts«, sagte Myron. »Aber so mache ich das. Ermitteln, meine ich. Ich tappe ahnungslos im Dunkeln herum. Ich stelle viele dumme Fragen. Die meisten bringen mich nicht weiter. Aber manchmal entsteht auch aus einer dummen Frage ein Funke.«

»Ich war in der Schule«, sagte Clark. »In der fünften Klasse, bei Mr Dixon.«

Myron überlegte. »Warum waren Rhys und Patrick nicht in der Schule?«

»Sie waren noch im Kindergarten.«

»Und?«

»Und der Kindergarten ist hier nur halbtags geöffnet.«

Myron ließ sich das einen Moment durch den Kopf gehen. »Woran erinnern Sie sich?«

»Eigentlich an gar nichts. Als ich von der Schule nach Hause gekommen bin, war die Polizei da.« Er zuckte die Achseln.

»Sehen Sie?«, sagte Myron.

»Was soll ich sehen?«

»Sie haben mir geholfen.«

»Wieso?«

Die Haustür wurde geöffnet. Brooke trat heraus. »Myron?«

»Ja, Entschuldigung, ich habe mich nur kurz mit Clark unterhalten.«

Ohne ein weiteres Wort befestigte Clark die Leine am Halsband der Hündin und joggte in Richtung Straße. Myron ging auf Brooke zu, unsicher, ob er ihr einen Wangenkuss geben, die Hand schütteln oder irgendetwas anderes tun sollte. Brooke zog ihn an sich und umarmte ihn, also spielte er mit. Sie roch gut. Sie trug Jeans und eine weiße Bluse. Das stand ihr.

»Sie sind früh«, sagte Brooke.

»Würden Sie mir die Küche zeigen?«, fragte Myron.

»Sie kommen sofort auf den Punkt, was?«

»Ich gehe nicht davon aus, dass ich es locker angehen lassen soll.«

»Sollen Sie auch nicht. Hier entlang.«

Auf dem Marmorfußboden hallten die Schritte durchs dreistöckige Foyer, in dem sich eine Art Showtreppe befand – ein Anblick, den man im wahren Leben nur selten zu Gesicht bekam. Die Wände waren malvenfarbig und mit Wandteppichen bedeckt. Eine kleine Treppe führte vom Wohnzimmer in eine rechteckige Küche, die etwa die Größe und Dimension einer Tennishalle hatte. Alles war weiß oder verchromt, und Myron fragte sich, wie viel Arbeit es machte, einen solchen Raum sauber zu halten. Zwei große Fenster, die vom Boden bis zur Decke reichten, eröffneten einen beeindruckenden Blick auf den Garten mit Swimmingpool und einem Pavillon. Direkt dahinter begann der Wald.

»Wenn ich den Polizeibericht richtig im Kopf habe«, sagte Myron, »stand das Kindermädchen an der Spüle.«

»Das stimmt.«

Myron wandte sich nach rechts. »Und die beiden Jungs saßen am Küchentisch.«

»Genau. Sie hatten im Garten gespielt.«

Myron deutete aufs Fenster. »Da im Garten?«

»Ja.«

»Sie spielen also draußen. Dann holt das Kindermädchen sie für einen Snack rein.«

Myron ging zur Glasschiebetür und probierte sie aus. Sie war abgeschlossen. »Sind sie durch diese Tür gekommen?«

»Ja.«

»Und als sie drinnen waren, hat das Kindermädchen die Tür nicht verriegelt.«

»Wir haben die Tür früher nie verriegelt«, sagte Brooke. »Wir fühlten uns sicher hier.«

Es wurde still im Raum.

Schließlich unterbrach Myron die Stille. »Laut Aussage des Kindermädchens haben die Kidnapper schwarze Kleidung und Sturmhauben getragen.«

»Ja.«

»Und Sie haben hier keine Überwachungskameras oder so etwas?«

»Jetzt schon. Damals hatten wir keine. Wir hatten eine Kamera an der Haustür, damit wir sehen konnten, wer da war, wenn es klingelte.«

»Ich nehme an, dass die Polizei die Videoaufzeichnung überprüft hat.«

»Es gab nichts zu überprüfen. Die Kamera hat nichts aufgezeichnet. Wir haben sie nur benutzt, um zu gucken, wer vor der Tür stand.«

Vier Stühle standen um den runden Küchentisch herum. Rhys hatte keine weiteren Geschwister außer Clark, daher fragte Myron sich, ob da schon immer vier Stühle gestanden hatten und es nach Rhys Entführung niemand übers Herz gebracht hatte, einen wegzunehmen. Saßen die Baldwins seit zehn Jahren Abend für Abend an diesem Tisch mit einem leeren Stuhl?

Er sah Brooke an. Sie wusste, was er dachte. Er sah es sofort in ihrem Gesicht.

»Manchmal essen wir auch an der Kücheninsel«, sagte sie.

Mitten in der Küche befand sich eine große, rechteckige

Kücheninsel aus Marmor, über der ein paar edle Kupfertöpfe hingen. Auf einer Seite befanden sich Fächer und Schränke, auf der anderen standen sechs Barhocker.

»Eins noch«, sagte Myron.

»Was?«

»Hier ist alles auf die Fenster ausgerichtet. Na ja, mit Ausnahme eines Stuhls am Küchentisch. Sowohl von der Spüle als auch vom Herd blickt man in den Garten. Und selbst vom Tisch und den Barhockern aus sieht man den Garten.«

»Richtig.«

Myron ging zur Glasschiebetür. Er sah erst nach links, dann nach rechts. »Drei Männer mit Sturmhauben kommen also direkt hierher – bis an diese Tür –, ohne dass sie jemand sieht?«

»Vada war beschäftigt«, sagte Brooke. »Sie hat den Snack zubereitet. Und die Jungs, nein, die gucken nicht aus dem Fenster. Die haben wahrscheinlich irgendein Videospiel gespielt oder herumgetobt.«

Myron begutachtete den weitläufigen, offenen Garten und die großen Fenster noch einmal. »Möglich ist es wohl.«

»Wie sollte es sonst gelaufen sein?«

Die Frage wollte er noch nicht beantworten. »Clark sagte, er wäre in der Schule gewesen, als die Jungs entführt wurden.«

»Das stimmt. Und?«

»Die meisten Kinder kommen gegen drei Uhr nachmittags von der Schule. Die Kindergärten hier sind aber nur halbtags geöffnet, oder?«

»Richtig. Rhys und Patrick kamen um halb zwölf nach Hause.«

»Und die Entführer wussten das.«

»Na und?«

»Nichts weiter. Das besagt nur, dass sie offenbar einen Plan hatten. Mehr nicht.«

»Die Polizei hat den Punkt auch untersucht. Sie sind davon ausgegangen, dass die Entführer vermutlich Rhys oder Vada beschattet hatten und daher ihren Tagesablauf kannten.«

Myron überlegte. »Aber Rhys ist doch nicht täglich vom Kindergarten nach Hause gekommen, oder? Ich meine, er war doch bestimmt manchmal auch zum Spielen bei anderen Kindern. Ich würde zum Beispiel davon ausgehen, dass er gelegentlich auch bei Patrick war.«

»Das stimmt.«

»Einerseits sieht es also aus, als wäre die Tat sorgfältig geplant gewesen. Drei Männer, die den Tagesablauf der Kinder kannten. Andererseits setzen sie darauf, dass Ihr Au-pair-Mädchen die Schiebetür nicht verriegelt und sie ungesehen bis ans Haus kommen.«

»Sie könnten gewusst haben, dass die Tür nie verriegelt wurde.«

»Indem sie vom Garten aus beobachtet haben, wie Vada in die Küche geht? Das halte ich für unwahrscheinlich.«

»Vielleicht hätten sie sonst auch einfach die Scheibe eingeschlagen«, sagte Brooke.

»Ich kann Ihnen nicht folgen.«

»Sagen wir, Vada hätte sie entdeckt. Glauben Sie, sie wäre rechtzeitig zur Tür gekommen, um sie zu verriegeln? Und was dann? Sie hätten die Scheibe einschlagen, hereinkommen und sich die Jungs schnappen können.«

Das war alles möglich, dachte Myron. Aber warum hätten sie dann warten sollen? Warum hatten sie sich die Jungs nicht geschnappt, als sie draußen im Garten waren? Hatten sie Angst davor, gesehen zu werden?

Für Hypothesen war es noch zu früh. Er musste weitere Fakten sammeln.

»Die Kidnapper sind also an der Tür und betreten die Küche genau hier, wo wir jetzt sind«, sagte Myron.

Brooke erstarrte kurz. »Ja.«

»Das kam jetzt etwas unerwartet, Entschuldigung.«

»Fangen Sie jetzt nicht auch noch an, mich zu bemuttern.«

»Tu ich ja nicht. Das heißt aber doch nicht, dass ich unsensibel sein muss.«

»Lassen Sie uns das aus der Welt schaffen«, sagte Brooke.

»Was sollen wir aus der Welt schaffen?«

»Wahrscheinlich fragen Sie sich, wie ich damit leben kann«, sagte Brooke. »Wie ich damit leben kann, jeden Tag in diese Küche zu kommen und direkt an der Stelle vorbeizugehen, an der Rhys entführt wurde. Habe ich das verdrängt? Weine ich manchmal? Ja, beides. Vor allem aber erinnere ich mich. Wenn ich hier in die Küche komme, begleitet mich das, was passiert ist. Und genau das ist mir wichtig. Alle fragen sich, warum wir nicht weggezogen sind. Warum wir diesen Schmerz an uns heranlassen. Das kann ich Ihnen sagen. Weil dieser Schmerz besser ist als die Alternative. Es ist besser, diesen Schmerz auszuhalten, als klein beizugeben. Eine Mutter gibt nicht klein bei, wenn ihr Kind verschwunden ist. Daher kann ich mit dem Schmerz leben. Ich könnte nicht damit leben, klein beizugeben und ihm auszuweichen.«

Myron dachte daran, dass Win ihm erzählt hatte, wie sehr es an Brooke nagte, dass die Sache keinen Abschluss gefunden hatte, und wie das ihr Leiden noch unerträglicher machte. Irgendwann brauchte man eine Antwort. Mit dem Schmerz mochte man leben können, aber die Ungewissheit, der Schwebezustand, die Vorhölle, musste einen innerlich zerfressen.

»Verstehen Sie es jetzt?«, fragte Brooke.

»Ja, ich verstehe es.«

»Dann stellen Sie jetzt die nächste Frage«, sagte sie.

Myron kam direkt auf den Punkt. »Warum der Keller?« Er deutete auf die Glasschiebetüren. »Die Täter sind eingebrochen.

Sie haben die Jungs und das Kindermädchen in ihrer Gewalt. Sie beschließen, das Kindermädchen leben zu lassen. Sie fesseln sie. Aber warum nicht gleich hier? Warum bringen sie sie runter in den Keller?«

»Den Grund dafür haben Sie eben schon genannt.«

»Und der wäre?«

»Wenn sie sie hier gefesselt hätten, hätte man sie vom Garten aus sehen können.«

»Wenn der Garten aber so gut einsehbar ist, warum sind sie dann überhaupt da lang gekommen?«

Myron hörte schwere Schritte die Treppe herunterkommen. Er sah auf die Uhr. Viertel vor neun.

»Brooke?«

Es war Chick. Er eilte in den Raum und zuckte zusammen, als er Myron sah. Chick trug einen Geschäftsanzug, eine Krawatte und hatte sich eine schicke Ledertasche umgehängt, das moderne Pendant zur Aktentasche. Wollte Chick erst kurz mit Patrick sprechen und danach noch ein paar Stunden ins Büro gehen?

Chick verschwendete keine Zeit für ein Hallo. Er hielt sein Handy hoch.

»Liest du deine SMS nicht?«, fragte er seine Frau.

»Mein Handy liegt vorne im Foyer. Wieso?«

»Eine SMS von Nancy an uns beide«, sagte Chick. »Sie kommt nicht her, wir sollen zu ihr kommen.«

15

Sie nahmen Myrons Wagen. Myron fuhr. Chick und Brooke hatten sich nach hinten gesetzt. Sie hielten Händchen, was irgendwie nicht recht zu ihnen zu passen schien.

»Am Ende der Straße links«, sagte Chick.

Sie fuhren den Berg wieder hinunter. Das Viertel war etwas weniger wohlhabend, es handelte sich aber nur um graduelle Unterschiede zwischen extrem hochpreisigen Wohnlagen. Chick sagte ihm, wo er abbiegen sollte. Die Fahrt war kurz. Die beiden Häuser lagen nur gut einen Kilometer voneinander entfernt.

Als sie in die Straße einbogen, in der die Moores wohnten, sah Chick nach vorne und murmelte: »Mist.«

Rechts und links am Straßenrand standen Übertragungswagen. Das kam natürlich nicht unerwartet. Patrick Moore war nach zehnjähriger Abwesenheit nach Hause gekommen. Die Medien wollten Fotos und Videos vom heimgekehrten Jungen, den glücklichen Eltern und der großen Wiedervereinigung. Bisher war nur ein einziges Foto vom kürzlich geretteten Patrick in den Medien aufgetaucht. Ein Krankenpfleger hatte in London aus der Ferne ein etwas verschwommenes Bild von dem schlafenden Teenager gemacht und es an eine englische Boulevardzeitung verkauft.

Offenbar gierten die Menschen nach mehr.

Die Medienleute umschwärmten das Auto, aber Myron fuhr langsam, aber unbeirrt weiter, sodass sich niemand davorstellen konnte. In der Zufahrt stand ein Polizist. Er winkte Myron hinein und hinderte alle anderen daran, ihm zu folgen. Die Medienleute fügten sich und verließen sich auf ihre Zoom-Objektive. Myron sah ein »Zu Verkaufen«-Schild im Garten. Vor ihm öffnete sich das Garagentor. Er fuhr hinein, und das automatische Tor schloss sich wieder. Myron machte den Motor aus. Sie warteten, bis sich das Tor vollständig geschlossen und den lauernden Objektiven die Sicht versperrt hatte, bevor sie die Autotüren öffneten und ausstiegen.

Sie befanden sich in einer Doppelgarage. Neben ihnen stand ein großer Lexus. Ansonsten wirkte die Garage sehr aufgeräumt, was allerdings nicht daran lag, dass die Besitzer ordentlich waren, sondern dass sie leer war. Sie sah absolut nicht aus wie die Garage einer »Vorstadt-Familie«, aber warum hätte sie das auch tun sollen? Wie Rhys war auch Patrick kein Einzelkind. Wenn Myron sich richtig erinnerte, hatte er eine ältere Schwester, Francesca, die etwa in Clarks Alter war. Hunter und Nancy waren geschieden, also hatte hier bis vor ein paar Tagen eine alleinstehende Mutter gewohnt, deren Tochter vermutlich aufs College ging. Wahrscheinlich hatte Nancy beschlossen auszuziehen und einen neuen Lebensabschnitt zu beginnen.

Die Durchgangstür vom Haus zur Garage wurde geöffnet. Hunter Moore sah sie an. Er schien überrascht zu sein, dass Myron bei ihnen war, sagte aber nichts dazu. »Hallo, alle miteinander. Hier geht's lang.«

Sie gingen die beiden Stufen vom Betonboden zum gefliesten Flur hinauf. Die Küche war rustikal eingerichtet und wirkte mit der Naturstein-Verkleidung und den holzgetäfelten Schränken einigermaßen gemütlich. Nancy stand am Küchentisch neben einem Mann, den Myron nicht kannte.

Der Mann lächelte ihnen zu. Myron erschauderte leicht, als er dieses Lächeln sah. Der drahtige Mann mit den leicht zurückgehenden Haaren war etwa fünfzig Jahre alt und trug eine Brille. Er hatte sein Jeanshemd in die verblichene Jeans gesteckt. Seine Erscheinung erinnerte an einen Conférencier bei einem Open-Air-Folk-Festival.

Alle sechs standen einen Moment lang da, als hätten beide Paare Stellvertreter mitgebracht, die die Sache ausfechten würden. Myron konzentrierte sich ganz auf Nancy und Hunter, konnte aber nur feststellen, dass sie nervös waren. Mr Folk-Festival hingegen schien ganz in seinem Element zu sein. Er führte das Wort.

»Wie wäre es, wenn wir uns alle setzen?«, sagte er.

»Wer zum Henker sind Sie?«, fragte Chick.

Er lächelte Chick auf seine kriecherisch sanfte Art zu. »Ich bin Lionel.«

Chick sah erst Myron, dann seine Frau, dann die Moores an. »Wo ist Patrick?«

»Er ist oben«, sagte Lionel.

»Und? Können wir ihn sehen?«

»Gleich«, sagte Lionel. »Warum setzen wir uns nicht ins Wohnzimmer, da ist es gemütlicher.«

»Hey, Lionel«, sagte Chick.

»Ja?«

»Sehen wir aus, als wären wir in Stimmung für Gemütlichkeit?«

Lionel nickte auf die verständnisvollste, einfühlsamste, verlogenste Art, die man sich vorstellen konnte. »Sie haben recht, Chick. Darf ich Sie Chick nennen?«

Chick sah Myron und Brooke an, als wollte er sagen: *Was zum …?«*

Brooke ging auf Nancy zu. »Was ist hier los, Nancy. Wer ist das?«

Nancy wirkte hilflos, doch Lionel trat zwischen die beiden Frauen.

»Mein Name ist Lionel Stanton«, sagte er. »Ich bin der Arzt, der sich um Patrick kümmert.«

»Was für ein Arzt?«, fragte Chick.

»Ich bin Psychiater.«

Oh-oh. Die Richtung, die das Gespräch nahm, gefiel Myron absolut nicht.

Nancy Moore nahm Brookes Hand. »Wir wollen euch helfen.«

»Natürlich wollen wir das«, ergänzte Hunter. Er schwankte leicht, und Myron überlegte, ob er nüchtern war.

Chick sagte: »Warum glaube ich, dass jetzt ein ›aber‹ folgt?«

»Es folgt kein ›aber‹«, sagte Lionel. »Sie müssen verstehen, dass Patrick ein gewaltiges Martyrium durchgemacht hat.«

»Ehrlich?«, sagte Chick mit vor Ironie triefender Stimme. »Wie hätten wir das wissen können?«

»Chick«, wies Brooke ihn zurecht und schüttelte kurz den Kopf. »Fahren Sie fort, Doktor.«

»Ich könnte noch eine Weile um den heißen Brei herumreden«, sagte Lionel, »eins möchte ich Ihnen aber gleich sagen. Kein Hinhalten. Keine hochtrabenden Worte. Keine Ausreden. Einfach die Wahrheit. Ganz geradeheraus.«

Au Backe, dachte Myron.

»Patrick kann Ihnen unter den gegebenen Umständen nicht helfen.«

Chick öffnete den Mund, doch Brooke brachte ihn mit einer kurzen Geste zum Schweigen. »Was meinen Sie mit, er kann uns nicht helfen?«

»Wie ich hörte, hatte Mrs Moore gestern Abend vorgeschlagen, Sie in Ihrem Haus zu besuchen.«

»Das stimmt, ja.«

»Ich habe diese Entscheidung revidiert. Deswegen sind Sie jetzt hier. Wenn wir Patrick an den Ort zurückbringen, an dem alles begonnen hat, also gewissermaßen an den Tatort, könnte das verheerende Auswirkungen auf seine ohnehin schon stark angeschlagene Psyche haben. Patrick ist nahezu katatonisch. Wenn er überhaupt etwas sagt, dann nur, dass er Hunger oder Durst hat, und selbst das tut er nur, wenn man ihn danach fragt.«

Myron meldete sich zum ersten Mal seit ihrer Ankunft zu Wort: »Haben Sie ihn nach Rhys gefragt?«

»Natürlich«, sagte Lionel.

Brooke: »Und?«

Lionel sah sie mit der verständnisvollsten und einfühlsamsten Miene an, die man sich vorstellen konnte. »Er kann uns nichts über Ihren Sohn sagen. Tut mir leid.«

»Das ist doch Bockmist«, sagte Chick.

Nancy machte einen Schritt auf Brooke zu. »Wir tun alles, was in unserer Macht steht«, sagte sie.

»Ihr habt euren Sohn zurück«, sagte Brooke. »Wir nicht. Begreift ihr das nicht? Die Chance, Rhys zu finden, ist ebenso gering wie vor dieser ganzen Geschichte. Wir sind ihm kein Stück näher gekommen.«

»Ich glaube nicht, dass er Ihnen viel erzählen könnte«, sagte Lionel.

Chick wollte das nicht hören. »Wie bitte?«

»Verstehen Sie mich nicht falsch. Ich bin immer in seiner Nähe. Wir tun alles dafür, dass Patrick sich öffnet. Aber im Moment kann er sich an kaum etwas erinnern. Diese rudimentären Erinnerungen betreffen ausschließlich seine Kindheit, die er hier verbracht hat. Selbst wenn er Ihnen etwas über die Entführung sagen könnte, glaube ich nicht, dass es Ihnen viel helfen würde. Bisher wissen wir nur, dass Ihr Sohn von demselben Mann gefangen gehalten wurde wie Patrick.«

Myron sagte: »Hat Patrick das bestätigt?«

»Im Prinzip schon, wenn auch nicht so wortreich. Er muss sich erst akklimatisieren, das ist die Voraussetzung für alles Weitere. Patrick verbringt viel Zeit mit seiner Schwester Francesca. Ich glaube, ihre Gegenwart spendet ihm Trost. Wir wollen ihm die Möglichkeit geben, Zeit mit Jugendlichen seines Alters zu verbringen, Kontakte zu knüpfen, aber wir müssen in winzigen Schritten vorgehen.«

Chick: »Was zum Teufel läuft hier?«

Hunter sagte: »Immer mit der Ruhe, Chick.«

»Scheiß auf Ruhe. Dein Junge weiß, was mit meinem passiert ist. Er muss mit uns reden.«

»Ich fürchte, das ist nicht möglich«, sagte Lionel.

»Ist das Ihr Ernst? Das ist eine Ermittlung in einem Entführungsfall. Ich rufe die Cops.«

»Das wird Ihnen nichts nützen«, sagte Lionel.

»Wieso nicht?«

»Die Polizei ist natürlich auch schon hier gewesen. Als Patricks Arzt habe ich der Familie allerdings geraten, eine Befragung im Moment abzulehnen. Meine Aufgabe besteht darin, mich einzig und allein um das Wohlergehen meines Patienten zu kümmern, aber ehrlich gesagt scheint es mir auch für die anderen Beteiligten das Beste zu sein. Ich versichere Ihnen noch einmal, dass wir alles dafür tun werden, Patrick in eine Lage zu versetzen, in der er bereit ist, sich zu öffnen.«

»Und wann könnte das so weit sein?«, fragte Chick.

»Chick«, sagte Nancy, »wir alle geben hier unser Bestes.«

»Und was sollen wir eurer Ansicht nach tun?«, fragte Brooke erregt. »Sollen wir jetzt einfach nach Hause gehen und warten, dass ihr uns anruft?«

»Ich weiß, wie schwer das sein muss«, sagte Nancy.

»Ja, Nancy, ich dachte mir schon, dass du das verstehst.«

»Aber ich muss mich auch um meinen Sohn kümmern.«

»Dein Sohn …«, Brooke ballte die Fäuste, »… ist zu Hause. Verstehst du das nicht? Er ist zu Hause. Du kannst ihn in den Arm nehmen. Du kannst ihm zu essen geben und darauf achten, dass er nachts nicht friert. Mein Sohn …«

Und zum ersten Mal sah Myron den Riss in Brookes Panzer. Chick sah ihn auch.

»Schluss mit dem Scheißdreck«, sagte Chick. Er stürmte aus dem Zimmer in Richtung Haustür.

»Wo wollen Sie hin?«, fragte Lionel.

Chick antwortete nicht. Er ging zur Treppe. »Patrick?«

»Warte«, sagte Hunter, »du kannst da nicht einfach hochgehen.«

»Halt«, sagte Lionel. »Sie verstärken sein Trauma.«

Chick drehte sich nicht um. Er lief die Treppe hinauf. Hunter eilte hinter ihm her. Myron wusste nicht recht, was er tun sollte, drehte sich aber etwas zur Seite, sodass Hunter einen kleinen Umweg nehmen musste.

Chick rief: »Patrick?«

Myron hörte, wie eine Tür geöffnet und wieder geschlossen wurde. Hunter und Lionel stürmten die Treppe hinauf. Myron blieb direkt hinter ihnen. Er war bereit einzuschreiten, falls es erforderlich war. Brooke und Nancy folgten ihm. Alle außer Myron schrien. Als sie den oberen Treppenabsatz erreichten, stand Chick vor der hinteren Tür.

»Nein!«, rief Hunter. Er rannte auf Chick zu, aber es war zu spät.

Chick öffnete die Tür. Als er ins Zimmer sah, erstarrte er.

Myron war deutlich größer und stärker als Lionel. So konnte er ihn wegblocken und erreichte vor ihm die Tür. Als er dort war, folgte er Chicks Blick in die Schlafzimmerecke.

Dort kauerte Patrick Moore, als wollte er sich im Wald verkriechen.

Das Zimmer war in den letzten zehn Jahren offensichtlich nicht verändert worden. Es war das Kinderzimmer eines Sechsjährigen. Das Bett hatte die Form eines Rennwagens. An der Wand hing ein Poster aus einem alten Superheldenfilm. Auf einem Regal standen drei kleine Sportpokale. Über dem Schrank stand Patricks Name in großen Holzbuchstaben. Die Tapete war himmelblau, und der Teppich war wie eine verkleinerte Basketballzone gestaltet.

Patrick trug einen Flanellpyjama. Vor ihm auf dem Boden lag ein Kopfhörer, aber im Moment hielt er sich die Ohren mit den Händen zu. Er hatte die Augen geschlossen, die Knie an die Brust gezogen und wippte vor und zurück.

Dann begann er zu murmeln. »Tun Sie mir nichts, bitte tun Sie mir nichts«, als wäre es ein Mantra.

Nancy Moore schob sich an Myron vorbei und rannte zu ihm. Sie fiel auf die Knie und nahm ihren Sohn in die Arme. Er presste sein Gesicht an ihre Schulter. Nancy drehte sich zur Tür und sah sie mit hasserfülltem Blick an. Hunter folgte ihr, und auch Lionel trat ins Kinderzimmer. Sie hatten eine Art geschlossene Formation gebildet und stellten sich schützend vor den weinenden Jungen.

»Wir haben versucht, es euch freundlich zu erklären«, sagte Hunter. »Jetzt macht, dass ihr aus unserem Haus verschwindet.«

16

Ich liebe Rom.

Ich steige immer in der Villa La Cupola im Excelsior Hotel ab, eine Suite, die die beiden oberen Etagen dieses früheren Palasts einnimmt. Ich mag die offene Sonnenterrasse mit Blick auf die Via Veneto. Ich mag die handgemalten Fresken an der Kuppel, die zum Horizont vor dem Fenster passen. Ich mag den privaten Kinosaal, die Sauna, das Dampfbad und den Whirlpool.

Wer würde das nicht mögen?

Früher kannte Vincenzo, der Concierge, mein, sagen wir, Unterhaltungsprogramm, und kümmerte sich darum. Seine Aufgabe bestand darin, dafür zu sorgen, dass rechtzeitig zu meiner Ankunft eine, wie sie es etwas altmodisch nannten, »Gespielin« oder »Kurtisane« vor Ort war. Manchmal auch zwei. Ganz selten auch mal drei. Die Villa La Cupola hatte sechs Schlafzimmer, sodass die rekrutierte Gesellschaft ohne Weiteres die Nacht dort verbringen konnte, wenn es gewünscht war, allerdings nicht mit mir. So war es meine Art. So war es mir am liebsten.

Ja, ich habe mir bei vielen Gelegenheiten Prostituierte genommen. Ich werde kurz warten, damit Sie empört nach Luft schnappen und angesichts Ihrer moralischen Überlegenheit missbilligend schnalzen können.

Fertig? Ausgezeichnet.

Ich könnte noch darauf hinweisen, dass es sich ausschließlich um High-End- oder Luxus-Escort-Ladies handelte, aber ehrlich gesagt macht es das weder besser noch schlechter, und würde ich etwas anderes behaupten, wäre ich noch viel scheinheiliger. Für mich waren es immer Geschäftsbeziehungen, von der beide Seiten profitierten. Ich mag Sex. Informieren Sie die Medien. Ich mag Sex sogar sehr – und mit Sex meine ich ausschließlich die fleischlichen Freuden. Ich mag Sex in seiner reinsten Form, also ohne jede Verpflichtung, Bindung oder sonstiges gängiges Beiwerk. Myron glaubt, was er als »Liebe« oder »Gefühl« bezeichnet, verstärke die Freude am Sex. Ich glaube das nicht. Ich glaube, diese Dinge verwässern ihn.

Suchen Sie nicht nach tiefliegenden Gründen. Ich habe keine Angst vor Beziehungen. Ich habe bloß kein Interesse daran.

Ich habe das nie verheimlicht. Ich habe die Frauen, mit denen ich zusammen war, nicht belogen, weder die bezahlten noch diejenigen, mit denen ich so etwas wie einen One-Night-Stand hatte (der sich allerdings häufig über zwei oder gar drei Nächte erstreckte.) Sie wussten, woran sie waren. Ich habe sie sowohl auf die Einschränkungen als auch, wie ich hoffe, den Spaß hingewiesen. Natürlich dachten viele, sie könnten mich umstimmen, dass ich, wenn ich mich erst einmal an ihren Fähigkeiten im Schlafzimmer erfreut hätte, wenn ich ihnen beigewohnt und erkannt hätte, wie fantastisch sie in dieser Hinsicht sind, kapitulieren würde, sodass es zu mehr als der einen oder anderen vergnüglichen Nacht kommt.

Das ist durchaus nachvollziehbar. Gib dein Bestes, meine Süße. Ich werde dich keinesfalls entmutigen.

Mein bester Freund, Myron Bolitar, wobei das Wort »Freund« unserer Beziehung nicht gerecht zu werden scheint, ist besorgt über diesen Aspekt meiner Persönlichkeit. Er meint, mir »fehle« etwas. Er führt es auf das zurück, was meine Mutter meinem Vater angetan hat. Aber welche Rolle spielt die Entstehung meiner Persönlichkeit? Ich bin, wer ich bin. Und ich bin so auch recht zufrieden. Er behauptet, ich verstünde es nicht. Er irrt sich. Ich verstehe das Bedürfnis nach Kameradschaft. Am liebsten sitze ich einfach mit ihm herum, rede über Gott und die Welt, sehe fern oder seziere eine Sportveranstaltung – und dann, wenn wir fertig sind, gehe ich ins Bett mit einem wunderbaren Körper und einer, äh, einer wunderbaren Spalte.

Klingt das in Ihren Ohren so, als »fehle« mir etwas?

Ich habe kein Interesse daran, mich voreingenommenen Geistern gegenüber zu rechtfertigen, aber fürs Protokoll: Ich bin für Gleichberechtigung, für Lohngleichheit und Chancengleichheit. Feminismus ist laut Wörterbuch die »Theorie politischer, ökonomischer und sozialer Gleichheit der Geschlechter«. Laut dieser Definition – und fast aller anderen Definitionen, die mir untergekommen sind, bin ich Feminist.

Ich belüge Frauen nicht. Ich betrüge sie nicht. Ich behandle jeden Gast und Angestellten anständig und respektvoll. Sie erwidern das. Außer natürlich in jenen leidenschaftlichen Momenten, in denen keiner von uns anständig oder respektvoll behandelt werden will, wenn Sie wissen, was ich meine.

Sie werden sich fragen, warum ich aufgehört habe, besagte professionelle Dienste in Anspruch zu nehmen, mit denen ich so lange so gut gefahren bin. Die schlichte Wahrheit ist, dass ich mich der Illusion des Einverständnisses hingegeben habe, der fairen Geschäftspraxis, des Kontrakts ohne Zwang. Mir wurde deutlich gemacht, dass diese Voraussetzung nicht immer gegeben ist. Neuere Entwicklungen, vor allem die Misere von Patrick und Rhys, haben mir diesen Aspekt noch einmal deutlich vor Augen geführt. Manche Leute meinen, dass mir das schon vor Jahren hätte bewusst werden müssen, dass ich den Missbrauch schon viel früher hätte erkennen müssen, dass ich es aus Eigeninteresse geflissentlich übersehen hätte.

Auch hier lautet meine Antwort: Das ist durchaus nachvollziehbar.

Ich verlasse die Suite und fahre mit dem Fahrstuhl nach unten in die barock überladene Lobby des Excelsior Hotels. Vincenzo entdeckt mich und sieht mir in die Augen. Ich schüttele leicht den Kopf. Er fürchtet um sein Trinkgeld, aber warum soll er unter meinem recht scheinheiligen moralischen Kodex leiden?

Ich kenne Rom ziemlich gut. Bei Weitem nicht so wie ein Einheimischer, aber ich habe ausgedehnte Reisen hierher unternommen. Ich gehe auf der Via Veneto in Richtung US-Botschaft. An der Via Liguria biege ich rechts ab und folge den verschlungenen Wegen zur Spanischen Treppe. Ein einfach entzückender Spaziergang. Ich gehe die 135 Stufen hinunter und weiter zum berühmten Trevi-Brunnen. Hier sind überall Touristen. Das ist okay. Ich mische mich unter sie. Ich nehme eine Münze aus der Tasche und werfe sie mit der rechten Hand über die linke Schulter ins Wasser.

Ein zu touristisches Gebaren für einen so gebildeten Menschen wie *moi?* Natürlich. Allerdings werden gewisse Verhaltensweisen nicht ohne Grund von Touristen geschätzt, oder?

Mein Handy klingelt. Ich drücke die Annehmen-Taste und sage: »Ich höre.«

Am anderen Ende sagt eine Stimme: »Sie sind jetzt da.«

Ich bedanke mich und lege auf. Für die Strecke zum Laden an der Piazza Colonna brauche ich fünf Minuten. Dies ist Rom. Alles ist alt. Nichts wurde erneuert. Es wird auch nicht so getan, als sollte etwas modernisiert werden, und ich für meinen Teil bin dafür dankbar. Die Marmorsäule in der Mitte des Platzes, die den Namen von Mark Aurel trägt, steht seit Anno Domini 193 an diesem Ort. Im sechzehnten Jahrhundert, fast 1400 Jahre später, ordnete der Papst an, dass eine Bronzestatue des Apostels Paulus auf der Säule platziert werden sollte.

Geschichte in Kurzform: *Arrivederci*, dein Gott. *Benvenuto*, meiner.

An der Nordseite des Platzes liegt ein Palast. An der Ostseite eine schicke *galleria*. *Galleria* ist übrigens nur ein hochtrabendes Wort für ein Einkaufszentrum. Gleich neben der Kirche aus dem achtzehnten Jahrhundert ist das kleine Sportgeschäft, das ich suche. Im winzigen, etwas verschmutzten Schaufenster präsentiert eine Kinder-Schaufensterpuppe ein Fußballtrikot vom AS Rom, der Roma. Drumherum sind Fußbälle, Fußballschuhe, Fußballstutzen, Fußballschals, Fußballmützen und Fußballjacken angeordnet.

Mit einem Wort: Fußball.

Ich trete ein. Der Mann hinter dem Tresen telefoniert mit einem Kunden. Er gibt vor, mich nicht zu sehen. Ich gehe durch den Laden nach hinten und weiter die Treppe hinauf. Ich bin noch nie hier gewesen, habe aber recht genaue Instruktionen bekommen. Ganz hinten ist die Tür. Ich klopfe. Die Tür wird geöffnet.

»Kommen Sie herein«, sagt der Mann.

Ich trete ein, und er schließt die Tür hinter mir. Er streckt die Hand aus, und ich schüttle sie. »Ich bin Giuseppe.«

Giuseppe trägt ein Schiedsrichter-Outfit. Komplett mit schwarzer Sporthose, den zugehörigen Kniestrümpfen und einer Trillerpfeife an einer Schnur um den Hals. Mit der großen Armbanduhr kann er vermutlich die Spielzeit messen.

Ich blicke in den Raum hinter ihm. Er ist wie ein winziges Fußballfeld aufgebaut. Der Teppichboden ist grasgrün mit weißen Markierungen, die die Mittellinie, die Außenlinien und den Strafraum darstellen. An den beiden gegenüberliegenden Wänden, dort, wo sich die Tore befinden würden, stehen zwei Schreibtische. Beide sind zur Wand ausgerichtet, sodass die beiden Männer, die daran sitzen, sich den Rücken zuwenden. Beide trommeln wild auf Computertastaturen herum.

»Das ist Carlo«, sagt Giuseppe und deutet auf den Mann rechts. Carlo trägt ein dunkelrotes Roma-Heimtrikot mit goldgelben Streifen. Seine Wand ist gespickt mit Roma-Utensilien, einschließlich des Mannschaftsabzeichens, auf dem die Wölfin die beiden Kleinkinder Romulus und Remus an ihren Zitzen säugt, was historisch interessant und optisch verwirrend ist. Oben an der Wand hängen Porträtfotos der aktuellen Spieler vom AS Rom.

Carlo trommelt weiter auf seiner Tastatur herum. Er nickt nicht einmal vage in meine Richtung.

»Und das ist Renato.«

Renato nickt zumindest. Auch er trägt ein Fußballtrikot, allerdings in den Farben himmelblau und weiß. Sein Schreibtisch/Tor präsentiert Lazio Rom. Hier dominiert himmelblau. Auch hier hängen oben an der Wand eine Reihe Porträtfotos. Das Lazio-Abzeichen ist deutlich schlichter als das vom AS Rom: Es zeigt einen Adler mit einem Schild in den Krallen.

»Gentlemen«, sagt Giuseppe auf Englisch mit italienischem Akzent, »dies ist unser neuer Sponsor.«

In gewissem Sinne hat Myron mich hierhergebracht. Sein Gedächtnis ist bemerkenswert. Ich habe ihn gebeten, mir so viele Einzelheiten wie möglich von seinem kurzen Zusammentreffen mit Fat Gandhi zu erzählen. Dabei hat er unter anderem das Spiel erwähnt, das noch lief, als er den Raum betrat. Ich weiß zwar nicht viel über Computerspiele und Ähnliches, aber ihm war aufgefallen, dass Fat Gandhi mit seinen Hauptrivalen um den Sieg kämpfte – den »verdammten Italienern«, die unter dem Namen ROMAVSLAZIO antraten.

Roma vs. Lazio.

Für alle, die sich im europäischen Fußball nicht so gut auskennen, Roma und Lazio sind Fußball-Rivalen, die sich wahrlich hassen. Beide Teams spielen in Rom, und sie teilen sich sogar ein Stadion. Beide Mannschaften treffen also zweimal im Jahr beim Derby della Capitale aufeinander, dem vielleicht wildesten Stadtderby im Sport überhaupt.

Giuseppe beugt sich zu mir und flüstert: »Sie mögen sich nicht besonders.«

»Eigentlich hassen wir uns«, murmelt Carlo, ohne das Tippen zu unterbrechen.

»Er ist ein furchtbarer Mensch«, erwidert Renato, um Carlo in ein schlechtes Licht zu stellen.

»Schluss jetzt. Das gilt für euch beide«, sagt Giuseppe. Dann zu mir: »Carlo und Renato haben sich bei einer Prügelei am Stadio Olimpico kennengelernt.«

»Roma hat gewonnen«, sagt Carlo.

»Weil sie betrogen haben«, entgegnet Renato.

»Du bist nur ein schlechter Verlierer.«

»Der Schiedsrichter war bestochen.«

»Nein, war er nicht.«

»Euer Mann stand drei Meter abseits!«

»Stopp«, sagt Giuseppe. »Wissen Sie, es gab also diese Prügelei.«

»Der durchgeknallte Idiot wollte mich umbringen«, sagt Carlo.

»Ach, jetzt übertreib doch nicht immer.«

»Er hat mit einem Messer auf mich eingestochen.«

»Das war ein Kugelschreiber!«

»Die Wunde hat geblutet.«

»Nein, hat sie nicht.«

»Auf jeden Fall war es ein Kratzer. Ich hatte einen blauen Fleck am Arm!«

»Roma-Fans haben Angst vor der Dunkelheit.«

»Lazio-Spieler tragen Röcke.«

»Nimm das zurück.«

Carlo hielt sich die Hand hinters Ohr. »Wer hat noch mal die meisten Derbys gewonnen?«

»So, jetzt reicht's.« Renatos Gesicht ist puterrot. »Gehen wir!«

Renato steht auf und wirft eine Büroklammer durch den Raum, die die Lehne von Carlos Stuhl trifft und nicht einmal annähernd Carlos Gesicht erreicht, trotzdem fällt er wie von einer Pistolenkugel getroffen zu Boden.

»Mein Auge! Mein Auge!«

Carlo hält sich die Hand über das rechte Auge und rollt vor und zurück, als hätte er große Schmerzen. Giuseppe bläst seine Trillerpfeife. Er rennt zu Renato hinüber, greift in die Brusttasche, zieht eine gelbe Karte heraus und zeigt sie ihm.

»Jetzt setz dich wieder hin!«

»Das ist eine Schwalbe«, ruft Renato.

Carlo lächelt. Er nimmt die Hand vom Auge und blinzelt Renato zu. Als Giuseppe sich zu ihm umdreht, legt er die Hand wieder übers Auge und verzieht das Gesicht.

»Eine Schwalbe!«, wiederholt Renato.

»Ich habe gesagt, du sollst dich hinsetzen. Oder muss ich dir Rot zeigen?«

Renato schäumt immer noch vor Wut, setzt sich aber. Carlo steht langsam auf und setzt sich vorsichtig hin.

Giuseppe kommt wieder zu mir. »Sie sind verrückt. Beide. Aber sie sind Meister ihres Metiers.«

»Im Computerspielen.«

»Ja. Aber auch in fast allem anderen, was mit Computern zu tun hat.«

»Trotzdem haben sie gegen Fat Gandhi verloren.«

Carlo und Renato widersprechen gleichzeitig. »Er betrügt.«

»Woher wissen Sie das?«

»In einem fairen Kampf kann uns niemand besiegen«, sagt Carlo.

»Fat Gandhi muss mehr als zwei Spieler einsetzen«, ergänzt Renato.

Ich denke an Myrons Beschreibung der Situation, als er den Raum betrat. »So ist es.«

Beide Männer hören auf zu tippen. »Sind Sie sicher?«

»Ja.«

»Woher wissen Sie das?«

»Das spielt keine Rolle.«

»Für uns schon«, sagt Carlo.

»Er hat uns unseren Titel abgenommen«, ergänzt Renato.

»Sie werden die Gelegenheit bekommen, sich zu rächen«, sage ich. »Haben Sie schon damit begonnen, meinen Plan in die Tat umzusetzen?«

»Einhunderttausend Euro?«

»Ja.«

Carlo tippt lächelnd weiter. Renato auch.

Giuseppe sagt: »Wir sind bereit.«

17

Esperanza und Myron trafen sich hinten in der Ecke des Baumgart's.

Baumgart's Restaurant war ein altes jüdisches Delikatessengeschäft mit Eis- und Sandwich-Theke, das schon vor Jahren vom chinesischstämmigen Peter Chin übernommen worden war. In dem Bestreben einerseits Veränderungen vorzunehmen, andererseits klug zu handeln, hatte Peter den alten Touch beibehalten, die Speisekarte jedoch um asiatisches Fusion Food ergänzt (was auch immer das genau war) und ein paar Neonleuchten und ein hippes Dekor hinzugefügt. Jetzt konnte man Kung-Bao-Huhn oder ein Reuben-Sandwich mit Pastrami, die chinesische Auberginen-Platte oder ein Clubsandwich mit Truthahn bestellen.

Peter kam zu ihnen und verbeugte sich vor Esperanza. »Durch Ihre Anwesenheit erweisen Sie meinem Restaurant eine große Ehre, Ms Diaz.«

Myron sagte: »Ähem.«

»Und Sie treten seinen Ruf durch Ihre Anwesenheit nicht vollkommen in die Gosse.«

»Der war gut«, sagte Myron.

»Haben Sie es gesehen?«, fragte Peter.

»Was soll ich gesehen haben?«

Mit strahlender Miene deutete Peter auf die Wand hinter sich. »Sehen Sie sich meine Ehrengäste-Galerie an.«

Wie in vielen Restaurants waren im Baumgart's gerahmte

und signierte Fotos der Prominenten aufgehängt, die hier gegessen hatten. Es war eine wilde Mischung aus Stars und Sternchen aus New Jersey. Brooke Shields und Dizzy Gillespie hingen dort neben Al Lewis alias Opa Munster sowie vielen Mitgliedern der Sopranos, ein paar Footballspielern der New York Giants, Nachrichtensprechern von Lokalsendern, einem Badeanzug-Model, das es auf die Titelseite der *Sports Illustrated* geschafft hatte, und einem Autor, von dem Myron einmal etwas gelesen hatte.

Und genau in der Mitte zwischen einem Rapper und einem Verbrecher aus der alten Batman-Fernsehserie hing dort auch ein Foto von Esperanza Little Pocahontas Diaz in einem Wildleder-Bikini. Ein Träger drohte von ihrer Schulter zu rutschen. Esperanza hatte sich im Ring in Pose gestellt und blickte verschwitzt und stolz nach oben.

Myron sah sie an. »Die Pose hast du von Raquel Welch in *Eine Million Jahre vor unserer Zeit* geklaut.«

»Das stimmt.«

»Als Jugendlicher hatte ich das Poster an der Wand hängen.«

»Ich auch«, sagte Esperanza.

Peter strahlte immer noch. »Ist doch toll, oder?«

»Sie wissen«, sagte Myron, »dass ich früher Profi-Basketballer war.«

»Ungefähr drei Minuten lang.«

»Sie sind wirklich zuvorkommend zu Ihren Gästen.«

»Das ist ein Teil meines Charmes. Ihre Bestellung kommt gleich.«

Peter ließ sie allein. Esperanza war einfach der Hammer in ihrer türkisfarbenen Bluse. Sie trug goldene Kreolen und einen dicken Armreif. Ihr Handy surrte. Sie sah aufs Display und schloss die Augen.

»Was ist?«, fragte Myron.

»Tom.«

»Er schickt dir SMS?«

»Nein, das ist meine Anwältin. Tom hat die Gesprächstermine abgesagt, bei denen wir einen Vergleich aushandeln wollten.«

»Also geht er jetzt aufs Ganze?«

»Ja.«

»Ich würde dir gern helfen.«

Sie schüttelte den Kopf. »Wir sind nicht hier, um über Tom zu sprechen.«

»Was aber nicht bedeutet, dass wir es nicht trotzdem tun können.«

Nicole, ihre Kellnerin, kam mit den Vorspeisen, einer Portion kalten Sesamnudeln und einem brutzelnden Entencrêpe. Wahnsinnig lecker. Sie verstummten einen Moment lang und aßen. Myron Bolitar hatte vor langer Zeit eine Sportagentur gegründet und sie clevererweise MB SportsReps genannt. Das M stand für Myron, das B für Bolitar und SportsReps besagte, dass sie Sportler repräsentierten. Marketing – es ist einfach eine Gabe.

Esperanza war als seine Rezeptionistin/Assistentin/Vertraute dazugekommen und hatte sich außerdem um alles andere gekümmert, was noch angefallen war. Nebenbei hatte sie in Abendkursen Jura studiert. Schließlich war sie seine Partnerin geworden, hatte aber nicht darauf bestanden, den Namen in MBED zu ändern, weil das wirklich ziemlich verwirrend gewesen wäre. Allerdings hatten sie das Sports aus dem Namen gestrichen, als sie begannen, auch Schauspieler, Musiker und andere Künstler zu vertreten, sodass die Firma von diesem Zeitpunkt an MB Reps hieß.

Big Cyndi hatte als Rezeptionistin und, na ja, Türsteherin in der Agentur angefangen. Alles war so lange wie geschmiert gelaufen, bis es auseinanderfiel. Als Tom vor einem Jahr im Zuge des Sorgerechtsstreits dazu übergegangen war, nur noch verbrannte Erde zu hinterlassen – er hatte behauptet, Esperanza wäre als Mutter ungeeignet, weil sie zu viel arbeitete –, hatte Esperanza sich von der Drohung so sehr einschüchtern lassen, dass sie Myron gebeten hatte, ihr ihren Anteil auszuzahlen. Myron hatte etwas gezögert, als Win dann aber von der Bildfläche verschwunden war, hatte ihn der Gedanke, ohne seine beiden besten Freunde weitermachen zu müssen, zu sehr entmutigt. Schließlich hatten sie MB Reps an eine Mega-Agentur verkauft, die ihre Klienten übernommen und sich des Namens entledigt hatte.

»Ich bin nach Alpine gefahren«, sagte Esperanza, »um mich auf dem Polizeirevier zu erkundigen, was sie im Moore-Baldwin-Fall unternehmen.«

»Und?«

»Sie wollten nicht darüber reden.«

»Moment. Sie wollen nicht *mit dir* reden?«

»So ist es.«

Er überlegte. »Hast du etwas Dekolleté gezeigt?«

»Zwei Knöpfe.«

»Und das hat nicht funktioniert?«

»Die haben da neuerdings eine Chefin«, sagte Esperanza. »Eine heterosexuelle Chefin.«

»Trotzdem«, sagte Myron.

»Schon klar, ja. Ich war ein bisschen beleidigt.«

»Vielleicht sollte ich es versuchen«, sagte Myron. »Man sagt, mein Hintern wäre einfach fantastisch.«

Esperanza runzelte die Stirn.

»Ich könnte mich mit ihr treffen. Meinen Charme volle Pulle aufdrehen.«

»Und wenn sie sich dann noch auf dem Revier die Kleidung vom Leib reißt?«

»Auch wieder wahr.«

Esperanza verdrehte die Augen, ohne wirklich die Augen zu verdrehen. »Ich glaube sowieso nicht, dass die uns weiterhelfen können. Bei der örtlichen Polizei arbeiten kaum noch Leute aus der Zeit, als Rhys und Patrick entführt wurden.«

»Ich glaube auch nicht, dass die Zuständigkeit für die Ermittlung jetzt bei ihnen liegt.«

»Die State Police oder das FBI werden das sicher an sich ziehen. Aber Big Cyndi hat ein paar Nachforschungen angestellt. Der Mann, der die Ermittlung vor zehn Jahren geleitet hat, ist inzwischen im Ruhestand. Er heißt Neil Huber.«

»Moment, der Name kommt mir bekannt vor.«

»Er ist jetzt der New Jersey Staatssenator für Trenton.«

»Nein, daher kenne ich ihn nicht.«

»Er war früher Basketballtrainer an der Highschool.«

Myron schnippte mit den Fingern. »Das ist es. Als ich auf der Highschool war, haben wir ein paarmal gegen Alpine gespielt.«

»Dann solltest du vielleicht lieber mit ihm reden«, sagte Esperanza. »Probier's mit dieser Sportskameraden-Verbrüderungs-Masche.«

»Klingt wie ein Plan«, sagte Myron.

»Oder du wackelst mit deinem einst so tollen Arsch.«

»Ich tu, was nötig ist«, sagte Myron. »Moment mal: ›einst so toll‹?«

*

Myron wartete vor dem Nachtclub.

Der Meatpacking District in New York erstreckt sich von der West 14th Street bis runter zur Gansevoort Street im Westen Manhattans. Anfang des 20. Jahrhunderts war er, wie der Name schon sagt, für seine Schlachthäuser bekannt gewesen.

Mit dem Aufkommen von Supermärkten und Kühlwagen hatte der Verfall des Viertels begonnen. In den 1980er und 90ern waren die Hauptgeschäftsbereiche hier Drogenhandel und Prostitution gewesen. Dort fanden Transsexuelle und BDSM-Anhänger ihren Platz Seite an Seite mit der Mafia und korrupten New Yorker Polizisten. Außerdem eröffneten diverse Nachtclubs für Leute, die damals dem angehörten, was man als Subkultur bezeichnet hatte.

Wie eigentlich ganz Manhattan hatte dann jedoch auch der Meatpacking District eine weitere Transformation durchgemacht. Es begann unter anderem damit, dass die Menschen vom Reiz des Verbotenen angezogen wurden – von Schmutz und Verkommenheit, wenn Sie so wollen –, darüber hinaus wollten jene Reichen, die auf Abenteuer und Gefahr aus waren, sich in einem möglichst komfortablen Sicherheitsnetz an den Rand der Gesellschaft begeben. So setzte dann die Gentrifizierung ein. Nobelboutiquen boten ihre Waren in Läden mit modisch unverputzten Mauern an. Hipster stürmten die schmuddeligen Nachtclubs. Die Restaurants richteten sich immer mehr auf die Menschen ein, die sie als Yuppies bezeichneten. Die alte Hochbahn wurde zu einer von Bäumen gesäumten Promenade umgebaut, der man den Namen »High Line« verpasste.

Inzwischen war der Meatpacking District so sauber und sicher, dass man auch seine Kinder mit herbringen konnte – doch wohin gingen der Schmutz und die Verkommenheit bei einer solchen Entwicklung?

Myron sah auf die Uhr. Um Mitternacht kam der Mann schließlich aus dem angesagten intimen Nachtclub geschwankt. Er war betrunken. Er hatte sich einen Bart stehen lassen, trug Flanell und … oh Mann, war das wirklich ein Männerdutt? Sein Arm umklammerte eine junge – zu junge – Frau wie ein Gurt. Das Wort »Midlifecrisis« hatte er sich vermutlich nur deshalb nicht auf die Stirn tätowieren lassen, weil es einfach nicht nötig war.

Sie torkelten die Straße entlang. Der Mann zog den Autoschlüssel aus der Tasche und drückte die Fernbedienung. Sein BMW meldete sich mit einem kurzen Piepen. Myron überquerte die Straße und ging auf ihn zu.

»Hallo, Tom.«

Der Mann, Esperanzas Ex, fuhr herum und sah ihn an. »Myron? Bist du das?«

Myron wartete einen Moment, bis Tom etwas klarer im Kopf zu werden schien. Er richtete sich weiter auf. »Steig schon mal in den Wagen, Jenny«, sagte er.

»Ich heiße Geri.«

»Klar, entschuldige. Setz dich in den Wagen. Ich komm gleich.«

Die junge Frau taumelte ein wenig auf ihren hohen Absätzen. Beim dritten Versuch gelang es ihr, die Beifahrertür zu öffnen, sich auf den Sitz fallen zu lassen und die Tür wieder zuzuziehen.

»Was willst du?«, fragte Tom.

Myron deutete auf Toms Kopf. »Ist das wirklich ein Männerdutt?«

»Du bist also gekommen, um Witze zu reißen?«

»Nein.«

»Hat Esperanza dich geschickt?«

»Nein«, sagte Myron. »Sie hat keine Ahnung, dass ich hier bin. Wäre auch nett, wenn du ihr nichts davon sagst.«

Die Beifahrertür wurde geöffnet. Geri sagte: »Mir geht's nicht so gut.«

»Wag es nicht, in meinen Wagen zu kotzen.« Tom wandte sich wieder an Myron. »Und was willst du?«

»Ich möchte dich auffordern, dich mit Esperanza zu vertragen. Ihr zuliebe. Und auch eurem Sohn zuliebe.«

»Du weißt, dass sie mich verlassen hat, ja?«

»Ich weiß nur, dass eure Ehe nicht funktioniert hat.«

»Und du glaubst, es war meine Schuld?«

»Weiß ich nicht. Ist mir auch egal.« Eine Gruppe junger Menschen kam aus dem Nachtclub, sie lachten und fluchten in der unerträglich lauten Art der Sturzbetrunkenen. Myron schüttelte den Kopf. »Findest du nicht, dass du ein bisschen zu alt bist für so was, Tom?«

»Ja, schon klar, als ich noch verheiratet war, bin ich ruhiger und häuslicher gewesen, weißt du?«

»Lass es gut sein«, sagte Myron. »Und hör auf, Lügen über sie zu verbreiten.«

»Und wenn nicht?«

Myron antwortete nicht.

»Was, glaubst du, ich hätte Angst vor dir?«

Geri sagte: »Ich glaube, ich muss mich übergeben.«

»Nicht ins Auto, Schatz, okay?« Tom wandte sich wieder an Myron. »Ich hab hier was am Laufen.«

»Ja, das seh ich.«

»Sie ist heiß, was?«

»Echt heiß«, stimmte Myron zu. »Außerdem kotzt sie gleich. Ja echt, voll heiß.«

»Pass auf, Myron, das ist wirklich nicht böse gemeint. Du bist ein netter Kerl und nicht richtig angsteinflößend. Verpiss dich also einfach, okay?«

»Esperanza ist eine gute Mutter, Tom. Das weißt du so gut wie ich.«

»Darum geht's nicht, Myron.«

»Ja, schade, das sollte es aber.«

»Das soll nicht unbescheiden klingen«, sagte Tom, »aber weißt du, warum ich so großen Erfolg habe?«

»Weil dein Daddy reich ist und dir viel Geld gegeben hat.«

»Nein. Es liegt daran, dass ich immer auf die Halsschlagader ziele. Deshalb bin ich ein Gewinner.«

Das klappte wirklich immer. Einen Mann, der gern darüber sprach, was für ein »Siegertyp« oder »Selfmademan« er doch wäre und dass er sich aus eigener Kraft hochgearbeitet hätte, brauchte man nur leicht anzustupsen, und schon kam der kleine Junge zum Vorschein, dem man alles auf dem Silbertablett präsentiert hatte. Es ist, als bräuchten solche Typen diesen blinden Fleck, um ihr unermessliches Glück zu rechtfertigen. Offenbar lief dieser Gedankengang in etwa so: *Ich kann das nicht alles nur aufgrund einer Laune des Schicksals besitzen – ich muss etwas Besonderes sein.*

»Ich bitte dich, vernünftig zu sein, Tom.«

»Ist das die Botschaft, die du mir überbringen willst?«

»Das ist sie.«

»Danke, ich passe. Ich stehe kurz vor dem Sieg. Und du …«, er deutete auf Myron, »… bist der Beweis dafür. Sie fängt an zu verzweifeln. Richte ihr aus, dass sie mich mal am Arsch lecken kann.«

»Wie ich schon sagte, weiß Esperanza nicht, dass ich mit dir rede. Ich fand nur, dass du das Richtige tun solltest.«

»Ihr zuliebe.«

»Ihr zuliebe. Hector zuliebe. Und dir zuliebe.«

»Mir zuliebe?«

»Ich glaube, es wäre auch für dich am besten.«

»Ist mir scheißegal, was du glaubst. Geh nach Hause, Myron.«

Myron nickte. »Mach ich.«

Tom wartete. Myron ging los, blieb dann aber am Straßenrand stehen und drehte sich in bester Columbo-Manier noch einmal um. »Ach, eins noch.«

»Das wäre?«

Myron verkniff sich ein Lächeln. »Ich hab Win gesehen.«

Auf der Straße wurde es ruhig. Selbst die Musik aus dem Nachtclub schien leiser zu werden.

»Du lügst.«

»Nein, Tom, das tue ich nicht. Er kommt zurück. Und wenn er hier ist, wird er dir sicher einen Besuch abstatten wollen.«

Tom stand stocksteif da. Geri, die noch im Auto saß, konnte schließlich nicht mehr an sich halten und übergab sich lautstark. Die Fenster bebten. Tom rührte sich immer noch nicht.

Ein Lächeln breitete sich auf Myrons Gesicht aus, und er winkte kurz zum Abschied. »Angenehme Nacht noch.«

18

Es war ein freundlicher, klarer Morgen in New Jersey.

Die riesigen Neonbuchstaben auf der Südseite der Lower Trenton Toll Supported Bridge verkündeten: TRENTON MAKES, THE WORLD TAKES. Der Schriftzug war 1935 angebracht worden, und vielleicht enthielten diese Worte damals, als die Linoleum-, Keramik- und sonstigen Fabriken noch auf vollen Touren liefen, einen Hauch von Wahrheit. Inzwischen war das jedenfalls nicht mehr so. In Trenton wurde nichts mehr hergestellt. Trenton war Hauptstadt und Regierungssitz des Staats New Jersey und daher voller Politiker und der damit einhergehenden Skandale – womit die Stadt, wenn man es sich recht überlegte, ebenso ehrlich war wie der Spruch auf der Brücke, die man überquerte, wenn man sie besuchte.

Trotzdem liebte Myron diesen Staat, und jeder, der auch nur ein bisschen von der Welt gesehen hatte, wusste, dass New Jersey keinesfalls ein Patent auf Korruption innerhalb der Regierung für sich beanspruchen konnte. Die Politskandale mochten hier vielleicht etwas farbenfroher sein, das galt aber auch für vieles andere. New Jersey ließ sich nur schwer definieren, weil es ein ziemliches Kuddelmuddel war. Oben im Norden dominierten die Vororte von New York City. Im Südwesten die Vororte von Philadelphia. Diese beiden Metropolen zogen Mittel und Aufmerksamkeit von New Jerseys eigenen Stadtgebieten ab, sodass Newark, Camden und dergleichen Orte ein ähnliches Leben führten wie Ruheständler mit Sauerstoffmasken vor einem Casino in Atlantic City. Die Vororte waren grün und wohlhabend. Die Städte waren zubetoniert und verarmt. So war es nun mal.

Trotzdem war es seltsam. Man konnte bis zu vierzig Autominuten von Chicago, Los Angeles oder Houston entfernt wohnen und sagte dennoch, dass man aus Chicago, Los Angeles oder Houston kam. Wenn man aber gerade mal drei Kilometer von New York City entfernt wohnte, betonte man, aus New Jersey zu kommen. Myron war vielleicht eine halbe Stunde von New York City und knapp zehn Kilometer von Newark entfernt aufgewachsen. Er hatte nie behauptet, aus einer der beiden Städte zu kommen. Na ja, mit einer Ausnahme: Einmal hatte er behauptet, er käme aus Newark, aber da hatte er einen Antrag auf finanzielle Unterstützung gestellt.

Wenn man das alles zusammennahm – die Schönheit, die Schandflecken, die modernen Städte, den Minderwertigkeitskomplex, die Verwahrlosung, den Luxus –, erhielt man die undefinierbare Farbe und Textur des großartigen Staats New Jersey. Aber noch besser war es, die Definition von New Jersey in Frank Sinatras Stimme, in Tony Sopranos Autofahrt im Vorspann der Serie oder in einem Bruce-Springsteen-Song zu suchen. Wenn Sie ganz genau hinhören, werden Sie es verstehen.

Myron war etwas enttäuscht darüber, dass Neil Huber wie ein typischer Politiker aus New Jersey aussah. Seine Finger waren dick wie Würstchen, und er trug einen Ring am kleinen Finger der rechten Hand. Sein Anzug war gestreift, seine Krawatte schimmerte, als hätte sie jemand mit Selbstbräunungsöl besprüht, der Hemdkragen war zu eng, und wenn er lächelte, hatte er etwas von einem Barrakuda.

»Myron Bolitar«, sagte er, begrüßte ihn mit einem festen Händedruck und zeigte auf einen Stuhl. Das Büro war ähnlich schmucklos wie das eines Highschool-Konrektors.

»Als Sie auf der Highschool waren, habe ich ein gegnerisches Team trainiert«, sagte Huber.

»Ich erinnere mich.«

»Nein, tun Sie nicht.«

»Wie bitte?«

»Na ja, Sie haben es wahrscheinlich recherchiert, als Vorbereitung auf das Meeting, richtig?«

Myron streckte ihm die Hände mit aneinandergelegten Handgelenken entgegen. »Erwischt.«

Neil winkte lächelnd ab. »Kein Problem. Dann wissen Sie sicher auch noch, dass Sie uns geschlagen haben?«

»Ja.«

»Und auch, dass Sie sechsundvierzig Punkte gemacht haben?«

Myron sagte: »Das ist lange her.«

»Ich habe achtzehn Jahre lang Highschool-Basketballmannschaften trainiert.« Er zeigte mit einem Wurstfinger auf Myron. »Sie, mein Freund, waren der Beste, den ich je gesehen habe.«

»Danke.«

»Wie ich hörte, spielt jetzt ein Neffe von Ihnen.«

»Das stimmt.«

»Ist er so gut, wie alle sagen?«

»Ich glaube schon.«

»Gut, wunderbar.« Neil Huber lehnte sich zurück. »Also, Myron, war das genug Smalltalk, um das Eis zu brechen?«

»Ich denke schon.«

Neil breitete die Hände aus. »Was kann ich für Sie tun?«

Auf seinem Schreibtisch standen die unvermeidlichen Familienfotos – eine blonde Frau mit hochtoupierten Haaren, erwachsene, verheiratete Kinder und ein paar junge Enkel. Hinter ihm hing die Fahne New Jerseys mit einem Schild mit drei Pflügen darauf und einem Pferdekopf darüber. Ja, ein Pferdekopf.

Ja, machen Sie ruhig einen *Paten*-Witz, auch wenn es sehr vorhersehbar und damit unter Ihrer Würde wäre. Zwei Göttinnen, die Göttin der Freiheit (okay) und die Göttin des Ackerbaus (wie fantasievoll) stehen links und rechts neben dem Schild. Die Fahne ist bizarr und überladen, andererseits beschreiben die Worte »bizarr« und »überladen« New Jersey auch recht gut.

»Es geht um eine Ermittlung, an der Sie beteiligt waren, als Sie Polizist in Alpine waren«, sagte Myron.

»Die Moore-Baldwin-Entführung«, sagte er.

»Woher wissen Sie das?«

»Ich war Polizist. Also habe ich kombiniert.«

»Verstehe.«

»Erster Hinweis …«, er hob einen Finger, »… ich war nur an sehr wenigen wichtigen Ermittlungen beteiligt. Zweiter Hinweis …«, jetzt zeigte er das Peace-Zeichen, »… das ist der einzige Fall, an dem ich mitgearbeitet habe, der noch ungelöst ist. Dritter Hinweis …«, die Sache mit den Fingern müssten Sie inzwischen verstanden haben, »… vor ein paar Tagen wurde einer der vor zehn Jahren entführten Jungs gefunden.« Er ließ die Hand sinken. »Ja, Sir, ich musste wirklich all meine kombinatorischen Fähigkeiten aufbringen, um darauf zu kommen. Myron?«

»Was ist?«

»Wissen Sie, dass die Moores in ein paar Stunden bei CNN zu sehen sind?«

»Nein, das wusste ich nicht.«

»Statt einer großen Pressekonferenz haben sie sich für ein Interview mit Anderson Cooper entschieden, das heute Mittag gesendet wird.« Er beugte sich vor. »Jetzt sagen Sie mir bitte, dass Sie nicht für die Medien arbeiten.«

»Ich arbeite nicht für die Medien.«

»Und welches Interesse haben Sie dann an dieser Sache?«

Myron überlegte, wie er am besten vorgehen sollte. »Könnte ich einfach sagen, dass es eine lange Geschichte ist?«

»Das könnten Sie. Es würde Sie nicht weiterbringen, aber Sie könnten es tun.«

Wer nicht wagt, der nicht gewinnt. Außerdem fand Myron einen gewissen Gefallen an Neil Huber, auch wenn er wie ein Politiker aussah. Warum sollte man nicht ehrlich sein, wenn man die Möglichkeit dazu hatte?

»Ich war derjenige, der Patrick gerettet hat.«

»Wie bitte?«

»In London. Wie ich schon sagte, ist es eine lange Geschichte. Ein guter Freund von mir ist Rhys Baldwins Cousin. Er hat einen Tipp über seinen Aufenthaltsort bekommen. Wir haben ihn ausfindig gemacht.«

»Holla.«

»Ja.«

»Sie sagten, es wäre eine lange Geschichte.«

»Stimmt.«

»Vielleicht sollten Sie sie mir erzählen.«

Myron berichtete so ausführlich, wie es ging, ohne Win zu belasten oder seinen Namen zu nennen. Aber Neil Huber war nicht dumm. Er würde schnell herausbekommen, wer Rhys' Cousin war. Aber was sollte es?

Als Myron fertig war, sagte Neil: »Heilige Scheiße.«

»Ja.«

»Trotzdem verstehe ich nicht, was Sie von mir wollen.«

»Ich sehe mir den Fall noch einmal an.«

»Ich dachte, Sie wären Sportagent oder so etwas.«

»Das ist kompliziert.«

»Sieht so aus«, sagte Neil.

»Ja, aber jedenfalls will ich mir das Ganze unter den neuen Voraussetzungen noch einmal ansehen.«

Neil nickte. »Sie glauben also, ich hätte einen Fehler gemacht, und Sie könnten ihn finden?«

»Es ist zehn Jahre her«, sagte Myron. »Wir wissen mehr als damals.« Er überlegte, wie Win es formuliert hatte. »Es ist wie bei einer Autofahrt, bei der man nicht weiß, wohin man fährt. Letzte Woche kannten wir nur den Ausgangspunkt. Jetzt wissen wir, wo das Auto vor drei Tagen war.«

Neil runzelte die Stirn. »Was?«

»Als mein Freund es sagte, klang es besser.«

»Ich wollte Sie nur etwas in Wallung bringen. Hören Sie, ich habe den Fall nur kurz bearbeitet. Es hat nicht lange gedauert, da hatte das FBI die Sache übernommen.« Er lehnte sich zurück und legte die Hände auf den Bauch. »Also, schießen Sie los.«

»Gut. Ich war gestern am Tatort.«

»Im Haus der Baldwins.«

»Ja. Und ich habe versucht, mir zusammenzureimen, wie das Ganze abgelaufen sein könnte. Der Garten ist sehr gut einsehbar, dazu kommen noch die großen Küchenfenster.«

»Außerdem«, ergänzte Neil, »ist die Einfahrt durch ein Tor gesichert und das Grundstück umzäunt.«

»Genau. Dann wäre da noch das Timing.«

»Das Timing?«

»Die Jungs wurden gegen Mittag entführt. Um diese Zeit sind die meisten noch in der Schule. Woher wussten die Kidnapper, dass sie zu Hause sind?«

»Ah«, sagte Neil.

»Ah?«

»Sie sind auf offene Fragen gestoßen.«

»Das stimmt.«

»Sie glauben, die offizielle Version passt nicht ganz.«

»So in der Art.«

»Und Sie glauben auch, dass uns das vor zehn Jahren nicht

aufgefallen wäre? Wir haben genau die Fragen gestellt, die Sie mir jetzt stellen. Und noch diverse andere. Aber soll ich Ihnen etwas sagen? Rekonstruierte Tathergänge klingen oft etwas unlogisch. Da bleiben praktisch immer offene Fragen. Nehmen wir zum Beispiel das Tor. Die Baldwins haben es nie geschlossen. Es war nutzlos. Der Garten? Die Baldwins hatten Gartenmöbel. Man konnte sie als Deckung nutzen und sich so anschleichen. Oder man hätte sich direkt an der Wand entlangstehlen können, bis man das Fenster erreichte.«

»Verstehe«, sagte Myron. »Sie haben Ihre Zweifel also entkräftet.«

»Stopp. Das habe ich nicht gesagt.«

Neil Huber lockerte seine Krawatte und öffnete den obersten Hemdknopf. Die Röte schien aus seinem Gesicht zu fließen, sodass Myron ihn auf einmal wiedererkannte. Er schien plötzlich einer jüngeren Version seines Gesprächspartners gegenüberzusitzen, dem Coach des gegnerischen Teams – aber vielleicht war es auch nur ein Déjà-vu, das sein Gehirn in dieser Situation erzeugte.

»Ich hatte Zweifel«, sagte Neil Huber, jetzt mir ruhigerer Stimme. »Wie alle anderen Beteiligten auch. Aber im Endeffekt waren die beiden Jungs verschwunden. Wir sind allen Hinweisen nachgegangen, die wir finden konnten. Kindesentführungen von Fremden wie in diesem Fall – Unbekannte dringen in ein Haus ein und stellen anschließend Lösegeldforderungen – sind extrem selten. Also haben wir die Eltern ganz genau unter die Lupe genommen. Wir haben uns die Familien, die Nachbarn und die Lehrer angesehen.«

»Und was war mit dem Kindermädchen?«

»Dem Au-pair-Mädchen«, korrigierte er.

»Wie bitte?«

»Sie war kein Kindermädchen. Sie war ein Au-pair-Mädchen. Das ist ein großer Unterschied.«

»Inwiefern?«

»Au-pair ist ein Austauschprogramm. Die Mädchen kommen aus dem Ausland. In diesem Fall kam Vada Linna – ja, ich erinnere mich noch an ihren Namen – aus Finnland. Normalerweise sind die Mädchen sehr jung. Vada war achtzehn. Ihr Englisch war bestenfalls mittelprächtig. Angeblich geht es in solchen Austauschprogrammen um kulturelle Bildung, die meisten Leute haben allerdings ein Au-pair, weil sie so an eine billige Arbeitskraft kommen.«

»Glauben Sie, dass das hier auch so war?«

Er überlegte kurz. »Nein, eigentlich nicht. Die Baldwins haben genug Geld. Ich glaube, sie haben an diese ganze Sache mit der Auslandserfahrung geglaubt, außerdem gefiel ihnen der Gedanke, dass ihre Kinder in Gesellschaft einer Ausländerin aufwachsen. Soweit mir bekannt ist, wurde Vada von Brooke und Chick sehr gut behandelt. Diese seltsame Betrachtungsweise – das ist einer der Gründe, weshalb ich die Presse nicht ausstehen kann.«

»Was genau?«

»Als die Kacke am Dampfen war, sind die Medien genüsslich darauf herumgeritten, dass Au-pairs nur moderne Sklavinnen seien. Sie wissen schon – die privilegierte, reiche Brooke Baldwin hat eine arme, billige Arbeitskraft angestellt, damit sie sich die Haare machen lassen oder mit ihresgleichen Mittagessen gehen kann und so weiter. Als ob sie sich nicht schlecht genug gefühlt hätte. Als ob es ihre Schuld gewesen wäre, dass sie ihren Sohn verloren hat.«

Myron dachte an das, was er über die damalige Auseinandersetzung gelesen hatte. »Vadas Schilderung des Einbruchs«, sagte er. »Haben Sie ihr das abgenommen?«

Huber ließ sich einen Moment Zeit, bis er antwortete. Er rieb sich das Gesicht. »Ich weiß nicht. Na ja, das Mädchen war eindeutig traumatisiert. Sie könnte wohl ein paar Einzelheiten zurechtgebogen haben, um sich in ein besseres Licht zu stellen oder so etwas. Wie uns beiden schon aufgefallen ist, passte ja nicht alles fugenlos zusammen. Aber da könnte auch die Sprachbarriere hineingespielt haben. Oder kulturelle Unterschiede oder sonst irgendetwas. Ich hätte mir gewünscht, mehr Zeit zu haben, um an einigen Punkten noch einmal nachzuhaken.«

»Und wieso hatten Sie die nicht?«

»Nicht einmal einen Tag nach der Entführung ist Vadas Vater hier aufgetaucht. Er ist aus Helsinki hergeflogen und hat sich einen Anwalt genommen, so einen harten Hund. Der Vater wollte sie mit nach Hause nehmen. Ihr würde das alles zu viel werden, sagte er. Sie sollte in Finnland in Therapie gehen. Wir haben noch versucht, auf Zeit zu spielen, hatten dann aber keinen Grund, sie festzuhalten. Also sind die beiden zusammen nach Hause geflogen.« Neil sah Myron an. »Wenn ich ehrlich bin, hätte ich Vada schon gerne noch einmal vernommen.«

»Glauben Sie, dass sie irgendetwas mit der Sache zu tun hatte?«

Wieder ließ er sich Zeit. Myron gefiel es, dass Neil Huber sich bemühte, ihm wohlüberlegte Antworten zu geben. »Wir haben sie genau unter die Lupe genommen. Wir haben ihren Rechner und ihre Browser-Chronik untersucht. Da war nichts zu finden. Wir haben uns ihre SMS angesehen. Auch da war nichts Auffälliges. Vada hat sich verhalten, wie man es von einem Teenager erwartet, der allein in einem fremden Land ist. Sie hatte nur eine Freundin, ein anderes Au-pair-Mädchen, und das war es auch schon. Wir haben auch ein paar Theorien aufgestellt, um zu prüfen, in welcher Form sie an der Entführung beteiligt gewesen sein könnte. Sie wissen schon: Ob sie die Jungs an einen Komplizen übergeben haben könnte, der sie dann gefesselt hat, um uns dann die Geschichte vom Einbruch in der Küche zu präsentieren. Solche Sachen. Das ist aber alles im Sande verlaufen. Wir haben sogar die Möglichkeit in Betracht gezogen, dass Vada an einer psychischen Krankheit leidet, die Kinder umgebracht und die Leichen versteckt hat. Aber auch das war eine Sackgasse.«

Ihre Blicke trafen sich.

»Also, was ist da Ihrer Ansicht nach passiert, Neil?«

Ein Kugelschreiber lag auf dem Schreibtisch. Der Ex-Polizist nahm ihn und spielte damit herum. »Na ja, in dieser Hinsicht sind die neusten Entwicklungen wirklich interessant.«

»Wieso?«

»Sie haben meiner Theorie den Garaus gemacht.«

»Und wie sah die aus?«

Er zuckte die Achseln. »Ich bin die ganze Zeit davon ausgegangen, dass Patrick und Rhys tot sind. Ich dachte, ganz egal, was genau passiert ist – ob es eine Entführung, ein Einbruch oder was auch immer war –, die Täter hätten die beiden Jungs sofort umgebracht. Ich dachte, dass die Mörder diese ganze Lösegeldübergabe nur abgezogen hätten, um uns abzulenken. Vielleicht dachten sie auch, es wäre eine Gelegenheit, leicht zu Geld zu kommen, haben dann aber gemerkt, dass sie geschnappt werden würden. Das weiß ich nicht.«

»Aber warum hätte jemand die beiden Jungs umbringen sollen?«

»Ja, das Motiv. Das ist eine harte Nuss. Ich glaube aber, dass der Tatort der Schlüssel ist.«

»Soll heißen?«

»Das Haus der Baldwins.«

»Sie glauben, die Täter hatten es auf Rhys abgesehen?«

»Auf wen sonst? Er wohnte dort. Das Treffen der Jungs wurde erst zwei Tage vorher verabredet, also konnte niemand wissen, dass Patrick Moore da sein würde. Womöglich hatten die Täter den Auftrag, einen sechsjährigen Jungen zu entführen. Als sie dann ins Haus eingebrochen waren, hatten sie zwei vor sich. Und weil sie nicht wussten, wer der Richtige war, oder die Anweisungen, die sie bekommen hatten, nicht genau genug waren, haben sie beschlossen, auf Nummer sicher zu gehen und einfach beide mitzunehmen.«

»Da bleibt immer noch die Frage nach dem Motiv.«

»Dazu fällt mir nichts Konkretes ein. Ehrlich gesagt, nicht einmal etwas halbwegs Handfestes. Ich hätte nur ein paar wilde Mutmaßungen.«

»Zum Beispiel?«

»Der einzige Elternteil, bei dem wir überhaupt irgendwelche Hinweise auf Unregelmäßigkeiten gefunden haben, war Chick Baldwin. Der Kerl ist schlicht und ergreifend ein Gauner, der sich gerade in dieser Zeit eine Menge Feinde gemacht hatte, weil sein Schneeballsystem zusammengebrochen war, sodass viele Leute viel Geld verloren haben. Ein Teil dieses Geldes stammte aus recht fragwürdigen, russischen Quellen, wenn Sie wissen, was ich meine. Er ist mit einem blauen Auge davongekommen. Er musste nicht in Haft, sondern wurde nur zu einer geringen Geldstrafe verurteilt. Hatte gute Anwälte. Das hat seinen Ex-Klienten ganz und gar nicht gefallen. Sein Vermögen hatte er auf seine Kinder überschrieben, sodass da keiner rankam. Kennen Sie den Mann eigentlich?«

»Chick? Nur beiläufig.«

»Er ist kein guter Mensch, Myron.«

Fast die gleichen Worte, die Win benutzt hatte.

»Jedenfalls habe ich das gedacht. Ich dachte, sie wären tot. Aber jetzt, wo Patrick noch am Leben ist …«

Er beendete den Satz nicht. Beide Männer sahen sich an.

Myron sagte: »Warum habe ich den Eindruck, dass Sie mir etwas verschweigen, Senator?«

»Weil ich das tue.«

»Und warum tun Sie das?«

»Weil ich nicht so recht weiß, ob es Sie überhaupt etwas angeht.«

»Sie können mir vertrauen«, sagte Myron.

»Wenn ich Ihnen nicht vertrauen würde, hätte ich Sie schon längst aus meinem Büro geworfen.«

Myron breitete die Arme aus. »Aber?«

»Aber es ist eine hässliche Geschichte. Wir haben sie vor zehn Jahren mehr oder weniger begraben, weil sie so hässlich war.«

»Wenn Sie sagen ›mehr oder weniger begraben‹ …?«

»Wir haben uns das angesehen. Es hat uns nicht weitergebracht. Mir wurde gesagt, dass ich die Finger davon lassen soll. Das habe ich getan, wenn auch etwas widerwillig. Im Endeffekt halte ich es noch immer nicht für relevant. Also muss ich noch etwas Zeit gewinnen, in der ich über die Konsequenzen nachdenke, die es nach sich ziehen würde, wenn ich es Ihnen erzähle.«

»Falls es hilft«, sagte Myron, »verspreche ich Ihnen, die Sache diskret zu behandeln.«

»Das tut es nicht.«

Neil stand auf und ging zum Fenster. Er drehte an dem Stab, mit dem man die Lamellen der Jalousie verstellte, schloss sie kurz, öffnete sie dann wieder und blickte nach unten auf die Baustelle vor dem Gebäude.

»Chick Baldwin und Nancy Moore haben sich SMS geschickt«, sagte Neil.

Myron wartete. Als er nicht weitersprach, fragte Myron: »Was für SMS?«

»Viele.«

»Wissen Sie, was drinstand?«

»Nein. Sie waren auf beiden Handys gelöscht worden. Und die Telefongesellschaften speichern die Inhalte der Nachrichten nicht.«

»Dann nehme ich an, dass Sie Chick und Nancy danach gefragt haben.«

»Haben wir.«

»Und?«

»Beide behaupteten, es wäre nur um alltägliche Dinge gegangen. Zum Teil um die Jungs, zum Teil um eine mögliche Geldanlage der Moores bei Chick.«

»Haben die Moores bei Chick Geld angelegt?«

»Nein, das haben sie nicht. Allerdings wurden diese SMS zu jeder Tageszeit verschickt – auch nachts.«

»Verstehe«, sagte Myron. »Haben Sie mit den Ehepartnern darüber gesprochen?«

»Nein, das haben wir nicht. Inzwischen war auch das FBI involviert. Sie müssen bedenken, was für eine verfahrene Situation das war. Der Druck, die Angst, die Unsicherheit. Das Familienleben hing nur noch an einem seidenen Faden. Wir sind den Hinweisen intensiv nachgegangen und haben nichts Verdächtiges gefunden. Wir sahen keinen Grund, irgendjemandem weiteres Leid zuzufügen.«

»Und jetzt?«

Neil drehte sich um und musterte Myron. »Und jetzt sehe ich immer noch keinen Grund, irgendjemandem weiteres Leid zuzufügen. Deshalb wollte ich es Ihnen nicht erzählen.«

Es klopfte. Neil bat den Klopfenden herein. Ein junger Mann steckte den Kopf durch die Tür. »In zehn Minuten haben Sie ein Meeting mit dem Gouverneur.«

»Danke. Ich komme sofort. Gehen Sie schon mal vor und warten Sie in der Lobby.«

Der junge Mann schloss die Tür. Neil Huber ging an seinen

Schreibtisch zurück. Er steckte sein Handy und seine Brieftasche ein. »Es ist eine Binsenweisheit, aber so ein Fall lässt einen niemals los. Zu einem gewissen Grad gebe ich mir auch eine Mitschuld daran. Ich weiß, ich weiß, aber so ist es nun einmal. Ich frage mich, ob nicht vielleicht, wenn ich ein besserer Polizist gewesen wäre …«

Er beendete den Satz nicht. Myron stand auf.

»Tun Sie, was Sie tun müssen«, sagte Neil und ging Richtung Tür. »Aber halten Sie mich auf dem Laufenden.«

19

»Ist es schon zwölf?«, fragte Chick.

Myron sah auf seine Armbanduhr. »Fünf vor.«

»Dann mach ich mal den Laptop an.«

Sie saßen in der riesigen Marmor-Bar des La Sirena, einem italienischen Restaurant in Chelseas berühmtem Maritime Hotel in Manhattan. Irgendwie war es hier gleichzeitig schick und gemütlich, und trotz des unverkennbaren Sechzigerflairs modern. Die Grenze zwischen den Esstischen drinnen und denen unter freiem Himmel war kaum auszumachen. Myron beschloss, Terese baldmöglichst einmal hierher einzuladen.

An den Wänden hingen keine Fernseher – es war nicht so ein Lokal –, daher hatte Chick einen Laptop mitgebracht, sodass sie sich das CNN-Interview im Livestream ansehen konnten.

»Ich hab's einfach nicht zu Hause ausgehalten«, sagte Chick. Seine Haut glänzte immer leicht, sodass er aussah, als hätte er sich einer Wachsbehandlung unterzogen. Vielleicht hatte er das auch. »Brooke und ich starren uns die ganze Zeit nur an und warten. Es hat alles wieder hochgespült, wissen Sie?«

Myron nickte.

»Das ist in vieler Hinsicht schwierig, es kommt mir vor, als hätten wir zehn Jahre lang in der Vorhölle gelebt. Man muss etwas tun, um nicht den Verstand zu verlieren. Also bin ich heute Morgen ins Büro gefahren. Dann habe ich mich mit meinen Anwälten getroffen, um mit ihnen zu besprechen, was wir tun können.«

»Wofür oder wogegen tun?«, fragte Myron.

»Dagegen, dass Patrick nichts sagt. Wir haben nach einer juristischen Handhabe gesucht. Wollten wissen, ob wir einen Anspruch darauf geltend machen können, dass er mit uns kooperiert.« Chick hob den Blick und sah Myron an. »Worüber wollten Sie eigentlich mit mir reden?«

Myron wusste noch nicht recht, wie er das Thema mit den SMS, die er mit Nancy Moore ausgetauscht hatte, angehen sollte. Sollte er es direkt ansprechen oder sich langsam vortasten?

»Moment«, sagte Chick. »Die Sendung fängt jeden Moment an.«

Moderne Zeiten. Das La Sirena wurde von einer angenehmen Mischung aus Künstlern und Hipstern aus Greenwich Village und Börsenmaklern von der Wall Street besucht. Es herrschte reges Treiben, als die Leute zum Mittagessen hereinströmten, während sich hier, am Tresen, zwei Männer über einen Laptop beugten und sich eine Nachrichtensendung ansahen. Keiner würdigte sie eines zweiten Blickes.

»Warte, wo sind sie da?«, fragte Chick.

Myron erkannte den Raum. »Das ist das Wohnzimmer der Moores.«

»Sie nehmen es nicht im Studio auf?«

»Offenbar nicht.«

Auf dem Bildschirm saß Anderson Cooper in einem edlen Ledersessel. Nancy und Hunter saßen ihm gegenüber auf einer Couch. Hunter trug einen dunklen Anzug und eine dunkle Krawatte, Nancy ein hellblaues Kleid, das stilvoll und dennoch zurückhaltend wirkte.

»Wo ist Patrick?«, fragte Chick. »Myron?«

»Keine Ahnung. Gucken wir es uns einfach an, okay?«

Das Gespräch begann, ohne dass Patrick zu sehen war. Anderson stellte ein paar allgemeine Fragen über die Vergangenheit, die Entführung, die Lösegeldübergabe, die Anspannung, als sie nichts von den Entführern hörten, und über das lange Warten auf diesen Tag. Er sprach darüber, dass Nancy und Hunter inzwischen geschieden waren, und deutete an, dass die Trennung eine direkte Folge des Geschehens war. Allerdings gingen weder Nancy noch Hunter darauf ein.

»Wir teilen uns das Sorgerecht für unsere wunderbare Tochter«, erklärte Nancy knapp.

»Wir haben sie gemeinsam erzogen«, ergänzte Hunter.

Nach ein paar Minuten schüttelte Chick den Kopf und sagte: »Unglaublich. Sie lassen ihn einfach in der Luft hängen.«

Da war etwas dran. Anderson hakte nicht nach, was unter den gegebenen Umständen verständlich war. Schließlich waren sie keine Politiker, die eine Wahl gewinnen wollten. Sie waren Eltern, die großes Leid durchgemacht hatten und jetzt versuchten, ihr plötzliches – sollte man es Glück nennen? – zu begreifen.

Meistens sprach Nancy. Sie erklärte Anderson, wie dankbar sie waren, dass Patrick wieder bei ihnen zu Hause war. »Unser Sohn hat ein schreckliches Martyrium durchgemacht«, sagte sie und biss sich auf die Unterlippe. Als Anderson sich nach Einzelheiten erkundigte, wechselte sie das Thema und erzählte von Patricks Ruhebedürfnis und dass er einen Ort bräuchte, an dem er »sich erholen und genesen« könne.

Diese Botschaft wurde immer wieder in unterschiedlichen Variationen vorgebracht: Bitte lassen Sie Patrick und die Moores in Ruhe, damit er sich von dem schrecklichen Martyrium erholen kann. Der Begriff »schreckliches Martyrium« fiel so häufig, dass Myron sich fragte, ob man ihnen geraten hatte, ihn zu verwenden.

Anderson fuhr fort. Er fragte nach der Entführung und ob die Ergreifung der Kidnapper bevorstünde. Die Moores gaben ausweichende Antworten und verwiesen bei Fragen nach »möglichen Bedenken« auf »die Behörden«.

Als Anderson auf »jenen schrecklichen Tag« zu sprechen kam, sagte Nancy: »Das ist lange her. Sie dürfen auch nicht vergessen, dass er damals erst sechs Jahre alt war.«

»An was erinnert er sich?«

»An sehr wenig. Patrick wurde in diesen Jahren viel herumgereicht.«

»Was meinen Sie mit ›herumgereicht‹?«

Tränen schossen ihr in die Augen. Myron erwartete, dass Hunter ihre Hand ergreifen würde. Das tat er nicht. »Unser Sohn wäre beinah an den Folgen eines Messerstichs gestorben.«

»Der wurde ihm bei seiner Rettung in London zugefügt, richtig?«

»Ja.«

»Wie lange war er in London?«

»Das wissen wir nicht. Aber er hat …«, Myron sprach die Worte lautlos mit, »… ein schreckliches Martyrium durchlitten.«

Myron beobachtete Nancy und Hunter auf dem Bildschirm, achtete auf mögliche Hinweise wie verräterische Gesten oder auffällige Körpersprache, die – auf was genau – hinweisen könnten? Auf Betrug? Hielt er es für möglich, dass sie logen? Warum? Und was würden sie in diesem Fall verheimlichen? Er musterte auch Chick immer wieder, als könnte sein Verhalten ihm etwas verraten. Wie reagierte Chick auf Nancy? Spürte Myron da einen Anflug von – ja, was genau? – Sehnsucht, Bedauern, Schuld?

Schlussfolgerung: Das Studium der Körpersprache wurde extrem überschätzt.

Myron hatte so oft von Menschen gehört, die fälschlicherweise verurteilt (oder entlastet) worden waren, weil die

Geschworenen den Eindruck hatten, aus dem Verhalten des Angeklagten »etwas ablesen zu können«, etwa, dass er nicht genug Reue zeigte (oder zu viel), oder dass die Geschworenen ihre Reaktion nicht als »normal« erachteten. Als ob alle Menschen gleich wären und sich gleich benahmen. Als ob wir alle in einer schrecklichen oder strapaziösen Situation die gleichen Reaktionen zeigen würden.

Wir alle glauben, wir könnten andere durchschauen, haben aber seltsamerweise den Eindruck, dass wir für andere undurchschaubar sind.

Schließlich kam Anderson auf den Punkt: »Was ist mit dem anderen Jungen, der mit Patrick zusammen entführt wurde?«

Chick richtete sich auf.

»Was konnte Ihr Sohn Ihnen über Rhys Baldwin sagen, der noch vermisst wird?«

»Rhys zu finden hat für uns jetzt höchste Priorität«, sagte Nancy.

Chick murmelte etwas vor sich hin.

»Die Sache ist so lange nicht zu Ende«, fuhr sie fort, »bis wir die Wahrheit über Rhys herausbekommen haben.«

Hunter pflichtete ihr durch kräftiges Nicken bei. »Wir kooperieren so gut wir können mit den Strafverfolgungsbehörden …«

Chick lehnte sich zurück. »Glauben Sie diesen Scheiß?«

»… aber leider weiß Patrick nur sehr wenig, was uns in dieser Hinsicht weiterbringt.«

»Sie behaupten wirklich, sie würden kooperieren?« Chick stand kurz vor einem Herzschlag. »Ich sollte eine eigene Pressekonferenz geben.«

Als ob das irgendetwas helfen würde.

Zum Ende des ersten Teils standen Nancy und Hunter auf und drehten sich nach rechts. Chick beruhigte sich etwas, als die Kamera zurückzoomte. Eine etwa zwanzigjährige Frau erschien.

»Das ist unsere Tochter Francesca«, sagte Nancy.

Francesca nickte verlegen in die Kamera. Dann wandte sie sich ab und sagte lautlos: »Es ist okay.« Drei Sekunden verstrichen.

Als Patrick eintrat, griff er sofort nach der Hand seiner Schwester.

»Und das ist unser Sohn Patrick«, sagte Nancy.

Es war der Junge, den Myron gerettet hatte, der Junge, der zusammengekauert in der Ecke seines Schlafzimmers gesessen hatte. Er trug eine Yankees-Baseballkappe, einen blauen Kapuzenpullover und Jeans. Die Kamera zoomte direkt auf sein Gesicht. Er senkte den Blick. Nancy und Hunter stellten sich rechts und links zu ihren Kindern. Einen Moment lang sah es aus, als posierten sie etwas linkisch für ein Urlaubsfoto. Hunter und Nancy bemühten sich, stark und entschlossen zu wirken. Francesca wurde von Gefühlen überwältigt, hatte Tränen in den Augen. Patrick sah weiter zu Boden.

Dann bedankte sich Anderson dafür, dass sie »ihm die Tür zu ihrem Haus geöffnet« hatten, dann folgte eine Werbepause.

Chick starrte ein paar Sekunden lang auf den leeren Bildschirm.

»Was zum Henker war das denn?«

Myron antwortete nicht.

»Was läuft hier, Myron? Warum wollen die uns nicht helfen?«

»Ich weiß gar nicht, ob sie das könnten.«

»Sie auch? Sie kaufen denen den Quatsch ab?«

»Ich weiß nicht einmal, was sie uns verkaufen wollen, Chick.«

»Ich hab Ihnen doch erzählt, dass ich heute bei meinen Anwälten war, ja?«

»Ja?«

»Ich habe mich erkundigt, was wir machen können. Sie wissen schon, um den Jungen zum Reden zu bringen.«

»Was haben sie vorgeschlagen?«

»Nichts! Sie meinten, da kann man nichts machen. Unglaublich, oder? Patrick braucht kein Wort zu sagen. Man könnte ihn nicht zwingen, irgendetwas zu erzählen. Selbst wenn er etwas Entscheidendes wüsste. Verdammt, selbst wenn er weiß, wo Rhys im Moment ist, müsste er nichts sagen. Das ist doch irre.«

Mit einer kurzen Geste bat Chick den Barkeeper, ihm noch einen Johnny Walker Black einzuschenken. Der Barkeeper sah Myron an. Myron schüttelte den Kopf. Zu früh am Tag.

Als Chick seinen Drink bekam, beugte er sich darüber, als wäre es ein Wärme spendendes Feuer. »Ich danke Ihnen für Ihre Hilfe«, sagte er dann etwas ruhiger. »Win, na ja. Ich weiß, dass Win mich nicht mag. Das ist keine echte Überraschung. Wir kommen aus verschiedenen Welten. Außerdem glaubt er, Brooke könnte über Wasser gehen. Für sie wäre sowieso keiner gut genug gewesen, wissen Sie?«

Myron nickte, damit er weiterredete.

»Aber Brooke und ich führen eine solide Ehe. Natürlich haben wir auch unsere Probleme gehabt. Wie jeder. Aber wir lieben uns.«

»Diese Probleme«, nutzte Myron den Einstieg. »War Nancy Moore eins von ihnen?«

Chick hatte das Glas zum Mund geführt. Er zögerte kurz, überlegte, ob er erst antworten oder einen Schluck trinken sollte. Er entschloss sich, erst zu trinken. Er stellte das Glas wieder auf den Tresen und wandte sich an Myron.

»Was soll das heißen?«

Myron starrte ihn nur an. Er versuchte, die Sache auszusitzen.

»Und?«, fragte Chick.

»Ich weiß von den SMS.«

»Ach.« Chick stand auf, zog sein Jackett aus und hängte es ordentlich über die Lehne seines Barhockers. Er setzte sich wieder und fummelte am goldenen Manschettenknopf des linken Ärmels herum. »Und woher wissen Sie von den SMS?«

»Ist das wichtig?«

»Eigentlich nicht«, sagte Chick und begleitete die Antwort mit einem zu beiläufigen Achselzucken. »Die sind völlig bedeutungslos.«

Wieder versuchte Myron, ihn durch Anstarren zum Reden zu bringen.

Und Chick versuchte, ungezwungen zu klingen, was ihm aber nicht gelang. »Weiß Win davon?«

»Noch nicht.«

»Aber Sie werden es ihm sagen?«

»Ja«, sagte Myron.

»Selbst wenn ich Sie bitte, das nicht zu tun?«

»Selbst dann.«

Chick schüttelte den Kopf. »Sie verstehen mein Leben einfach nicht.«

Myron schwieg.

»Die anderen haben das alles auf dem Silbertablett serviert bekommen. Ich habe gearbeitet. Ich habe gekämpft. Mir ist nichts einfach so in den Schoß gefallen. Kurzmeldung, Myron …«, er beugte sich vor und hielt die Hände um den Mund, »… die Reichen spielen mit gezinkten Karten. Hier herrscht keine Chancengleichheit. Ich habe bei null angefangen. Mein Vater hatte einen Frisörsalon in der Bronx. Wenn man in diese Kreise vordringen will, muss man zwischendurch ein bisschen schummeln.«

»Warten Sie, das muss ich mir notieren.« Myron tat, als würde er etwas auf einen unsichtbaren Block schreiben. »Schummeln. Ein bisschen.« Er blickte auf. »Toller Tipp. Erzählen Sie mir gleich, dass jedes große Vermögen auf einem großen Verbrechen beruht?«

»Machen Sie sich über mich lustig?«

»Ein bisschen, Chick.«

»Halten Sie dieses Land für eine Leistungsgesellschaft? Bei der wir alle an derselben Stelle mit denselben Chancen starten? Das ist Blödsinn. Ich habe auf dem College Football gespielt. Ich war Running Back. Und ich war ziemlich gut. Eines Tages wurde mir klar, dass der Typ, der mich tacklen wollte, Anabolika nahm. Also hatte ich die Wahl. Entweder ich fange auch an zu dopen, oder ich höre auf mit dem Football.«

»Chick?«

»Was ist?«

»Das ist eine seltsame Rechtfertigung dafür, dass Sie Ihre Frau betrogen haben«, sagte Myron.

»Ich habe sie nicht betrogen.« Er beugte sich sehr nah an Myron heran. »Ich möchte aber trotzdem, dass Sie die Sache auf sich beruhen lassen.«

»Wollen Sie mir drohen, Chick?«

»Die SMS haben nichts mit meinem Jungen zu tun. Außerdem kenne ich Ihr Motiv.«

»Mein Motiv ist, Ihren Sohn zu finden.«

»Klar, sicher. Soll ich Ihnen was verraten, was mir immer noch zu schaffen macht? Als Rhys entführt worden war, wollte Brooke Win sofort anrufen. Gleich am ersten Tag. Ich habe es ihr aber ausgeredet. Ich dachte, die Polizei würde es hinkriegen. Ich wollte – und das klingt jetzt vielleicht ein bisschen komisch, nach dem, was ich Ihnen gerade erzählt habe –, ich wollte mich an die Regeln halten. Vorschriftsgemäß handeln. Witzig, was? Damit werde ich wohl leben müssen.«

»Was Sie erzählen, ergibt keinen Sinn, Chick.«

Wieder beugte er sich vor. Myron roch den Whisky in seinem Atem. »Was auch immer zwischen Nancy und mir damals passiert ist«, presste er heraus, »hat nichts mit meinem Sohn zu tun. Haben Sie verstanden? Sie müssen die Finger davonlassen, bevor irgendjemand größeren Schaden nimmt.«

Myrons Handy klingelte. Auf dem Display erschien der Name Brooke Baldwin. Er zeigte ihn Chick kurz, bevor er das Handy ans Ohr hielt.

»Hallo?«

»Chick hat mir erzählt, dass Sie sich mit ihm treffen wollen«, sagte Brooke. »Ist er bei Ihnen?«

Myron sah Chick an. Der nickte und beugte sich vor. »Ja, ich bin hier, Schatz.«

»Habt ihr das auf CNN gesehen?«

»Ja«, sagte Myron.«

»Ich habe es aufgenommen«, sagte Brooke. »Und es mir Bild für Bild angesehen.«

Chick sagte: »Und?«

»Und ich bin nicht überzeugt, dass der Junge wirklich Patrick Moore ist.«

20

Schon als er Tereses Namen im Display seines Handys sah, lockerte sich Myrons verspannte Schultermuskulatur. Er war auf dem Weg zu seinem Wagen und meldete sich ohne Vorrede mit den Worten: »Ich liebe dich so sehr.«

»Das soll jetzt kein Seitenhieb auf Win sein«, erwiderte Terese, »aber das ist so viel cooler als ›ich höre‹.«

»Mach ich aber nicht bei jedem«, sagte Myron.

»Ach, aber wieso denn nicht. Vielleicht kannst du noch ein paar Leuten den Tag versüßen.«

»Wo bist du?«

»In meinem Hotelzimmer«, sagte Terese. »Hey, erinnerst du dich noch daran, als wir das letzte Mal zusammen in einem Hotelzimmer waren?«

Myron konnte sich ein Grinsen nicht verkneifen. »Wie viele Anrufe haben wir bekommen, in denen die Leute sich über den Lärm beschwert haben?«

»Also, Myron, du bist aber auch schrecklich laut gewesen.«

Myron hielt das Handy ans andere Ohr. »Meine Zehen sind noch eine Woche taub gewesen.«

»Die Anspielung verstehe ich nicht.«

»Ich auch nicht, aber es klang irgendwie richtig.«

»Das ist wahr«, stimmte sie zu. »Du fehlst mir.«

»Du mir auch.«

»Dieser Job.«

»Ja?«

»Wenn ich ihn bekomme – und das ist ein großes Wenn –, aber wenn ich ihn bekomme, muss ich eventuell nach Atlanta oder Washington, D.C. ziehen.«

»Okay«, sagte Myron.

»Du würdest umziehen?«

»Klar.«

»Einfach so?«

»Einfach so.«

»Na ja, ich könnte ja auch erst mal pendeln.«

»Nicht pendeln. Wir ziehen um.«

»Herrgott, du bist so sexy, wenn du mich herumkommandierst.«

»Selbst wenn ich das nicht tue.«

»Jetzt überzieh es nicht«, sagte Terese. »Bist du sicher? Noch kann ich ohne Probleme abspringen. Das wird nicht das letzte Angebot sein, das ich bekomme.«

Myron hatte sein ganzes Leben in dieser Gegend verbracht. Er war hier geboren worden, aufgewachsen und nach seinem vierjährigen Studium in North Carolina hierher zurückgekehrt. Er war so eng verbunden mit der Region, dass er sogar sein Elternhaus gekauft hatte, statt die Vergangenheit loszulassen.

»Ich bin sicher«, sagte Myron. »Du sollst die Karriere machen, die dir vorschwebt.«

»Igitt, das klingt so politisch korrekt.«

»Außerdem möchte ich mich von meiner Frau aushalten lassen.«

»In dem Fall könnte es notwendig sein, dass du mir auf Verlangen sexuelle Gefälligkeiten erweist.«

Myron seufzte: »Ich bringe ein Opfer nach dem anderen.«

Sie lachte. Terese lachte nicht oft. Er liebte das Geräusch. »Dann will ich mich mal fertig machen«, sagte sie. »In einer Stunde ist das zweite Bewerbungsgespräch.«

»Viel Glück.«

»Was hast du vor?«, fragte Terese.

»Jetzt? Nach diesem Telefonat muss ich erst mal kalt duschen. Dann treffe ich mich mit meinen Eltern und Mickey.«

»Ich habe das Interview im Fernsehen gesehen.«

»Ist dir irgendetwas aufgefallen?«

»Was du schon sagtest.«

»Und das wäre?«

»Ihr müsst etwas übersehen haben.«

Dann verabschiedeten sie sich mit einem Minimum an Rührseligkeit. Myron fuhr durch seinen Heimatort. Würde er das wirklich schaffen? Konnte er wirklich aus der Gegend fortziehen, die er immer als seine Heimat betrachtet hatte?

Zum ersten Mal in seinem Leben war die Antwort auf diese Frage ein donnerndes *Ja*.

Auf der Fahrt rief Win an.

»Hallo?«

»Erzähl mir alles«, sagte Win.

»Hast du das Interview mit der Familie Moore gesehen?«, fragte Myron.

»Habe ich.«

Myron hörte im Hintergrund ein paar Männer in einer fremden Sprache schreien. »Wo genau bist du?«

»In Rom.«

»Italien?«

»Nein, Rom, Wyoming.«

»Kein Grund, sarkastisch zu werden.«

»Seit wann braucht man dafür einen Grund?«

»Brooke ist sich nicht sicher, ob der Junge wirklich Patrick ist«, sagte Myron.

»Ja. Das hat sie mir gesimst.«

»Ich habe PT unten in Quantico angerufen. Eine Freundin

von ihm könnte uns vielleicht helfen. Sie rekonstruiert da fürs FBI die Gesichter von Leichen oder so etwas.«

»Ich habe mir das selbst mal kurz angesehen«, sagte Win. »Ich habe ein Standbild der Person, die wir heute zu Gesicht bekommen haben, mit einem Alterungsbild verglichen, das mithilfe des Fotos vom sechsjährigen Patrick erstellt wurde.«

»Was ist dabei herausgekommen?«

»Nicht viel«, sagte Win. »Ich habe mir jedoch zwei Fragen gestellt: Wenn das nicht Patrick ist, wer ist es dann? Und aus welchem Grund sollten Nancy und Hunter in diesem Punkt lügen?«

Myron überlegte. »Keine Ahnung.«

»Ein DNA-Test wäre hilfreich.«

»Das wäre er«, stimmte Myron zu. »Andererseits, wenn wir jetzt einfach mal davon ausgehen, wir würden erfahren, dass der Junge nicht Patrick ist, was würde das bedeuten? Hast du noch einen Moment Zeit?«

»Habe ich.«

»Dann lass uns kurz die unterschiedlichen Möglichkeiten durchgehen, selbst die vollkommen absurden.«

»Zum Beispiel?«, fragte Win.

»Zum Beispiel die, dass Nancy und Hunter die beiden Jungs umgebracht und die Leichen entsorgt haben. Mir ist durchaus klar, dass das völlig absurd ist, aber lass uns das als Gedankenexperiment einfach mal durchspielen.«

»Okay.«

»Es würde bedeuten, dass sie, um den Verdacht von sich abzulenken, alles drangesetzt hätten, einen falschen Patrick zurückzuholen. Sie haben einen Teenager gesucht, der im richtigen Alter ist und Patrick ähnelt. Sie senden dir diese E-Mails und lenken dich so in die gewünschte Richtung. Du entdeckst den Teenager in King's Cross oder sonst wo. Kannst du mir folgen?«

»Nicht ganz.«

»Genau, weil selbst dieses wirklich aberwitzige Szenario keinerlei Sinn ergibt. Genau darauf wollte ich hinaus. Es gab keine Verdächtigen, die fürchten mussten, entdeckt zu werden – zumindest jetzt nicht mehr. Niemand musste zusehen, dass er aus der Schusslinie der Polizei kommt. Selbst wenn sie die Jungs umgebracht hätten – was, wie gesagt, nur eine unsinnige Behauptung ohne Bezug zur Realität ist –, würden sie in keiner Hinsicht davon profitieren, dass sie behaupten, Patrick wäre gefunden worden.«

»Richtig«, sagte Win. Dann: »Natürlich könnte jedoch auch eine andere Betrugsmasche dahinterstecken.«

»Wie soll die aussehen?«

»Sagen wir, der Junge wäre nicht Patrick.«

»Okay.«

»Dann lass uns mal davon ausgehen«, fuhr Win fort, »jemand würde Nancy und Hunter reinlegen. Die Täter hätten die Entdeckung dieses falschen Patricks arrangiert. Sie hätten Nancys und Hunters unermessliche Hoffnung gekannt, ihren verlorenen Sohn wiederzufinden, und haben darauf spekuliert, dass die beiden darauf reinfallen.«

»Die Sehnsucht nach einer Lösung«, sagte Myron.

»Exakt. Sie kann einen blind machen.«

»Aber auch da stellt sich die Frage nach dem Motiv. Soll dieser falsche Patrick Geld stehlen oder so etwas?«

Win überlegte. »Nein, ich glaube nicht, dass jemand so planen würde.«

»Und der Junge war wirklich schwer verletzt. Durch Messerstiche. Wir haben Glück gehabt, dass er nicht gestorben ist.«

»Durch Fat Gandhis Hand«, sagte Win. »Myron?«

»Ja?«

»Wir tun es schon wieder.«

»Was tun wir.«

»Wir ignorieren Sherlocks Maxime. Wir brauchen mehr Informationen.«

Win hatte recht. Sie zitierten häufig Sir Arthur Conan Doyles geliebten Sherlock Holmes: »Es ist ein kapitaler Fehler, eine Theorie aufzustellen, bevor man entsprechende Anhaltspunkte hat. Unbewusst beginnt man, Fakten zu verdrehen, damit sie zu den Theorien passen, statt die Theorien den Fakten anzupassen.«

»Myron?«

»Ja.«

»Was ist sonst noch?«

Myron atmete tief aus. »Das wird dir nicht gefallen.«

»Oh, dann halte mich bitte hin und versuch es so gut es geht schönzufärben.«

»Mehr Sarkasmus?«

»Weiteres Hinhalten?«

Myron erzählte ohne weitere Vorrede von seinem Besuch bei Neil Huber und den SMS zwischen Chick Baldwin und Nancy Moore. Als er fertig war, schwieg Win einen Moment lang. Myron hörte die Männer immer noch in der Fremdsprache – Italienisch, wie er annahm – herumschreien.

»Warum bist du in Rom?«, fragte Myron.

»Ich bin Fat Gandhi auf den Fersen.«

»Ist er in Italien?«

»Eher nicht.« Dann: »Glaubst du Chicks Beteuerung, dass diese SMS unschuldiger Natur waren?«

»Nein«, sagte Myron. »Was jedoch keineswegs bedeutet, dass sie etwas mit der Entführung zu tun haben.«

»Richtig«, sagte Win.

»Soll ich versuchen, mit Nancy zu reden? Sie auf die SMS ansprechen?«

»Ja, tu das.«

»Und was ist mit Brooke?«

»Was soll mit ihr sein?«

»Erzählen wir ihr von den SMS?«, fragte Myron.

»Noch nicht.«

Myron erinnerte sich an ihre Reaktion in London, weil Win ihr nichts von den E-Mails gesagt hatte, die er erhalten hatte. »Sie wird wütend sein, wenn du ihr wieder etwas verheimlichst.«

»Damit komme ich schon klar«, sagte Win. Nach einer kurzen Pause fragte er: »War's das, Myron?«

»Ich glaub schon.«

»Gut. Ich muss weg.«

21

Der Name des Teams erscheint genau in dem Moment, in dem Myron sagt, dass Cousine Brooke wütend werden würde, wenn ich ihr wieder etwas verheimliche.

SHARK CRYPT I.

»Damit komme ich schon klar«, sage ich, bin aber überhaupt nicht mehr bei der Sache. Ich muss das Telefonat beenden. »War's das, Myron?«

»Ich glaub schon.«

»Gut. Ich muss weg.«

Bevor Myron antworten kann, lege ich auf. Ich bin wieder mit Carlo, Renato und Giuseppe im Hinterzimmer des Sportgeschäfts. Sie tragen wieder ihre Fußballtrikots, die Stimmung ist aber insgesamt ernster als gestern, seit die Muzzles-of-Rage-Challenge begonnen hat. Mein Plan ist ganz einfach: Locke Fat Gandhi aus der Reserve.

Offensichtlich ist Fat Gandhi ein sehr starker und ambitionierter Teilnehmer in dieser Techno-Gaming-was-auch-immer-Szene. Sein stärkster Kontrahent ist ROMAVSLAZIO, die – dank meiner großzügigen anonymen Spende – der Ausrichter dieses brandneuen, prestigeträchtigen Wettbewerbs sind. Wir brauchen eine Antwort auf folgende Frage: Wird Fat Gandhi mitspielen, wenn er zu einem großzügig gesponserten, quasi-militärischen Ego-Shooter-Wettkampf mit hohen Einsätzen herausgefordert wird, obwohl er sonst am liebsten verdeckt agiert und gegenwärtig eigentlich vollständig abgetaucht ist?

Seit wenigen Sekunden weiß ich, dass die Antwort Ja lautet.

Ich zeige auf den Namen SHARK CRYPT I in der Teilnehmerliste. »Das ist Fat Gandhi«, sage ich.

»Woher wollen Sie das wissen?«, schreit Carlo, während er weiter auf der Tastatur herumhämmert. »Er hat doch noch gar nicht angefangen zu spielen.«

»Aber wenn er erst mal ein paar Minuten gespielt hat, wissen wir Bescheid«, ergänzt Renato. »Spätestens nach einer halben Stunde. Er hat seinen ganz eigenen Stil. Er benutzt keine Maschinengewehre oder automatische Waffen – nur ein Präzisionsgewehr. Und er trifft immer.«

»Jeder hat sein eigenes System«, sagt Carlo.

»Wie eigentlich bei jedem Sport muss man das Gesicht nicht sehen, um die Spieler zu erkennen«, stimmt Renato zu.

»Sie müssen nicht warten«, sage ich. »Das ist unser Mann.«

»Wie können Sie da so sicher sein?«

Das ist eigentlich ganz einfach. Shark Crypt I ist ein Anagramm von Patrick Rhys.

Mein Plan ist einfach. Die Aufgabe von ROMAVSLAZIO besteht nicht darin, die Muzzles-of-Rage-Challenge zu gewinnen. Ihr Job besteht darin, diesen Wettbewerb so lange offen zu halten, bis sie unter Zuhilfenahme irgendwelcher Hacker-Techniken, deren Einzelheiten mich nicht weiter interessieren, Fat Gandhis aktuellen Aufenthaltsort ermittelt haben.

Schiedsrichter Giuseppe sagt: »Auf geht's, Jungs. Macht euch auf die Suche.«

Mein Wagen und mein Privatjet stehen bereit. Neben dem Piloten erwartet mich noch ein weiterer wichtiger Mitarbeiter. Wenn die beiden E-Sportler Fat Gandhis Aufenthaltsort gefunden haben, werden sie sich wieder auf die Muzzles-of-Rage-Challenge konzentrieren, um den Wettbewerb offen zu halten, während wir zu diesem Ort eilen und uns Fat Gandhi schnappen.

Das ist zumindest der Plan.

»Ich bin immer noch nicht vollkommen überzeugt davon, dass wir das machen sollen«, sagt Carlo.

Wieder sitzt er mit dem Rücken zum Raum und blickt gegen eine Wand. Renato blickt gegen die andere.

»Ich auch nicht«, stimmt Renato zu.

»Schließlich sind wir keine Polizisten.«

»Ihr habt doch gehört, was Mr Lockwood erzählt hat«, sagt Giuseppe. »Der Mann schickt minderjährige Jungs auf den Strich.«

»Woher sollen wir wissen, ob er die Wahrheit sagt?«, fragt Carlo.

»Ja«, ergänzt Renato und sieht mich an, »woher sollen wir wissen, dass Sie nicht der Perverse sind?«

»Sie wissen es«, sage ich, »weil Sie es schon überprüft haben.«

Stille.

Dann sagt Carlo: »Wir haben Sie auch überprüft.«

»Davon bin ich überzeugt«, sage ich.

»Sie sind reich.«

»Das ist wahr.«

»Außerdem sagen die Leute, dass Sie durchgedreht sind. Sie sollen ein irrer Einsiedler geworden sein.«

Ich breite die Arme aus. »Sehe ich wie ein Einsiedler aus?«

»Und warum sagen das dann alle?«

»Ich habe das Gerücht in die Welt gesetzt.«

»Warum hätten Sie das tun sollen?«

»Weil«, sage ich, »ein paar üble Gestalten mich umbringen wollten.«

»Dann waren Sie also abgetaucht?«

»So in der Art.«

»Und warum sind Sie jetzt hier?«

»Wir haben einen Jungen gerettet«, sage ich. »Jetzt brauche ich Ihre Hilfe, um auch den anderen zu retten.«

Die Antwort scheint sie zufriedenzustellen.

»Dürfte nicht besonders schwer werden«, sagt Carlo. »Wenn er mitspielen will, muss er sich bei unserem Server anmelden.«

»So kriegen wir seine IP-Adresse.«

»Mist«, sagt Carlo, »er benutzt ein VPN.«

»Natürlich tut er das«, entgegnet Renato, »aber das können wir umgehen, indem wir ...«

Sie wechseln wieder ins Italienische, was mir recht ist. Ich spreche sowieso kein Informatisch. Sie unterhalten sich laut und aggressiv. Dann fangen sie an, sich zu beschimpfen. Ich höre die Namen von Roma- und Lazio-Spielern und gehe davon aus, dass sie wieder die Teams ihres Partners beleidigen. Giuseppe hat mich allerdings bereits darauf vorbereitet, dass das ein Teil ihrer Arbeitsweise ist.

»Je wütender sie werden«, versichert er mir, »desto näher sind sie der Antwort auf Ihre Frage.«

Also warte ich. Offensichtlich sind die beiden damit beschäftigt, sich sowohl auf das Spiel als auch auf die Suche nach dem Aufenthaltsort von SHARK CRYPT I zu konzentrieren.

»Sie haben recht«, sagt Carlo zu mir, ohne sein hektisches Tippen zu unterbrechen. »Es ist Fat Gandhi.«

»Er versucht, sich zu tarnen«, ergänzt Renato.

»Seine Identität zu verschleiern, weil wir seine Tricks kennen«, sagt Carlo.

Wieder schreien sie sich auf Italienisch an. Zehn Minuten später brechen sie in Jubel aus. Giuseppe nickt mir kurz zu, als der Drucker zu surren beginnt. Er geht hinüber und nimmt ein Blatt Papier heraus. »Die Adresse«, sagt er, kommt zu mir und reicht mir das Blatt.

Ich sehe es mir an. Ein Ort in den Niederlanden.

»Wie viel Zeit habe ich?«

Carlo antwortet. »Wenn wir unser Bestes geben, sind wir in rund zwei Stunden fertig.«

Ich gehe zur Tür. »Dann geben Sie nicht Ihr Bestes«, sage ich zu ihm.

*

Myron hielt vor dem alternden Einfamilienhaus mit den zwei Geschossebenen.

Er war hier aufgewachsen. Mehr als das. Er hatte hier bis vor Kurzem mit seinen Eltern zusammengewohnt. Als seine Eltern Ellen und Al (»Man nennt uns auch El Al«, hatte seine Mutter immer wieder lauthals verkündet, »wie die israelische Fluggesellschaft«) schließlich beschlossen hatten, es zu verkaufen und ihren Lebensabend in Florida zu verbringen, hatte er es ihnen sogar abgekauft.

Wenn er früher vor dem Haus abgesetzt worden oder selbst vorgefahren war, kam seine Mutter aus der Tür gestürmt und hatte die Arme um ihn geschlungen, als wäre er eine gerade entlassene Geisel, die sie seit fünf Jahren nicht gesehen hatte. So war sie einfach.

Natürlich war es ihm peinlich gewesen – und gleichzeitig hatte er sich insgeheim unglaublich darüber gefreut. Als junger Mensch begreift man nicht, wie wundervoll es ist, bedingungslos geliebt zu werden.

Als sich die Haustür heute öffnete, kam Mom ihm langsam entgegengeschlurft. Dad stützte sie am Ellbogen. Mom, die immer noch eine leidenschaftliche Feministin war, zitterte wegen der grausamen Parkinson-Erkrankung. Myron blieb noch einen Moment im Wagen sitzen und ließ sie näher herankommen.

Schließlich schüttelte sie Dads Hand ab, weil ihr Sohn, wie Myron wusste, nicht sehen sollte, dass sie älter und gebrechlicher geworden war.

Als Mom am Wagen war, stieg Myron aus. Sie umarmte ihn immer noch, als wäre er eine gerade entlassene Geisel. Er erwiderte die Umarmung. Dad folgte ihr. Myron gab ihm einen Wangenkuss. So hatte er seinen Vater schon immer begrüßt. Mit einem Wangenkuss.

»Du siehst müde aus«, sagte Mom.

»Mir geht's gut.«

»Sieht er nicht müde aus, Al?«

»Lass ihn zufrieden, El. Er sieht gut aus. Gesund.«

»Gesund?« Sie drehte sich zu ihrem Mann um. »Was ist? Bist du neuerdings Arzt?«

»Ich mein ja bloß.«

»Er muss mehr essen. Komm rein. Ich bestell uns mehr zu essen.«

Ellen Bolitar kochte nicht. Nie. Als Myron auf der Highschool war, hatte sie sich einmal an Hackbraten mit Tomatensauce versucht. Sie hatten die Küche neu streichen müssen, um den Geruch wieder herauszubekommen.

Myron bot ihr seine Hand an. Seine Mom musterte ihn mit einem bösen Blick.

»Auch du? Mir geht's gut.«

Sichtbar hinkend machte sie sich auf den Weg zurück zum Haus. Myron sah seinen Vater an, der nur ganz leicht den Kopf schüttelte. Sie folgten ihr.

»Ich sag Nero, er soll noch ein Kalbsschnitzel mit Parmesan drauflegen. Der Junge braucht etwas zu essen. Und dein Neffe futtert wie ein ganzes Haus, das einen Bandwurm hat.« Sie verscheuchte die beiden mit einer kurzen Geste. »Ihr Jungs geht ins Wohnzimmer und macht da euren Männerkram.«

Sie hielt sich am Geländer fest und ging in die Küche. Dad forderte Myron mit einem Nicken auf, ihm zu folgen. Myron blieb noch einen Moment von seinen Gefühlen überwältigt stehen.

Er liebte seine Eltern.

Ja, das taten wir alle, aber es war nur selten so unkompliziert wie bei ihm. Es gab weder Spannungen noch Reue, unterdrückte Wut oder Schuldzuweisungen. Er liebte sie. Ohne Wenn und Aber. In seinen Augen konnten sie nichts falsch machen. Manche Leute behaupteten, er würde sie immer durch eine rosarote Brille betrachten und dass er sowohl für Nostalgieschübe als auch für Geschichtsklitterung anfällig wäre.

Diese Leute hatten unrecht.

Myron und Dad setzten sich auf ihre angestammten Plätze im Wohnzimmer – oder im Fernsehzimmer, wie man es auch nennen wollte. Sie saßen immer auf diesen Plätzen, schon länger, als Myron sich erinnern konnte oder wollte. Als Myron klein war, hatten Experten vor den Gefahren des Fernsehkonsums gewarnt – ob zu Recht oder nicht, tat nichts zur Sache –, aber dieser Vater und dieser Sohn hatten in diesem Zimmer einen Bund geschlossen, indem sie sich gemeinsam Fernsehsendungen angesehen hatten, die beide gleichermaßen liebten. Das war hauptsächlich zwischen acht und elf Uhr abends gewesen, damals, bevor alle Videos on demand guckten oder streamten. Dieser Vater und sein Sohn hatten gemeinsam über alberne Sitcoms gelacht oder sich über die Klischees in den Krimis unterhalten. Sie hatten ferngesehen und sich dabei im gleichen Raum aufgehalten, was unter anderem dazu geführt hatte, dass sie eine Verbindung aufbauten. Heutzutage gingen die Eltern in ihre Elternzimmer und die Kinder in ihre Kinderzimmer. Alle starrten auf kleinere Bildschirme – Laptops, Smartphones, Tablets – und guckten sich nur genau das an, was sie angucken wollten. Es waren einsame, einzelgängerische Erfahrungen, und Myron fand das einfach furchtbar.

Dad griff nach der Fernbedienung, schaltete den Fernseher aber nicht an.

»Ist Mickey schon da?«, fragte Myron.

Myrons Eltern waren hergekommen, um Mickey Gesellschaft zu leisten, während dessen Eltern zur Reha fuhren.

»Er müsste jeden Moment kommen«, sagte Dad. »Ema kommt auch zum Abendessen. Kennst du sie?«

»Ema? Ja.«

»Sie trägt immer Schwarz«, sagte Dad.

Mom aus dem Nebenzimmer: »Das tun viele Frauen, Al.«

»Aber nicht so.«

Mom: »Schwarz macht schlank.«

»Ich urteile nicht über sie.«

Mom: »Doch, das tust du.«

»Tu ich nicht.«

»Du findest sie dick.«

»*Du* hast gerade gesagt, dass sie Schwarz trägt, weil es schlank macht, nicht ich.« Dad wandte sich an Myron. »Ema trägt schwarzen Nagellack, schwarzen Lippenstift, schwarze Wimperntusche. Schwarze Haare. Kein natürliches Schwarz, sondern Pechschwarz. Das versteh ich nicht.«

Mom: »Wieso solltest du auch?«

»Ich mein ja bloß.«

»Guckt euch Mr Haute Couture an. Bist du plötzlich Yves Saint Laurent, dass du hier Modetipps gibst?«

»Ich dachte, du wolltest telefonieren und die Bestellung ändern.«

»Es war besetzt.«

»Dann ruf noch mal an.«

»Ja, Master. Wird sofort erledigt.«

Dad seufzte und zuckte die Achseln. So waren sie. Myron lehnte sich einfach zurück und genoss die Show.

Dad beugte sich vor und fragte Myron leise: »Und wo ist Terese?«

»In Jackson Hole. Zu einem Bewerbungsgespräch.«

»Als Nachrichtenmoderatorin?«

»Ja, etwas in der Art.«

»Ich weiß noch, wie sie regelmäßig auf Sendung war. Bevor ihr beiden …« Er führte die Hände mehrmals zusammen. »Deine Mutter und ich würden sie wirklich gern näher kennenlernen.«

»Das werdet ihr.«

Er beugte sich vor. »Deine Mutter macht sich Sorgen«, sagte er.

»Worüber?«

Dad war nicht dafür bekannt, sich zurückzuhalten, und das tat er auch jetzt nicht. »Sie macht sich Sorgen wegen ihrer Traurigkeit.«

»Tereses Traurigkeit.« Myron nickte. »Und was ist mit dir? Machst du dir auch Sorgen?«

»Ich misch mich nicht ein.«

»Aber wenn du dich einmischen würdest?«

»Ich spüre diese Traurigkeit auch«, sagte Dad. »Ich spüre aber auch eine große innere Stärke. Sie hat viel durchgemacht, oder?«

»Ja.«

»Sie hat ein Kind verloren.«

»Ja, aber das ist lange her. Da hat sie noch im Ausland gelebt.«

Dad schüttelte den Kopf. »Tut mir leid, dass ich das Thema anschneide.«

»Ist schon okay.«

»Und du willst mir immer noch nicht sagen, warum sie so lange in Afrika war?«

»Das kann ich nicht«, sagte Myron. »Das steht mir nicht zu.«

»Das respektiere ich«, sagte Dad. Er lächelte. »Wahrscheinlich war sie in geheimer Mission dort.«

»Etwas in der Art.«

»In geheimer Mission«, wiederholte Dad. »So wie du in London.«

Myron antwortete nicht.

»Was, dachtest du etwa, wir hätten das nicht mitgekriegt? Erzählst du mir, worum es da ging?«

Mom aus dem Nebenzimmer: »Es ging um diesen Moore-Jungen, der gerettet wurde.«

Dad drehte sich um in Richtung Küche. »Wie lange hörst du schon mit?«

»Gerade eben erst«, sagte Mom. »Den Teil, bei dem du mich mit dieser Geschichte über die Traurigkeit seiner Verlobten bloßgestellt hast, habe ich verpasst.«

Die Haustür wurde auf eine Art aufgerissen, die verkündete, dass ein Teenager hereinkam. Mickey stapfte mit Ema im Schlepptau herein. Er sah Myron an. »Hey, was machst du denn hier?«

Mickey war ein elendig schlechter Schauspieler.

»Schön, dich zu sehen, Mickey«, sagte Myron. »Hi, Ema.«

»Hey, Myron«, sagte Ema.

Ema, das Mädchen, von dem Dad gesagt hatte, dass sie Schwarz trug, kleidete sich im Stil jener Subkultur, die man früher als Gruftis, gelegentlich als Goths und später dann als Emos bezeichnete (daher ihr Spitzname), und Myron war nicht hip genug, um zu wissen, wie man sie heute nannte. Tatsächlich trug sie ausschließlich tiefschwarze Kleidung auf blasser Haut. Anfangs waren Mickey und Ema Freunde gewesen, beste Freunde sogar, Myron fragte sich aber, ob sie die Grenze von Freundschaft zu mehr nicht doch irgendwann überschritten hatten.

Mickey gab seinem Großvater einen Wangenkuss. Er wandte sich an seine Großmutter und sagte: »Du siehst toll aus, Oma.«

»Nenn mich nicht so.«

»Wie soll ich dich nicht nennen?«

»Oma. Das hab ich dir schon oft gesagt. Ich bin zu jung, um deine Oma zu sein. Nenn mich Ellen. Und falls jemand fragt, sag ihm, dass ich die zweite, sehr viel jüngere Vorzeigefrau deines Opas bin.«

»Geht in Ordnung«, sagte Mickey.

»Jetzt gib deiner Ellen einen Kuss.«

Er hüpfte die Stufen hinauf in die Küche. Wenn Mickey sich bewegte, bebte das Haus. Er gab ihr einen Kuss und umarmte sie. Myron sah zu und schluckte. Dann sah Mickey Myron an.

»Heulst du?«, fragte Mickey.

»Nein«, sagte Myron.

»Warum heult er?«, fragte Mickey seine Großmutter. »Warum fängt er ständig an zu weinen?«

»Er war schon immer ein sehr emotionales Kind. Mach dir nichts draus.«

»Ich weine nicht«, sagte Myron. Er sah sich hilfesuchend im Zimmer um, bekam aber keine Unterstützung. »Ich hab was im Auge.«

»Irgendjemand muss mir beim Tischdecken helfen.« Das war Mom.

Mickey sagte: »Mach ich.«

»Nein«, widersprach Mom. »Ich möchte, dass Ema mir hilft.«

»Es wäre mir eine Freude, Mrs Bolitar«, sagte Ema.

»Ellen«, korrigierte Mom. »Seid ihr beiden jetzt ein Paar, Mickey und du? Wie nennt ihr Kids das heutzutage? Geht ihr miteinander? Treibt ihr es miteinander?«

Mickey war geschockt. »Oma!«

»Ach, schon gut, Ema, seine Reaktion sagt alles. Richtig niedlich, wenn er so rot anläuft, was?«

Ema, die ebenso peinlich berührt aussah, folgte ihr in die Küche. Dad sagte: »Ich geh lieber mit. Sicher ist sicher.«

Myron und Mickey waren im Wohnzimmer alleine.

»Ich hab deine SMS gekriegt«, sagte Mickey.

»Dachte ich mir schon. Was meinst du, kannst du mir helfen?«

»Ja. Und Ema wahrscheinlich auch.«

»Und wie?«

»Wir haben einen Plan«, sagte Mickey.

22

Die Presse hatte die Belagerung von Nancy Moores Haus aufgegeben. Myron wusste nicht, ob es daran lag, dass die Medien den Wunsch der Familie nach Privatsphäre respektierten, oder daran, dass Neuigkeiten inzwischen so schnell veralteten, oder dass es nichts Neues gab, was die Flammen wieder entfachte. Wahrscheinlich war es eine Kombination aus allem. Myron war jedenfalls froh darüber. Um acht Uhr abends fuhr er in die Einfahrt, stieg aus dem Wagen und klopfte an die Tür.

Nancy Moore hielt ein Glas Weißwein in der Hand, als sie die Tür öffnete. »Es ist spät«, sagte sie.

»Entschuldigen Sie«, sagte Myron. »Ich hätte besser angerufen.«

»Es war ein langer Tag.«

»Ich weiß.«

»Ich wäre auch gar nicht an die Tür gekommen, wenn Sie nicht …«

Er wusste, was sie meinte. Sie hatte immer noch das Gefühl, in seiner Schuld zu stehen. »Hören Sie, ich muss Sie nur ganz kurz sprechen.« Myron sah an ihr vorbei ins Haus. »Ist Hunter da?«

»Nein. Er ist am Abend nach Pennsylvania zurückgefahren.«

»Wohnt er da?«

Sie nickte. »Ja, seit der Scheidung.«

Myron sah das »Zu Verkaufen«-Schild an. »Sie ziehen auch um?«

»Ja.«

»Wohin?«

»Auch dahin.«

»Nach Pennsylvania?«

»Ich möchte nicht unhöflich werden, Myron.«

Er hob eine Hand. »Kann ich für einen Moment reinkommen?«

Sie trat widerstrebend zur Seite. Myron ging ins Haus und zuckte zusammen, als er die junge Frau sah, die am Fuß der Treppe stand.

»Meine Tochter Francesca«, stellte Nancy sie vor.

Beinahe hätte Myron die Standardfloskel »Sie meinen, Ihre Schwester« gebracht, verkniff sich aber die Schmeichelei. Beim Fernsehinterview war ihm die große Ähnlichkeit nicht aufgefallen, aber da hatte er sich auch auf andere Dinge konzentriert. Ein potenzieller Ehemann, der wissen wollte, wie Francesca in fünfundzwanzig Jahren aussehen würde, brauchte nicht viel Fantasie aufzubringen.

»Francesca, das ist Mr Bolitar.«

»Nennen Sie mich Myron«, sagte Myron. »Hi, Francesca.«

Sie blinzelte ein paar Tränen weg. Hatte sie die vorher schon in den Augen gehabt?

»Vielen Dank«, sagte sie mit so großer Aufrichtigkeit, dass er sich fast abgewandt hätte. Francesca eilte zu Myron und umarmte ihn kurz, aber heftig. »Vielen Dank«, wiederholte sie.

»Keine Ursache«, sagte Myron.

Nancy streichelte ihrer Tochter die Schulter und lächelte ihr sanft zu. »Kannst du nach oben gehen und nach deinem Bruder sehen? Mr Bolitar und ich müssen etwas bereden.«

»Klar«, sagte Francesca. Sie nahm Myrons Hand zwischen ihre Hände. »Wirklich schön, Sie kennenzulernen.«

»Danke gleichfalls.«

Nancy sah ihr nach, als sie die Treppe hinaufging. Als sie verschwunden war, sagte sie: »Sie ist ein gutes Kind.«

»Das glaube ich Ihnen.«

»Sehr einfühlsam. Fängt bei jeder Kleinigkeit an zu weinen.«

»Das halte ich für eine gute Charaktereigenschaft«, sagte Myron.

»Finde ich auch. Aber als ihr Bruder verschwand …« Nancy beendete den Satz nicht. Sie schüttelte den Kopf und schloss die Augen. »Wenn Patrick da in diesem Tunnel gestorben wäre, wenn Sie nicht rechtzeitig hingekommen wären …« Wieder brauchte sie den Satz nicht zu beenden.

»Darf ich Sie ganz geradeheraus etwas fragen?«

»Wieso nicht?«

»Sind Sie sicher, dass der Junge oben im Zimmer Patrick ist?«

Sie verzog das Gesicht. »Das haben Sie mich schon einmal gefragt.«

»Ich weiß.«

»Warum fragen Sie es dann immer wieder? Ich habe Ihnen doch schon gesagt, dass ich sicher bin.«

»Aber warum sind Sie sich so sicher?«

»Wie bitte?«

»Es ist zehn Jahre her. Als er entführt wurde, war er ein kleiner Junge.«

Sie stemmte die Hände in die Hüften. Ihre Stimme klang etwas ungeduldig. »Sind Sie deshalb hier?«

»Nein.«

»Dann kommen Sie lieber zum Thema. Es wird langsam spät.«

»Erzählen Sie mir von den SMS, die Sie und Chick Baldwin sich geschickt haben.«

Myron sagte es einfach. Rumms. Ohne Vorwarnung, ohne sich zu räuspern oder sonst irgendetwas. Er wollte ihre Reaktion sehen. Doch wenn er etwas Dramatisches oder Verräterisches erwartet hatte, wurde er enttäuscht. Nancy stellte ihr Weinglas ab und verschränkte die Arme.

»Ist das Ihr Ernst?«

»Das ist es.«

»Warum, um alles in der Welt …« Sie brach ab. »Ich glaube, Sie sollten jetzt lieber gehen.«

»Ich habe mit Chick darüber gesprochen.«

»Dann wissen Sie es schon.«

»Was weiß ich?«

»Es war nichts.«

Interessant. Dieselbe Argumentationslinie. Myron versuchte es mit einem Bluff. »So hat er sich nicht geäußert.«

»Wie bitte?«

»Chick hat zugegeben, dass Sie eine Affäre hatten.«

Ein schwaches Lächeln umspielte ihre Lippen. »Sie labern nur Scheiße, Myron.«

Da hatte sie recht.

»Wir waren Freunde«, sagte sie. »Wir haben geredet. Und zwar viel.«

»Ja, Nancy, nichts für ungut, aber das kaufe ich Ihnen nicht ab.«

»Sie glauben mir nicht?«

»Nein, das tu ich nicht.«

»Warum nicht?«

»Erstens habe ich nicht den Eindruck, dass Chick ein großer Redner ist.«

»Aber Sie haben den Eindruck, dass er ein toller Liebhaber ist?«

Touché, dachte Myron.

Nancy trat etwas näher. Sie sah ihn rehäugig an. Er nahm an, dass sie das nicht das erste Mal machte, um einen Mann von etwas zu überzeugen. Wahrscheinlich hatte dieses Verhalten ihr in der Vergangenheit schon gute Dienste geleistet.

»Glauben Sie mir, wenn ich Ihnen sage, dass es nichts mit dem zu tun hat, was mit den Jungs passiert ist?«

»Nein«, sagte Myron.

»Und das sagen Sie einfach so?«

»Das sage ich einfach so.«

»Sie glauben, dass ich lüge?«

»Möglich«, sagte Myron. »Vielleicht wissen Sie es auch einfach nicht.«

»Was soll das jetzt heißen?«

»Handlungen erzeugen Wellen. Manchmal auch unsichtbare Wellen, die sich unter der Oberfläche ausbreiten. Man sieht sie nicht immer, besonders dann nicht, wenn man sehr nah dran ist, so wie Sie es waren. Sie kennen doch den Schmetterlingseffekt, die Idee, dass der Flügelschlag eines Schmetterlings, so unbedeutend er auch erscheinen mag …«

»… trotzdem alles verändern kann«, vollendete Nancy den Gedankengang. »Ich kenne ihn. Das ist Quatsch. Außerdem …«

Sie stoppte, als sie schwere Schritte hörte. Beide drehten sich um und sahen zur Treppe. Dort, auf der dritten Stufe von unten, stand Patrick Moore. Oder der potenzielle Patrick Moore. Auf jeden Fall war es der Junge, dem Fat Gandhi ein Messer in die Schulter gerammt hatte. Heimlich drückte Myron eine Taste an seinem Handy.

Einen Moment lang sagte niemand etwas. Dann brach Nancy das Schweigen.

»Ist alles in Ordnung, Patrick? Kann ich etwas für dich tun?«

Patrick sah Myron an.

»Hi, Patrick«, sagte Myron.

»Sie sind der, der mich gerettet hat«, sagte er.

»Ja, das bin ich wohl.«

»Francesca hat mir gesagt, dass Sie hier sind.« Er schluckte. »Dieser Fat. Er wollte mich umbringen.«

Myron sah Nancy an.

»Es ist alles in Ordnung«, sagte Nancy im beruhigenden Ton einer besorgten Mutter. »Du bist jetzt zu Hause. Du bist in Sicherheit.«

Patrick sah Myron immer noch an. »Warum?«, fragte er. »Warum wollte er mich erstechen?«

Es war eine recht normale Frage nach einem Gewaltverbrechen. Myron kannte diese Reaktion, das Bedürfnis der Opfer zu wissen, wie es dazu gekommen war. Es war ein unbedarftes »Warum ich?«. Opfer von Vergewaltigungen fragten sich häufig, warum es ausgerechnet sie erwischt hatte. Bei den Opfern anderer Gewaltverbrechen war das nicht anders.

»Ich glaube«, sagte Myron, »er wollte sich selbst retten.«

»Wie das?«

»Er ging wohl davon aus, dass ich ihn nicht mehr verfolge, wenn er dich verletzt. Ich musste mich entscheiden, ob ich ihm nachlaufe oder dich rette.«

Patrick nickte. »Ja, das klingt logisch.«

Vorsichtig trat Myron einen Schritt vor. »Patrick«, sagte er in einem möglichst ruhigen und harmlosen Tonfall, »wo warst du?«

Patricks Augen weiteten sich. Man sah seinem Gesicht die Panik an, und er suchte Hilfe bei seiner Mutter.

In diesem Moment klingelte es.

Nancy wandte sich zur Tür. »Wer kann das denn jetzt noch …«

»Ich mach auf«, sagte Myron. »Warte kurz, Patrick. Ich möchte dir jemanden vorstellen.«

Myron ging zur Tür und öffnete sie. Mickey und Ema, die in einem zweiten Wagen auf das Signal von Myrons Handy gewartet hatten, traten, ohne zu zögern, ins Haus. Mickey lächelte breit. Ema hatte einen Pizzakarton in der Hand. Der Pizzaduft breitete sich im Raum aus.

Myron war klar, dass Mickeys Plan Risiken barg. Ema war jedoch optimistischer gewesen.

»Er ist ein einsamer Teenager, der zu Hause eingeschlossen ist«, hatte Ema erklärt. »Außerdem ist die Pizza in London nicht mit der Pizza hier zu vergleichen.«

Ab jetzt war es also eigentlich Mickeys und Emas Spiel. Myron würde ihnen das Feld überlassen.

Mickey ging auf Patrick zu. »Hey. Ich bin Mickey. Das ist Ema. Wir dachten, du willst vielleicht ein bisschen abhängen oder so.«

Patrick sah ihn an. »Äh.«

Ema sagte: »Hast du schon mal Pizza mit Hähnchenflügeln gegessen?«

Patricks Stimme klang zaghaft »Nein.«

Ema nickte. »Und Bacon.«

»Echt?«

»Ich würde niemals Scherze über Bacon machen.«

»Wow.«

»Der Rand mit Käsefüllung sollte eigentlich eine Überraschung sein, aber manche Dinge sind einfach zu gut, um sie zu verheimlichen.«

Patrick lächelte.

»Ich will die Erwartungen nicht zu sehr in die Höhe treiben«, sagte Ema und öffnete den Karton, »aber das könnte das Beste sein, was je aus einem Backofen gekommen ist.«

Nancy sagte: »Oh, ich halte das nicht für eine gute Idee.«

Myron stellte sich zwischen sie und ihren Sohn. »Sie haben gesagt, er bräuchte Kontakt zu Personen seines Alters«, erinnerte er sie.

»Schon, aber es war ein langer Tag …«

Patrick unterbrach sie. »Mom«, sagte er, »das ist schon okay.«

»Ich glaube, sie könnte auch glutenfrei sein«, probierte Ema es. Sie verzog das Gesicht zu dem breitesten, albernsten und liebenswertesten Lächeln, das Myron je gesehen hatte.

Dann fing Patrick an zu lachen – es platzte richtig aus ihm heraus – und Myron deutete Nancys Gesichtsausdruck so, dass sie ihren Sohn das erste Mal lachen sah, seit er sechs Jahre alt war. Ema hatte recht gehabt. Ob es an der üppig belegten Pizza lag oder am normalen, menschlichen Bedürfnis nach Gesellschaft – höchstwahrscheinlich war es eine Mischung aus beidem –, Patrick brauchte es jedenfalls. Es war ihm zu lange vorenthalten worden.

Francesca erschien oben auf der Treppe. »Wir wollten gerade einen Film gucken«, sagte sie. »Mom, können wir uns online einen ausleihen?«

Alle Blicke richteten sich auf Nancy Moore.

»Klar«, stieß sie mit belegter Stimme hervor. »Amüsiert euch.«

*

Myron blieb nicht.

Er befolgte damit Mickeys und Emas explizit geäußerten Anweisungen: »Überlass uns das, häng nicht unten rum, belaste die Atmosphäre nicht mit deiner Erwachsenenpräsenz, wecke keinen Argwohn. Wenn du Fragen an Patricks Mom hast, stell sie, bevor wir da sind. Dann geh sofort.«

Das hatte er getan. Als er in seinen Wagen stieg, klingelte das Handy. Die Nummer kannte er nicht.

»Hallo?«

»Hier ist Alyse Mervosh«, meldete eine Frau sich ohne Vorrede. »Ich bin PTs Kontaktperson.«

»Die Kriminaltechnikerin?«

»Forensische Anthropologin mit dem Spezialgebiet kriminaltechnische Gesichtsrekonstruktion, ja.« Ihre Stimme klang so neutral, wie es ohne elektronische Hilfsmittel möglich war. »Sie wollen wissen, ob der Patrick Moore, der heute bei CNN zu sehen war, derselbe Patrick Moore ist, der vor zehn Jahren verschwunden ist. Ist das richtig?«

»Ja.«

»Ich habe das Video vom heutigen Interview vorhin erst bekommen. Daraufhin habe ich die Entführung gegoogelt und mir auf diesem Weg Fotos vom sechsjährigen Patrick besorgt. Schließlich habe ich es mit diesem Alterungsbild von Patrick verglichen, das von dieser Agentur erstellt wurde. Wo sind Sie?«

»Im Moment?«

»Ja.«

»In Alpine, New Jersey.«

»Wissen Sie, wo unser Büro in Manhattan ist?«, fragte sie.

»Ja.«

»Die Fahrt müsste ungefähr eine Stunde dauern. Bis dahin sollte ich ein Ergebnis haben.«

Alyse Mervosh legte auf, ohne eine Antwort abzuwarten. Myron sah auf die Uhr. Schon halb neun. Wenn Dr. Mervosh kein Problem damit hatte, bis spätabends zu arbeiten, hatte Myron das auch nicht. Er wusste, dass das Hauptlabor des FBI unten in Virginia war, nahm aber an, dass für solche Arbeiten in erster Linie Computer und Software benötigt wurden. Das Büro des FBI in Manhattan befand sich im dreiundzwanzigsten Stockwerk am Federal Plaza 26.

An der Reade Street fand Myron einen Parkplatz und ging von dort Richtung Norden zum FBI-Hauptquartier. Als er die Duane Street überquerte, fiel ihm eine witzige Anekdote ein. Duane Reade, die Drogeriemarktkette, die New York dominierte, hatte sich nach ihrem ersten Lagerhaus benannt, das zwischen der Duane Street und der Reade Street gelegen hatte.

Manchmal gehen einem zu den seltsamsten Zeiten eigenartige Gedanken durch den Kopf.

Alyse Mervosh begrüßte ihn mit einem kräftigen Händedruck. »Darf ich eine Sache mal eben aus der Welt schaffen?«, fragte sie.

»Was für eine Sache?«

»Meine mädchenhafte Schwärmerei. Ich finde die Dokumentation über Ihre Verletzung einfach fantastisch. Wirklich *fantastisch.*«

»Äh, danke.«

»Ehrlich, so weit oben zu sein, so nah am Gipfel, und dann bricht alles zusammen, sodass Sie mit leeren Händen dastehen, wie ein Häufchen Elend …«

Ihre Stimme verklang.

Myron breitete die Arme aus und lächelte. »Und doch stehe ich hier.«

»Ist wirklich alles okay mit Ihnen?«, fragte sie.

»Wenn Sie wollen, kann ich zehn einarmige Liegestütze machen.«

»Wirklich?«

»Nein. Aber einen würde ich vielleicht schaffen.«

Sie schüttelte den Kopf. »Entschuldigen Sie, ich verhalte mich unprofessionell. Es ist bloß … durch die Dokumentation habe ich wirklich Mitleid mit Ihnen bekommen, verstehen Sie?«

»Genau das Gefühl, auf das ich gehofft hatte.«

Sie wurde etwas rot. »Entschuldigen Sie meine Garderobe. Ich hatte gerade eine Tennisstunde, als PT angerufen hat.«

Dr. Mervosh trug einen so altmodischen Trainingsanzug, dass Myron versucht war, nach dem Fila-Logo zu suchen. Ihre blonden Haare wurden von einem Stirnband in Form gehalten. Überhaupt sah sie aus wie Björn Borg Anfang der Achtziger.

»Kein Problem«, sagte Myron. »Danke, dass Sie sich so spät noch darangesetzt haben.«

»Wollen Sie eine ausführliche Erklärung oder einfach nur das Ergebnis?«

»Das Ergebnis, bitte.«

»Das Ergebnis ist nicht eindeutig«, sagte sie.

»Ach«, sagte Myron. »Das Ergebnis ist also, dass Sie es nicht wissen?«

»Wenn es um die Antwort auf die Frage geht, ob es sich bei dem Teenager, der heute auf CNN interviewt wurde, um denselben Patrick Moore handelt, der vor zehn Jahren entführt wurde, dann kann ich Ihnen das, so leid es mir tut, nicht mit Sicherheit sagen. Darf ich es Ihnen erklären?«

»Bitte sehr.«

»Meine Tätigkeit – die kriminaltechnische Gesichtsrekonstruktion – besteht vorwiegend darin, Überreste zu identifizieren. Das war Ihnen klar, oder?«

»Ja.«

»Das ist keine exakte Wissenschaft. Wir hoffen, dass unsere Arbeit womöglich zu einem Hinweis führt oder einen Gedankengang anregt, allerdings können unsere Ergebnisse durch alles Mögliche verfälscht werden.« Alyse Mervosh verzog das Gesicht. »Es ist warm hier drin.«

»Ein bisschen.«

»Hätten Sie etwas dagegen, wenn ich meine Jacke ausziehe?«

»Natürlich nicht.«

»Nicht dass Sie denken, ich würde mit Ihnen flirten oder so etwas.«

»Keine Sorge.«

»Ich habe einen Freund. Es ist etwas Ernstes.«

»Und ich bin verlobt.«

»Wirklich?« Ihre Miene leuchtete auf. »Ach, das freut mich

jetzt aber wirklich für Sie. Ich meine, nach allem, was Sie so durchgemacht haben.«

»Dr. Mervosh?«

»Bitte nennen Sie mich Alyse.«

»Alyse«, sagte Myron. »Es war nur eine Knieverletzung. Danke für Ihre …«, er wusste nicht, wie er es bezeichnen sollte, »… Besorgnis, aber es geht mir gut.«

»Und Sie wollen jetzt mehr über Patrick Moore erfahren.«

»Das will ich, ja.«

»Ich kann nicht sehr gut mit Menschen umgehen«, sagte sie. »Daher arbeite ich am liebsten im Labor. Ich neige zu nervösem Plappern. Tut mir wirklich leid.«

»Schon okay«, sagte Myron. Dann: »Sie meinten eben, die Ergebnisse könnten durch alles Mögliche verfälscht werden?«

»Ja, das ist richtig. Wir versuchen ja gewissermaßen, uns vorzustellen, wie ein sechsjähriger Junge als Sechzehnjähriger aussehen würde. Wie Sie sich denken können, sind gerade diese Jahre sehr schwer vorhersehbar. Wenn Patrick Moore, na, sagen wir, mit sechsundzwanzig verschwunden wäre, und wir ihn jetzt mit sechsunddreißig gefunden hätten, tja, Sie wissen schon, was ich meine, oder?«

»Ja.«

»Die Alterung wird in erster Linie von den Genen bestimmt, es spielen aber noch andere Faktoren mit hinein. Ernährung, Lebensstil, persönliche Angewohnheiten, Traumata – all das kann den Alterungsprozess und damit in manchen Fällen sogar die äußere Erscheinung verändern. Und noch einmal: Wir reden hier über die vermutlich am schwersten zu analysierenden Jahre. Die Veränderungen im Erscheinungsbild vom Kind zum Jugendlichen können extrem sein. Mit dem Alter des Kindes entwickeln sich die Knochen und Knorpel und bestimmen die Proportion und die Form des Gesichts. Wir forensischen Anthropologen müssen dann ergänzen, welche Veränderungen das mit sich gebracht haben könnte. So könnte zum Beispiel der Haaransatz zurückgegangen sein. Knochengewebe könnte gebildet, abgebaut, gedehnt oder ersetzt worden sein. Kurz gesagt: Das Ganze ist sehr schwer vorhersehbar.«

»Verstehe«, sagte Myron. »Können Sie eine Vermutung äußern?«

»Ob dieser Teenager Patrick Moore ist?«

»Ja.«

Sie runzelte die Stirn. »Eine Vermutung?«

»Ja.«

»Ich bin Wissenschaftlerin, ich äußere keine Vermutungen.«

»Ich meinte ja nur ...«

»Ich kann nur die mir vorliegenden Fakten bewerten.«

»Das ist in Ordnung.«

Bedächtig nahm Alyse Mervosh ein Notizbuch vom Tisch und betrachtete ihre Aufzeichnungen. »Die Gesichtszüge des Teenagers liegen, abgesehen von einer erwähnenswerten Ausnahme, eindeutig im Normbereich des sechsjährigen Patrick Moore. Seine Augenfarbe ist etwas blasser geworden, das ist aber nicht erwähnenswert. Außerdem ist es schwierig, anhand eines Fernsehbildes die genaue Augenfarbe zu bestimmen. Es ist mir gelungen, eine zuverlässige Schätzung der Größe seiner Eltern und seiner Schwester zu bekommen und sie mit Patricks Größe im Alter von sechs Jahren zu vergleichen. Aus diesen Berechnungen ergibt sich, dass Patrick etwa fünf Zentimeter kleiner ist als der errechnete Mittelwert, aber auch das liegt klar innerhalb der Toleranzgrenzen. Kurz gesagt: Bei diesem Teenager könnte es sich tatsächlich um Patrick Moore handeln, wobei ein Aspekt jedoch überrascht und dazu führt, dass ich Ihnen kein eindeutiges Ergebnis nennen kann.«

»Und welcher Aspekt ist das?«

»Seine Nase.«

»Was ist damit?«

»Die Nase des Teenagers passt meiner Ansicht nach nicht zu der des Sechsjährigen. Ich will damit nicht sagen, dass sie nicht so gealtert sein kann, ich halte es allerdings für unwahrscheinlich.«

Myron überlegte einen Moment lang. »Wäre eine Nasenoperation eine mögliche Erklärung?«

»Eine klassische Nasenoperation? Nein. Bei Nasenoperationen werden die Nasen im Allgemeinen verkleinert. In diesem Fall ist die Nase des älteren Patrick Moore größer als erwartet.«

Myron überlegte. »Was wäre, ich weiß nicht, wenn seine Nase ein oder mehrmals gebrochen worden wäre?«

»Hmm.« Alyse Mervosh nahm einen Bleistift und tippte ihn mehrmals gegen die Wange. »Ich würde es bezweifeln, es ist aber nicht ausgeschlossen. Es gibt auch Operationen, die dem Aufbau einer Nase dienen, die zum Beispiel bei einer Verletzung, angeborenen Deformationen und vor allem bei Folgen des Kokain-Missbrauchs durchgeführt werden. So eine Operation wäre eine mögliche Erklärung. Das kann ich jedoch nicht mit ausreichender Sicherheit sagen. Daher kann ich keine eindeutige Aussage machen.«

»Das heißt dann wohl«, sagte Myron, »dass wir eine eindeutige Identifizierung um eine Nasenlänge verpasst haben.«

Alyse Mervosh sah ihn einen Moment lang an. »Moment, sollte das ein Witz sein?«

»Gewissermaßen.«

»Puh.«

»Ja, Entschuldigung.«

»Ganz ohne Witz«, sagte sie. »Sie brauchen einen DNA-Test.«

23

Ich starre das holländische Bauernhaus durchs Fernglas an.

Der Flug von Rom zum Flugplatz Groningen Eelde in den Niederlanden hat zweieinhalb Stunden gedauert. Die Fahrt vom Flughafen zu diesem Bauernhof bei Assen weitere zwanzig Minuten.

»Nur vier Personen im Haus, mein Hübscher«, sagt eine Stimme mit starkem Akzent.

Ich sehe Zorra an. Zorras richtiger Name ist Shlomo Avrahaim. Er ist ein ehemaliger Mossad-Agent und ein Transvestit, oder wie auch immer der angemessene Begriff für einen Mann lautet, der gerne Frauenkleider trägt. Ich habe einige Transvestiten kennengelernt. Viele sind recht attraktiv und feminin. Zorra ist weder das eine noch das andere. Sein Bartwuchs ist so stark wie sein Akzent. Er zupft sich nicht die Augenbrauen, sodass sie wie haarige Raupen aussehen, die jedes Interesse daran vermissen lassen, sich in Schmetterlinge zu verwandeln. Seine Fingerknöchel lassen sich am besten als die eines Werwolfs während der Verwandlung beschreiben. Die gelockte rote Perücke sieht aus, als hätte er sie 1978 aus Bette Midlers Requisitentruhe geklaut. Er trägt Stilettoabsätze – was wortwörtlich zu verstehen ist, weil in einem Absatz ein Stilett verborgen ist.

Vor langer Zeit hat Zorra Myron mit dieser Klinge beinahe umgebracht.

»Sagt das die Wärmebildkamera?«, frage ich.

»Es ist dieselbe Kamera, die Zorra auch in London eingesetzt hat, mein Hübscher.« Er sprach in einem tiefen Bariton. »Das wird zu einfach. Wie sagt ihr dazu? Ein Kinderspiel. Du verschwendest das Talent von legendären Profis wie Zorra.«

Ich drehe mich zu ihm um und mustere ihn von oben bis unten.

»Irgendwelche Probleme, mein Hübscher?« fragt Zorra.

»Ein pfirsichfarbener Rock mit orangefarbenen Pumps?«, sage ich.

»Zorra kann das tragen.«

»Es freut mich, dass Zorra das so sieht.«

Zorra dreht den Kopf wieder zum Haus. Die Perücke dreht sich nicht mit. »Warum warten wir, mein Hübscher?«

Ich glaube nicht an Intuition oder ein Gespür dafür, dass etwas nicht stimmt. Andererseits blende ich meine Gefühle auch nicht völlig aus. »Das kommt mir zu einfach vor.«

»Ah«, sagt Zorra. »Du schnüffelst eine Falle.«

»Eine Falle schnüffeln?«

»Zorra spricht nicht seine Muttersprache.«

Wir sehen wieder zum Haus.

»Wir haben ein Ziel«, sage ich.

»Dein Cousin, richtig?«

»Richtig.« Ich gehe die verschiedenen Möglichkeiten im Kopf durch. »Wenn du an Fat Gandhis Stelle wärst, würdest du Rhys hier festhalten?«

»Möglich«, sagt er. »Aber vielleicht würde Zorra ihn auch verstecken, damit Zorra ein Druckmittel hat, wenn ein böser Mann wie Win hinter Zorra her ist.«

»Genau«, sage ich.

Wir haben uns vor vielen Jahren kennengelernt, als Zorra auf der anderen Seite stand, ein Todfeind war. Am Ende beschloss ich, Zorra das Leben zu schenken. Warum, weiß ich nicht. Vielleicht Intuition? Jetzt hat Zorra das Gefühl, für immer in meiner Schuld zu stehen. Esperanza vergleicht das gerne mit einem der Drehbücher beim Profi-Wrestling, in dem der bösen Wrestlerin von der guten Wrestlerin Freundlichkeit entgegengebracht wird, woraufhin die Böse gut und zu einem Liebling der Fans wird.

Ich gehe im Kopf ein paar Möglichkeiten durch, als die Tür des Bauernhauses geöffnet wird. Ich rühre mich nicht. Ich ziehe die Pistole nicht. Ich bleibe einfach stehen und warte darauf, dass jemand in der Tür erscheint. Fünf Sekunden vergehen. Dann zehn.

Schließlich tritt Fat Gandhi vors Haus.

Zorra und ich stehen versteckt hinter ein paar Sträuchern. Fat Gandhi wendet sich in unsere Richtung, lächelt und winkt.

»Er weiß, dass wir hier sind«, sagt Zorra.

Zorra, Meister der offensichtlichen Feststellungen.

Fat Gandhi schlendert lässig auf uns zu. Zorra sieht mich an. Ich schüttele den Kopf. Wie schon erwähnt, weiß Fat Gandhi offensichtlich genau, wo wir sind. Ich überlege einen Moment. Auf der Fahrt hierher waren wir sehr vorsichtig. Es handelt sich jedoch um eine sehr ruhige Straße. Wenn Fat Gandhi Posten aufgestellt hat – und offensichtlich hat er das –, müssen sie gesehen haben, dass wir hier abgebogen sind.

Als er mich sieht, winkt Fat Gandhi noch einmal. »Hallo, Mr Lockwood. Willkommen!«

Zorra beugt sich zu mir. »Er kennt deinen Namen.«

»Deine Mossad-Ausbildung. Die ist wirklich beeindruckend.«

»Zorra entgeht nichts.«

Fat Gandhi kann auf hundert verschiedene Arten herausbekommen haben, wer ich bin. Er hätte einen komplizierten Computer-Hack einsetzen können, ich glaube aber nicht, dass das nötig gewesen ist. Er kannte Myrons Namen. Myron ist mein Geschäftspartner und bester Freund. Außerdem wusste er von Patrick, Rhys und der Entführung. Und mit ein paar einfachen Nachforschungen ist er sicher schnell darauf gekommen, dass ich verwandtschaftlich mit einem der Jungen verbunden bin.

Oder – noch einfacher – Rhys könnte es ihm erzählt haben.

Egal, jetzt stehen wir hier.

Zorra zieht langsam die Klinge aus seinem Absatz. »Wie gehen wir das an, mein Hübscher?«

Ich werfe einen kurzen Blick auf mein Handy, um zu überprüfen, ob unsere beiden anderen Männer noch auf ihren Posten in der Umgebung sind. Das sind sie. Sie wurden nicht außer Gefecht gesetzt. Fat Gandhi schlendert weiter auf uns zu. Er hebt den Kopf so, dass die Sonne ihm ins Gesicht scheint und grinst.

»Wir warten ab, was passiert«, sage ich.

Ich ziehe meine Waffe – eine Desert Eagle .50 AE. Als er das sieht, bleibt Fat Gandhi stehen. Er sieht mich enttäuscht an.

»Das ist doch nicht nötig, Mr Lockwood.«

Ich hatte eine Falle »erschnüffelt«, richtig? Wusste er, dass die Italiener ihn über das Computerspiel orten würden? Hatte er sie gewähren lassen? Offensichtlich. Viele halten mich in solchen Angelegenheiten für unfehlbar – sie halten mich für so professionell und gefährlich, dass selbst der Tod einen großen Bogen um mich macht. Ich muss zugeben, dass ich alles dafür tue, diesen Ruf zu verstärken, meine Reputation noch zu verbessern. Ich will, dass man mich fürchtet. Ich will, dass alle zusammenzucken, wenn ich einen Raum betrete, weil keiner weiß, was ich als Nächstes tue. Ich bin aber nicht so naiv, gewissermaßen selbst auf die Berichte über mich hereinzufallen: Ganz egal, wie gut man ist, ein Heckenschütze kann jeden erledigen.

Oder, wie einer meiner Feinde es einst formulierte: »Sie sind gut, Win, aber Sie sind nicht kugelsicher.«

Ich habe versucht, vorsichtig zu sein, aber bei solchen Missionen ist eine gewisse Eile vonnöten. Vom Flughafen ist uns niemand gefolgt. Da bin ich sicher. Trotzdem hat Fat Gandhi gewusst, dass wir hier sind.

»Wir müssen uns unterhalten«, sagt Fat Gandhi.

»Okay«, sage ich.

Er breitet die Arme aus. »Haben Sie etwas dagegen, wenn ich Sie Win nenne?«

»Ja.«

Er hat das Grinsen immer noch im Gesicht. Ich habe die Pistole immer noch in der Hand. Er sieht Zorra an. »Muss sie bei diesem Gespräch dabei sein?«

»Wen nennen Sie hier sie?«, faucht Zorra.

»Was?«

»Sieht Zorra für Sie wie eine Frau aus, mein Hübscher?«

»Äh …« Auf diese Frage gibt es keine gute Antwort.

Ich hebe die Hand. Zorra zieht sich gewissermaßen aus der Sache heraus.

»Sie können sich entspannen«, sagt Fat Gandhi. »Wenn ich Sie tot sehen wollte, wären Sie schon tot.«

»Falsch«, sage ich.

»Wie bitte?«

»Sie bluffen«, sage ich.

Fat Gandhi lächelt weiter, aber sein Lächeln flackert kurz.

»Sie wissen, wer ich bin«, sage ich. »Das konnten Sie leicht in Erfahrung bringen. Wahrscheinlich haben Sie einen Mann am Flughafen postiert und einen an der Straße. Ich nehme an, dass der Bärtige im Peugeot Ihr Mann war.«

»Zorra hat es gewusst!«, sagt Zorra. »Du hättest mich …«

Wieder unterbreche ich ihn, indem ich eine Hand hebe.

»Sie haben uns beobachten lassen«, fahre ich fort, »was aber nicht bedeutet, dass Sie einen Heckenschützen bereitstehen haben, der so gut ist, dass er uns auf diese Entfernung trifft. Ich habe da draußen zwei Männer. Wenn hier noch jemand von Ihnen wäre, wüssten die es. Sie haben noch Leute im Haus. Drei Personen, um genau zu sein. Auch von denen hat keiner ein Gewehr auf uns gerichtet. Das hätten wir gesehen.«

Wieder flackert das Lächeln. »Sie scheinen sich Ihrer selbst sehr sicher zu sein, Mr Lockwood.«

Ich zucke die Achseln. »Ich könnte mich irren. Die Wahrscheinlichkeit, dass Sie hier ausreichend viele Scharfschützen versteckt haben, um uns vier auszuschalten, bevor Sie sterben, ist mehr als gering.«

Fat Gandhi klatscht langsam und ironisch. »Sie werden Ihrem Ruf gerecht, Mr Lockwood.«

Mein Ruf. Verstehen Sie, was ich meine, wenn ich sage, dass ich ihn verstärken, meine Reputation verbessern will?

»Ich könnte jetzt einen Vortrag darüber halten, dass es sich um eine Pattsituation handelt«, sagt Fat Gandhi, »aber wir sind beide Männer von Welt. Ich bin herausgekommen, um mit Ihnen zu reden. Ich bin herausgekommen, damit wir eine Vereinbarung treffen und diese Angelegenheit ein für alle Mal zu Ende bringen können.«

»Sie interessieren mich nicht«, sage ich. »Und Ihr Unternehmen interessiert mich auch nicht.«

Sein Unternehmen lebt unter anderem davon, dass Teenager missbraucht und vergewaltigt werden. Zorra verzieht das Gesicht, um mir zu verstehen zu geben, dass ihn das schon interessiert.

»Ich bin hier, weil ich Rhys suche«, sage ich.

Das Lächeln verschwindet aus Fat Gandhis Gesicht. »Sie waren es, der meine drei Männer getötet hat.«

Jetzt fange ich an zu grinsen. Ich spiele auf Zeit, ziehe seinen Blick auf mich. Zorra soll sicherheitshalber weiter das Haus und die Umgebung beobachten.

»Sie waren es auch, der das Loch in meine Wand gesprengt hat.«

»Erwarten Sie ein Geständnis?«

»Nein«, sagt er.

»Suchen Sie Rache?«

»Auch das nicht«, sagt Fat Gandhi zu schnell. »Sie wollen Rhys Baldwin. Das verstehe ich. Er ist Ihr Cousin. Ich will aber auch etwas.«

Ich brauche ihn nicht zu fragen, was er will. Er wird es mir auch so sagen.

»Ich will mein Leben zurückhaben«, sagt Fat Gandhi. »Die Polizei hat nichts gegen mich in der Hand. Patrick Moore ist wieder in den Vereinigten Staaten. Er wird nicht wieder herkommen, um eine Aussage zu machen. Myron Bolitar könnte behaupten, er habe gesehen, dass ich auf Patrick eingestochen habe, aber im Endeffekt war es ziemlich dunkel. Außerdem könnte ich mich auf Notwehr berufen. Wir sind zweifelsohne angegriffen worden. Das beweist schon das Loch in der Wand. Von meinen Leuten wird keiner reden. Und die Daten und Beweise sind weiterhin sicher in einer Cloud versteckt.«

»Die Polizei hat nichts gegen Sie in der Hand«, stimme ich zu. »Ich gehe aber nicht davon aus, dass die Polizei Ihre größte Sorge ist, oder?«

»Meine größte Sorge«, sagt Fat Gandhi, »sind Sie.«

Wieder grinse ich.

»Ich will nicht den Rest meines Lebens damit rechnen müssen, dass Sie irgendwann bei mir vor der Tür stehen, Mr Lockwood. Darf ich einen Moment offen und ehrlich sprechen?«

»Sie können es versuchen«, sage ich.

»Ich war mir zwar nicht ganz sicher, aber als ROMAVSLAZIO diese Challenge angeboten hat, tja, nach allem, was wir über Sie in Erfahrung gebracht hatten, war uns klar, dass wir ein großes Risiko eingehen. In diesem Moment ist es mir klar geworden. Mir ist klar geworden, dass ich Ihnen von Angesicht zu Angesicht gegenübertreten muss, damit wir die Sache beenden können. Ein für alle Mal. Wir haben darüber nachgedacht – und ich rede jetzt ganz offen mit Ihnen –, ob wir nicht ein paar Männer besorgen und Sie töten lassen sollen.«

»Aber Sie haben sich dagegen entschieden.«

»Ja.«

»Weil ich die Männer entdeckt hätte. Und dann hätte ich mir mehr Männer beschafft und wäre mit ihnen zurückgekommen. Ich hätte Sie und Ihre Männer umgebracht. Und selbst wenn Sie und Ihre Gruppe irgendwie die Oberhand gewonnen hätten …«

Zorra stößt ein ersticktes Geräusch aus und lacht laut auf. »Über Zorra?«

»Wir sprechen hier über eine rein hypothetische Situation«, versichere ich ihm. Dann wende ich mich wieder an Fat Gandhi. »Selbst wenn Sie uns irgendwie hätten töten können, war Ihnen klar, dass die Sache damit nicht erledigt gewesen wäre. Myron hätte sich an Ihre Fersen geheftet.«

Fat Gandhi nickt. »Das wäre eine unendliche Geschichte geworden. Ich hätte den Rest meines Lebens über die Schulter blicken müssen.«

»Sie sind klüger, als ich dachte«, sage ich. »Also machen wir es doch einfach so. Sie geben mir Rhys. Ich bringe ihn nach Hause. Ende. Ich verschwende keinen weiteren Gedanken an Sie. Ich vergesse, dass es Sie gibt. Sie vergessen, dass es mich gibt.«

Das ist ein guter Deal, denke ich, frage mich aber gleichzeitig, ob ich ihn wirklich einhalten kann. Fat Gandhi hat versucht, Myron zu töten. Das ist keine Kleinigkeit. Ich würde ihn nicht aus Rache für dieses Vorgehen umbringen – in gewisser Weise war sein Vorgehen durchaus verständlich –, aber seine geistige Stabilität und sein Eigeninteresse würden mir durchaus Sorgen bereiten. Schließlich wollte er vor seinen Leuten Stärke zeigen. Dieses Motiv ist noch aktuell.

Die Sorge, für den Rest des Lebens »über die Schulter blicken« zu müssen, betrifft nicht nur ihn.

»So einfach ist das nicht«, sagt Fat Gandhi.

Mit stählerner Stimme sage ich: »Es ist ganz einfach. Geben Sie mir Rhys.«

Er senkt den Blick und schüttelt den Kopf. »Das kann ich nicht.«

Da ist dieser kurze Moment des Zögerns, mehr nicht. Ich weiß, was kommt, unternehme aber nichts, um es aufzuhalten. Mit einer Anmut, die mich immer wieder überrascht, dreht Zorra sich einmal und fegt Fat Gandhi die Beine weg. Fat Gandhi fällt wie ein Sack Torf auf den Rücken. Mit einem lauten »Uff« entweicht die Luft aus seiner Lunge.

Zorra stellt sich direkt neben den am Boden liegenden Mann. Er hebt den – im Wortsinne – rasiermesserscharfen Absatz, der direkt über Fat Gandhis Gesicht schwebt, bewegt ihn ein kleines Stück, bis er wenige Millimeter – auch dies ist wörtlich zu verstehen – über Fat Gandhis Auge verharrt.

»Falsche Antwort, mein Hübscher«, sagt Zorra. »Versuch's noch einmal.«

24

Myron saß im Fernsehzimmer im Sessel seines Dads.

Dad fragte: »Bleibst du wach, bis Mickey nach Hause kommt?«

Als Myron ein Teenager war, hatte sein Vater nachts in diesem Sessel gesessen und darauf gewartet, dass seine Kinder nach Hause kamen. Er hatte Myron nie eine Zeit genannt, zu der er zu Hause sein musste – »Ich vertraue dir« –, und hatte Myron auch nie erzählt, dass er auf ihn wartete. Wenn Myron dann durch die Tür kam, tat er entweder so, als wäre er eingeschlafen, oder er hatte sich schnell nach oben geschlichen, wenn er Myron kommen sah.

»Ja.« Dann lächelte Myron und fragte: »Dachtest du, ich hätte es nicht gewusst?«

»Du hättest was nicht gewusst?«

»Dass du wach geblieben bist, bis ich zu Hause war.«

»Ich konnte nicht einschlafen, bis ich wusste, dass du in Sicherheit warst.« Dad zuckte die Achseln. »Aber ich habe gewusst, dass du es wusstest.«

»Woher?«

»Du weißt bestimmt noch, dass ich dir nie einen Zeitpunkt genannt habe, zu dem du zu Hause sein musstest? Ich habe nur gesagt, dass ich dir vertraue.«

»Klar weiß ich das noch.«

»Als du dann gemerkt hast, dass ich wach bleibe, bist du früher nach Hause gekommen. Damit ich nicht so lange aufbleibe und mir Sorgen mache.« Dad zog eine Augenbraue hoch.

»Also bist du so eher nach Hause gekommen, als wenn ich dir eine Zeit genannt hätte.«

»Diabolisch«, sagte Myron.

»Ich habe mir nur mein Wissen zunutze gemacht.«

»Welches Wissen?«

»Dass du ein guter Junge warst«, sagte Dad.

Schweigen. Dieses Schweigen wurde durch Mom gebrochen, die aus der Küche rief: »Das ist wirklich ein sehr ergreifendes Vater-Sohn-Gespräch. Können wir jetzt ins Bett gehen?«

Dad gluckste. »Bin schon unterwegs. Gucken wir uns Mickey morgen an? Er hat ein Heimspiel.«

»Gut, dann hol ich dich morgen früh ab«, sagte Myron.

Seine Mutter steckte den Kopf durch die Tür. »Gute Nacht, Myron.«

»Wieso bist du eigentlich nie aufgeblieben, bis ich zu Hause war?«, fragte Myron sie.

»Eine Frau braucht ihren Schönheitsschlaf. Glaubst du etwa, es wäre Zufall, dass ich so heiß geblieben bin?«

»Es ist eine gute Lektion für die Ehe«, sagte Dad.

»Was genau?«

»Balance. Ich bin nachts aufgeblieben. Mom hat geschlafen wie ein Baby. Das bedeutet nicht, dass sie sich nicht um dich gesorgt hätte. Aber unsere Stärken und Schwächen haben sich ergänzt. Wir sind ein Paar. Verstehst du? Das war mein Beitrag. Ich habe Nachtwache gehalten.«

»Aber du bist morgens doch immer als Erster auf gewesen«, sagte Myron.

»Na ja, also, das stimmt schon.«

»Und worin war Mom gut?«

Mom aus der Küche: »Das willst du nicht wissen.«

»Ellen!«, rief Dad.

»Ach, entspann dich. Sei nicht immer so prüde.«

Myron hatte sich schon die Finger in die Ohren gesteckt und säuselte »La, la, la, ich kann euch gar nicht hören«, als sein Vater in die Küche stapfte. Als die beiden die Treppe hinaufgingen, zog er die Finger wieder heraus. Er lehnte sich zurück und sah aus dem Fenster. Komisch. Der Sessel war exakt so positioniert, dass man gleichzeitig fernsehen und durchs Fenster gucken konnte und sah, ob auf der Straße ein Auto kam.

Wahrhaft diabolisch.

Es ging schon auf ein Uhr zu, als Myron Mickeys Auto sah. Er überlegte, ob er sich schlafend stellen sollte, aber das würde Mickey ihm sowieso nicht abnehmen. Myron war aus drei Gründen aufgeblieben. Erstens: allgemeine Besorgnis. Zweitens: damit sein Vater es nicht tun musste. Und drittens – und das war eigentlich das Wichtigste: Er wollte wissen, was passiert war, nachdem er Mickey und Ema im Haus der Moores zurückgelassen hatte.

Myron blieb im Dunkeln sitzen und wartete. Fünf Minuten vergingen. Myron sah aus dem Fenster. Der Wagen stand noch da. Kein Licht. Keine Bewegung. Myron runzelte die Stirn. Er nahm sein Handy und schickte Mickey eine SMS: ALLES OK?

Keine Antwort. Eine weitere Minute verging. Nichts. Myron checkte sein Handy, ob er die Antwort verpasst hatte. *Nada.* Langsam wurde er unruhig. Er rief Mickeys Handy an. Er wurde sofort zur Mailbox weitergeleitet.

Was zum Henker?

Er erhob sich aus Dads Sessel und ging zur Haustür. Nein, das wäre zu direkt. Er ging durch die Küche nach hinten raus in den Garten. Es war stockfinster, also stellte Myron die Taschenlampe an seinem Handy an. Er ging ums Haus herum zur Zufahrt, wo die Straßenlaternen für ausreichende Beleuchtung sorgten.

Immer noch nichts.

Myron duckte sich tief und schlich von hinten auf den

Wagen zu. Dad hatte am Abend noch den Rasen gesprengt, sodass Myrons Slipper sofort durchnässt waren. Na toll. Er war noch zwanzig Meter vom Kofferraum des Wagens entfernt. Dann zehn. Dann stand er geduckt an der hinteren Stoßstange.

Er ging alles noch einmal im Kopf durch, suchte nach einer möglichen Erklärung dafür, warum noch niemand aus dem Wagen ausgestiegen war. Dann, genau in dem Moment, als Myron einen Satz machte, den Griff packte und die Fahrertür aufriss, schoss ihm die Antwort durch den Kopf …

… einen Augenblick zu spät.

Ema schrie.

Mickey rief: »Was soll der Scheiß, Myron?«

Zwei Teenager. In einem Auto. Spätnachts.

Myron erinnerte sich an die Situation, als sein Vater in einem sehr heiklen Moment zwischen ihm und Jessica, seiner alten Liebe, hereingeplatzt war. Sein Vater hatte nur reglos und starr dagestanden, und Myron hatte damals nicht begriffen, warum er sich nicht schnell entschuldigt und die Tür wieder zugemacht hatte.

Jetzt verstand er es.

»Oh«, sagte Myron. Dann: »Oh.«

»Was stimmt mit dir nicht?«, fauchte Mickey.

»Oh«, sagte Myron noch einmal.

Sie waren, wie Myron erleichtert feststellte, beide angezogen. Kleidung, Haare und Make-up wirkten etwas zerzaust, aber sie waren angezogen.

Myron deutete mit dem Daumen hinter sich. »Ich warte dann wohl lieber im Haus.«

»Meinst du wirklich?«

»Okay. Dann ist ja gut.«

»Jetzt verschwinde!«, schrie Mickey.

Myron drehte sich um und latschte zum Haus zurück. Noch

bevor er die Tür erreicht hatte, waren Mickey und Ema ausgestiegen, hatten kurz ihre Kleidung gerichtet und folgten ihm. Als Myron die Tür öffnete und alle eintraten, stand Dad in dem Homer-Simpson-Pyjama, den Myron ihm letztes Jahr zum Vatertag geschenkt hatte, vor ihnen.

Dad sah Myron an. Dann sah er Mickey und Ema an.

»Du bist da rausgegangen?«, fragte er Myron.

»Ja.«

»Warst du nicht auch mal Teenager?« Dad schüttelte den Kopf und versuchte, sich das Lächeln zu verkneifen. »Ich hab ja gleich gewusst, dass ich dir die Nachtwache nicht überlassen sollte. Na ja, dann wünsche ich euch allen mal eine gute Nacht.«

Dad ging. Myron und Mickey starrten betreten zu Boden. Ema seufzte und sagte: »Werdet erwachsen. Beide.«

Alle nahmen sich ein Getränk aus dem Kühlschrank, dann setzten sie sich an den Küchentisch.

»Also«, fragte Myron, »welchen Eindruck habt ihr von Patrick? Und ist es überhaupt Patrick?«

»Er ist ein ganz normaler Jugendlicher«, sagte Mickey.

»Zu normal«, ergänzte Ema.

»Was meinst du damit?«

Ema legte die Hände auf den Tisch. Außer der schwarzen Kleidung und dem schwarzen Make-up hatte sie diverse Tätowierungen auf den Armen. An den Händen trug sie Silberschmuck, unter anderem auch zwei Totenkopfringe. »Er kannte die neusten Filme«, sagte sie.

»Er war über die neusten Videospiele auf dem Laufenden«, sagte Mickey.

»Das gilt auch für die neusten Apps.«

»Und Social-Media-Seiten.«

Myron überlegte kurz. »Ich glaub nicht, dass er die ganze Zeit in einer Zelle gesessen hat. Außer vielleicht in den letzten paar … keine Ahnung … Jahren. Na ja, er war draußen auf der Straße. Aber er hat unter einer Spielhalle gewohnt. Der Kerl, der ihn in London festgehalten hat, ist Spieler. Könnte das eine Erklärung sein?«

»Das könnte es«, sagte Mickey.

»Aber du glaubst es nicht?«

Mickey zuckte die Achseln.

»Was ist?«

»Ich glaub nicht, dass er der ist, für den er sich ausgibt«, sagte Mickey.

Myron sah Ema an. Die nickte.

»Seine Hände«, sagte sie.

»Was ist damit?«

»Sie sind weich.«

»Ist ja nicht so, dass er da harte körperliche Arbeit machen musste«, sagte Myron.

»Ich weiß«, sagte Ema. »Aber sie sehen eben auch nicht aus wie die Hände von jemandem, der auf der Straße gelebt hat. Und, was noch wichtiger ist, seine Zähne. Sie sind gerade und weiß. Vielleicht hat er einfach tolle Gene, ich würde aber eher davon ausgehen, dass er eine vernünftige zahnärztliche Versorgung bekommen und eine Spange getragen hat.«

»Ich kann das nur schwer festmachen«, ergänzte Mickey, »aber Patrick sieht weder so aus, als hätte er auf der Straße gelebt, noch klingt er so. Er sieht auch nicht so aus, als wäre er missbraucht worden, abgesehen, na ja, von dem, was in letzter Zeit passiert ist. Ich meine, äh, vielleicht wurde er ja irgendwie gefangen gehalten, oder … äh … von jemandem ausgehalten … aber …«

»Habt ihr überhaupt über die Entführung gesprochen?«, fragte Myron.

»Wir haben's versucht«, sagte Ema. »Aber dann wurde das Gespräch sofort abgeblockt.«

»Francesca hat ihm den Rücken freigehalten«, sagte Mickey.

»Inwiefern?«

»Sie hat ihn beschützt«, sagte Ema. »Was ich auch irgendwie verstehen kann.«

»Sobald wir also auf das zu sprechen kamen, was passiert ist …«

»… oder Rhys erwähnt haben …«

»… hat sie uns unterbrochen, war vollkommen aufgelöst, hat angefangen zu weinen und ihn umarmt«, sagte Mickey. »Also mir kam Patrick ja relativ normal vor, aber seine Schwester war ziemlich von der Rolle.«

»Ich weiß nicht, ob ich sagen würde, dass sie ›von der Rolle‹ war«, sagte Ema. »Schließlich ist ihr Bruder nach zehn Jahren wieder zurückgekommen. Ich fände es ziemlich seltsam, wenn sie nicht völlig aufgelöst wäre.«

»Ja, schon möglich«, sagte Mickey. Er wirkte jedoch nicht überzeugt.

»Wir haben versucht, noch einmal auf die Entführung zu sprechen zu kommen, nachdem Clark sie abgeholt hatte.«

»Moment«, sagte Myron. »Clark Baldwin? Rhys' Bruder?«

»Ja.«

»Er war auch da?«

»Er ist vorbeigekommen, um Francesca abzuholen«, sagte Mickey.

»Sie sind beide auf der Columbia University«, sagte Ema. »Er hat sie mitgenommen.«

Myron schwieg.

»Ist das wichtig?«, fragte Ema.

»Keine Ahnung.« Myron überlegte noch einen Moment. »Ich finde es etwas seltsam, weiter nichts. Vielleicht, ich weiß nicht, glaubt ihr, dass die beiden etwas miteinander haben?«

Mickey verdrehte die Augen, wie es nur ein Teenager kann. »Nein.«

»Wieso bist du dir so sicher?«

»Alte Leute«, sagte Ema zu Mickey und schüttelte den Kopf. »Kein Schwulenradar.«

»Clark ist schwul?«

»Ja. Und was würde es ändern, wenn die beiden eine Beziehung hätten? Waren die nicht beide zehn oder so, als das passiert ist?«

Irgendetwas nagte in Myrons Hinterkopf, er bekam es jedoch nicht richtig zu fassen, also kam er wieder aufs aktuelle Thema zurück.

»Als Francesca weg war, habt ihr also noch mal versucht, über die Entführung zu sprechen?«

»Ja, aber Patrick ist dann ganz still geworden.«

»Hat vollkommen dichtgemacht.«

»Wir sind dann kurz darauf gegangen.«

Myron lehnte sich kurz zurück. »Wie klang er?«

»Wie er klang?«

»Wir haben ihn in London entdeckt«, sagte Myron. »Wir haben keine Ahnung, wie lange er dort war. Ist euch an seiner Aussprache etwas aufgefallen?«

»Gute Frage«, sagte Ema. »Insgesamt hat er schon mit amerikanischem Akzent gesprochen, aber …« Sie sah Mickey an. Der nickte.

»Da war noch irgendwas anderes drin«, sagte Mickey. »Ich kann aber nicht genau sagen, was es war. Er klang nicht, als ob er hier aufgewachsen wäre. Aber er klang auch nicht, als ob er in England aufgewachsen wäre.«

Myron versuchte, diese Information zu verarbeiten, kam aber nicht weiter. Er versuchte es mit einem anderen Ansatz. »Und was habt ihr die ganze Zeit gemacht?«

»Wir haben Pizza gegessen«, sagte Ema.

»Und einen Film geguckt«, ergänzte Mickey.

»Videospiele gespielt.«

»Geredet.«

»Oh, Patrick sagte, er hätte eine Freundin«, warf Ema ein. »Aber nicht von hier.«

»Eine Freundin?«

»Ja, er ist dann aber sofort zurückgerudert. Es klang eher so, na ja, als wollte er ein bisschen angeben.«

»Du weißt schon«, sagte Mickey. »So, als würde ein Jugendlicher neu in eine Stadt kommen und sagen, er hätte eine Freundin in Kanada oder so.«

»Versteh uns nicht falsch«, sagte Ema. »Er war wirklich nett. Jugendliche unterhalten sich immer über solche Dinge. Es war bloß ... ich weiß nicht. Mir kam das alles so normal vor.«

Mickey nickte.

»Danke, ihr beiden. Das hat mir wirklich geholfen.«

»Oh, das war noch nicht alles«, sagte Ema.

Myron sah sie an.

»Ich habe einen Keylogger in seinen Computer geschleust«, sagte Mickey.

»Und das heißt ...?«

»Das heißt, dass wir alles sehen können, was er eintippt. E-Mails, Social Media und so weiter.«

»Holla«, sagte Myron. »Und wer überwacht ihn?«

»Löffel.«

Löffel war der andere enge Freund aus Mickeys überschaubarem Freundeskreis – sofern man Ema noch als einfache »Freundin« mitzählte – und außerdem das, was man früher (oder vielleicht immer noch) als liebenswerten Sonderling, Computerfreak oder Nerd bezeichnet hatte. Außerdem war Löffel extrem mutig.

»Wie geht's ihm?«

Mickey lächelte. »Er kann wieder laufen.«

»Und nervt wieder alle«, ergänzte Ema. »Jedenfalls meldet er sich, wenn ihm etwas auffällt.«

Myron wusste nicht recht, was er dazu sagen sollte. Es gefiel ihm nicht, dass diese Teenager eine ethische Grenze überschritten hatten, aber er war auch nicht in der Stimmung, ihnen einen Vortrag über Privatsphäre zu halten, und, was noch wichtiger war, sich die Chance entgehen zu lassen, die Wahrheit zu erfahren. Die Abwägung war schwierig. Einerseits war Patrick womöglich gar nicht Patrick. Außerdem konnte dieser »Patrick« der Schlüssel für die Suche nach dem anderen vermissten Jungen sein. Andererseits: Rechtfertigte das, einen Teenager auszuspionieren? War es überhaupt legal?

Wenn Sie zu den Menschen gehören, die eine genaue Vorstellung davon haben, wie man in dieser Situation vorgeht, wenn Sie ohne Vorbehalt und Skrupel sagen könnten, ob man Patrick ausspionieren durfte oder nicht, wären Sie Myron ziemlich suspekt.

Im Leben ist nicht alles schwarz-weiß.

»Eins noch«, sagte Ema.

»Ja?«

Ema sah Mickey mit einem leicht mulmigen Blick an.

»Was ist?«, hakte Myron nach.

Mickey bedeutete Ema mit einer kurzen Geste, dass sie fortfahren sollte. Ema seufzte und griff in ihre Handtasche. Sie zog eine kleine, durchsichtige Plastiktüte heraus. Eine von denen, die man benutzte, um Flüssigkeiten ins Flugzeug mitzunehmen. »Hier.«

Sie reichte Myron die Tüte. Er hielt sie ins Licht. Darin waren eine Zahnbürste und ein paar lange Haare. Myron wartete einen Moment. »Sind das …?«

Ema nickte. »Die Zahnbürste ist aus Patricks Bad«, sagte sie. »Dann bin ich den Flur entlanggeschlichen und habe die Haare aus Francescas Bürste geholt.«

Myron sagte nichts. Er starrte den Inhalt der Plastiktüte nur an.

Mickey stand auf. Ema folgte ihm sofort.

»Wir dachten, du könntest das vielleicht für einen DNA-Test brauchen«, sagte Mickey.

25

Wir sind jetzt im Bauernhaus.

Nur wir beide, Fat Gandhi und *moi*. Zorra steht vor dem Haus Wache. Fat Gandhis Reisekumpane – zwei der Männer, die Myron nach seinem Besuch in der Kommandozentrale unter der Spielhalle als »die Spieler« beschrieben hatte, und ein womöglich minderjähriger junger Mann – sind mit ihm vorne im Garten.

»Ihr Freund Zorro …«, setzt Fat Gandhi an.

»Zorra.«

»Wie bitte?«

»Er heißt Zorra, nicht Zorro.«

»War nicht böse gemeint.«

Ich starre ihn nur an.

»Ich habe uns Tee gemacht«, sagt Fat Gandhi.

Ich rühre ihn nicht an. Stattdessen denke ich über den jungen Mann vor der Tür nach, der noch minderjährig sein könnte. In Filmen hört man Gangster oft sagen, es sei »nur ein Geschäft«. Ich glaube das eigentlich nie. Ob man ein guter oder ein schlechter Mensch ist, jeder lässt sich von seinen Interessen leiten. So bedienten sich zum Beispiel die meisten Drogenhändler selber an ihrer »Ware«. Die Leute aus der Pornoindustrie, die ich kenne, haben ein Faible für Sex oder Pornografie. Leute, die ihre Brötchen mit Schutzgelderpressung verdienen, können nur selten kein Blut sehen oder anderen keine Schmerzen zufügen. Die meisten haben sogar Spaß daran.

Ich sehe meine eigene Rolle in diesem Spiel übrigens gänzlich ohne Ironie.

Worauf ich hinauswill? Fat Gandhi mag behaupten, dass es für ihn dabei nur ums Geschäft geht und er Gewinne erzielen will, ich weiß allerdings nicht, ob ich ihm das glauben soll. Ich frage mich, ob es nicht eine persönliche und unappetitliche Erklärung dafür gibt, dass er sich ausgerechnet für diese Branche entschieden hat.

Und ich überlege, ob ich etwas dagegen unternehmen soll.

»Ich kann Ihnen Ihren Cousin nicht übergeben«, sagt Fat Gandhi, »weil ich ihn nicht habe.«

»Das ist allerdings bedauerlich«, sage ich.

Er sieht mir nicht in die Augen. Das ist gut. Er hat Angst vor Zorra. Er hat Angst vor mir. Und er will, wie er vorhin schon sagte, nicht den Rest seines Lebens über seine Schulter blicken müssen. Aus diesem Grunde bin ich ein Freund heftiger und unverhältnismäßiger Vergeltungsmaßnahmen. So überlegt sich der nächste Feind zweimal, ob er sich mit mir anlegt.

»Wo ist er?«, frage ich.

»Das weiß ich nicht. Ich hatte ihn nie.«

»Aber Sie hatten Patrick Moore.«

»Den hatte ich, ja. Aber nicht so, wie Sie glauben.«

Er beugt sich vor und nimmt sich seine Teetasse.

Ich frage: »Wie lange hat Patrick Moore für Sie gearbeitet?«

»Genau darum geht es ja«, sagt er und nippt von seinem Tee. »Das hat er nie.«

Ich schlage die Beine übereinander. »Könnten Sie mir das bitte erklären?«

»Sie haben meine Männer umgebracht«, sagt er. »Drei Mann.«

»Warten Sie immer noch auf ein Geständnis?«

»Nein, ich erzähle eine Geschichte. Und ich möchte vorne anfangen.«

Ich lehne mich zurück und nicke ihm zu, damit er fortfährt. Fat Gandhi hält die Tasse nicht am zierlichen Griff. Er umfasst sie sanft mit beiden Händen, als wollte er einen verletzten Vogel schützen. »Sie haben meine Männer nicht gefragt, was sie von Patrick Moore wollten, oder?«

»Dafür war keine Zeit«, sage ich.

»Möglich. Aber vielleicht haben Sie auch überreagiert.«

»Ihre Männer aber womöglich auch.«

»In Ordnung, Kamerad. Alles in Ordnung. Aber wir kommen vom Thema ab. Ich erzähle Ihnen, was passiert ist. Sie entscheiden dann, wie wir weiter vorgehen, okay?«

Ich nicke.

»Dieser Junge, dieser Patrick Moore, ist in unserem Territorium aufgetaucht. Sie kennen sich mit diesen Dingen aus, nicht wahr, Mr Lockwood? Mit Gebietsstreitigkeiten, meine ich?«

»Fahren Sie fort.«

»Meine Männer haben das mitbekommen. Sie könnten recht haben. Vielleicht sind sie etwas zu harsch vorgegangen. Ich weiß es nicht. Ich war ja nicht dabei. Andererseits war es ihr Job. Auf der Straße habe ich gelernt, dass es manchmal besser ist, mit harter Hand zu regieren. Dass man überreagiert.«

Ich höre den Nachhall meiner eigenen Rechtfertigung. Es stört mich nicht im Geringsten.

»Meine Männer haben Patrick Moore also zur Rede gestellt. Ich nehme an, dass sie beschlossen hatten, ein Exempel an ihm zu statuieren. Dann sind Sie aufgetaucht. Sie haben ihn beschützt. Und, Mr Lockwood, wie hat Patrick Moore reagiert?«

»Er ist weggelaufen«, sage ich.

»Genau, mein Freund. Er ist weggelaufen. Alle sind weggerannt. Auch Garth.«

»Garth?«

»Der junge Mann mit dem Hundehalsband.«

»Ah«, sage ich.

»Garth hat natürlich Bericht über das erstattet, was dort vorgefallen ist. Die Information wurde an mich weitergeleitet, und ich habe ihn zu mir kommen lassen. Er hat mir von diesem neuen Jungen erzählt, der in unserem Territorium aufgetaucht ist, und dass ein verweichlichter Gentleman meine Männer eliminiert hat.«

Ich ziehe eine Augenbraue hoch. »Verweichlicht?«

»Seine Wortwahl, nicht meine.«

Ich lächele. Ich weiß, dass es nicht stimmt, lasse ihn aber gewähren. »Fahren Sie fort.«

»Na ja, Mr Lockwood, Sie werden sich vorstellen können, was ich dachte. Drei meiner Männer waren in einer, wie ich annahm, kleinen Gebietsstreitigkeit umgekommen. Die amerikanischen Gebräuche kenne ich nicht, aber hier ist so etwas nicht alltäglich. Ich bin zu dem Schluss gekommen, dass jemand – Sie, Sir – mir den Krieg erklärt hat. Des Weiteren bin ich zu dem Schluss gekommen, dass der Junge, Patrick Moore, wie sich später herausstellte, eine Rolle in einem abgekarteten Spiel innehatte, dass er ein Teil in Ihrem Plan war, und auf diese Weise meine Stärke und Entschlossenheit auf die Probe gestellt werden sollten. Verstehen Sie?«

»Ja.«

»Und, wenn ich ehrlich bin, habe ich das Ganze anfangs nicht recht begriffen. Diese Straßen sind nicht sehr ergiebig. Also habe ich die Fühler ausgestreckt nach dem Jungen, der weggelaufen ist. Nach Patrick. Garth sagte, er hätte ihn ein paar Worte reden hören, und er hätte einen amerikanischen Akzent gehabt. Das hat mich dann noch mehr verwirrt. Warum sollten Amerikaner es auf mich oder mein Territorium abgesehen haben? Jedenfalls habe ich den Jungen suchen lassen.« Er stellt seinen Tee ab. »Darf ich einen Moment unbescheiden sein?«

»Bitte.«

»Im Großen und Ganzen beherrsche ich die Straßen Londons. Zumindest was diesen Geschäftsbereich betrifft. Ich kenne die Hotels. Ich kenne die Bordelle. Ich kenne die Obdachlosenunterkünfte, die Bahnhöfe und die öffentlichen Verkehrsmittel, in denen sich Jugendliche verstecken. Ich kenne die Parks, die Gassen und die finsteren Ecken. Es gibt niemanden, der besser geeignet ist, einen vermissten Teenager zu finden, als meine Wenigkeit. Meine Leute können die Stadt besser absuchen als die Polizei oder sonst irgendeine offizielle Stelle.«

Wieder trinkt er einen Schluck Tee, schmatzt genüsslich und stellt die Tasse auf den Tisch. »Ich habe also einen Code Red ausgegeben, Mr Lockwood. Es hat nicht lange gedauert, bis eine meiner Kontaktpersonen den Jungen ausfindig gemacht hatte. Er hat versucht, sich in einem kleinen Hotel ein Zimmer zu nehmen und es in bar zu bezahlen. Also habe ich ein paar erfahrene Mitarbeiter – Sie haben sie vermutlich gesehen, es waren die Herren in Tarnhosen – zu seiner Ergreifung hingeschickt. Sie haben ihn geholt und zum Spielsalon gebracht.«

Wieder trinkt er einen Schluck Tee.

»War Patrick allein, als Sie ihn gefunden haben?«, frage ich.

»Ja.«

Ich überlege. »Kannte einer Ihrer Männer ihn?«

»Nein.«

»Fahren Sie fort«, sage ich.

»Versuchen Sie bitte zu verstehen, Mr Lockwood, dass ich in diesem Moment glaubte, dieser Amerikaner würde daran arbeiten, mir geschäftlich zu schaden oder mich gar zu vernichten.«

Ich nicke. »Also haben Sie ihn wie einen Feind behandelt.«

Fat Gandhi lächelt erleichtert. »Ja. Dann verstehen Sie mich?«

Ich zeige keine Reaktion.

»Ich habe ihn … wie soll ich sagen … vernommen.«

»Worauf er Ihnen erzählt hat, wer er ist«, setze ich die Einzelteile zusammen. »Und auch, dass er entführt wurde.«

»Ja.«

»Was haben Sie dann getan?«

»Das, was ich immer tue. Ich habe Nachforschungen angestellt.«

Ich erinnere mich, dass Myron über Fat Gandhis Hindi-Aphorismus gesprochen hat. »Wissen ist besser als diskutieren«, sage ich.

Es verunsichert ihn, dass ich ihn zitieren kann. »Äh, ja.«

»Was haben Sie herausbekommen?«

»Ich konnte seine Story verifizieren, sodass ich mich in einer Zwickmühle befand. Ich hätte ihn den Behörden übergeben können. Ich hätte womöglich sogar als Held dagestanden, weil ich ihn gerettet habe.«

Ich schüttele den Kopf. »Aber damit hätten Sie sich selbst in Schwierigkeiten gebracht.«

»Genau. Helden tragen eine Zielscheibe auf dem Rücken. Selbst die Polizei sieht das so.«

»Also haben Sie beschlossen, Lösegeld zu verlangen.«

»Ehrlich gesagt habe ich nicht gewusst, was ich tun sollte. Ich bin kein Kidnapper. Außerdem musste ich das Bedrohungsszenario noch genauer verstehen. Schließlich waren drei meiner Männer getötet worden. Ich muss also eingestehen, Mr Lockwood, dass ich nicht recht wusste, was ich tun sollte.«

Jetzt verstehe ich, worauf er hinauswill. »Und dann ist Myron aufgetaucht.«

»Ja. Er hat Garth im Park entdeckt. Worauf ich Garth

aufgefordert habe, ihn zum Spielsalon zu bringen. Ich habe darin eine Chance gesehen. Ich konnte Geld verdienen und Patrick loswerden. Und ich konnte meine getöteten Männer rächen.«

»Der andere Junge, den Myron in der Zelle gesehen hat, war also nur Show.«

»Ja, er war einfach ein Junge im richtigen Alter.«

»Sie dachten, für zwei Jungs würden Sie mehr Geld bekommen als für einen.«

Fat Gandhi nickt und breitet die Arme aus. »Den Rest wissen Sie.«

Das tue ich, trotzdem muss ich ein paar Dinge klarstellen. »Dann haben Sie Rhys Baldwin nie gesehen?«

»So ist es.«

»Und Sie haben auch keine Ahnung, wo er ist?«

»Nicht die geringste. Aber ich hätte einen Vorschlag, falls Sie ihn hören wollen.«

Ich lehne mich zurück, schlage die Beine übereinander und fordere ihn mit einer Geste auf fortzufahren.

»Sie vergessen mich. Ich vergesse Sie. Ich kehre in mein Leben zurück. Abgesehen von einer Sache. Ich habe Leute auf den Straßen. Ich habe Kontakte. Die werde ich ab sofort nutzen. Ich war in der Lage, Patrick Moore ausfindig zu machen, und jetzt werde ich meine Mittel nutzen, um Rhys Baldwin ausfindig zu machen, sofern das möglich ist.«

Ich denke darüber nach. Es klingt nach einem fairen Deal. Ich sage ihm das. Er wirkt erleichtert. Wir haben eine Abmachung. Für den Moment.

»Eine Frage habe ich noch«, sage ich.

Er wartet.

»Sie sagten ›sofern das möglich ist‹.«

Seine Miene verdunkelt sich leicht.

»Ich nehme an«, fahre ich fort, »dass Sie Patrick Moore nach Rhys Baldwins Aufenthaltsort gefragt haben.«

Er windet sich leicht. »Eigentlich hat mich das nicht interessiert«, antwortet er.«

»Trotzdem werden Sie ihn gefragt haben.«

Fat Gandhi sieht mir direkt in die Augen. »Er hat gesagt, Rhys ist tot.«

26

Auf dem Morningside-Campus der Columbia University in Manhattan, der im Westen und Osten von Broadway und Amsterdam Avenue und im Norden und Süden von der 114th Street und 120th Street begrenzt wird, findet sich ein überraschend malerischer Square. Man erreicht ihn von der 116th Street durch den College Walk und wird plötzlich – wie durch das Kleiderschrank-Portal nach Narnia – vom großstädtischen Manhattan auf einen idyllischen Campus mit Grünflächen, Backsteinhäusern, Kuppeln und Efeu versetzt. Man fühlt sich beschützt in dieser Abgeschiedenheit, und genauso sollte es auch sein in den vier Jahren, die man hier bis zum ersten Abschluss verbringt.

Esperanza hatte ein Adressverzeichnis der Universität ausfindig gemacht und ihm entnommen, dass Francesca Moore in einer Sechs-Personen-WG des Studentenwohnheims Ruggles Hall wohnte. Es war sieben Uhr morgens. Auf dem Square war kaum jemand unterwegs. Da man zum Betreten des Wohnheims einen Studentenausweis brauchte, wartete Myron vor der Tür. Damit er nicht auffiel, hatte er sich eine Baseballkappe aufgesetzt und trug einen Pizzakarton in der Hand.

Myron Bolitar, der Meister der Verkleidung.

Als schließlich eine Studentin das Haus verließ, hielt Myron die Tür fest, bevor sie zufiel. Die Studentin, die es vermutlich gewohnt war, dass zu jeder Tages- und Nachtzeit Essen ins Wohnheim geliefert wurde, beachtete ihn nicht weiter.

Myron Bolitar, der Meister der Verkleidung, hatte es geschafft.

Auf den Fluren war es gespenstisch ruhig. Myron ging in den zweiten Stock und suchte die Wohnung mit der Nummer 217. Er war absichtlich so früh gekommen, weil er davon ausging, dass Francesca – wie alle College-Studenten – noch schlief, er sie also auf jeden Fall antraf und außerdem hoffen durfte, dass sie noch etwas verschlafen war. Das könnte ihm helfen, weil er sie so unvorbereitet und noch etwas benommen erwischte. Natürlich bestand auch die Gefahr, dass er ihre Mitbewohnerinnen störte, doch das verbuchte er als akzeptablen Kollateralschaden.

Myron wusste selbst nicht genau, was er hier zu finden hoffte, aber blind herumzutappen war ein wichtiger Teil seiner sogenannten Ermittlungsarbeit. Man suchte eigentlich nicht nach der Nadel im Heuhaufen, sondern sprang vielmehr aufs Geratewohl barfuß und nackt in diverse Heuhaufen hinein, schlug dort wild um sich und hoffte, dass … hey, autsch, da ist ja eine Nadel.

Myron klopfte an die Tür. Nichts. Er klopfte etwas lauter. Wieder nichts. Er legte die Hand auf den Knauf und drehte ihn leicht. Die Tür war nicht abgeschlossen. Er überlegte, ob er einfach reingehen sollte, aber … ein fremder Erwachsener im Zimmer einer College-Studentin? Das wäre kein kluger Schachzug. Als er noch einmal klopfte, wurde die Tür schließlich geöffnet.

»Mr Bolitar?«

Es war nicht Francesca Moore. Es war Clark Baldwin, Rhys' Bruder.

»Hey, Clark.«

Clark trug ein viel zu großes T-Shirt und karierte Boxershorts, die selbst Myron als retro eingestuft hätte. Sein Gesicht war blass, die Augen blutunterlaufen. »Was machen Sie hier?«, fragte er Myron.

»Dieselbe Frage könnte ich Ihnen auch stellen.«

»Äh, ich bin hier auf der Uni. Ich wohne hier.«

»Oh«, sagte Myron. »Sie wohnen mit Francesca zusammen?«

»In dieser WG, ja.«

»Das wusste ich nicht.«

»Wieso auch?«, fragte Clark.

Da hatte er recht.

»Wir wohnen hier zu sechst«, fuhr Clark fort, der entweder das Bedürfnis hatte, sich zu erklären oder sich zu sammeln. »Drei Männer und drei Frauen. Dies ist das einundzwanzigste Jahrhundert. Gemischte Studentenwohnheime, gemischte Zimmer, Transgender-Badezimmer, hier gibt es alles.«

»Kann ich reinkommen?«, fragte Myron.

Hinter ihm sagte eine Männerstimme: »Was gibt's denn, Clark?«

»Leg dich wieder hin, Matt«, sagte Clark.

Clark trat auf den Flur heraus und schloss die Tür hinter sich. »Warum sind Sie hier?«

»Ich will mit Francesca reden«, sagte Myron.

Seine Miene verdunkelte sich kurz. »Worüber?«

»Über die Abschlussprüfung in Wirtschaft«, sagte Myron. »Ich hab gehört, dass die echt knifflig sein soll.«

Clark verzog das Gesicht. »Soll das komisch sein?«

»Na ja, ich muss zugeben, dass das nicht mein bester Spruch ist, aber …«

»Mom sagt, dass Sie und Cousin Win Rhys suchen.«

Myron nickte. »Das stimmt.«

»Aber Francesca weiß nichts darüber.«

Myron ersparte ihm die Metapher mit der Nadel im Heuhaufen. »Sie könnte mehr wissen, als sie denkt.«

Clark schüttelte den Kopf. »Das hätte sie mir erzählt«, sagte er.

Geduld, dachte Myron. Wenn du vor einem Heuhaufen stehst, spring hinein und schlag um dich, bevor du weiterziehst. Oder so ähnlich. Kurz gesagt, fasse dich bei Clark erst einmal in Geduld.

»Ihr beiden müsst euch ziemlich nahestehen«, sagte Myron.

»Francesca ist meine beste Freundin.«

»Ihr seid zusammen aufgewachsen.«

»Ja. Aber es steckt viel mehr dahinter.«

Eine Tür zum Flur wurde geöffnet. Ein junger Mann tappte heraus, wie es nur einem aus dem Schlaf gerissenen College-Studenten möglich war.

»Sie ist die Einzige, die es wirklich verstanden hat«, fuhr Clark fort. »Sie wissen, was ich meine.«

Das tat Myron, er antwortete aber: »Tun Sie doch mal so, als wüsste ich es nicht.«

»Wir waren noch Kinder. Wir waren erst in der fünften Klasse.«

»Ich erinnere mich. In Mr Hixons Klasse.«

»Mr Dixons.«

»Richtig. Entschuldigung. Erzählen Sie weiter.«

Clark schluckte und rieb sich das Kinn. »Wir waren also noch Kinder. Francesca und ich waren Freunde, haben aber nichts gemeinsam unternommen oder so etwas. Sie wissen doch, wie das in dem Alter ist, oder?«

Myron nickte. »Jungs spielen mit Jungs und Mädchen mit Mädchen.«

»Genau. Aber dann war alles ... Also, unsere beiden kleinen Brüder sind ...«, Clark schnippte mit den Fingern, »... verschwunden. Einfach so. Ist Ihnen klar, was das mit uns gemacht hat?«

Myron wusste nicht genau, ob das eine rhetorische Frage war. Im Flur lag dieser schale Geruch von verschüttetem Bier und akademischen Problemen. Ein schwarzes Brett quoll über von Flugblättern, auf denen Termine für alle möglichen Meetings, Gruppen und Clubs angekündigt wurden, von Badminton bis Bauchtanz, von Feminismus bis Flötenunterricht. Es gab Clubs mit Namen, die Myron nicht verstand, wie Orchesis, Gayaa oder Taal … und was war ein Venom Step Team?

»Wenn der Bruder verschwindet, geht man eine Weile nicht zur Schule«, erzählte Clark abwesend. »Ich weiß gar nicht mehr, wie lange ich zu Hause geblieben bin. Vielleicht eine Woche? Oder auch einen Monat? Ich erinnere mich nicht mehr. Aber irgendwann muss man natürlich wieder hin, und dann gucken einen alle an, als käme man von einem anderen Stern. Nicht nur die Freunde und Mitschüler, auch die Lehrer und alle anderen. Und wenn man hinterher nach Hause kommt, ist es sogar noch schlimmer. Die Eltern brechen zusammen. Sie sind noch anhänglicher als vorher, weil sie Angst haben, dich auch noch zu verlieren. Also versuchst du, dich sofort in dein Zimmer zurückzuziehen, wenn du nach Hause kommst, aber dabei musst du direkt an seinem Zimmer vorbei. Jeden Tag. Du lebst weiter – aber es lässt dich nie wirklich los. Du versuchst, das Ganze zu vergessen, dadurch wird es aber nur noch schlimmer. Du versuchst, aus diesem Schatten herauszutreten, doch dann siehst du das traurige Gesicht deiner Mutter, und das wirft dich wieder zurück.«

Clark senkte den Kopf.

Und dabei warst du doch auch noch ein Kind, dachte Myron.

Er wusste nicht, ob es richtig war, aber als Clark fertig war, legte er ihm eine Hand auf die Schulter.

»Danke«, sagte Myron.

»Wofür?«

»Dass Sie mir das erzählt haben. Es muss ein Albtraum gewesen sein.«

»Das war es«, sagte Clark. »Aber genau das meine ich ja. Durch sie ist es besser geworden. Erträglicher.«

»Francesca?«

Clark nickte. »Ich hatte jemanden, der nicht nur sagte, dass er mich verstand. Ich hatte jemanden, der mich wirklich verstand.«

»Weil sie dasselbe durchgemacht hat.«

»Genau.«

»Und«, sagte Myron, »sie hatte im Gegenzug natürlich auch jemanden.«

»Ja, ich glaube schon. Sie wissen, was ich meine, oder?«

Eine Freundschaft, die durch so eine Tragödie geschmiedet wurde, war vielleicht die stabilste Bindung, die man sich vorstellen konnte. »Natürlich.«

»Francesca war die Erste, der ich erzählt habe, dass ich schwul bin. Noch vor meinen Eltern. Aber sie wusste es natürlich schon. Mit ihr konnte ich über alles reden.«

»Und Sie waren froh, dass Sie sie hatten.«

»Sie können sich nicht vorstellen, wie froh ich darüber war, Mr Bolitar.«

Myron wartete einen Moment, bevor er die nächste Frage stellte. »Und wie ist das jetzt, wo ihr Bruder wieder da ist?«

Clark antwortete nicht.

»Jetzt, wo Francescas Bruder wieder da ist, und Ihrer nicht?«, fuhr Myron fort. »Hat sich Ihre Beziehung seitdem verändert?«

Er sagte leise. »Francesca ist nicht da.«

»Wo ist sie denn?«

»Wieder zu Hause, glaube ich.«

»Ich dachte, Sie hätten sie gestern Abend abgeholt und in die Stadt mitgenommen?«

»Woher wissen Sie das?«, fragte er schnell. Dann: »Ach, ja, Ihr Neffe war ja im Haus.«

Myron wartete.

»Wissen Sie, bei Delta-Kappa-Alpha war gestern Abend eine Party. Ich weiß, dass es blöd klingt, weil ihr Bruder ja vor Kurzem gefunden wurde und so weiter. Francesca war in letzter Zeit ziemlich von der Rolle. Extrem angespannt. Also, verstehen Sie mich nicht falsch, sie ist begeistert. Sie konnte den Blick gar nicht von Patrick abwenden. Zu Anfang jedenfalls nicht. Aber dann wurde es ihr vielleicht doch ein bisschen zu eng zu Hause, wenn Sie verstehen, was ich meine.«

»Natürlich«, sagte Myron. »Das ist ganz normal.«

»Also hat sie mir eine SMS geschickt, dass ich sie abholen soll.«

»Und Sie haben sie abgeholt?«

»Ja. Wir sind hergefahren und zu der Party gegangen. Die ist ein wenig außer Kontrolle geraten, es ist aber nichts passiert, was wir nicht schon erlebt hätten. Wir haben getrunken. Vielleicht ein bisschen viel, das weiß ich nicht. Jedenfalls ist sie dann plötzlich ausgeflippt.«

»Inwiefern ausgeflippt?«

»Sie hat angefangen zu weinen. Ich hab sie gefragt, was los ist. Sie hat nur den Kopf geschüttelt. Dann hab ich versucht, sie zu trösten und bin mit ihr rausgegangen, um ein bisschen frische Luft zu schnappen, aber da hat sie nur noch mehr geweint.«

»Hat sie irgendetwas gesagt?«

»Sie hat einfach die ganze Zeit geweint und immer wieder gesagt, dass es nicht richtig wäre, nicht fair.«

»Was ist nicht fair?«

Clark zuckte die Achseln. »Dass sie ihren Bruder wiederhat und ich nicht.«

Schweigen. Dann: »Was haben Sie darauf gesagt?«

»Ich habe ihr gesagt, dass ich mich für sie freue. Dass Patricks Rückkehr eine gute Nachricht ist und wir meinen Bruder auch finden können. Aber sie hat einfach weitergeheult. Dann hat sie gesagt, dass sie ihren Bruder sehen muss. Sie wollte einfach sichergehen, dass das alles echt ist oder so. Als hätte sie gedacht, dass sie das womöglich nur geträumt hat. Ich konnte das nachvollziehen. Und Sie?«

»Klar.«

»Ich hab früher andauernd so etwas geträumt. Dass Rhys zu Hause ist und alles wieder so war, als wäre er nie weg gewesen. Also habe ich gesagt, dass ich sie fahre, aber da ist auch schon ein Uber-Wagen vorgefahren. Sie ist eingestiegen und hat gesagt, dass sie mich bald anruft.«

»Hat sie das getan?«

»Nein. Aber das ist ja auch erst ein paar Stunden her. Glauben Sie mir, Mr Bolitar, sie weiß nichts.«

*

Es hatte keinen Sinn, zu den Moores zu fahren, um mit Francesca zu reden. Nancy oder Hunter würden ihn daran hindern. Außerdem hatte Myron etwas anderes vor.

Dad wartete schon im Vorgarten, als Myron das Haus erreichte. Die beiden Männer fuhren zum Frühstück zu Eppes Essen, einem Delikatessengeschäft und Restaurant im (laut Werbebroschüre) »jüdischen Stil« auf der anderen Seite der Stadt. Beide Männer bestellten das Gleiche – Eppes berühmtes Sloppy-Joe-Sandwich. Viele werden bei Sloppy Joe an Schulcafeterien und Brötchen mit einer undefinierbaren Hackmasse denken, die womöglich auch Fleisch enthielt. Hier war das anders. Eppes Essen servierte echte Sloppy Joes, massive dreistöckige Sandwiches aus Roggenbrot mit russischem Dressing, Coleslaw und mindestens drei Sorten Fleisch – in diesem Fall Pute, Pastrami und Corned Beef.

Dad starrte auf seinen Teller und nickte anerkennend. »Wenn Gott ein Sandwich erschaffen hätte.«

»Das sollte Eppes neuer Slogan werden«, pflichtete Myron ihm bei.

Sie aßen, bezahlten, fuhren zur Highschool und waren in der Halle, als die Jugendlichen des Basketballteams mit den Aufwärmübungen anfingen. Mickey war mitten im Pulk. Die Heimmannschaft spielte gegen ihren Erzrivalen Millburn High.

»Erinnerst du dich noch daran, wie du in deinem vorletzten Jahr gegen sie gespielt hast?«, fragte Dad.

Myron lächelte. »Sowieso.« Myrons Team hatte nur einen Punkt Vorsprung gehabt, als ein Spieler zwei Sekunden vor Schluss nach einem Fastbreak unterwegs war, um einen einfachen Korbleger zu erzielen. Der Spieler von Millburn stieg hoch und wollte den entscheidenden Korb zum Sieg machen, als Myron irgendwie über ihn sprang, den Ball gegen das Brett drückte und die Zeit ablief. Die Spieler von Millburn reklamierten Goaltending, sodass der Korb gezählt hätte – es war schwer zu sagen, ob der Ball noch im Aufsteigen war –, der Schiedsrichter hatte es aber nicht gepfiffen. Wenn Myron heute einem Millburn-Spieler begegnete, der damals dabei war, musste er sich immer noch auf ein Murren wegen dieser Fehlentscheidung gefasst machen.

Ach, Basketball.

Aufgrund der alten Rivalität waren die Zuschauerränge gut gefüllt. Einige Leute flüsterten und zeigten mit dem Finger auf Myron, als er vorbeiging. Willkommen in der Amateurliga der Lokalprominenz. Ein paar Bekannte kamen herüber und begrüßten ihn – alte Lehrer, ehemalige Nachbarn und ein paar von den Typen, die es in jeder Stadt gab, die sich Spiele anguckten, obwohl ihre eigenen Kinder längst nicht mehr im Team waren.

Als Mickey sie entdeckte, winkte er ihnen kurz zu. Dad – oder, aus Mickeys Sicht, Opa – winkte zurück. Dad ging die Tribüne hinauf. Er setzte sich immer in die letzte Reihe. Er wollte nicht im Mittelpunkt stehen. Dad schrie nie herum, rief nie etwas aufs Feld, gab nie Tipps, beschimpfte die Schiedsrichter nie, stöhnte nie und beschwerte sich nie. Er applaudierte gelegentlich. Wenn er damals bei einem wichtigen Spiel richtig in Begeisterung geraten war, wenn Myron einen tollen Korb gemacht hatte, war vielleicht einmal so etwas wie »Schöner Pass, Bob« zu hören gewesen, als sein Vater das Lob auf Myrons Teamkameraden übertragen hatte. Dad feuerte seinen Sohn nicht an. So etwas machte man einfach nicht.

»Wenn ich deine Aktionen bejubeln muss, damit du weißt, dass ich stolz auf dich bin«, hatte Dad Myron einmal gesagt, »habe ich etwas falsch gemacht.«

Myron, der immer für einen nostalgischen Moment zu haben war, dachte an die Zeit zurück, als er beim Aufwärmen mit seinem Team zwischendurch den Blick durch die Halle hatte schweifen lassen und sah, wie sein Dad die Treppe hinaufgegangen war, wobei er immer zwei Stufen auf einmal genommen hatte. Diese Zeiten waren natürlich vorbei. Jetzt bewegte Dad sich vorsichtiger, schlurfte fast ein wenig. Er legte auch immer wieder kurze Pausen ein, zog eine Grimasse und geriet außer Atem. Myron bot ihm zur Unterstützung den Arm an, doch Dad lehnte ab.

»Mir geht's prima«, sagte er. »Es ist bloß das Knie.«

Er sah aber nicht prima aus. »Okay, Dad.«

Sie setzten sich alleine in die oberste Reihe.

»Ich sitz gern hier oben«, sagte Dad.

Myron nickte.

»Myron?«

»Ja.«

»Mir geht's gut.«

»Ich weiß.«

»Deine Mutter und ich werden alt. Das ist alles.«

Und genau das ist das Problem, wollte Myron sagen.

Er verstand es ja – alles hat seine Zeit, »to everything, turn, turn, turn, there is a season, turn, turn, turn«, die Erde dreht sich weiter, Lebenszyklen –, das bedeutete allerdings nicht, dass ihm das gefallen musste.

Die Sirene ertönte. Die Spieler beendeten die Aufwärmübungen und gingen zu ihren Bänken. Der Typ am Mikrofon las, wie es bei jedem Highschool-Basketballspiel in New Jersey Vorschrift ist, die Fairness-Richtlinie des Staates New Jersey vor:

»Negative Äußerungen und Handlungen zwischen Kontrahenten und Trainern werden nicht toleriert. Darunter fallen das Verspotten, Verhöhnen und Beschimpfen, ›Trash-Talk‹ oder Handlungen, die dazu geeignet sind, die Gegenspieler zu blamieren oder lächerlich zu machen. Jede schriftliche, mündliche oder körperliche Äußerung, die Bezug auf Rassen, Geschlechter, Volkszugehörigkeiten, Behinderungen, sexuelle Orientierungen oder Religionen nimmt, wird nicht toleriert und kann eine Disqualifikation des Täters sowie Mannschaftsstrafen nach sich ziehen. Bei einer entsprechenden Bemerkung wird sofort eine Strafe verhängt. Wir wurden angewiesen, keine Verwarnungen auszusprechen. Es unterliegt Ihrer Verantwortung, Ihr Team auf diese Richtlinie aufmerksam zu machen.«

»Ein notwendiges Übel«, sagte Dad. Dann deutete er auf die erste Reihe, in der viele Väter saßen, und ergänzte: »Die Schmocks lassen sich davon jedoch nicht abhalten.«

Mickeys kurze Schulzeit hier an der Highschool war alles andere als reibungslos verlaufen. Aber jetzt war er wieder im Team, was noch vor ein paar Wochen kaum zu erwarten gewesen war, die unguten Gefühle waren aber nicht gänzlich abgeklungen. Unter den lautstarken Vätern entdeckte Myron auch seinen alten Erzfeind und ehemaligen Highschool-Mannschaftskameraden Eddie Taylor, der jetzt der Leiter der örtlichen Polizei war. Taylor hatte Myron noch nicht gesehen, starrte Mickey aber mit finsterem Blick an.

Das gefiel Myron nicht.

Myron starrte den Polizeichef an, bis Taylor den Blick spürte, sich umdrehte und Myron ansah. Die beiden Männer starrten sich ein paar Sekunden lang an.

Wenn du ein Problem hast, starr mich an, versuchte Myron mit seinen Augen zu sagen, *nicht meinen Neffen*.

Dad sagte: »Beachte ihn gar nicht. Eddie war schon immer das, was die Jugendlichen heutzutage eine ›Missgeburt‹ nennen.«

Myron lachte laut auf. »Missgeburt?«

»Ja.«

»Woher hast du das denn?«

»Von Ema«, sagte Dad. »Ich mag sie, und du?«

»Ich mag sie sehr«, pflichtete Myron ihm bei.

»Stimmt das?«, fragte Dad.

»Was?«

»Dass Angelica Wyatt ihre Mutter ist?«

Eigentlich sollte das ein Geheimnis sein. Angelica Wyatt war eine der berühmtesten Schauspielerinnen der Welt. Zum Schutz ihres Kindes und ihrer Privatsphäre hatten die beiden ein großes Anwesen auf einem Hügel hier in New Jersey bezogen.

»Ja, das stimmt.«

»Und du kennst sie?«

Myron nickte. »Ein bisschen.«

»Wer ist Emas Vater?«

»Das weiß ich nicht.«

Dad reckte den Hals und sah sich um. »Überrascht mich, dass Ema nicht hier ist.«

Als das Spiel anfing, lehnten sie sich zurück. Myron genoss jede Sekunde. Mit seinem Dad in einer Sporthalle zu sitzen und seinem Neffen dabei zuzusehen, wie er das Spiel dominierte, das Myron so sehr liebte, war eine gleichermaßen einfache, primitive und beseligende Erfahrung. Er verspürte keinen Neid mehr. Natürlich vermisste er es, aber seine Zeit war vorbei, und Mannomann, er genoss es, seinem jungen Neffen dabei zuzusehen, wie er in diesem Spiel aufging.

Myron bekam feuchte Augen.

Einmal, als Mickey einen Sprungwurf aus der Drehung traf, schüttelte Dad den Kopf und sagte: »Er ist wirklich gut.«

»Das stimmt.«

»Er spielt wie du.«

»Er ist besser.«

Dad überlegte. »Eine andere Ära. Vielleicht bringt er es nicht so weit wie du.«

»Hm«, sagte Myron. »Wie kommst du darauf?«

»Wie soll ich das sagen …?«, setzte Dad an. »Dir hat Basketball alles bedeutet.«

»Mickey ist auch mit vollem Engagement dabei.«

»Keine Frage. Aber es bedeutet ihm nicht alles. Das ist ein Unterschied. Ich möchte dir eine Frage stellen.«

»Okay.«

»Wenn du an damals zurückdenkst, was glaubst du, wie ehrgeizig du warst?«

Mickey fing einen Pass des gegnerischen Teams ab. Die Menge johlte. Myron konnte sich ein Lächeln nicht verkneifen. »Ich glaube, ich hab manchmal schon ein bisschen übertrieben.«

»Es war dir wichtig.«

»Absurd wichtig«, stimmte Myron zu.

Dad zog eine Augenbraue hoch. »Zu wichtig?«

»Wahrscheinlich, ja.«

»Aber genau das war einer der Punkte, der dich von den anderen talentierten Spielern unterschied. Dieses … ›Verlangen‹ ist fast ein zu schwaches Wort. Diese *Gier* zu gewinnen. Diese absolute Konzentration auf ein einziges Ziel. Das hat dich zum Besten gemacht.«

Win hatte über Myrons Spiele an der Duke oft etwas Ähnliches gesagt: »Wenn du spielst, bist du kaum zurechnungsfähig.«

»Inzwischen«, fuhr Dad fort, »hast du eine Perspektive. Du hast Tragödien und Freuden erlebt, die dir gezeigt haben, dass es Wichtigeres im Leben gibt als Basketball. Und Mickey – versteh das nicht falsch –, Mickey musste schon sehr früh erwachsen werden. Er hat schon mehr als genug Tragödien für ein ganzes Leben durchgemacht.«

Myron nickte. »Er kann das alles schon richtig einordnen.«

»Genau.«

Die Sirene beendete das erste Viertel. Mickeys Mannschaft lag mit sechs Punkten in Führung.

»Wer weiß«, sagte Myron. »Vielleicht hilft seine jugendliche Weisheit ihm, ein besserer Spieler zu werden. Vielleicht ist es genauso wichtig, die Dinge richtig einordnen zu können, wie sich auf ein einziges Ziel zu konzentrieren, so wie ich es damals gemacht habe.«

Dad gefiel das. »Vielleicht hast du recht.«

Sie beobachteten, wie Mickeys Team die kurze Besprechung beendete und den Ball holte, um den Einwurf zum zweiten Viertel auszuführen.

»Ich hasse Sportmetaphern«, sagte Dad, »aber eine wichtige Sache habt ihr beide sowohl auf dem Spielfeld als auch im Leben gelernt.«

»Was meinst du?«

Dad nickte in Richtung Platz. Mickey dribbelte durch die Gasse, zog einen Verteidiger auf sich, legte seinem Teamkameraden einen Pass in den Lauf, der einen einfachen Korb erzielte.

»Ihr macht die Leute um euch herum besser.«

Myron sagte nichts. Sein Neffe hatte einen Gesichtsausdruck, den Myron nur zu gut kannte. Auf dem Platz zu stehen hatte etwas Zenartiges, man kam sich vor, als befände man sich im Auge eines Sturms, war ruhig, konzentriert und hatte die Fähigkeit, die Zeit langsamer ablaufen zu lassen. Dann sah Myron, dass Mickeys Blick nach links schwenkte. Er zuckte kurz zusammen. Myron folgte Mickeys Blick, um festzustellen, was diese Reaktion ausgelöst hatte.

Ema war in die Halle gekommen.

Sie kniff die Augen zusammen und suchte die Tribüne ab. Myron winkte kurz. Mit einem Nicken bestätigte sie, dass sie ihn gesehen hatte, und kam auf ihn zu. Myron stand auf und ging ihr entgegen.

»Was ist los?«, fragte er.

»Es geht um Patrick«, sagte Ema. »Am besten kommen Sie mal eben mit.«

*

Sie gingen nicht weit, nur bis zum Hausmeisterbüro im Hauptgebäude der Highschool. Ema öffnete die Tür und hielt sie auf. Myron trat ein und erkannte den Jungen am Schreibtisch.

»Hallo, Mr Bolitar.«

Sie nannten den Jungen Löffel. Mickey hatte ihm diesen Spitznamen gegeben, Myron wusste jedoch nicht, wie er darauf gekommen war. Löffels Vater war der Hausmeister der Highschool, was erklärte, warum Löffel Zugang zu diesem Raum hatte. Das Büro war klein und ordentlich und stand voll perfekt beschnittener Zimmerpflanzen.

»Ich habe dir schon mal gesagt, dass du mich Myron nennen sollst.«

Der Junge drehte den Stuhl so, dass er Myron ansah. Löffel hatte kein Schreibetui in der Brusttasche, es hätte aber gut zu seinem Äußeren gepasst. Er schob sich mit dem Zeigefinger die Harry-Potter-Brille hoch.

Löffel grinste Myron an. »Kennen Sie diese Aufkleber, die in Supermärkten auf den Früchten kleben?«

Ema seufzte. »Nicht jetzt, Löffel.«

»Klar kenn ich die«, sagte Myron.

»Pulen Sie die ab, bevor Sie die Frucht essen?«

»Natürlich.«

»Wussten Sie«, fuhr Löffel fort, »dass die Aufkleber essbar sind?«

»Nein, das wusste ich nicht.«

»Man braucht sie nicht abzupulen, wenn man nicht will. Selbst der Kleber entspricht dem Lebensmittelgesetz.«

»Gut zu wissen. Habt ihr mich deshalb hergeholt?«

»Natürlich nicht«, sagte Löffel. »Sie sind hier, weil ich glaube, dass Patrick Moore drauf und dran ist, sein Elternhaus zu verlassen.«

Myron trat zu ihm an den Schreibtisch. »Wie kommst du darauf?«

»Er hat an seinem Laptop gesessen und mit jemandem geskypt, gerade hat er aufgehört.« Löffel lehnte sich zurück. »Wussten Sie, Myron, dass die Zentrale von Skype in Luxemburg ist?«

Ema verdrehte die Augen.

»Mit wem hat Patrick geskypt?«, fragte Myron.

»Das weiß ich nicht.«

»Worüber haben sie gesprochen?«

»Auch das weiß ich nicht. Der Keylogger, den meine bezaubernde Assistentin installiert hat …«, er deutete auf Ema, die aussah, als wollte sie ihn treten, »… tut nur das, was sein Name besagt. Er protokolliert, welche Tasten auf der Tastatur gedrückt werden. Daher kann ich sehen, dass Patrick Moore sich bei Skype angemeldet hat. Natürlich weiß ich nicht, was er gesagt hat.«

»Und wie kommst du dann darauf, dass er das Haus verlassen will?«, fragte Myron.

»Das ist eine ganz banale Schlussfolgerung, mein Freund. Direkt nachdem Skype beendet wurde, hat Patrick Moore – oder wer immer auch seinen Laptop benutzt hat – die Internetseite von New Jersey Transit aufgerufen. Soweit ich das nachvollziehen kann, hat er Busverbindungen nach New York City herausgesucht.«

Myron sah auf die Uhr. »Wie lange ist das her?«

Löffel sah auf seine ausgefallene Armbanduhr. »Vierzehn Minuten und jetzt elf, zwölf, dreizehn Sekunden.«

27

Aus Myron unerfindlichen Gründen konnte Big Cyndi ausgezeichnet Leute beschatten. Vielleicht lag es daran, dass sie so auffällig, unübersehbar, so präsent war, dass man sie gar nicht richtig wahrnahm oder einfach nicht auf den Gedanken kam, dass eine Frau in einem enganliegenden, violetten Batgirl-Kostüm einen verfolgen könnte. Ihr Kostüm, eine etwas größere Ausführung dessen, das Yvonne Craig in der alten Batman-Fernsehserie getragen hatte, lag so eng an wie eine Wurstpelle.

Heute allerdings fügte sich ihr Outfit auf eine besondere Art in die Umgebung ein. Myron sah Big Cyndi sofort, als er auf den Times Square kam. Nehmen Sie alle Klischees vom Times Square, die Ihnen in den Sinn kommen, rühren Sie sie zusammen, stapeln Sie ein Klischee auf das nächste, die Klischees über die kinetischen Wellen der Humanität, den Verkehr und die riesigen Werbetafeln, die Bildschirme und die Neonlichter. Und dann potenzieren Sie das Ergebnis mit zehn.

Willkommen auf dem Times Square.

Times Square ist ein Anschlag auf sämtliche Sinne, und irgendwie gehört dazu nicht nur der Geruchssinn, sondern sogar der Geschmackssinn. Alles bewegt sich, wirbelt durcheinander, sodass man dem ganzen Platz eine riesige Ritalin-Tablette verabreichen möchte.

Und dort stand Big Cyndi in ihrem Kostüm, zwischen Spider-Man, Elmo, Mickeymaus, Buzz Lightyear und Olaf aus *Die*

Eiskönigin. Die Touristen standen Schlange, um ein Foto mit ihr als Batgirl machen zu können.

»Sie lieben mich, Mr Bolitar«, rief Big Cyndi ihm zu.

»Wer tut das nicht?«

Big Cyndi kicherte mädchenhaft und nahm Posen ein, bei denen Madonna in ihrer *Vogue*-Zeit rot geworden wäre. Ein asiatischer Tourist bot ihr Geld an, nachdem er das Foto mit ihr gemacht hatte, doch Big Cyndi lehnte ab. »Oh, sehr freundlich, aber das kann ich nicht annehmen, Sir.«

»Sind Sie sicher?«, fragte der Tourist.

»Ich tue das aus reiner Nächstenliebe.« Sie beugte sich zu ihm hinab. »Wenn ich Geld dafür haben wollte, dass ich dieses Outfit trage, würde ich noch auf den Strich gehen.«

Der Tourist eilte davon.

Big Cyndi sah Myron an. »Das war ein Scherz, Mr Bolitar.«

»Das weiß ich.«

»Ich bin nie auf den Strich gegangen.«

»Gut zu wissen.«

»Obwohl ich in diesem Kostüm an der Tanzstange einen Haufen Geld verdient habe.«

»Mhm«, sagte Myron, der alles tat, um die Bilder wieder aus seinem Kopf zu verbannen.

»Bei Leather and Lace, wissen Sie noch?«

»Ja.«

»Und, na ja, manchmal ist es auch ein bisschen zu weit gegangen, wenn ich zu einem Lapdance bestellt wurde, wenn Sie verstehen, worauf ich hinauswill.«

»Verstanden«, bestätigte Myron hastig. »Also, äh, wo ist Patrick? Können Sie mich auf den aktuellen Stand bringen?«

»Der junge Patrick hat sich vor zwei Stunden aus dem Haus geschlichen«, sagte Big Cyndi. »Er ist rund anderthalb Kilometer zu Fuß gegangen und hat dann die Buslinie 487 genommen.

Ich habe nachgesehen und festgestellt, dass der 487er zum Busbahnhof Port Authority in Manhattan fährt. Ich habe meinen Wagen genommen, bin vor dem Bus angekommen und habe gewartet, bis Patrick ausgestiegen ist. Dann bin ich ihm hierher gefolgt.«

»Wo ist er denn jetzt?«, fragte Myron.

»Drehen Sie sich nicht zu schnell um, sonst fällt es auf, und er sieht sie.«

»Okay.«

»Patrick steht hinter Ihnen, zwischen Madame Tussauds Wachsmuseum und dem Kuriositätenkabinett Ripley's Believe It or Not!«

Myron wartete. Dann fragte er: »Kann ich jetzt hinsehen?«

»Drehen Sie sich langsam um.«

Das tat Myron. Patrick stand an der 42nd Street und hatte sich eine Baseballkappe tief ins Gesicht gezogen. Seine Schultern hingen herunter, als würde er versuchen, sich in der Menge unsichtbar zu machen.

»Hat er mit jemandem gesprochen?«, fragte Myron.

»Nein«, antwortete Big Cyndi. »Mr Bolitar?«

»Ja.«

»Hätten Sie etwas dagegen, dass ich, während wir warten, weiter für Fotos posiere? Mein Publikum verlangt das.«

»Nur zu.«

Myron behielt Patrick im Auge, betrachtete jedoch auch immer wieder Big Cyndi, die mit den Touristen spielte. Kaum dreißig Sekunden nachdem sie sich wieder zur Verfügung gestellt hatte, war die Schlange der Leute, die ein Foto mit ihr machen wollten, so lang, dass der Nackte Cowboy sie schief ansah. Sie blickte Myron an. Myron streckte ihr zwei erhobene Daumen entgegen.

Die schlichte und traurige Wahrheit war folgende: Oft war es schwierig, mehr in Big Cyndi zu sehen als ihre enorme Größe. In unserer Gesellschaft gibt es viele Vorurteile, wir stigmatisieren und verdammen aber nur wenige unserer Mitmenschen so sehr wie diejenigen, die wir als »dicke« Frauen betrachten. Big Cyndi war sich dessen sehr bewusst. Sie hatte ihren ausschweifenden Lebensstil einmal folgendermaßen erklärt: »Ich sehe lieber Erschrecken in ihren Gesichtern als Mitleid, Mr Bolitar. Und es ist mir lieber, wenn sie mich für unverschämt oder abscheulich halten als für verschüchtert oder verängstigt.«

Myron drehte sich gerade wieder zum Ripley's um, als eine Jugendliche sich an Patrick heranschlich.

Wer zum …?

Myron erinnerte sich an Mickeys und Emas Bericht, dass Patrick behauptet hätte, eine Freundin zu haben. Wenn er aber in London mehr oder weniger eingesperrt gewesen war, woher sollte er dann jemanden in New York kennen?

Gute Frage.

Patrick und das Mädchen umarmten sich kurz, bevor sie ins Ripley's gingen. Big Cyndi stand bereits neben Myron. Als Myron sich auf den Weg zum Ticketschalter machte, stoppte sie ihn.

»Er kennt Sie«, erinnerte sie ihn.

»Dann gehen Sie rein?«

Big Cyndi richtete ihren Zeigefinger von der Größe eines Baguettes auf ein Schild. »Die nennen sich selbst ein ›Kuriositätenkabinett‹. Wer würde da besser hineinpassen?«

Dagegen ließ sich kaum etwas sagen.

»Sie warten am Ausgang«, sagte sie. »Wenn etwas passiert, schicke ich eine SMS.«

Myron wartete eine Stunde draußen und beobachtete die Menschen. Er beobachtete gerne Menschen. Tolle Aussichten auf Sonnenuntergänge, Wasser oder Landschaften waren zwar wunderschön, nach einer Weile sah man sie aber kaum noch. Wenn man sich aber an einem Ort befand, an dem viele Menschen vorbeigingen – Menschen jeder Rasse, jedes Geschlechts, jeder Größe, Form, Religion, die alle Sprachen sprachen – wurde einem nicht langweilig. Jeder Passant war eine eigene Welt – eine Welt voller Leben, Träume, Hoffnungen, Trauer, Freude, Überraschungen, Enthüllungen. Jede Person hatte ihre eigene Geschichte mit einem Anfang, einer Mitte und einem Ende – selbst wenn sie nur auf der Straße an einem vorbeiging.

Das Handy vibrierte, als eine SMS von Big Cyndi kam: KOMMEN JETZT RAUS.

Big Cyndi simste immer in Großbuchstaben.

Patrick hielt den Kopf gesenkt, als er herauskam. Das Mädchen stand direkt neben ihm. Big Cyndi bildete den Hintergrund.

Das Mädchen gab Patrick einen schnellen Wangenkuss. Dann verließ Patrick den Times Square und ging Richtung Westen. Das Mädchen ging nach Osten. Sie trennten sich. Big Cyndi sah Myron fragend an. Myron deutete auf Patrick. Big Cyndi nickte und folgte ihm. Myron reihte sich in den Menschenstrom ein und folgte dem Mädchen.

An der 7th Avenue bog sie links ab und ging Richtung Uptown. Myron blieb hinter ihr. Sie folgte der Straße bis zum Central Park, bog rechts ab, ging die 59th Street entlang, am Plaza Hotel vorbei, bog dann links ab in die 5th Avenue und ging weiter Richtung Norden. Das Mädchen bewegte sich zügig, selbstbewusst und ohne zu zögern. Myron schloss aus dieser Beobachtung, dass sie diesen Weg schon oft gegangen war und vermutlich in New York lebte.

Myron Bolitar, Meister der Deduktion. Bitte meiden Sie ihn nicht wegen seiner Gaben.

An der East 61st Street bog sie rechts ab. Als sie die Park Avenue überquerte, steckte sie die Hand in die Tasche und zog ein Schlüsselbund heraus. Das Townhouse vor ihr hatte ein schmiedeeisernes Tor. Sie schloss es auf. Dann ging sie zwei Stufen hinunter und verschwand im Haus.

Ein Townhouse in der Nähe der Park Avenue, dachte Myron. Wahrscheinlich stammte das Mädchen aus reichem Hause.

Abermals: Myron Bolitar. Meister der Deduktion. »Wenn Ihr ihn stecht, blutet er nicht?«

Er stand vor dem Townhouse und überlegte, was er tun sollte. Zuerst simste er Big Cyndi. UPDATE?

Big Cyndi: PATRICK SITZT IM BUS. FÄHRT WOHL NACH HAUSE.

Myron: ICH BIN DER MEISTER DER DEDUKTION, BESTEN DANK AUCH.

Big Cyndi: WAS?

Myron: SCHON GUT.

Er starrte auf die Tür und hoffte, dass sie sich öffnen würde, sodass er …

Sodass er was?

Wollte er ein Mädchen auf der Straße ansprechen und sie nach ihrer Beziehung mit einem Jungen befragen, mit dem sie sich gerade in Ripley's Kuriositätenkabinett getroffen hatte? Myron war kein Polizist. Er hatte keine Lizenz irgendwelcher Art, Form oder Gestalt. Er wäre nur ein etwas unheimlicher Fremder mittleren Alters, der an ein Mädchen herantrat. Er kannte ihren Namen nicht. Er wusste nichts über sie.

Nein, so konnte er das nicht angehen.

Er zog sein Handy heraus und rief Esperanza an.

»Was gibt's?«

»Ich habe eine Adresse in der Nähe der Park Avenue.«

»Tja, hei-ti-dei. Ich wohne in einer Einzimmerwohnung in der Nähe von Hoboken.«

»Der war echt witzig«, sagte Myron.

»Toll, oder? Gib mir die Adresse.«

Myron gab sie ihr. »Ich bin einem Mädchen im Teenageralter hierher gefolgt.«

»Bist du nicht verlobt?«

»Haha. Sie hat sich mit Patrick getroffen. Ich muss herausbekommen, wer sie ist.«

»Ich setz mich ran.«

Als er auflegte, klingelte sein Handy. Im Display sah er, dass es Terese war.

Er meldete sich mit den Worten: »Hey, meine Schöne.«

»Gott, du bist ja so lässig.«

»Findest du?«

»Nein«, sagte Terese. »Eigentlich finde ich, dass gerade der Mangel an Lässigkeit dich so verdammt sexy macht. Rate mal, was passiert ist.«

Myron machte sich auf den Rückweg zu seinem Wagen. Er hatte ihn auf einem vollen Theaterparkplatz am Times Square abgestellt. »Erzähl.«

»Der Sender hat mich im Firmenjet nach Hause bringen lassen.«

»Holla. Volltreffer.«

»Wir sind gerade in Teterboro gelandet.«

»Hast du den Job?«, fragte er.

»Sie melden sich bald.«

Myron blieb an der Straßenecke stehen. Sollte er zu seinem Wagen zurückgehen oder ein Taxi nehmen? »Dann bist du jetzt auf dem Weg zum Apartment?«

»Bin ich.«

»Wollen wir es treiben?«, fragte er.

»Wow, ich muss das zurücknehmen. Du bist lässig.«

»Heißt das ja?«

»Das heißt eindeutig ja.«

»Du kannst es nicht sehen«, sagte Myron, »aber ich sprinte gerade zum Auto.«

»Schneller«, sagte sie, bevor sie auflegte.

*

Myron parkte in der Tiefgarage hinter dem Dakota Building. Als er die dunkle Rampe hinaufging, erschienen drei Männer. Den mittleren kannte er. Es war Rhys' Vater Chick Baldwin. Die anderen beiden trugen Jeans und Flanellhemden. Sie waren groß und versuchten, noch größer zu erscheinen. Einer hatte einen Baseballschläger in der Hand.

»Ich hab Ihnen doch gesagt, dass Sie die Finger davonlassen sollen«, sagte Chick.

Myron seufzte. »Ist das Ihr Ernst?«

»Ich habe Ihnen doch gesagt, Sie sollen diese SMS vergessen, oder?«

»Das haben Sie.«

»Und?«

»Und ich habe nicht auf Sie gehört«, sagte Myron. »Können wir jetzt zur Sache kommen? Ich habe noch was vor. Etwas Wichtiges.«

Chick strich sich mit der Hand die Haare nach hinten. »Dachten Sie, na ja, ich würde mit Ihnen spielen?«

»Ich weiß es nicht, Chick, und es ist mir auch egal. Also, was wollen Sie jetzt machen?« Myron deutete auf die beiden Männer in den Flanellhemden. »Sollen die beiden Affen mich aufmischen?«

»Wen nennen Sie hier einen Affen«, fragte der Affe mit dem Schläger.

»Ja«, stimmte der schlägerlose Affe ein. »Sie sind hier der Affe, nicht wir.«

Myron versuchte, nicht zu seufzen. »Meine Herren, sehen Sie das da oben?« Er deutete über sie. Als die beiden Affen nach oben blickten, trat Myron dem Affen mit dem Schläger in die Eier und riss ihm den Schläger aus der Hand, bevor besagter Affe zusammenklappte wie ein Strandstuhl. Myron sah den schlägerlosen Affen an. Der schlägerlose Affe kam zu dem Schluss, dass dies ein guter Zeitpunkt für den Rückzug wäre, und nahm die Beine in die Hand.

Myron sah Chick an.

»Das war nicht nötig«, sagte Chick.

»Warum haben Sie sie mitgebracht?«

»Damit Sie mir zuhören, denke ich.«

»Jetzt hör ich Ihnen zu.«

Chick ging zu dem Affen, der einmal einen Schläger hatte, und beugte sich zu ihm hinunter, um ihm zu helfen. »Sie sind Brookes Psycho-Cousin ähnlicher, als ich dachte.«

»Chick?«

»Ja?«

»Ich habe etwas ganz Besonderes vor«, sagte Myron. »Ich werde Ihnen definitiv und, ohne zu zögern, diesen Schläger über den Schädel ziehen, wenn Sie mir nicht aus dem Weg gehen.«

»Nur zu«, sagte Chick.

Myron musterte sein Gesicht einen Moment lang, und dabei wurde ihm etwas klar. »Sie sind sauer, weil ich mit Nancy Moore über die SMS gesprochen habe.«

»Ich habe Ihnen gesagt, dass Sie das nicht tun sollen, oder? Ich habe Sie fast angefleht.«

»Darum geht es nicht, Chick.«

»Sondern?«

»Es gibt nur eine Möglichkeit, wie Sie erfahren haben können, dass ich das getan habe. Nancy Moore hat es Ihnen erzählt.«

Myron Bolitar, der Meister der Deduktion, hatte wieder zugeschlagen.

Chick schwieg. Myron ging zu ihm und half dem ehemaligen Schlägerbesitzer auf die Beine. Myron forderte den Mann auf, sich zu verdrücken. Das tat er, wenn auch mit einem leichten Hinken. Dann wandte Myron sich wieder an Chick.

»Und das bedeutet ...«, jetzt war Myron richtig in Fahrt, »... dass Sie beide wegen der SMS in Kontakt stehen. Was wiederum bedeutet, dass etwas wirklich Bedeutsames zwischen Ihnen abgelaufen ist.«

Selbst wenn ihn jemand niedergeschlagen hätte, Chicks Stimme hätte nicht niedergeschlagener klingen können. »Sie müssen die Finger davonlassen, Myron. Ich flehe Sie an.«

»Obwohl es für die Suche nach Ihrem Sohn entscheidend sein könnte?«

»Das ist es nicht. Wenn ich glauben würde, dass es irgendetwas mit Rhys zu tun hat, würde ich es täglich lautstark vom Dach herunter verkünden. Hat es aber nicht. Warum glauben Sie mir das nicht?«

»Weil Sie zu nah an der Sache dran sind. Sie sind nicht objektiv.«

Chick schloss die Augen. »Sie werden das nicht auf sich beruhen lassen, oder?«

»Nein, das werde ich nicht. Und ich möchte Ihnen noch einen leichten Stups geben, Chick. Wenn Sie mir nicht sagen, worum es in den SMS ging, werde ich Brooke danach fragen.«

Chick zuckte zusammen, als hätten Myrons Worte eine Faust geformt und gedroht, ihm ins Gesicht zu schlagen. »Eins müssen Sie aber noch verstehen.«

»Ich muss überhaupt nichts verstehen, aber erzählen Sie.«

»Ich liebe Brooke. Ich habe sie immer geliebt. Und ich werde sie immer lieben. Unser Leben ist nicht perfekt. Ich weiß, dass Win, dieser Psycho …«

»Chick?«

»Was ist?«

»Hören Sie auf, meinen Freund zu beleidigen, okay?«

Chick nickte. »Ja, wenn Sie meinen. Win hasst mich. Er glaubt, niemand ist gut genug für Brooke.«

Myron sah auf die Uhr. Terese müsste inzwischen im Apartment sein. »Das sagten Sie schon.«

»Eigentlich nicht«, sagte er. Wieder sah Chick ihn mit dem niedergeschlagenen Blick an. »Sie müssen wissen, wie sehr ich meine Frau und meine Familie liebe. Ich bin nicht perfekt. Ich habe ein paar ziemlich fragwürdige Dinge getan. Das, was mich menschlich macht – das Einzige, was wirklich zählt –, ist die Liebe zu meiner Familie. Zu Brooke. Zu Clark.« Seine Brust zuckte, und Tränen schossen ihm in die Augen. »Und zu Rhys.«

Chick fing an zu weinen. Er weinte wirklich. Er tat nicht nur so und versuchte auch nicht, seine Tränen zu verstecken. Oh, Mann, dachte Myron. Bleib stark, bleib konzentriert, aber vergiss eins nicht: Der Mann sucht seinen verlorenen Sohn.

Als Chick sich wieder gesammelt hatte, hakte Myron noch einmal nach: »Warum haben Sie sich diese SMS geschickt?«

»Wir hatten keine Affäre.«

»Was sonst?«

»Wir waren kurz davor. So war das damals. Wir haben es nicht durchgezogen. Aber wir waren auf dem Weg dahin.«

»Ich dachte, Sie lieben Ihre Frau.«

»Sie sind nicht verheiratet, oder, Myron?«

»Verlobt.«

Chick wischte sich die Tränen aus dem Gesicht. Er rang sich ein Lächeln ab, es lag aber keine Freude darin. »Wir haben keine Zeit, das auszudiskutieren. Aber Sie sind alt genug, um zu wissen, dass im Leben nicht alles schwarz oder weiß ist. Es gibt viele Graustufen. Wir werden älter, wir glauben, dass wir bald sterben, wir greifen nach Dingen, versuchen, irgendetwas zu fassen zu kriegen, selbst wenn wir wissen, dass es dumm ist. Und genau das haben wir getan, Nancy und ich. Wir haben geflirtet. Es ging zu weit. Wir haben Pläne gemacht, weil solche Sachen nun einmal so laufen. Und genau wie alles andere in dieser schrecklichen Welt, wird es dann nicht besser, sondern nur noch schlimmer. Irgendwann kommt man dann an einen Punkt, an dem man die Sache entweder durchzieht, oder sie stirbt.«

»Und was ist passiert, Chick?«

»Sie ist gestorben.«

»Sie haben es nicht durchgezogen?«

»Wir haben rechtzeitig aufgehört.«

Myron dachte darüber nach. »Wer hat es beendet?«

»Das war einvernehmlich.«

»So etwas ist nie einvernehmlich, Chick.«

»Wir haben es beide ein bisschen abklingen lassen«, sagte er. »Und dann haben wir beide es ausklingen lassen.«

»Wann?«

»Was?«

»Wann haben Sie beide es ausklingen lassen?«

»Das weiß ich nicht mehr.«

»Wie lange, bevor Ihr Sohn verschwand?«

»Ich habe Ihnen doch schon gesagt, dass es nichts damit zu tun hatte.«

»Wie lange vorher?«

»Das sagte ich schon. Ich weiß es nicht.«

»Und warum hatten Sie solche Angst, das jemandem zu erzählen?«

»Ich wollte nicht, dass Brooke etwas davon erfährt.«

»Wirklich? Selbst damals? Ihr Sohn wird vermisst, und Sie machen sich deshalb Sorgen? Immerhin haben Sie die Polizei belogen, als die Sie nach den SMS gefragt hat.«

»Ich durfte damals nicht nur an mich und meine Familie denken.«

»Sie mussten auch an Nancy Moore denken.«

»Betrachten Sie es mal aus unserer Perspektive, ja? Was wäre denn passiert, wenn wir es der Polizei erzählt hätten? Wer hätte uns das geglaubt? Die Polizei stößt auf die SMS, und wir sagen einfach: ›Oh ja, wir wären fast miteinander ins Bett gestiegen.‹ Glauben Sie wirklich, dass die Polizei sich die Entführung so genau angesehen hätte? Wenn wir zugegeben hätten, dass wir fast eine Affäre hatten, hätten sich die Ermittlungen doch einzig und allein darauf konzentriert. Und jetzt ... wenn Brooke es herausfindet ...« Wieder traten Chick Tränen in die Augen. »Das wäre der Todesstoß für unsere Ehe, verstehen Sie? Bitte. Sie ist das Einzige, was mir noch geblieben ist.«

Myron versuchte, den Schmerz in seinem Gesicht zu ignorieren. »Dann hat Brooke nie etwas davon erfahren?«

»Nein.«

»Und Hunter?«

»Auch nicht. Verstehen Sie das nicht? Wenn wir es damals zugegeben hätten, als wir alle schon so angeschlagen waren, als unsere Beziehungen sowieso unter Druck standen, wären wir alle untergegangen. Das hätten wir nicht überstanden.«

»Aber Hunter und Nancy haben es auch so nicht überstanden, oder?«

Er schüttelte den Kopf. »Das hatte nichts damit zu tun.«

»Woher wissen Sie das, Chick? Wie können Sie sich da so sicher sein?«

28

Myron öffnete die Tür zum Apartment und versuchte, wieder in Stimmung zu kommen, obwohl er sich diesbezüglich keine echten Sorgen machte. Schließlich war er – ganz egal, ob das jetzt sexistisch war oder nicht – ein Mann. In dieser Hinsicht reagierten Männer bemerkenswert vorhersagbar. Meine Damen, hier folgt ein kleiner Verführungstipp: Es braucht nicht viel, um Ihren Mann auf Touren zu bringen. Sie wissen das längst. Sie kennen die vielen Artikel aus Frauenzeitschriften mit Tipps, wie Sie Ihren Mann verführen, wie man Massageöle, Kerzen oder Musik nutzt, um ihn in Stimmung zu bringen. Männer sind, im Guten wie im Schlechten, nicht so kompliziert. Hier stattdessen zwei sehr kurze Beiträge, die Ihnen verraten, wie Sie Ihren Mann verführen: Fragen Sie ihn, ob er Sex will. Und: Sagen Sie: »Ja, das wäre schön«.

Er lächelte über den Gedanken, kam schon wieder in Fahrt, als er ins Apartment trat, und sah, dass sie Gesellschaft hatten.

Esperanza war da.

»Entschuldige, dass ich dir die Tour vermassle«, sagte sie.

Myron beachtete sie fürs Erste nicht und umarmte Terese. Sie blieben eine Weile eng umschlungen stehen. Das war alles. Eine einfache, intensive Umarmung. Myron schloss die Augen. Terese zog ihn noch näher an sich.

Esperanza sagte: »Ihr, äh, also in zehn Minuten müssen wir los. Wenn ich so lange draußen warten soll.«

Sie lösten die Umarmung, hielten sich aber weiter die Hände.

Myron zog eine Augenbraue hoch. »Volle zehn Minuten?«

»Oh«, sagte Terese. »Zeit für ein ausgedehntes Vorspiel.«

»Ihr beiden seid ja echt niedlich«, sagte Esperanza in einem Tonfall, der das Gegenteil implizierte. »Wisst ihr, wie es einen nie nervt, sich in Gegenwart von Personen aufzuhalten, die irre verliebt ineinander sind? Man hält sich von ihnen fern!«

»Möchtest du uns vielleicht erzählen, warum du hier bist?«, fragte Myron.

»Ich habe die Informationen über das Haus schneller bekommen, als es dir vielleicht lieb ist. Das Townhouse gehört Jesse und Mindy Rogers. Die Rogers sind reich. Dad managt Hedgefonds. Mom hat als Diplomatin Karriere gemacht. Sie haben eine sechzehnjährige Tochter namens Tamryn.«

»Und warum haben wir nur zehn Minuten?«

»Tamryn macht ein Ferienpraktikum bei Fox News Ecke Avenue of the Americas und 48th Street. Das News Corp Building hat, wie eigentlich jeder Wolkenkratzer in Manhattan, einen Sicherheitsdienst, und man kommt nur mit einem Betriebsausweis hinein. Tamryn arbeitet dort heute zehn Stunden, und sie fängt um vierzehn Uhr an, wenn wir jetzt also sofort hinfahren ...«

»... können wir vielleicht noch mit ihr reden, bevor sie vorerst außer Reichweite ist.«

»Genau.«

Myron sah Terese an. »Wirst du auf mich warten?«

»Ist besser, als ohne dich anzufangen.«

»Da bin ich mir nicht so sicher«, bemerkte Esperanza.

Beide Frauen lachten. Myron nicht.

»Gehen wir«, sagte er.

*

Myron und Esperanza standen vor dem News Corp Building an der Avenue of the Americas, als Myron schließlich fragte: »Was ist los?«

»Tom will plötzlich über das Sorgerecht für Hector verhandeln.«

»Hey, das sind ja tolle Neuigkeiten.«

Esperanza starrte ihn nur an. »Tu das nicht.«

»Was?«

»Willst du mich jetzt belügen?«

»Ich hab ihn nicht angerührt. Das schwöre ich.«

»Was hast du dann mit ihm gemacht?«

»Ich habe Tom nur einen kurzen Besuch abgestattet.«

»Du meinst, so wie Win?«

»Nein, ich bin nicht einmal in der Nähe seiner Wohnung gewesen.«

»Wo warst du dann?«

»Ich habe ihn vor einem Nachtclub getroffen«, sagte Myron. Dann: »Hast du gewusst, dass dein Exmann jetzt einen Männerdutt trägt? Er ist über vierzig, oder?«

»Lenk nicht ab. Was hast du mit ihm gemacht?«

»Ich habe ihm in aller Freundschaft vorgeschlagen, sich gütlich mit dir zu einigen.«

»Das hätte bei Tom nichts bewirkt.«

»Ich könnte wohl nebenbei erwähnt haben, dass Win wieder da ist.«

Esperanza versuchte, sich ein Lächeln zu verkneifen, als sie sich Toms Gesicht vorstellte, während Myron das sagte. »Das hättest du nicht tun dürfen, ohne es mir zu sagen.«

»Entschuldige.«

»Dir ist schon klar, dass das eine unglaubliche Bevormundung ist, oder?«

»War nicht so gemeint.«

»Und sexistisch ist es vermutlich auch noch«, sagte Esperanza. »Oder hättest du Tom auch so bedroht, wenn er eine Frau wäre?«

Myron öffnete den Mund, schloss ihn wieder, breitete die Arme aus. »Hatte ich schon erwähnt, dass er einen Männerdutt trägt?«

Sie seufzte. »Okay, da komme ich nicht gegen an.«

Sie blieben stehen und warteten.

»Erinnerst du dich, dass du mich gefragt hast, warum ich nichts gesagt habe, bevor du Tom geheiratet hast?«

»Das ist erst ein paar Tage her. Manchmal kann ich mich sogar an Dinge erinnern, die eine ganze Woche zurückliegen.«

»Ich habe geantwortet, ich dachte, ich dürfte mich da nicht einmischen. Erinnerst du dich auch noch daran, was du darauf gesagt hast?«

Esperanza nickte und zitierte sich selbst. »›Wer hätte sich denn sonst einmischen sollen?‹«

»Genau«, sagte Myron. »Diesen Fehler werde ich nicht noch einmal machen.«

Dann entdeckte er das Mädchen, das mit Patrick Moore ins Ripley's gegangen war. Myron nickte Esperanza zu. Sie nickte zurück. Sie hatten schon besprochen, dass sie zusammen an das Mädchen herantreten würden, in der Hoffnung, als Paar einerseits weniger bedrohlich zu wirken, gleichzeitig aber bestimmter auftreten zu können.

Esperanza ergriff als Erste das Wort. »Tamryn Rogers?«

Das Mädchen blieb stehen, sah Esperanza, dann Myron, dann wieder Esperanza an. »Ja.«

»Ich bin Esperanza Diaz.«

»Mein Name ist Myron Bolitar.«

»Hätten Sie etwas dagegen, dass wir Ihnen ein paar Fragen stellen?«

Sie trat einen halben Schritt zurück. »Sind Sie von der Polizei?«

»Nein, und auch sonst nichts in der Art«, sagte Esperanza.

»Ich bin sechzehn«, erwiderte Tamryn Rogers. »Ich unterhalte mich nicht so gerne mit Fremden. Also, äh, bye-bye und tschüss.«

Esperanza sah Myron an. Beiden wussten, dass sie mit Freundlichkeit nicht weiterkamen. Also kam Myron direkt auf den Punkt.

»Ich habe Sie heute gesehen«, sagte er.

»Wie bitte?«

»Bei Ripley's. Vor ein paar Stunden. Ich habe Sie dort gesehen.«

Tamryn Rogers' Mund formte ein kleines O. »Sie beschatten mich?«

»Nein, ich habe Patrick beschattet.«

»Wen?«

Esperanza übernahm. »Den Jungen, mit dem Sie sich heute getroffen haben.«

»Das ist nicht …« Sie brach ab und trat einen weiteren Schritt zurück. »Ich habe mich mit niemandem getroffen.«

»Ich habe Sie gesehen.«

»Was genau haben Sie gesehen?«

»Dass Sie sich mit Patrick Moore getroffen haben.«

»Ich bin ins Museum gegangen«, sagte sie. »Ein Junge hat mit mir geredet. Das war alles.«

Myron sah Esperanza stirnrunzelnd an. Esperanza sah Tamryn stirnrunzelnd an. »Dann kannten Sie den Jungen vorher gar nicht?«

»Nein.«

»Haben ihn nie zuvor gesehen?«

»Nie.«

»Also umarmen Sie Jungs immer bei der ersten Begegnung?«, fragte Myron. »Und zum Abschied geben Sie ihnen einen Wangenkuss?«

»Hören Sie, wir wollen hier niemanden in Schwierigkeiten bringen«, sagte Esperanza. »Wir wollen nur die Wahrheit herausbekommen.«

»Indem Sie mir nachspionieren?« Sie wandte sich an Myron. »Ich bin sechzehn Jahre alt. Was für ein Mann spioniert denn sechzehnjährigen Mädchen nach?«

»Ein Mann, der einen sechzehnjährigen Jungen sucht«, sagte Myron. »Ein Mann, der einen Jungen sucht, der seit zehn Jahren vermisst wird.«

»Ich habe keine Ahnung, wovon Sie reden.«

»Doch, haben Sie«, sagte Myron. »Woher kennen Sie Patrick?«

»Ich habe Ihnen doch gesagt, dass ich ihn nicht kenne. Er hat mich einfach angesprochen.«

»Das ist nicht wahr«, sagte Myron.

»Sie ...«, sie zeigte auf Myron, »... halten sich ab sofort von mir fern.« Dann wandte sie sich an Esperanza. »Und Sie auch. Jetzt lassen Sie mich zufrieden, sonst schreie ich um Hilfe.«

Sie machte sich auf den Weg zum Eingang.

»Wir können mit Ihren Eltern sprechen«, sagte Myron.

»Tun Sie das«, rief sie und zog ein paar Blicke auf sich. »Aber lassen Sie mich zufrieden!«

Sie eilte zur Glastür und trat ins Haus. Myron und Esperanza beobachteten, wie sie ihren Dienstausweis aus der Tasche nahm, ihn durch einen Schlitz zog und zum Fahrstuhl ging. Als sie verschwunden war, sagte Myron: »Ist doch ziemlich gut gelaufen, oder?«

*

»Also«, sagte Myron zu Esperanza, »woher kennt ein Mädchen aus einem reichen Elternhaus in Manhattan einen Jungen, der seit zehn Jahren vermisst wird?«

»Die einfachste Antwort wäre, dass er nicht seit zehn Jahren vermisst wurde«, sagte Esperanza.

»Und wo war er dann?«

»Oder, genauer gefragt, wer ist er? Wenn er wirklich Patrick Moore ist …«

»Hast du mitgekriegt, wie verunsichert sie war, als ich seinen Namen das erste Mal genannt habe?«

»Als hätte sie ihn gar nicht unter diesem Namen gekannt«, sagte Esperanza. »Eigentlich ist das auch die einzige logische Erklärung. Wenn er der Patrick Moore ist, der vor zehn Jahren entführt wurde, wüsste ich nicht, woher Tamryn Rogers ihn kennen könnte. Wenn er aber ein Hochstapler ist …«

»Dann wäre es durchaus möglich«, sagte Myron. »Wir müssten natürlich immer noch herausbekommen, woher ein reiches New Yorker Mädchen unseren Hochstapler kennt.«

»Ach, das ist der einfache Teil«, sagte Esperanza.

»Erzähl.«

»Wir Frauen lieben böse Jungs. Oder glaubst du, die reiche Tamryn kennt nur wohlhabende Typen aus der Schickeria?«

Myron überlegte. »Du glaubst, sie mischt sich unters gemeine Volk?«

»Das weiß ich nicht. Aber es wäre zumindest möglich. Als Erstes müssen wir herausbekommen, ob der Junge, den du gerettet hast, wirklich Patrick Moore ist. Wie sieht's mit dem DNA-Test aus?«

»Die Proben sind bei Joe Corless im Labor«, sagte Myron. »Er meinte, es könnte ein paar Tage dauern. Sie haben Probleme bei der Gewinnung der DNA. Er hatte noch kein Haar mit einer ordentlichen Wurzel gefunden, und die DNA an der Zahnbürste könnte verunreinigt sein. Ich kenne nicht alle Details. Bis wir das Ergebnis bekommen, müssen wir so viel wie möglich über Tamryn Rogers in Erfahrung bringen.«

»Ich hab die üblichen Nachforschungen angestellt«, sagte Esperanza. »Aber wie sie eben selbst mehrfach erwähnte, ist sie ein sechzehnjähriges Mädchen.«

»Soll heißen?«

»Wie wäre es, wenn wir diesen Löffel-Jungen zusätzlich darauf ansetzen? Er kann sich um die Social-Media-Verbindungen kümmern.«

»Gute Idee.«

»Mickey wollte sich doch sowieso mit mir treffen«, sagte Esperanza. »Ich besorg ihm die Informationen für Löffel.«

Myron zog eine Augenbraue hoch. »Moment mal. Warum will Mickey sich mit dir treffen?«

Esperanza zuckte die Achseln. »Er hat es mir nicht gesagt. Und ich habe nicht nachgefragt. Jetzt sieh zu, dass du in dein Apartment zurückkommst und deinen Schatz besudelst.«

»Ich besudele niemanden.«

»Dann machst du es nicht richtig«, sagte Esperanza und zwinkerte ihm zu. Sie gab Myron einen Wangenkuss. »Pass auf dich auf, okay?«

»Du auch.«

Sie trennten sich. Myron sprang in ein Taxi. Er schrieb Terese eine SMS: BIN UNTERWEGS. BIST DU BEREIT?

Myrons Mut sank, als er die Antwort las: ÄH, NEIN.

Als Myron ins Apartment kam, war Win da.

»Entschuldige, dass ich dir die Tour vermassle«, sagte er.

29

»Also«, fing Win an und schwenkte seinen Cognac, »betrachten wir die ganze Sache noch einmal von Anfang an, okay?«

»Okay.«

»Ich fang an«, sagte Win. »Patrick Moore hat Fat Gandhi erzählt, dass Rhys tot ist.«

Wins Wohnzimmer im Dakota ähnelte einem Raum, wie man ihn bei einer Führung durch Schloss Versailles zu sehen bekommen könnte. Die beiden alten Freunde saßen auf ihren angestammten Plätzen – Plätzen, auf denen sie seit über einem Jahr nicht mehr gemeinsam gesessen hatten. Win nippte an seinem Cognac und ließ den Blick durch den Raum schweifen. Myron trank einen Schluck Schoko-Limo aus der eiskalten Yoo-hoo-Dose, und ein nostalgisches Gefühl breitete sich in seiner Brust aus.

»Glaubst du ihm?«, fragte Myron.

»Wem? Fat Gandhi oder Patrick?«

Myron nickte. »Einem. Beiden. Keinem.«

»Genau.«

Terese hatte sich entschuldigt, als Myron ins Apartment zurückgekommen war. Sie hatte vorgeschlagen, dass sie, da Win wieder da war, ihre Sachen packen und gehen sollten, um Wins Intimsphäre nicht zu stören. Win hatte geantwortet, er habe ein Jahr lang reichlich Intimsphäre gehabt, besten Dank auch, und er wäre beleidigt, wenn sie jetzt gingen.

»Eigeninteresse«, sagte Win. »Im Endeffekt läuft es immer darauf hinaus.«

»Soll heißen?«

»Das soll heißen, dass ich bei Fat Gandhi kein Motiv für eine Lüge sehe. Ich behaupte weder, dass er nicht lügen würde, noch dass er kein notorischer Lügner oder kein furchtbarer Mensch wäre, der womöglich nicht nur Minderjährige für Sex verkauft, sondern sich auch selbst an besagtem Missbrauch und Vergewaltigungen beteiligt. Ich sehe allerdings nicht, inwiefern diese spezielle Lüge seinem Eigeninteresse dienen könnte.«

»Vielleicht hat er Rhys getötet und versucht, das zu vertuschen.«

Win hob seine freie Hand und drehte sie abwägend nach rechts und links. »Das wäre gewiss eine Möglichkeit, ich sehe aber selbst da kein Motiv. Es wäre auch möglich, dass er Rhys irgendwo sicher untergebracht hat und hofft, ihn später als Pfand nutzen zu können. Aber das glaube ich nicht. Fat Gandhi war verängstigt.«

»Das kommt vor, wenn Menschen es mit dir zu tun bekommen.«

Win versuchte, nicht zu lächeln. »Das ist wohl so, ja. Oh, und ich hatte einen alten Freund dabei.«

»Wen?«

»Zorra.«

Myrons Augen weiteten sich. »Wirklich?«

»Nein.« Wins Tonfall war so trocken, dass er hätte Feuer fangen können. »Das habe ich mir nur ausgedacht.«

»Du und Zorra.« Myron trank noch einen Schluck. »Verdammt, allein bei dem Gedanken bekomme ich ja schon Angst.«

»Ich habe Fat Gandhi angeboten, sich seiner Probleme zu entledigen, indem er mir Rhys aushändigt. Ich glaube, er hätte diese Chance ergriffen, wenn es ihm irgendwie möglich gewesen wäre.«

Sie saßen einen Moment schweigend da.

»Wir haben immer gewusst, dass diese Möglichkeit besteht«, sagte Myron.

»Dass Rhys tot ist?«

»Ja.«

Win nickte. »Natürlich.«

»Aber wir haben noch viel zu tun. Wir wissen nicht einmal genau, ob Patrick Patrick ist.«

»Wir betrachten alles noch mal von Anfang an. Und das Ende sehen wir uns auch an.«

»Ja, das sagtest du schon. Vielleicht solltest du das auf einen Zettel schreiben und den in einen Glückskeks stecken.«

»Zorra«, sagte Win.

»Was ist mit ihm?«

»Ich habe ihn nach Finnland geschickt.«

Myron dachte darüber nach. »Um das Kindermädchen zu suchen.«

»Au-pair-Mädchen«, korrigierte Win.

»Das Augenverdrehen erspar ich mir jetzt mal.«

»Ihr Name ist, wie du dich vielleicht erinnerst, Vada Linna.«

»Ich erinnere mich.«

»Sie existiert nicht mehr.«

»Wie bitte?«

»Sie müsste jetzt achtundzwanzig sein. Es gibt keine Vada Linna in Finnland – und auch sonst nirgends –, die etwa in diesem Alter ist.«

Myron überlegte. »Sie hat ihren Namen geändert.«

»Gott, bist du gut.«

»So wie die Entführung damals in allen Medien breitgetreten wurde, ist das keine große Überraschung.«

»Vielleicht«, sagte Win. »Allerdings existiert ihr Vater auch nicht mehr.«

»Er könnte gestorben sein.«

»Es gibt keine Aufzeichnungen darüber. Die beiden sind wie vom Erdboden verschluckt.«

Myron überlegte. »Wie lautet deine Theorie?«

»Ich habe noch keine brauchbare. Deshalb habe ich Zorra darauf angesetzt.«

»Bist du sicher, dass das klug ist?«

»Was sollte daran nicht klug sein?«

»Es könnte sich um eine dieser Situationen handeln, in der man zum Flammenwerfer greift, obwohl man eigentlich nur ein Streichholz bräuchte.«

Win lächelte. »Ich nehme immer den Flammenwerfer.«

Das ließ sich nicht leugnen.

Win lehnte sich zurück und schlug die Beine übereinander. »Dann gehen wir den Rest jetzt Punkt für Punkt durch, okay?«

Myron informierte ihn über alles – seine Besuche bei den Moores, Mickeys und Emas Einschätzung der Situation, Emas Zahnbürsten- und Haar-Diebstahl für den DNA-Test (was Win ein breites Lächeln entlockte), die SMS, Chicks Reaktion, Tamryn Rogers und so weiter. Sie diskutierten, analysierten und begaben sich in Gedanken mehrfach auf dunkle Wege, die sich alle kurz darauf als Sackgassen erwiesen.

Am Ende stellten sie sich dieselbe Frage, die sie sich schon am Anfang gestellt hatten: »Erzählen wir Brooke, was Fat Gandhi gesagt hat?«

Win dachte eine Weile darüber nach. »Die Entscheidung überlasse ich dir.«

Myron war überrascht. »Mir?«

»Ja.«

»Das versteh ich nicht. Wieso?«

»Ganz einfach.« Win stellte den Cognacschwenker ab und legte die Fingerspitzen aneinander. »Du kannst so etwas besser als ich.«

»Nein, kann ich nicht.«

»Tu nicht so bescheiden. Du bist objektiver. Du kannst unvoreingenommener urteilen. Wir beide machen das schon eine ganze Weile – wir helfen Menschen, die in Schwierigkeiten stecken, suchen Vermisste, retten Notleidende –, stimmt's?«

»Das stimmt.«

»Und dabei warst du immer der Anführer. Ich bin eine Hilfskraft. Ich bin gewissermaßen nur die Kavallerie. Wir sind Partner, ein Team, aber, um bei diesem Bild zu bleiben, du bist der Captain dieses Teams. Ich habe Fehler gemacht.«

»Das habe ich auch.«

Win schüttelte den Kopf. »Ich hätte nicht alle drei Männer umbringen müssen. Ich hätte einen am Leben lassen können. Ich hätte ihnen Geld anbieten können, damit sie sich zurückziehen. Tatsache ist, dass ich objektiv genug bin, um zu erkennen, dass ich nicht objektiv sein kann. Hast du Brookes Miene gesehen?«

Myron nickte.

»Du weißt«, sagte Win, »dass mir nur sehr wenige Menschen wirklich etwas bedeuten.«

Myron antwortete nicht.

»Du weißt auch, dass ich die Menschen, die mir etwas bedeuten, mit einer solchen Leidenschaft beschütze, dass es häufig zu Lasten der Rationalität geht. Wir haben in der Vergangenheit Erfolge erzielt, weil du die Führung übernommen hast.«

»Wir haben aber auch Mist gebaut«, sagte Myron. »Wir haben viele Menschen verloren.«

»Das ist wahr«, stimmte Win zu, »aber wir haben häufiger gewonnen als verloren.«

Win wartete, bis Myron fortfuhr.

»Brooke würde Bescheid wissen wollen«, sagte Myron. »Wir müssen es ihr sagen.«

»In Ordnung.«

»Aber vorher«, sagte Myron, »sollten wir mit Patrick über das sprechen, was wir erfahren haben.«

*

Weil sie telefonisch sowieso nichts erreichen konnten, fuhren Myron und Win zum Haus der Moores in New Jersey. Auf ihr Klingeln öffnete niemand. Myron warf einen Blick durchs Garagenfenster. Kein Wagen. Win entdeckte das »Zu verkaufen«-Schild im Vorgarten.

»Hast du das gesehen?«, fragte Win.

Myron nickte. »Sie ziehen alle zusammen nach Pennsylvania, um in Hunters Nähe zu sein.«

»Hast du Hunters Adresse?«

»Ja.«

Myron zog sein Handy aus der Tasche und öffnete einen Routenplaner. »Laut dieser Karte können wir in eineinviertel Stunden da sein.

»Vielleicht«, sagte Win, »sollte ich fahren.«

Nach nicht einmal einer Stunde erreichten sie eine unbefestigte Straße im Wald. Die Zufahrt war mit einer Kette versperrt, an der ein rostiges Schild hing:

LAKE CHARMAINE – PRIVAT

Myron stieg aus. Die Kette war mit einem Vorhängeschloss gesichert. Myron trat mit dem Absatz dagegen. Das Schloss zerbrach, und die Kette fiel rasselnd zu Boden.

»Wir betreten unbefugt ein Privatgrundstück«, sagte Myron.

»Das ist das Leben am Abgrund, alter Freund. Da stößt man auf die besten Dinge.«

Während sie die unbefestigte Straße entlangfuhren, zeigte sich der Lake Charmaine in seiner ganzen Schönheit vor ihnen.

Die Sonne glitzerte auf dem Wasser. Myron sah auf den Routenplaner. Sie mussten um den See herum auf die andere Seite fahren. Also bogen sie links ab und kamen an einer jener Blockhütten vorbei, von denen man immer dachte, es gäbe sie nur in alten Filmen. Davor parkte ein Auto mit einem Arzt-Kennzeichen. Auf dem Anleger warf ein Mann in Myrons Alter ruhig und elegant die Angelschnur aus. Dann reichte er die Rute einem kleinen Jungen und legte den Arm um die Taille der Frau. Als Myron die dreiköpfige Familie so dastehen sah, dachte er an Terese. Der Mann auf dem Anleger drehte sich um, als er den Wagen hörte. Die Frau blickte weiter auf den kleinen Jungen mit der Angelrute. Die Augen des Mannes verengten sich, als Myron und Win vorbeifuhren. Myron winkte, um ihm zu zeigen, dass sie nichts Böses im Sinn hatten. Der Mann zögerte kurz, dann winkte er zurück.

Sie fuhren an den Überresten einiger Ferienhäuser oder eines ehemaligen Feriencamps vorbei. Am Rande des Grundstücks wurde ein Haus gebaut.

»Nancy Moores neues Zuhause?«, fragte Win.

»Gut möglich.«

Ein Pick-up-Truck blockierte die lange Zufahrt zu Hunter Moores Grundstück.

»Offenbar ist ihm nicht nach Besuch«, sagte Win.

Sie parkten am Straßenrand und stiegen aus. Alles hallte in der Stille – das Schließen der Türen, ihre Schritte auf dem Feldweg. Myron hatte einmal gelesen, dass Geräusche nie ganz verschwanden, dass ein Schrei in einem Wald wie diesem immer wieder reflektiert wurde, sich immer weiter ausbreitete und immer schwächer wurde, aber nie ganz verschwand. Er wusste nicht, ob das stimmte, konnte sich aber vorstellen, dass ein Schrei hier sehr lange widerhallen würde.

»Woran denkst du?«, fragte Win.

»An den Nachhall von Schreien.«

»Du bist eine echte Stimmungskanone.«

»Erinner mich dran, dass ich mir nie ein Haus am See kaufe.«

Sie gingen am Pick-up vorbei und die Zufahrt entlang. Vor ihnen im Vorgarten mit Blick auf den Lake Charmaine saß Hunter Moore in einem Adirondack-Gartensessel. Er stand nicht auf, als er sie entdeckte. Er winkte nicht und ließ sich auch ansonsten nicht anmerken, dass er sie kommen sah. Er blickte einfach weiter zum Horizont und genoss die perfekte Aussicht auf den Lake Charmaine. Rechts neben dem Stuhl stand eine Whiskeyflasche.

Auf seinem Schoß lag ein Gewehr.

»Hey, Hunter«, sagte Myron.

Win ging etwas zur Seite, schaffte Abstand zwischen sich und Myron. Myron verstand, was er bezweckte. Sie durften keine zu nah beieinanderliegenden Ziele abgeben.

Hunter lächelte ihm zu. Es war das Lächeln eines schwer Betrunkenen. »Hey, Myron.« Die Sonne schien ihm ins Gesicht, also hob er die Hand und hielt sie sich über die Augen. »Sind Sie das, Win?«

»Ja«, sagte Win.

»Sie sind wieder da?«

»Nein.«

»Hä?«

»War nur ein Witz«, sagte Win.

»Oh.« Hunters gackerndes Lachen zerriss die Stille, sodass Myron fast zusammengezuckt wäre. »Der war gut, Win.«

Win sah Myron an. Der Blick besagte, dass sie nichts zu fürchten hatten. Es war ausgeschlossen, dass Hunter zum Gewehr greifen und anlegen konnte, bevor Win, der immer bewaffnet war, ihn ausgeschaltet hatte. Sie gingen weiter auf ihn zu.

»Gucken Sie sich das an«, sagte Hunter mit ehrfürchtiger

Stimme und deutete mit einer ausladenden Geste auf die Aussicht hinter ihnen.

Myron drehte sich um und guckte. Win nicht.

»Unglaublich, oder?«, sagte Hunter. »Dieser Ort hier …«, er schüttelte ergriffen den Kopf, »… es ist, als hätte Gott diese riesige Leinwand höchstpersönlich bemalt.«

»Wenn man so darüber nachdenkt«, sagte Win, »hat er das ja auch.«

»Aber echt, ey«, sagte Hunter, als wäre er stoned. Myron fragte sich, ob er noch andere Drogen als Alkohol zu sich genommen hatte. »Das ist ja so wahr.«

»Wo ist Patrick?«, fragte Myron.

»Keine Ahnung.«

Myron deutete auf das Haus hinter ihm. »Ist er da drin?«

»Nein.«

»Und Nancy?«

Hunter schüttelte den Kopf. »Auch nicht.«

»Können wir reingehen?«

Hunter schüttelte den Kopf. »Gibt keinen Grund. Da drinnen ist niemand. Einen so schönen Tag wie diesen muss man in Ehren halten. Hier sind noch mehr Stühle, falls ihr euch setzen und mit mir die Aussicht genießen wollt.«

Myron nahm das Angebot an. Auch sein Stuhl war auf den See ausgerichtet, sodass Myron und Hunter sich nicht ansahen, sondern nebeneinandersitzend die Aussicht betrachteten. Win blieb stehen.

»Wir müssen wirklich dringend mit Patrick sprechen«, sagte Myron.

»Haben Sie Nancy angerufen?«

»Sie geht nicht ans Telefon. Wo sind die beiden?«

Das Gewehr lag immer noch auf Hunters Schoß. Seine Hand war langsam und beinahe unmerklich in Richtung Abzug geglitten. »Er braucht Zeit, Myron. Haben Sie eine Vorstellung davon, was er die letzten zehn Jahre durchgemacht hat?«

»Haben Sie eine Vorstellung davon«, sagte Win, »wie Rhys' Jahr gerade aussieht?«

Als er das hörte, zuckte Hunter und schloss die Augen. Myron überlegte, ob er ihm das Gewehr abnehmen sollte, aber Win schüttelte den Kopf. Er hatte recht. Das Gewehr stellte keine Gefahr dar. Nicht wenn Win in der Nähe war. Wenn sie es ihm abnahmen, würde Hunter sich einigeln und eine Abwehrhaltung einnehmen. Also ließen sie ihm seine Schmusedecke.

»Sie haben Lionel ja gehört«, sagte Hunter. »Dr. Stanton, meine ich. Er sagt, wir müssen Patrick Zeit geben, damit er sich öffnet. Also sorgen wir dafür, dass er ein ruhiges, einfaches Leben führen kann.«

»Zieht Nancy deshalb hier raus?«

Er fing an zu lächeln. »Dies war schon immer meine Zuflucht. Ich gehöre zur dritten Generation, die hierherkommt. Hier am See hat mein Opa meinem Vater das Fliegenfischen beigebracht. Und mein Vater hat es mir beigebracht. Als Patrick klein war, habe ich es ihm beigebracht. Wir haben Sonnenbarsche und Forellen gefangen, und ...«

Er verstummte.

Win sah Myron mit ausdrucksloser Miene an und spielte ein wenig Luftgeige.

»Mir ist klar, wie schwer das für Sie gewesen sein muss«, sagte Myron.

»Ich will kein Mitleid.«

»Natürlich nicht.«

»Es ist ...« Hunter blickte die ganze Zeit auf den See. »Es ist, als hätte ich zwei Leben geführt. Bis zu jenem Tag bin ich ein Mensch gewesen – eigentlich ein ganz gewöhnlicher und normaler Mensch. Und dann, puff, war ich plötzlich ein Anderer.

Als wären wir alle durch so ein Portal gegangen und wie in einem Fantasyfilm in eine andere Welt übergetreten.«

»Alles wurde anders«, sagte Myron, um ihn zum Weiterreden zu ermutigen.

»Ja.«

»Sie wurden geschieden.«

»Richtig.« Er tastete mit der Hand nach der Flasche, sah aber weiterhin auf den See. »Ich weiß nicht. Vielleicht wäre das auch so passiert. Aber ja, wir haben uns getrennt, Nancy und ich. Die dauernde Erinnerung an das, was passiert ist, an diesen Schrecken, diese Person, dein Lebenspartner, sitzt dir Tag für Tag gegenüber, sodass die Erinnerung immer wieder hochkommt … verstehen Sie, was ich meine?«

»Das tue ich.«

»Der Druck wird immer größer. Na ja, wenn die Beziehung vorher nicht schon ein paar Risse hatte, kann man das wohl gemeinsam schaffen. Aber ich bin nicht damit klargekommen. Also bin ich abgehauen und für eine Weile ins Ausland gegangen. Aber das hat mich auch nicht weitergebracht. Der Schrecken, die Bilder … Ich hab angefangen zu trinken. Viel. Dann war ich bei den Anonymen Alkoholikern, sodass es mir eine Zeit lang besser ging, aber dann hab ich wieder angefangen zu trinken, ausgenüchtert und so weiter. Aus dem Kreislauf bin ich nicht mehr rausgekommen. Immer das gleiche Spiel.«

Hunter hob die Flasche. »Raten Sie mal, in welcher Phase dieses Kreislaufs ich gerade bin?«

Stille. Myron durchbrach sie.

»Wussten Sie von den SMS, die Ihre Frau und Chick Baldwin sich geschrieben haben?«

Seine Miene erstarrte. »Wann?«

Interessante Antwort, dachte Myron. Er sah Win an. Auch der fand es interessant. »Spielt das eine Rolle?«

»Nein«, sagte Hunter. »Ich wusste nichts davon, und es ist mir auch egal. Außerdem ist sie nicht meine Frau.«

Myron drehte sich zu ihm um. »Ich spreche von damals. Bevor Ihr Sohn verschwunden ist. Nancy und Chick waren drauf und dran, eine Affäre anzufangen. Vielleicht hatten sie auch eine, so genau weiß ich das nicht.«

Hunter umklammerte das Gewehr fester. Er starrte immer noch in die Ferne. Falls ihm die Aussicht auch nur einen Anflug von Trost bot, sah man das seinem Gesicht nicht an. »Wen interessiert's?«

»Haben Sie das gewusst?«

»Nein.«

Die Antwort kam zu schnell. Myron sah Win an. Win sagte: »Ich habe Fat Gandhi gefunden.«

Das weckte Hunters Aufmerksamkeit. »Sitzt er im Gefängnis?«

»Nein.«

»Das verstehe ich nicht.«

»Er hat mir erzählt, dass Rhys tot ist.«

»Oh mein Gott«, sagte Hunter, die Überraschung in seiner Stimme klang allerdings gezwungen. »Hat er ihn umgebracht?«

»Nein. Er ist Rhys nie begegnet. Er sagte, Patrick hätte ihm erzählt, dass Rhys tot ist.«

»Was hat er gesagt?«

Win verschluckte einen Seufzer. »Bitte, verlangen Sie nicht von mir, dass ich mich wiederhole.«

Hunter schüttelte den Kopf. »Damit ich das richtig verstehe. Dieser kriminelle Psycho, der mit dem Messer auf meinen Sohn losgegangen ist und ihn fast erstochen hätte ...«, Hunter sah erst Win, dann Myron, dann wieder Win an, »... Sie glauben ihm?«

»Das tun wir«, sagte Win.

»Hunter«, warf Myron ein, »finden Sie nicht, dass Patrick den Baldwins die Wahrheit schuldig ist?«

»Klar. Natürlich müssen sie die Wahrheit erfahren.« Hunter wirkte perplex. »Ich werd versuchen, so bald wie möglich mit Patrick darüber zu sprechen. Schon um zu hören, was er dazu sagt.«

»Hunter?«

Das war Win.

»Ja?«

»Ich müsste noch einmal auf die Toilette, bevor wir gehen.«

Hunter lächelte zu ihm hoch. »Sie glauben, dass sie im Haus sind?«

»Woher soll ich das wissen«, sagte Win. »Auf jeden Fall muss ich urinieren.«

Nur Win konnte das Wort »urinieren« im nichtmedizinischen Zusammenhang vollkommen natürlich verwenden.

»Gehen Sie an einen Baum.«

»Ich uriniere nicht an Bäume, Hunter.«

»Gut.«

Als er aufstand, nahm Win ihm das Gewehr auf eine Weise ab, die mit dem Ausdruck »ein Kinderspiel« nur unzureichend beschrieben war.

»Ich habe eine Lizenz dafür«, sagte Hunter. »Ich darf auf meinem Grundstück Hirsche schießen. Das ist völlig legal.«

Win sah Myron an. »Ist es unter meiner Würde festzuhalten, dass Hunter, wie sein Name schon sagt, ein Jäger ist?«

»Weit darunter«, sagte Myron.

»Har-har.« Hunter torkelte zum Haus. »Kommen Sie«, sagte er. »Dann können Sie … äh … urinieren und sich verziehen.«

30

Als sie wieder im Auto saßen, fragte Myron: »Wie war das Urinieren?«

»Exquisit. Sie sind nicht da. Er ist allein hier. Zumindest im Moment.«

Myron hatte gewusst, dass es Win bei seiner Bitte, »urinieren« gehen zu dürfen, nur darum gegangen war. »Und warum hatte er dann das Gewehr auf dem Schoß?«

»Vielleicht wollte er wirklich jagen. Es ist sein Grundstück. Er hat das Recht dazu. Vielleicht ist das sein Ding.«

»Jagen?«

»Ja. Er sitzt den lieben langen Tag da, genießt die Aussicht, verleibt sich seinen Whiskey ein – und wenn ein Hirsch vorbeikommt, ballert er ihn über den Haufen.«

»Klingt nach einem tollen Zeitvertreib.«

»Urteile nicht«, sagte Win.

»Du jagst nicht.«

»Und ich enthalte mich auch eines Urteils. Du isst Fleisch. Du trägst Leder. Selbst Veganer töten Tiere, wenn auch zugegebenermaßen nur sehr wenige, wenn sie Felder pflügen. Keiner von uns hat vollkommen reine Hände.«

Myron konnte sich ein Lächeln nicht verkneifen. »Ich habe dich vermisst, Win.«

»Ja. Ja, das hast du.«

»Bist du zwischenzeitlich überhaupt mal in den Staaten gewesen?«

»Wer sagt denn, dass ich sie je verlassen habe?« Win deutete aufs Autoradio. »Sogar das habe ich gesehen.«

Myron hatte sein Handy mit der Stereoanlage im Auto verbunden. Sie lauschten dem Soundtrack von *Hamilton*. Lin-Manuel Miranda sang mit rauem, nacktem Schmerz in der Stimme: »You knock me out, I fall apart.«

»Moment«, sagte Myron, »du hast *Hamilton* gesehen?«

Win antwortete nicht.

»Aber du hasst Musicals. Ich habe ständig versucht, dich mal mitzunehmen.«

Win legte den Zeigefinger auf die Lippen, dann deutete er wieder auf den Lautsprecher. »Psst, jetzt kommt er.«

»Was?«

»Der letzte Vers. Pass auf … jetzt.«

Das Lied handelte von Hamiltons Schmerz, nachdem er seinen Sohn in einem Duell verloren hatte. Win hielt die Hand hinters Ohr, als der Chor sang: »They are going through the unimaginable.«

»Das ist Brooke«, sagte Win. »Und Chick auch. Was sie durchmachen, kann sich niemand vorstellen.«

Myron nickte. Bei dem Stück brach ihm jedes Mal das Herz. »Wir müssen Brooke erzählen, was Fat Gandhi gesagt hat.«

»Ja.«

»Und wir müssen es ihr sofort erzählen.«

»Von Angesicht zu Angesicht«, sagte Win.

Myron saß wieder hinter dem Lenkrad. Er fuhr nicht wie Win, konnte aber, wenn nötig, auch aufs Gas treten. Als sie an der Dingmans Ferry Bridge den Delaware River überquerten, waren sie wieder in New Jersey.

»Mich stört da noch etwas«, sagte Myron.

»Erzähl.«

»Fat Gandhi meinte, er würde Patrick nicht kennen und Patrick hätte auch nicht für ihn gearbeitet.«

»Das ist richtig.«

»Patrick ist einfach in seinem Revier aufgetaucht, hat mit Fat Gandhis Schlägern Ärger gekriegt und ist weggerannt, als du dazwischengegangen bist.«

»Wieder richtig.«

Myron schüttelte den Kopf. »Dann muss das Ganze ein abgekartetes Spiel sein.«

»Wieso?«

»Irgendjemand schickt dir eine anonyme E-Mail. Er sagt dir, wo du Patrick findest und wann er dort sein wird. Du fährst hin. Patrick ist da – vermutlich zum ersten Mal. Denn wenn er vorher schon einmal da gewesen wäre, hätten Fat Gandhis Schläger ihn längst in die Mangel genommen, oder?«

Win überlegte. »Klingt plausibel.«

»Also wollte jemand, dass du ihn findest. Jemand hat Patrick – wenn es Patrick ist – an diesen Ort geschickt, damit du ihn …«, Myron malte Anführungszeichen in die Luft, »… ›rettest‹.«

»Klingt plausibel«, sagte Win noch einmal.

»Irgendeine Idee, wer das gewesen sein könnte?«

»Keine Idee. Aber wir müssen dabei noch etwas anderes in Betracht ziehen.«

»Und das wäre?«

»Nach allem, was du mir erzählt hast, scheinen Mickey und Ema den Eindruck zu haben, dass es sich bei dem Jungen womöglich nicht um Patrick handelt.«

Myron nickte. »Das stimmt.«

»Wann bekommen wir das Ergebnis des DNA-Tests?«

»Joe Corless sagte, er sitzt mit höchster Priorität daran. Müsste bald da sein.«

»Angenommen, der Junge ist nicht Patrick«, sagte Win. »Was wird hier dann gespielt?«

»Ich weiß es nicht«, sagte Myron. »Und angenommen, der Junge ist Patrick. Was wird hier dann gespielt?«

Im Musical-Soundtrack ist der von Leslie Odom Jr. gesungene Aaron Burr wütend darüber, dass Alexander Hamilton Thomas Jefferson unterstützt.

»Es ist vollkommen unlogisch, dass es sich um ein abgekartetes Spiel handelt«, sagte Win, »und doch muss es in irgendeiner Form ein abgekartetes Spiel sein.«

»Richtig«, sagte Myron. »Oder auch nicht.«

»Tiefsinnig.«

»Also«, sagte Win, »haben wir immer noch keine Ahnung, was um alles in der Welt hier vorgeht.«

Win lächelte. »Man sollte meinen, dass wir das inzwischen gewohnt wären.«

Zehn Minuten bevor sie Brookes Haus erreichten, sagte Win: »Bieg rechts ab.«

»Wo?«

»Union Avenue.«

»Wohin fahren wir?«

»Hab einen Moment Geduld. Park hier.«

Der Name des Ladens, der mit »Bio-Kaffee & Crêpes« warb, lautete CU Latte. Myron runzelte wegen des Wortspiels die Stirn. Win war begeistert.

»Was wollen wir hier?«

»Ich habe eine kleine Überraschung für dich«, sagte Win. »Komm mit.«

Der Barista trug eine Hipster-Mütze und schimmelartige Gesichtsbehaarung. Sein Poncho musste einfach aus Hanf sein.

CU Latte ging aufs Ganze.

Sie bestellten zwei türkische Kaffees und setzten sich.

»Was ist los?«

Win warf einen Blick auf sein Handy und deutete auf den Eingang. »Jetzt.«

Myron sah zur Tür, als Zorra in seiner ganzen modischen Pracht hereinkam. Er trug seine Veronica-Lake-auf-Crystal-Meth-Perücke, einen grünen Pullover mit Monogramm und einen Rock in einem Farbton, den Zorra zweifelsohne als »meerschaum« bezeichnen würde.

Als Zorra Myron entdeckte, breitete er die Arme aus und rief »Mein Hübscher!«

Zorras Perücke hing auf Halbmast. Seine Gesichtsbehaarung hätte den Barista noch grüner gemacht, dieses Mal allerdings vor Neid. Myron musste an einen alten Videoclip von Milton Berle in Frauenkleidern denken, den sein Vater ihm einmal gezeigt hatte. So sah Zorra aus, nur nicht so attraktiv.

»Ich dachte, er wäre in Finnland«, murmelte Myron, als Zorra auf ihn zukam.

»Er ist eben erst in Newark angekommen.«

»Langer Flug«, sagte Zorra. »Zorra hatte keine Zeit, sich frisch zu machen. Ich muss zum Fürchten aussehen.«

Myron würde sich jeden Kommentars enthalten. Er stand auf und umarmte Zorra, der wie das Parfum eines männlichen Flugbegleiters roch.

»Wie lange ist das her?«, fragte Zorra.

»Zu lange«, sagte Myron. Oder vielleicht doch nicht lange genug.

»Zorra freut sich, Sie zu sehen.«

»Gleichfalls«, sagte Myron. Als er sich wieder gesammelt hatte, fragte er: »Und, was ist jetzt mit Vada Linna?«

»Sie heißt Sofia Lampo.«

»Haben Sie sie gefunden?«

»Sie arbeitet in einem Fast-Food-Restaurant, mein Hübscher.

In einem kleinen Ort in der Nähe von Helsinki. Wie sagen Sie das – mitten im Nirgendwo. Also bin ich da hingefahren. Aber ihr Chef sagte, dass sie drei Tage nicht bei der Arbeit gewesen ist. Das hat Zorra beunruhigt. Also habe ich nachgeforscht. Zu Hause war sie auch nicht. Ich habe ein paar Telefonate geführt. Sie wissen schon. Alte Kontakte. Die finden alles.«

»Also haben Sie sie gefunden?«, fragte Myron.

Zorra lächelte. Es war kein schönes Lächeln. »Sehr bald, mein Hübscher.«

»Ich kann Ihnen nicht folgen.«

»Sofia Lampo hat gestern ein Flugzeug von Helsinki nach Newark genommen. Sie ist hier, mein Hübscher. Vada Linna – oder Sofia Lampo – ist wieder da.«

*

»Fangen wir mit der logischen Frage an«, sagte Myron, als er wieder neben Win im Wagen saß. »Warum sollte das Au-pair-Mädchen in die USA kommen?«

»Was haben wir uns von Anfang an immer wieder gesagt?«

»Dass etwas nicht stimmt«, sagte Myron. »Dass wir irgendetwas übersehen.«

»Was auch immer dieses ›Irgendetwas‹ sein mag«, sagte Win, »es wird schon seit zehn Jahren übersehen. Es wird übersehen, seit der Junge verschwunden ist.«

»Und was jetzt?«, fragte Myron.

»Deine Entscheidung.«

Myron fuhr in die Straße, in der die Baldwins wohnten. »Wir müssen Brooke sagen, was Fat Gandhi dir erzählt hat. Wir haben nicht das Recht, es ihr vorzuenthalten. Außerdem muss sie erfahren, dass das Au-pair-Mädchen zurückkommt.«

»Das ist eine Menge«, sagte Win.

»Zu viel?«

»Nein«, sagte Win. »Brooke hält mehr aus, als du dir vorstellen kannst.«

Als sie in die Einfahrt einbogen, wurde die Haustür geöffnet. Brooke trat heraus. Sie ging zur Beifahrerseite des Autos und umarmte ihren Cousin Win lange. Win war normalerweise kein Freund langer Umarmungen, hielt aber durch. Brooke lehnte den Kopf an Wins Schulter. Sie weinten nicht. Sie erlitten keinen Nervenzusammenbruch oder etwas in der Art. Sie bewegten sich nicht, sie veränderten die Position ihrer Arme nicht, und die Umarmung wurde nicht enger. Sie standen einfach nur eine Weile so da.

»Ich bin froh, dass du wieder da bist«, sagte Brooke.

»Ich auch.«

Als sie die Umarmung gelöst hatten, drehte Brooke sich um und sah Myron ins Gesicht. »Sie kommen nicht mit guten Neuigkeiten, oder?«

»Eindeutig ist es nicht«, sagte Win.

»Aber nicht gut.«

»Nein, nicht gut.«

Sie wollten gerade ins Haus gehen, als ein weiterer Wagen in die Einfahrt fuhr. Myron erkannte die Lexus-Limousine aus Nancy Moores Garage. Alle blieben stehen und warteten, als der Wagen anhielt. Die Fahrertür wurde geöffnet, und Nancy Moore stieg aus. Dann wurde auch die Beifahrertür geöffnet.

Patrick Moore stieg aus.

Brooke erstarrte, als sie die Mienen der beiden sah. Sie murmelte: »Und das ist bestimmt auch keine gute Nachricht.«

31

Sie waren wieder in der Küche, dem Ort, an dem alles angefangen hatte.

Patrick, Nancy und Brooke saßen am Tisch. Myron und Win standen am Rand, wo sie alles hören konnten, ohne direkt mit einbezogen zu werden. Patrick saß mit dem Rücken zur großen Verandatür, und Myron vermutete, dass er diesen Platz bewusst gewählt hatte. Seine Mutter saß neben ihm und hielt seine Hand. Brooke saß ihnen gegenüber und wartete.

Patrick sah seine Mutter an. Mit einem Nicken forderte sie ihn auf anzufangen. Patrick starrte vor sich auf den Tisch. Seine Haare waren kurzgeschoren, eigentlich fast vollständig abrasiert. Er rieb sich kurz den Kopf, dann ließ er die Hände sinken.

»Rhys ist tot, Mrs Baldwin.«

Myron sah Brooke an. Sie hatte sich dafür gewappnet. Sie zeigte fast keine Reaktion. Myron sah Win an. Seine Miene war ebenso ausdruckslos wie die seiner Cousine.

»Er ist schon vor langer Zeit gestorben«, sagte Patrick.

Brookes Stimme brach nicht. »Wie?«

Patrick saß immer noch mit gesenktem Kopf da. Die Hände hatte er vor sich auf dem Tisch zusammengelegt. Die Hand seiner Mutter lag immer noch auf seinem Unterarm.

»Wir wurden hier in der Küche gekidnappt«, begann Patrick. »Ich erinnere mich nicht an viel, aber das weiß ich noch.«

Er sprach mit unnatürlicher, monotoner Stimme.

»Die Männer haben uns hinten in einen Lieferwagen gezerrt.«

»Wie viele waren es?«, fragte Brooke.

»Brooke, bitte.« Nancy Moore übernahm das Wort. »Er spricht zum ersten Mal darüber. Lass ihn einfach erzählen, okay?«

Brooke sagte nichts. Sie wandte sich wieder Patrick zu. Der saß immer noch mit gesenktem Kopf da. »Ich möchte mich entschuldigen«, sagte sie etwas zu förmlich. »Bitte fahr fort.«

»Die Männer haben uns hinten in einen Lieferwagen gezerrt«, wiederholte Patrick, fast so, dachte Myron, als hätte jemand einen Teleprompter ein Stück zurückgespult. »Wir sind lange gefahren. Wie lange, weiß ich nicht. Als wir anhielten, waren wir irgendwo auf einer großen Farm. Dort gab es Tiere. Kühe, Schweine, Hühner. Rhys und ich hatten ein gemeinsames Schlafzimmer im Farmhaus.«

Patrick hielt inne. Er starrte weiter vor sich auf den Tisch. Das Schweigen schien allen den Atem zu nehmen. Brooke wollte etwas sagen, hatte vermutlich tausend Fragen im Kopf, die ganze Situation wirkte jedoch, als könnte sie jederzeit wie eine Seifenblase zerplatzen. Keiner rührte sich. Keiner sagte etwas. Keiner wagte es, den Moment zu zerstören.

Nancy drückte kurz den Arm ihres Sohns. Patrick sammelte sich und fuhr fort.

»Das ist lange her«, sagte er. »Es kommt mir manchmal wie ein Traum vor. Es war schön da. Auf der Farm. Sie … sie waren nett zu uns. Wir konnten viel spielen. Wir konnten herumrennen. Wir durften die Tiere füttern. Ich weiß nicht, wie lange das so ging. Es könnten zwei Wochen gewesen sein, aber auch ein paar Monate. Manchmal glaube ich sogar, dass es jahrelang so gewesen sein könnte. Ich weiß es einfach nicht. Rhys und ich haben ja kein Tagebuch geführt oder so etwas.«

Wieder unterbrach sich Patrick. Myron blickte über ihn hinweg durch die Glastür in den weitläufigen Garten bis zu den Bäumen ganz hinten. Während Patrick weitererzählte, versuchte er, sich vorzustellen, wie die Männer hier einbrachen, sich die beiden Jungs schnappten und dann durch den Garten wieder verschwanden.

»Irgendwann«, sagte Patrick, »ist alles anders geworden.«

Er sprach zögerlicher, die Worte kamen seltsam stockend.

»Sie haben Männer zu uns gebracht«, sagte Patrick. »Ich … ich wurde missbraucht.«

Brooke hatte sich immer noch nicht bewegt, ihre Miene veränderte sich nicht, aber es wirkte, als würden Patricks Worte den Alterungsprozess beschleunigen. Brooke sah genauso aus wie vorher, trotzdem merkte Myron, dass ihre Nerven zum Zerreißen gespannt waren.

»Rhys … er war stärker als ich. Tapferer. Er hat versucht, mich zu retten. Er hat versucht … er hat das nicht mit sich machen lassen. Er hat sich gewehrt, Mrs Baldwin. Er hat dagegen gekämpft. Einem Mann hat er einen Bleistift ins Auge gestoßen. Hat ihn voll erwischt. Also …« Patrick konnte den Blick immer noch nicht heben, starrte immer noch auf den Tisch vor sich, zuckte dann aber leicht die Achseln. »Sie haben ihn umgebracht. Sie haben ihm in den Kopf geschossen. Ich musste …«

Patricks Schultern zuckten. Myron sah, dass eine Träne auf den Tisch fiel.

»Ich musste mit ihnen in diese Schlucht gehen.« Er sprach nicht mehr monoton. Seine Stimme klang rau und zerbrechlich. »Ich musste zusehen …«

Seine Mutter legte ihre Hand auf seine Schulter. »Alles okay«, flüsterte sie. »Ich bin bei dir.«

»Ich hab es gesehen … Ich war dabei … Sie haben … seine

Leiche einfach in die Schlucht geworfen. Als ob es gar nichts wäre. Als ob Rhys gar nichts wäre …«

Brooke stieß ein tiefes Stöhnen aus, einen Laut, wie Myron ihn noch nie gehört hatte.

»Es tut mir furchtbar leid, Mrs Baldwin.«

Dann brachen beide in Tränen aus.

*

Als Nancy ihren Sohn hastig zur Tür schob, stellte Win sich ihr in den Weg.

»Wir müssen mehr wissen«, sagte er.

Patrick schluchzte hemmungslos.

»Heute nicht«, sagte Nancy und schob sich an Win vorbei. »Dr. Stanton hat mich gewarnt, dass ihn das überfordern könnte. Jetzt kennen Sie die Wahrheit. Es tut mir wirklich schrecklich leid.«

Sie gingen. Win winkte Myron und kümmerte sich um Brooke. Myron eilte Nancy und Patrick hinterher. Als er vor dem Haus war, rief Myron: »Wie lange wissen Sie es schon, Nancy?«

Sie drehte sich zu ihm um. »Was?«

»Wie lange wissen Sie schon, dass Rhys tot ist?«

»Was wollen Sie damit … Patrick hat es uns erst heute Morgen erzählt.«

Myron rieb sich das Kinn. »Eigenartiges Timing.«

Patrick weinte immer noch. Die Tränen wirkten echt, und trotzdem passte das alles wieder einmal nicht richtig zusammen.

»Was soll das denn jetzt heißen?«, fragte Nancy.

»Patrick?«, sagte Myron und wandte sich an den aufgelösten Teenager, »warum warst du gestern mit Tamryn Rogers in Manhattan?«

Nancy ging dazwischen. »Was geht Sie das an?«

»Haben Sie davon gewusst?«

»Er musste mal raus«, sagte Nancy.

»Wirklich? Dann haben Sie es gewusst?«

»Natürlich.«

»Wieso ist er dann mit dem Bus gefahren? Wieso haben Sie ihn nicht hingebracht?«

»Das geht Sie nichts an.«

»Er hat sich mit Tamryn Rogers getroffen. Ich habe die beiden zusammen gesehen.«

»Sie sind meinem Sohn gefolgt?«

»Ja.«

Nancy stemmte die Hände in die Hüften und versuchte, ihn wütend anzusehen, aber irgendwie wirkte auch das unecht. »Wer gibt Ihnen das Recht?,« fauchte sie. »Er ist allein losgezogen, er hat mit einem Mädchen in seinem Alter gesprochen. Machen Sie nicht mehr daraus, als es ist.«

»Hmm«, sagte Myron. Er ging auf die beiden zu. »Die beiden Storys stimmen jedenfalls überein.«

»Und?«

»Selbst die Empörung über die Beschattung. Tamryn Rogers hat sich fast genauso geäußert.«

»Sie haben meinen Sohn verfolgt. Ich habe jedes Recht, darüber wütend zu sein.«

»Ist er Ihr Sohn?«

Patrick hörte fast schlagartig auf zu weinen.

»Was reden Sie da?«

Myron versuchte, dem Jungen in die Augen zu sehen, doch der hielt den Kopf wieder gesenkt. »Ihr beiden scheint uns einen Schritt voraus zu sein, oder wie siehst du das, Patrick?«

Er antwortete nicht, sah Myron nicht an.

»Gestern habe ich Tamryn Rogers zur Rede gestellt. Und jetzt stimmen ihre und deine Story plötzlich überein. Win und ich haben deinem Dad erzählt, dass Fat Gandhi gesagt hat, Rhys sei tot. Und schon erholst du dich so weit, dass du Mrs Moore von Rhys' Tod erzählen kannst.«

Nancy öffnete die Autotür mit der Fernbedienung. »Sind Sie übergeschnappt?«

Myron beugte sich herunter und zwang Patrick, ihn anzusehen. »Bist du wirklich Patrick Moore?«

Ohne Vorwarnung holte der Junge aus und schlug mit der Faust nach Myron. Myron stand nicht stabil, weil er sich so weit vorgebeugt hatte, andererseits war es nur ein wilder Schwinger eines unerfahrenen Teenagers. Myron brauchte sich nur noch ein bisschen tiefer zu ducken, nur ein kleines Stück, nicht so viel, dass er das Gleichgewicht verlor, und der Schlag ging über seinem Kopf ins Leere.

Der Überlebensinstinkt in Verbindung mit seinem Training meldete sich und zeigte ihm diverse Möglichkeiten für einen Gegenangriff auf. Die einfachste bestand darin, noch eine Millisekunde zu warten. Am Ende der Schlagbewegung würde der Teenager ohne jegliche Deckung dastehen. Myron stand mit leicht gebeugten Knien. Er könnte einen Schlag auf die Kehle, die Nase, den Schritt ausführen.

Was er nicht tun würde.

Stattdessen blieb er in geduckter Haltung stehen und wartete, was der Teenager als Nächstes tat. Patrick nutzte den Schwung des verfehlten Schlags und rannte los. Myron richtete sich auf und wollte die Verfolgung aufnehmen, als Nancy anfing, ihm mit den Fäusten auf den Rücken zu trommeln.

»Lassen Sie meinen Sohn zufrieden! Was zum Henker stimmt nicht mit Ihnen? Sind Sie verrückt?«

Myron ließ sie einen Moment gewähren. Als Patrick die Straße erreichte und außer Sicht war, richtete er sich auf. Nancy rannte zu ihrem Wagen und riss die Tür auf.

»Bitte«, flehte sie, setzte sich auf den Fahrersitz und legte den Rückwärtsgang ein. »Bitte lassen Sie meinen Jungen in Ruhe.«

*

Myron wollte zurück ins Haus gehen, als sein Handy klingelte. Es war sein Neffe Mickey.

»Wir haben was über Tamryn Rogers«, sagte Mickey. »Das wirst du dir angucken wollen.«

»Wo bist du?«

»In Emas Haus.«

»Schon unterwegs.«

Win blieb bei Brooke. Er hatte ihr von den neusten Entwicklungen erzählt. Am seltsamsten kam ihr die Rückkehr ihres früheren Au-pair-Mädchens Vada Linna vor, die sich jetzt Sofia Lampo nannte.

»Aus welchem Grund sollte Vada zurückkommen?«, hatte Brooke gefragt. »Das versteh ich nicht.«

Myron und Win ging es genauso.

Die Einfahrt zum Anwesen, in dem Ema mit ihrer Mutter und ihren Großeltern residierte, wurde von zwei steinernen Löwen bewacht. Das Tor war geschlossen. Myron beugte sich aus dem Fenster. Der Wachmann erkannte ihn und drückte den Knopf. Mit einem leisen Quietschen öffnete sich das Tor.

Als Myron klein war, hatte das Anwesen einem berüchtigten Mafiaboss, Paten oder Mobster gehört, oder wie immer man den Chef dieser Verbrecherorganisation nannte. Gerüchte besagten, dass es auf dem Grundstück einen Ofen gäbe, in dem besagter Pate die Überreste seiner Opfer verbrannte. Als das Grundstück verkauft wurde, fand sich hinten im Poolbereich tatsächlich ein Ofen. Bis heute wusste niemand, ob dieser Ofen für Wochenend-Grillabende benutzt worden war oder die Gerüchte der Wahrheit entsprachen.

Das Anwesen war riesig, fürstlich und düster. Die Kombination aus einer mittelalterlichen Burg und einem Disney-Schloss. Aber das Grundstück war nicht nur groß, sondern – und das war für die gegenwärtigen Bewohner das Wichtigste – das abgeschiedenste in der Umgebung. Es gab dort auch einen Hubschrauberlandeplatz, sodass man ungesehen kommen und gehen konnte. Um die Identität der Bewohnerin geheim zu halten, war als Eigentümer eine Firma eingetragen. Bis vor ein paar Monaten hatten selbst Emas engste Freunde nicht gewusst, dass sie auf dem Anwesen wohnte und warum sie es nicht erwähnt hatte.

Noch bevor Myron die Hand ausstrecken und den Türklopfer in Form eines Löwenkopfs benutzen konnte, hatte Angelica Wyatt ihm geöffnet. Sie lächelte herzlich und sagte: »Hey, Myron.«

»Hey, Angelica.«

Obwohl er sie seit Jahren kannte und sogar kurzfristig als ihr Leibwächter gearbeitet hatte, brauchte er einen Moment, um zu begreifen, dass Angelica Wyatt persönlich vor ihm stand und er sie nicht auf einem Poster oder auf einer Kinoleinwand sah. Wie, hatte Myron oft überlegt, musste es sein, so schön und berühmt zu sein, dass alle Menschen – vielleicht sogar diejenigen, die dir nahestanden – dich ständig durch den Schleier des Ruhms sahen, der einem als Star vorauseilte?

Das berühmte Gesicht beugte sich vor und gab ihm einen Kuss auf die Wange.

»Ich habe gehört, du willst heiraten«, sagte Emas Mutter zu ihm.

»Das stimmt.«

Vor fünfzehn Jahren, als Angelica Wyatt ihre Tochter zur Welt gebracht hatte, war die Regenbogenpresse einfach unerträglich gewesen. Fotografen und Reporter waren ihr überallhin gefolgt, hatten mit Hochleistungs-Teleobjektiven Bilder gemacht, kaum dass sie ihr Haus in Los Angeles verlassen hatten, und eine Antwort auf die Frage verlangt, wer der Vater des Babys war. Schlagzeilen schrien Dinge wie ANGELICA WYATT: GEHEIMER BABY-SCHOCKER oder WIR KENNEN DEN VATER und stellten Spekulationen über einen Schauspielerkollegen aus einem ihrer letzten Filme, einen arabischen Sultan oder, in einem Fall, sogar über einen ehemaligen britischen Premierminister an.

Die dauernde Aufmerksamkeit überforderte die kleine Tochter. Sie bekam Albträume, sodass Angelica Wyatt sich für zwei Jahre sogar komplett aus dem Business zurückzog und mit ihrem Kind in Frankreich abtauchte. Doch das führte nur zu weiteren Gerüchten und anderen Problemen – vor allem dem, dass Angelica Wyatt die Schauspielerei fehlte. Es war ihre Berufung.

Was konnte sie also tun?

Angelica Wyatt war heimlich wieder in die Vereinigten Staaten gezogen und hatte dieses Privatgrundstück in New Jersey gekauft. Sie hatte ihre Tochter an einer staatlichen Schule angemeldet, unter dem Pseudonym Emma Beaumont, aus dem sich der Spitzname Ema entwickelt hatte. Emas Großeltern kümmerten sich um sie, wenn Angelica zu Dreharbeiten unterwegs war.

Niemand wusste, wer der Vater ihrer Tochter war – außer Angelica natürlich.

Nicht einmal Ema.

»Freut mich für dich«, sagte Angelica Wyatt zu Myron.

»Danke. Wie geht's dir?«

»Gut. Ich fliege morgen zu Dreharbeiten nach Atlanta. Eigentlich wollte ich Ema mitnehmen, aber, äh, die ist wohl gerade beschäftigt.«

»Du meinst mit Mickey?«

»Ja, genau.«

»Sie sind gute Kinder.«

»Er ist ihr erster Freund«, sagte Angelica.

»Er wird sie anständig behandeln.«

»Ich weiß, aber mein kleines Mädchen … Ist es ein Klischee, wenn ich sage, dass sie viel zu schnell groß geworden ist?«

»Solche Dinge werden zu Klischees, weil sehr viel Wahres drinsteckt.«

»Es bricht mir das Herz«, sagte Angelica, lächelte aber dabei. »Sie sind im Keller. Du kennst den Weg?«

Er nickte. »Danke.«

Auf beiden Seiten der Kellertreppe hingen Filmposter von Angelica Wyatt. Ema hatte sie gegen den Willen ihrer Mutter aufgehängt. Der Keller, hatte Ema erklärt, sei der einzige Ort, an dem sie nichts von ihrem wahren Ich verstecken wolle. Myron fand das einleuchtend.

Die drei Teenager – Mickey, Ema und Löffel – lümmelten auf drei übergroßen und exklusiven Sitzsäcken herum. Alle drei tippten in einem Wahnsinnstempo auf Laptops herum.

»Hey«, begrüßte Myron sie.

Alle antworteten »Hey«, ohne den Blick von ihrem Bildschirm zu lösen.

Als Erste klappte Ema ihren Laptop zu und stand auf. Sie trug heute ein kurzärmliges Shirt, sodass Myron die großflächigen Tätowierungen sah. Anfangs hatten die Tattoos Myron beunruhigt. So verbreitet sie heutzutage auch waren – Ema war gerade einmal fünfzehn Jahre alt. Mickey hatte ihm dann jedoch erklärt, dass es sich um temporäre Tattoos handelte, dass ein Tattoo-Künstler namens Agent an ihr verschiedene Designs ausprobierte, die nach ein paar Wochen wieder verblassten.

Mickey sagte: »Hey, Löffel?«

»Ich brauch noch einen Moment, um unsere Ergebnisse zu ordnen«, sagte Löffel. »Unterhaltet euch ruhig.«

Ema und Mickey kamen zu Myron herüber. Er hatte überlegt, ob er sie in eine solche Sache mit hineinziehen sollte – sie hatten für ihr Alter schon viel zu viel in dieser Art erlebt –, aber Mickey hatte einfach nur gesagt, dass es ihr Ding sei.

Myron fiel etwas ein. »Esperanza hat gesagt, dass du dich mit ihr treffen willst?«

»Eigentlich war ich das eher«, sagte Ema.

»Wir beide wollten das«, sagte Mickey. »Wir haben auch schon mit Big Cyndi gesprochen.«

»Worüber?«

Mickey und Ema sahen sich an. Ema sagte: »Über Little Pocahontas und Big Chief Mama.«

»Was ist mit ihnen?«

»Gut möglich, dass sie früher witzig waren«, sagte Ema. »Heute sind sie es nicht mehr.«

»Das ist doch nur Kitsch«, sagte Myron. »Es ist nicht böse gemeint, sondern nur eine Art nostalgischer Rückblick.«

»So hat Esperanza auch argumentiert«, sagte Ema.

»Die Zeiten ändern sich, Myron«, ergänzte Mickey.

»Wir haben ihr dann vorgeschlagen, dass sie sich mal mit einem Freund von mir unterhält, der Navajo ist.«

»Und was ist dabei rausgekommen?«, fragte Myron.

»Keine Ahnung. Sie sind noch nicht dazu gekommen.«

Löffel sagte: »Ich bin so weit.« Er winkte Myron zu sich. »Kommen Sie, sehen Sie sich das an.«

Löffel blieb in dem riesigen Sitzsack-Sessel sitzen. Myron ging leicht in die Hocke, bis sein kaputtes Knie sich bemerkbar machte, dann ließ er sich neben ihn fallen. Löffel schob seine Brille hoch und deutete auf den Bildschirm.

»Tamryn Rogers«, fing er an, »hat fast gar keine Social-Media-

Präsenz. Sie ist zwar bei Facebook und bei Snapchat, nutzt die beiden Accounts aber so gut wie gar nicht. Außerdem ist alles auf ›privat‹ gestellt. Kommt wahrscheinlich daher, weil ihr Vater ein reicher Hedgefonds-Manager ist. Die ganze Familie hält sich sehr bedeckt. Können Sie mir so weit folgen?«

Myron rutschte etwas auf dem Sitzsack herum. Es war nicht leicht, eine bequeme Haltung zu finden.

»Kann folgen.«

»Wir wissen von Tamryns Praktikum beim Fernsehsender. Wir wissen, dass sie sechzehn Jahre alt ist. Wir wissen, dass sie auf die Schweizer Eliteschule St. Jacques geht.« Löffel sah Myron an. »Wussten Sie, dass es in der Schweiz illegal ist, ein einzelnes Meerschweinchen zu halten?«

Ema sagte: »Löffel.«

»Nein, das wusste ich nicht«, sagte Myron.

»Man muss sie paarweise halten«, erläuterte Löffel. »Verstehen Sie, Meerschweinchen sind gesellige Tiere, daher ist es grausam, wenn sie alleine sind. Zumindest sehen die Schweizer das so.«

Wieder sagte Ema: »Löffel.«

»Okay, 'tschuldigung. Das einzige Foto, das ich von Tamryn Rogers finden konnte, ist jedenfalls ihr Facebook-Profilbild. Also habe ich das Foto genommen und eine Bildersuche durchgeführt. Kein Treffer. Das ist aber auch nicht weiter überraschend. Bei einer Bildersuche findet man nur identische Bilder. Warum sollte auch jemand anderes ihr Profilbild verwenden? Können Sie mir immer noch folgen?«

»Ich kann immer noch folgen«, sagte Myron.

»Also habe ich beschlossen, es auf der nächsten Stufe zu probieren. Ich habe die Beta-Version eines Programms ausfindig gemacht, die einen Gesichtsvergleich durchführt. Das kennen Sie vielleicht von Facebook.«

»Ich bin nicht bei Facebook.«

»Sie sind *was* nicht?«

Myron zuckte die Achseln.

»Aber alle alten Leute sind auf Facebook«, protestierte Löffel.

Ema sagte: »Löffel.«

»Gut, okay, dann erkläre ich es Ihnen. Sagen wir, Sie posten ein Gruppenfoto von Ihren Freunden auf Facebook. Facebook hat eine neue KI-Software namens DeepFace, die einen automatischen Vergleich für alle Gesichter auf einem Foto durchführt.«

»Was bedeutet?«, sagte Myron.

»Was bedeutet, dass es Ihre Freunde erkennt. Sie posten also dieses Gruppenfoto, und plötzlich kreist Facebook ein Gesicht ein und fragt: ›Wollen Sie John Smith markieren?‹«

»Wirklich?«

»Ja.«

»Das machen die jetzt?«

»Ja, das machen sie.«

Myron schüttelte voller Zufriedenheit über seine Unbelecktheit den Kopf.

»Beachten Sie«, fuhr Löffel fort, »dass ich von einem ›Gesichtsvergleich‹ gesprochen habe, einer Technologie, die erkennt, dass auf mehreren Bildern dasselbe Gesicht zu sehen ist, im Gegensatz zur gängigeren ›Gesichtserkennung‹, die versucht, einem Gesicht einen Namen zuzuordnen. Das ist ein Riesenunterschied. Ich habe also das Profilbild von Tamryn Rogers durch dieses Beta-Programm gejagt – ›Beta‹ heißt, dass es sich um eine Testversion handelt –, um mal zu gucken, was es findet. Ach!«

Löffel klatschte sich mit der flachen Hand an die Stirn.

»Das hätte ich beinah vergessen. Ich habe es zuerst mit

Patrick Moore ausprobiert. Ich habe ein Standbild von ihm aus diesem Fernsehinterview erstellt. Ich dachte mir, wow, vielleicht hat ja jemand irgendwo ein Foto von ihm gemacht. Vielleicht erfahre ich auf die Art etwas über ihn und Rhys.«

»Und?«

»Nichts. Kein einziger Treffer. Außer … Moment, ich zeig's Ihnen.«

Er klickte auf das Touchpad seines Laptops. Ein Gruppenbild mit etwa zwanzig bis fünfundzwanzig Teenagern erschien. Die Bildunterschrift lautete UNSERE UNTERSEKUNDA, dann wurden die Namen aufgeführt.

»Dieses Foto wurde auf einer Ehemaligen-Seite von Schülern veröffentlicht, die das Internat St. Jacques besucht haben. Wenn Sie hierhersehen …«, er bewegte den Mauszeiger, »… dann … erkennen Sie die junge Dame?«

Myron erkannte sie. »Das ist Tamryn Rogers.«

»Exakt, Myron. Ausgezeichnete Arbeit.«

Myron sah Ema an, um festzustellen, ob Löffel sich über ihn lustig machte. Ema reagierte mit einem Was-soll-man-machen-Achselzucken.

»Und wenn Sie hier die Bildunterschrift betrachten …«, wieder bewegte Löffel den Mauszeiger, »… finden Sie nur die Vornamen. Ich nehme an, es hängt mit den Datenschutz-Auflagen der Schule zusammen, bin mir aber nicht sicher. Tamryn ist die vierte Person in der zweiten Reihe … Sehen Sie?«

Myron sah es. Dort stand einfach nur: Tamryn.

»Und?«

»Das haben wir uns auch gedacht«, sagte Löffel. »Zu Anfang jedenfalls. Eigentlich, na ja, ich muss zugeben, dass Details nicht meine Stärke sind. Ich bin mehr der Typ fürs große Ganze, verstehen Sie?«

»Nimm einfach mal an, ich wüsste, wovon du sprichst.«

»Ha, der war gut! Ema hier hat dann … Ema, willst du es ihm zeigen?«

Ema zeigte mit dem Finger auf den Jungen, der direkt hinter Tamryn Rogers stand. Myron runzelte die Stirn und beugte sich vor, um ihn sich genauer anzusehen.

»Sie brauchen Ihre Augen nicht zu strapazieren, Myron«, sagte Löffel. »In Ihrem Alter ist das sicher schwierig. Ich kann auch näher heranzoomen.«

Löffel klickte ein paarmal ins Bild, sodass es größer wurde. Es war ein gutes Foto, das erst vor Kurzem mit einer ordentlichen Kamera gemacht worden war, trotzdem fingen die Pixel auf dem Bildschirm nach einigen Klicks an zu verschwimmen. Löffel hielt inne. Wieder starrte Myron das Bild an.

»Dann glaubt ihr also …«, fing Myron an.

»Wir sind uns nicht sicher«, sagte Löffel.

»Ich bin mir sicher«, sagte Ema.

Myron suchte den Namen des Jungen in der Bildunterschrift und las ihn laut vor. »Paul.«

Der Junge auf dem Foto hatte lange, wellige, blonde Haare – ein klassischer Privatschüler, der seine Unabhängigkeit unter Beweis stellen wollte. Patrick Moores Haare waren kurzgeschoren und dunkel. Paul auf dem Foto schien blaue Augen zu haben. Patrick Moores Augen waren braun. Auch ihre Nasen waren unterschiedlich. Pauls wirkte kleiner und war etwas anders geformt.

Und trotzdem …

Myron wäre von alleine nicht darauf gekommen, aber wenn er sich das jetzt genau ansah …

»Ich weiß, was Sie denken«, sagte Ema. »Und ich würde Ihnen vermutlich recht geben. Teenager ähneln sich. Das ist schon klar. Wahrscheinlich hätte ich auch keinen zweiten Gedanken daran verschwendet, aber das Internat ist wirklich winzig. Das sind nur dreiundzwanzig Schüler in der zehnten Klasse. Und Patrick Moore ist abgehauen und hat sich mit Tamryn Rogers getroffen. Warum? Weil er einsam war. Das haben wir bei unserem Besuch gemerkt.«

Mickey nickte. »Das kann kein Zufall sein, Myron. Ich meine, schneid dir die Haare ab. Mach irgendwas mit Kontaktlinsen, um deine Augenfarbe zu verändern. Dazu vielleicht noch eine kleine Gesichtsoperation oder so was. Als Ema mir das gezeigt hat, habe ich es auf den ersten Blick nicht erkannt, aber dann …«

Mickey deutete auf das Gesicht auf dem Bildschirm. »Ich glaube, Tamryns Klassenkamerad Paul nennt sich inzwischen Patrick Moore.«

*

Myron rannte zurück zum Auto. Er zog sein Handy heraus und rief Esperanza an.

»Wir brauchen so viel wie irgend möglich über diesen Paul, der das Internat St. Jacques in der Nähe von Genf besucht. Das Wichtigste ist der Nachname. Dazu die Eltern und auch sonst alles.«

»Das wird aber eine Weile dauern«, sagte Esperanza. »Es sind Ferien, das Internat ist also geschlossen, es ist im Ausland, wir haben keine Kontaktperson in der Schweiz, und außerdem würde ich annehmen, dass so ein Internat sich verdammt zugeknöpft gibt.«

Natürlich hatte Esperanza recht.

»Tu einfach, was du kannst. Löffel schickt dir eine E-Mail mit dem Foto.«

»Die E-Mail habe ich schon bekommen, bevor du angerufen hast«, sagte Esperanza. »Wusstest du, dass das häufigste Passwort für E-Mail-Accounts 123456 ist?«

»Ja, die Mail ist eindeutig von Löffel.«

»Ich habe gerade die beiden Fotos vor mir – eins von diesem Paul, eins von Patrick beim Fernsehinterview. Wenn ich ganz genau hinsehe, ja, dann erkenne ich zwar eine gewisse Ähnlichkeit, aber würde man wirklich daraufkommen, dass Paul und Patrick ein und dieselbe Person sind?«

»Nein«, sagte Myron. »Aber genau das soll man ja wohl auch nicht.«

»Ach ja, ich habe übrigens diesen Lehrer ausfindig gemacht, der die fünfte Klasse unterrichtet. Den, bei dem auch Clark und Francesca Unterricht hatten.«

»Mr Dixon?«

»Rob Dixon, ja.«

»Wo ist er?«

»Er unterrichtet immer noch die fünfte Klasse in der Collins Elementary School. Ich habe einen Termin für dich gemacht. Er erwartet dich heute Abend um halb acht in der Schule.«

»Wie hast du das denn hingekriegt?«

»Ich habe ihm erzählt, ich hätte gehört, dass er ein toller Lehrer ist, und dass du ein Buch über deine Erfahrungen schreibst.«

»Was für Erfahrungen?«

»Darauf bin ich nicht näher eingegangen. Glücklicherweise hat Mr Dixon die Doku über dich auf ESPN gesehen. Du bist ein D-Promi, Baby. Da stehen einem viele Türen offen.«

Nachdem sie das Gespräch beendet hatten, rief Myron Win an und erzählte ihm, was er inzwischen wusste.

»Also ist der Junge ein Hochstapler«, sagte Win.

»Ich weiß es nicht. Es besteht immer noch die Möglichkeit, dass es nur zwei Teenager sind, die sich ähnlich sehen.«

»Und beide rein zufällig Tamryn Rogers kennen?«

»Klingt nicht sehr wahrscheinlich«, sagte Myron. »Und

nur, um es einmal erwähnt zu haben, sowohl Tamryn als auch Patrick – nennen wir ihn einfach Patrick, um es nicht unnötig zu verkomplizieren – behaupten, dass sie sich zufällig bei Ripley's getroffen hätten.«

»Zufällig getroffen.«

»Ja.«

»Die Jugend von heute«, klagte Win. »Man sollte denken, dass sie sich bessere Lügen einfallen lassen.«

»Fairerweise muss ich wohl hinzufügen, dass wir Tamryn mit der Frage überrascht haben. Was macht Brooke?«

»Sie verdrängt«, sagte Win. »Was wohl auch am besten ist. Im Moment beschäftigt sie vor allem die Frage, warum ihr früheres Au-pair-Mädchen in die Vereinigten Staaten zurückgekommen ist.«

»Hat sie eine Idee?«

»Absolut keine. Und was hast du als Nächstes vor?«

»Wir werden weiter Informationen sammeln«, sagte Myron.

»Hey, immer langsam, die vielen Einzelheiten kann ich mir sowieso nicht merken.«

»Nancy Moore beharrt weiterhin darauf, dass der Junge, den wir gerettet haben, ihr Sohn Patrick ist.«

»Korrekt.«

»Ich frage mich also, ob diese Fotos von Paul sie ins Grübeln bringen werden.«

»Dann fährst du zu ihr?«

Links sah Myron das Haus der Moores. Als er in die Einfahrt einbog, sah er den Lexus vor der Garage stehen.

Sie war zu Hause.

»Ich bin gerade angekommen.«

*

Myron versuchte es gar nicht erst an der Haustür. Das Garagentor stand offen, also ging er auf den Lexus zu. Als er sah, dass auch die Tür zwischen Garage und Haus offen stand, begann er, sich Sorgen zu machen.

Er steckte den Kopf durch die Tür und rief: »Hallo?«

Nichts.

Er trat ins Haus und durchquerte die Küche. Oben hörte er ein Poltern. Er hatte keine Waffe dabei, was dumm war, aber bisher wäre es auch überflüssig gewesen. Langsam ging er die Treppe hinauf.

Wer auch immer da oben war, er gab sich keine Mühe, seine Anwesenheit zu verheimlichen.

Myron erreichte den oberen Treppenabsatz. Die Geräusche kamen aus Patricks Zimmer. Er ging zur Tür, glitt mit dem Rücken an der Wand entlang, was in Situationen wie diesen hilfreich sein mochte – oder auch nicht. Schwer zu sagen. Als er die Tür erreichte, wartete er eine Sekunde, dann warf er einen schnellen Blick hinein.

Nancy Moore nahm das Zimmer auseinander.

»Hallo«, sagte Myron.

Sie schreckte zusammen, fuhr herum und sah ihn an. Ihre Augen waren weit aufgerissen, wirkten fast psychotisch. »Was tun Sie hier?«

»Ist alles okay?«

»Sieht es so aus, als ob alles okay wäre?«

Das tat es nicht. »Was ist los?«

»Sie verstehen es einfach nicht, oder? Sie glauben … ich habe keine Ahnung, was Sie glauben. Ich wollte meinen Sohn schützen. Er ist labil. Er hat sehr viel durchgemacht. Wieso verstehen Sie das nicht?«

Myron sagte nichts.

»Wissen Sie nicht, wie viel Kraft es ihn gekostet hat, das zu tun, was er heute getan hat? Sich noch einmal dem Horror auszusetzen, den sie erlebt haben? Er und Rhys?«

»Das ging nicht anders, Nancy«, sagte Myron. »Wenn es andersherum gewesen wäre, wenn Rhys zurückgekommen wäre …«

»Dann hätte Brooke Baldwin getan, was das Beste für ihr Kind ist. Nicht das, was das Beste für mein Kind ist.« Nancy richtete sich auf. »Vertun Sie sich nicht. Eine Mutter beschützt *ihr* Kind.«

Holla.

»Auch auf Kosten eines anderen Kindes?«

»Patrick war noch nicht bereit, darüber zu reden. Wir wussten das. Wir wollten ihm Zeit geben, um wieder zu Kräften zu kommen. Was machen ein paar Tage nach zehn Jahren? Dr. Stanton hatte recht. Es war zu viel für ihn. Und dann, als ob es nicht schwer genug wäre, sich der Situation zu stellen, als ob es nicht schwer genug wäre, Brooke zu sagen, dass Rhys tot ist, gehen Sie …«, sie zeigte anklagend mit dem Finger auf ihn, »… auch noch auf ihn los. Ihretwegen ist Patrick weggelaufen.«

»Er ist nicht Patrick.«

»Was?«

»Der Junge, den wir nach Hause gebracht haben. Er ist nicht Patrick.«

»Es *ist* Patrick.

»Er heißt Paul.«

»Raus hier«, sagte sie.

»Warum lassen Sie keinen DNA-Test machen, Nancy?«

»Gut, wenn Sie uns dann endlich in Ruhe lassen, werden wir das tun, okay? Und jetzt gehen Sie bitte.«

Myron schüttelte den Kopf. »Sie müssen sich diese Fotos angucken.«

Sie sah ihn verwirrt an. »Was für Fotos?«

Er streckte die Hand aus, in der er zwei Ausdrucke hielt, die Löffel ihm gegeben hatte. Im ersten Moment nahm Nancy sie nicht. Sie stand nur reglos da. Myron streckte ihr die Hand noch etwas weiter entgegen und ließ sie dort, bis sie die Fotos schließlich widerstrebend entgegennahm.

»Was soll das?«

»Das Gruppenfoto wurde in einem Internat in der Schweiz gemacht«, sagte Myron.

Sie starrte darauf. »Und?«

»Auf dem Foto ist ein Junge. Er heißt Paul. Den Nachnamen kennen wir noch nicht. Wir kriegen ihn aber raus. Das zweite Foto ist eine Vergrößerung.«

»Ich verstehe das immer noch nicht.« Nancy Moores Hände zitterten. Sie schob das Gruppenbild unter die Vergrößerung. »Sie können doch unmöglich glauben, dass …«

»Paul und Ihr Patrick sind ein und dieselbe Person.«

Sie schüttelte den Kopf. »Sie irren sich.«

»Das glaube ich nicht.«

»Die beiden ähneln sich ja kaum.«

»Wissen Sie noch, wie ich Sie nach Tamryn Rogers gefragt habe?« Myron nahm ihr die Fotos wieder ab und legte das Gruppenbild nach oben. »Das ist Tamryn. Das Mädchen, mit dem Patrick sich gestern getroffen hat.«

»Wir haben Ihnen doch schon gesagt …«

»Klar, Sie behaupten, die beiden wären sich vor dem Ripley's das erste Mal begegnet. Ich war dort, Nancy. Ich habe die beiden gesehen. Das war keine zufällige Begegnung. Die beiden kennen sich.«

»So etwas kann man aus der Entfernung doch gar nicht erkennen«, sagte sie, aber ihre Stimme klang inzwischen matt, geschlagen.

»Ich habe die Fotos eben per E-Mail an eine Kriminaltechnikerin namens Alyse Mervosh geschickt. Sie wird das Bild von Paul mit denen von Patrick aus Ihrem gestrigen Interview vergleichen. Sie wird bestätigen können, dass es sich um ein und dieselbe Person handelt.«

Sie schüttelte den Kopf, aber auch das wirkte nicht überzeugend.

»Nancy, lassen Sie mich helfen.«

»Sie glauben offenbar … was eigentlich …, dass er ein Hochstapler ist? Sie irren sich. Eine Mutter spürt so etwas.«

»Sie meinten, eine Mutter beschützt ihr Kind«, sagte Myron mit möglichst ruhiger und sanfter Stimme. »Aber vielleicht verzerrt gerade das Bedürfnis, das eigene Kind beschützen zu wollen, ja auch Ihre Wahrnehmung.«

»Es ist Patrick«, wiederholte Nancy. »Es ist mein Sohn. Er ist endlich wieder nach Hause gekommen. Nach all den Jahren, habe ich ihn endlich zurück.« Sie hob den Blick und musterte ihn finster. »Und kaum ist es so weit, schon haben Sie ihn wieder verscheucht.«

»Ich möchte Ihnen helfen, ihn zu finden.«

»Ich glaube, Sie haben genug getan. Er ist mein Sohn. Ich weiß es. Ich bin *sicher*. Er ist kein Hochstapler. Er heißt nicht Paul.«

Sie drängte sich an ihm vorbei und ging die Treppe hinunter. Myron folgte ihr.

»Wenn er nach Hause kommt, können wir einen DNA-Test machen, damit Sie und Ihre Freunde endlich Ruhe geben. Aber jetzt muss ich erst einmal los.«

Nancy blieb nicht stehen. Sie ging zur Garage und durchs Tor, stieg in ihren Wagen und ließ den Motor an.

»Kommen Sie nicht wieder her, Myron. Kommen Sie nie wieder hierher.«

*

Win und Brooke saßen in der Küche der Baldwins. Die Fotos aus dem Schweizer Internat lagen vor ihnen auf dem Tisch.

Myron telefonierte noch mit Alyse Mervosh, der Kriminaltechnikerin. Als das Telefonat beendet war, sahen Brooke und Win ihn erwartungsvoll an.

»Sie ist der Meinung«, sagte Myron, »dass es derselbe Junge ist.«

Brooke sah sich das Foto noch einmal an. Myron beugte sich über sie und zeigte mit dem Finger darauf.

»Dieser Paul hat sich die Haare abgeschnitten und gefärbt«, sagte Myron. »Die Augenfarbe lässt sich mit Kontaktlinsen leicht verändern. Die Nase könnte operiert worden sein.«

Brooke saß nur mit dem Foto in der Hand da. »Und Nancy erkennt das nicht?«

»Das sagt sie zumindest. Sie behauptet, sie wäre sich sicher, dass es Patrick ist.«

»Glauben Sie ihr?«

»Ich glaube ihr, dass sie das glaubt.«

»Also macht sie sich etwas vor.«

Myron zuckte leicht mit den Achseln. »Ich weiß es nicht.«

Win meldete sich zu Wort. »Also müssen wir herausbekommen, wer dieser Paul ist. Wir müssen herausbekommen, wo er wohnt und wer seine Eltern sind ...«

»Esperanza sitzt schon dran. Es kann aber eine Weile dauern.«

»Ich ruf mal in der Schweiz an. Vielleicht können wir die Sache ja ein bisschen beschleunigen.«

»Ich versteh das nicht«, sagte Brooke. »Wenn er ein Hochstapler ist, was hat er vor? Will er die Familie betrügen?«

»Möglich wäre es.«

»Ich habe schon von solchen Fällen gelesen«, sagte Brooke. »Wenn der eigene Sohn vermisst wird, beschäftigt man sich mit … Das war jedenfalls Ende der Neunziger oder so. In Texas war der Sohn einer Familie verschwunden, als er zwölf oder dreizehn Jahre alt war. Drei Jahre später hat ein Hochstapler aus Frankreich behauptet, dass er der vermisste Junge sei. Damals sind viele Leute auf ihn hereingefallen.«

Myron erinnerte sich vage an die Geschichte. »Welches Motiv hatte er?«

»Das weiß ich nicht mehr genau. Irgendwie ging es zwar auch um Geld, aber vor allem hatte er Spaß daran, die Leute zu täuschen. Es war nicht das erste Mal, dass er sich als jemand anders ausgegeben hat. Er war ziemlich durchgeknallt. Zum Teil ist die Familie auch auf ihn hereingefallen, weil sie ihm glauben wollte.« Sie blickte auf. »Was geht hier vor, Myron?«

»Ich weiß es nicht.«

»Das ergibt doch alles absolut keinen Sinn.«

»Wir brauchen noch mehr Informationen.«

Wie aufs Stichwort klingelte Myrons Handy. Er sah Win an. »Joe Corless vom DNA-Testlabor.«

»Schalte ihn auf den Lautsprecher.«

Das tat Myron, dann legte er das Handy auf den Tisch. »Joe?«

»Myron?«

»Joe, ich sitze hier mit Win.«

»Hey. Win ist wieder da?«

Win sagte: »Bitte gib uns das Ergebnis.«

»Bin schon dabei«, erwiderte Joe Corless. Und dann sagte er etwas, das Myron überraschte. »Der Junge ist tatsächlich Patrick Moore.«

Myron sah Win an. Brooke wurde blass.

»Bist du sicher?«

»Die Haarproben, die ihr mir gegeben habt, stammen von einer Frau. Die DNA von der Zahnbürste ist von einem Mann. Diese beiden Personen sind Vollgeschwister.«

»Hundertprozentig?«

»So nah an hundert Prozent, wie man nur kommen kann.«

Es klingelte. Win stand auf und ging zur Tür.

»Danke, Joe«, sagte Myron.

Er legte auf.

»Es ist Patrick«, sagte Brooke. Sie versuchte, sich nichts anmerken zu lassen, aber ihre Mundwinkel bebten leicht. »Er ist kein Hochstapler, es ist Patrick.«

Myron saß nur da.

»Und wieso ist Vada wieder hier? Wieso hat Patrick sich mit dieser Tamryn getroffen?«

»Es ist andersrum«, sagte Myron.

»Was meinen Sie damit?«

»Paul ist kein Hochstapler, der sich als Patrick ausgibt. Paul ist Patrick.«

Bevor er das weiter ausführen konnte, kam Win mit Zorra in die Küche zurück. Falls Brooke überrascht war, einen männlich aussehenden Transvestiten in ihrer Küche zu sehen, ließ sie es sich nicht anmerken.

»Zorra hat Neuigkeiten über das Au-pair-Mädchen«, sagte Zorra.

Brooke stand auf. »Über Vada?«

»Sie nennt sich jetzt Sofia Lampo«, sagte er. »Sie ist gestern in Newark angekommen. Da hat sie sich einen Ford Focus gemietet.«

Brooke sagte: »Und wie finden wir sie?«

»Schon erledigt, meine Hübsche«, sagte Zorra. »Alle Mietwagen sind mit GPS-Sendern ausgestattet – falls der Wagen gestohlen wird. Oder falls jemand über die Staatsgrenze fährt, sodass die Firma mehr berechnen kann. Dafür halt.«

»Und die haben Ihnen erlaubt, die Position von Vadas Wagen zu verfolgen?«

Mit beiden Händen rückte Zorra seine Veronica-Lake-Perücke zurecht und lächelte. Er hatte jede Menge Lippenstift auf den Zähnen. »›Erlauben‹ wäre nicht das Wort, das Zorra verwenden würde. Aber das Geld von Ihrem Cousin hat große Überzeugungskraft.«

»Und wo ist Vada jetzt?«, fragte Brooke.

Zorra zog sein Handy heraus. »Zorra verfolgt sie hiermit.«

Er zeigte ihnen das Display. Der aktuelle Standort des Autos war als blauer Punkt dargestellt.

»Wo genau ist das?«

Zorra tippte auf ein Symbol. Die angezeigte Karte wurde durch ein Satellitenfoto ersetzt. Beinah hätte Myron laut nach Luft geschnappt. Der blaue Punkt war von viel Grün umgeben. Daneben befand sich ein See, der ihm selbst im Satellitenbild bekannt vorkam.

»Lake Charmaine«, sagte Myron. »Vada ist in Hunter Moores Haus.«

32

Vom Klassenzimmer der fünften Klasse aus blickte man auf einen teuren, komplex konstruierten Spielplatz mit Rutschen, Schaukeln, Burgen, Piratenschiffen, Tunneln, Rohren und Leitern. Rob Dixon empfing Myron mit einem festen Händedruck und einem offenen Lächeln. Er trug einen Anzug in dem Braunton, wie man ihn von stellvertretenden Highschool-Rektoren kannte, und dazu eine grelle Krawatte, wie Myron sie normalerweise mit Kinderärzten verband, die ihren Patienten zu sehr gefallen wollten. Außerdem hatte er einen Pferdeschwanz und war frisch rasiert.

»Hi. Rob Dixon«, stellte er sich vor.

»Myron Bolitar.«

In der Küche der Baldwins war beschlossen worden, dass Win zu Hunters Haus am Lake Charmaine fahren sollte, während Myron in der Umgebung blieb, um seinen Termin mit dem Lehrer wahrzunehmen.

»Ich fahr mit«, hatte Brooke gesagt. »Ich kenne Vada. Ich kann dir helfen.«

Ihr Tonfall hatte keinen Raum für Widerspruch gelassen.

»Bitte«, sagte Rob Dixon. »Nehmen Sie Platz.«

Im Raum standen diese Schul-Schreibtische mit fest integriertem Stuhl. Es dauerte einen Moment, bis Myron sich hineingequetscht hatte. Das Klassenzimmer selbst war zeitlos. Natürlich ändern sich Lehrpläne, und Myron nahm an, dass es irgendwo versteckte Anzeichen von Modernität gab, aber im Prinzip hätte dies ebenso gut das Klassenzimmer sein können, das er besucht hatte, als er in der fünften Klasse war. Über der Tafel stand das Alphabet in Groß- und Kleinbuchstaben. An der linken Wand hing ein Sortiment aus Schülerbildern und Projektplänen. Unter einem handgeschriebenen Schild mit der Aufschrift »AKTUELLE EREIGNISSE« waren Zeitungsausschnitte angepinnt.

»Oh, ich bitte um Entschuldigung«, sagte Rob Dixon.

»Wie bitte?«

»Ich habe *Die Kollision* gesehen – und jetzt biete ich Ihnen einen Stuhl an, auf dem Sie Knieprobleme bekommen müssen.«

»Es geht schon.«

»Nein, bitte nehmen Sie meinen Stuhl.«

Myron zuckte leicht zusammen und wand sich aus dem Stuhl. »Wenn Sie nichts dagegen haben, können wir vielleicht einfach im Stehen reden.«

»Kein Problem. Ich bin begeistert von Ihrer Recherche. Übrigens unterrichte ich – wobei ich gar nicht weiß, ob Sie das interessiert – in diesem Klassenzimmer schon seit einundzwanzig Jahren Fünftklässler.«

»Wow«, sagte Myron.

»Ich liebe dieses Alter. Sie sind keine Kleinkinder mehr, die tiefer greifende Konzepte nicht verstehen, sind aber auch noch nicht in der Pubertät, mit all den Problemen, die diese Phase mit sich bringt. Die fünfte Klasse liegt genau dazwischen. Es ist ein wichtiges Übergangsjahr.«

»Mr Dixon.«

»Bitte nennen Sie mich Rob.«

»Rob, ich bin überzeugt, dass Sie ein guter Lehrer sind. Sie sehen aus wie dieser coole, junge Lehrer, den wir alle geliebt haben, nur dass Sie älter und vermutlich weiser sind, aber Sie machen nicht den Eindruck, als wären Sie vollkommen abgestumpft.«

Er lächelte. »Es gefällt mir, wie Sie das ausdrücken. Vielen Dank.«

»Und ich danke Ihnen. Aber ich habe mir diesen Termin bei Ihnen durch Vorspiegelung falscher Tatsachen ergaunert.«

Er führte eine Hand ans Kinn. »Aha?«

»Ich bin hier, um mit Ihnen über ein bestimmtes, tragisches Ereignis zu sprechen.«

Rob Dixon trat einen Schritt zurück. »Das verstehe ich nicht.«

»Ich war es, der Patrick Moore gerettet hat«, sagte Myron. »Und jetzt versuche ich herauszubekommen, was mit Rhys Baldwin passiert ist.«

Rob Dixon starrte aus dem Fenster. Ein etwa sechsjähriger Junge sprang über ein dickes Seil, setzte sich darauf und fing an zu schaukeln. Die Freude in seinem Gesicht – Myron fragte sich, wann er zum letzten Mal jemanden so freudestrahlend gesehen hatte.

»Warum kommen Sie dann zu mir?«, fragte er. »Ich habe keinen der beiden unterrichtet. Und wahrscheinlich wären sie auch nicht in meine Klasse gekommen. Wissen Sie, wir achten darauf, dass ein Lehrer nicht auch die Geschwister eines Kindes unterrichtet. Das ist zwar keine feste Regel oder so etwas, aber der Rektor hält es nicht für gut. Oft begegnet man den Kindern dann mit einer vorgefassten Meinung, zumindest aber hatte man schon mit den Eltern zu tun. Selbst wenn sie also auf der Schule geblieben wären, hätte ich wahrscheinlich keinen der Jungen unterrichtet.«

»Aber Clark Baldwin und Francesca Moore haben Sie unterrichtet.«

»Woher wissen Sie das?«

»Clark hat es mir erzählt.«

»Aha?« Dixon schüttelte den Kopf. »Ich darf trotzdem nicht

darüber sprechen. Ich dachte, Sie wären Sportagent geworden. Das wurde jedenfalls in der Dokumentation gesagt. Nach Ihrer Verletzung seien Sie auf die Harvard Law School gegangen, und danach hätten Sie Ihre eigene Sportagentur eröffnet.«

»Das ist richtig.«

»Und wieso haben Sie etwas mit dieser Sache zu tun?«

»Es ist Teil meiner Arbeit«, sagte Myron.

»Aber in der Dokumentation hieß es …«

»Die Doku hat nicht die ganze Geschichte gezeigt.« Myron machte einen Schritt auf ihn zu. »Ich brauche Ihre Hilfe, Rob.«

»Ich wüsste nicht, wie ich Ihnen helfen kann.«

»Erinnern Sie sich an den Tag?«

»Ich darf nicht darüber sprechen.«

»Warum nicht?«

»Es ist vertraulich.«

»Rob, ein Junge wird noch immer vermisst.«

»Darüber weiß ich nichts. Sie werden doch nicht etwa glauben …«

»Nein, absolut nicht. Aber ich habe ein paar Fragen. Erinnern Sie sich an den Tag, an dem die Jungen verschwunden sind?«

»Selbstverständlich«, sagte Rob Dixon. »So etwas vergisst man nicht.«

Myron überlegte, welche Frage er als Nächstes stellen sollte, und beschloss, direkt zur Sache zu kommen: »Waren Clark und Francesca hier?«

Rob Dixon blinzelte mehrmals. »Was?«

»An dem Tag, als ihre Brüder verschwanden«, fuhr Myron fort, »waren Clark und Francesca da im Klassenzimmer? Waren beide in der Schule? Sind sie vielleicht früher gegangen oder so etwas?«

»Wieso fragen Sie das?«

»Ich versuche, möglichst viele Einzelheiten in Erfahrung zu bringen und sie dann zusammenzufügen, um herauszubekommen, was passiert ist.«

»Nach zehn Jahren?«

»Bitte«, sagte Myron. »Sie sagten, Sie erinnern sich an den Tag. Sie sagten, so etwas vergisst man nicht.«

»Das stimmt.«

»Dann beantworten Sie mir bitte ein paar einfache Fragen. Waren sowohl Francesca als auch Clark in Ihrem Klassenzimmer?«

Er öffnete den Mund, schloss ihn wieder, setzte noch einmal an. »Natürlich waren sie da. Warum hätten sie nicht da sein sollen. Es war ein normaler Schultag. Ein Mittwoch, um genau zu sein.« Dixon ging nach hinten und blieb an einem Schreibtisch in der vorletzten Reihe stehen. »Clark Baldwin saß hier. Er trug ein rotes Basketballtrikot vom Freizeitteam seines Viertels. Gefühlt hatte er dieses Trikot in dem Jahr zweimal in der Woche an. Francesca Moore …«, er ging zur ersten Reihe zurück und stellte sich an den Schreibtisch ganz links, »… hat hier gesessen. Sie trug eine gelbe Bluse. Das war Francescas Lieblingsfarbe. Gelb. Wenn sie ein Bild malen sollte, waren immer gelbe Gänseblümchen drauf.«

Dixon blieb stehen und sah Myron an. »Warum, um alles in der Welt, fragen Sie das?«

»Beide waren den ganzen Tag hier?«

»Den ganzen Tag«, bestätigte er. »Um halb drei hat Mrs Baldwin mich angerufen.«

»Brooke Baldwin?«

»Ja.«

»Sie hat Sie persönlich angerufen?«

»Ja. Über das Sekretariat. Sie hat im Büro des Rektors angerufen und darum gebeten, mich sprechen zu dürfen. Wegen eines Notfalls.«

»Was hat sie Ihnen erzählt?«

»Sie sagte, es hätte einen Vorfall in der Familie gegeben, und ein Polizist würde Francesca und Clark abholen. Dann hat sie mich gefragt, ob ich die Kinder eventuell etwas länger hierbehalten könnte, bis der Polizist eingetroffen wäre. Ich habe natürlich eingewilligt.«

»Wussten Sie von der Entführung?«

»Zu dem Zeitpunkt noch nicht, nein.« Er schüttelte den Kopf. »Ich verstehe noch immer nicht, warum Sie hier sind, Mr Bolitar.«

Myron wusste es auch nicht. Er hätte ihm die Sache mit der Nadel im Heuhaufen erzählen können, ging aber nicht davon aus, dass das etwas geändert hätte.

»Ist der Polizist in einem Streifenwagen vorgefahren?«

»Nein«, sagte er. »Es war eine Polizistin in Zivilkleidung und in einem Zivilfahrzeug. Ich verstehe nicht, was das Ganze soll.«

»Erzählen Sie mir etwas über Clark und Francesca.«

»Was ist mit ihnen?«

»Wussten Sie, dass sie im College zusammen in einer WG wohnen?«

Dixon lächelte. »Das ist schön.«

»Waren die beiden in der fünften Klasse eng befreundet?«

»Natürlich. Ich glaube, die gemeinsame Erfahrung hat sie einander nähergebracht.«

»Und vor der Entführung?«

Er überlegte. »Da waren sie normale Klassenkameraden. Ich glaube nicht, dass sie etwas gemeinsam unternommen haben oder so etwas. Ich war dann aber wirklich froh, dass sie einander hatten. Besonders wegen Francesca.«

Besonders wegen Francesca.

Nadel? Darf ich Ihnen meinen Freund, den Heuhaufen, vorstellen?

»Wieso besonders für Francesca?«, fragte Myron.

»Sie hat eine schwere Zeit durchgemacht.«

»Was für eine schwere Zeit?«

»Das ist wirklich nicht in Ordnung, Mr Bolitar.«

»Nennen Sie mich Myron.«

»Davon wird es auch nicht besser.«

»Rob, Ihre Informationen sind zehn Jahre alt. Die Fünftklässlerin, die eine schwere Zeit durchgemacht hat, geht inzwischen auf die Uni.«

»Die Kinder haben mir vertraut.«

»Und ich verstehe, warum sie das getan haben. Sie sind freundlich. Sie sind fürsorglich. Sie wollen das Beste für sie. Ich habe damals auch ein paar tolle Grundschullehrer gehabt. Ich erinnere mich an alle. An die Lehrer, die ich später hatte, auf der Middleschool und der Highschool, kann ich mich oft kaum noch erinnern. Sogar an die guten. Aber die guten Grundschullehrer werden für immer einen Platz in meinem Herzen haben.«

»Worauf wollen Sie hinaus?«

»Ich will hier wirklich niemanden hintergehen. Aber an dem Tag ist irgendetwas richtig schiefgelaufen. Und ich meine nicht das Offensichtliche. Wir wissen, dass zwei Jungen verschwunden sind. Es muss aber noch etwas anderes vorgefallen sein. Etwas Bedeutsames. Etwas, das entscheidend ist, wenn wir die Wahrheit erfahren wollen. Also bitte ich Sie, mir zu vertrauen. Warum hat Francesca eine schwere Zeit durchgemacht?«

Rob Dixon nahm sich ein paar Sekunden für seine Entscheidung. »Ihre Eltern«, sagte er schließlich.

»Was war mit ihnen?«

»Die haben eine schwere Zeit durchgemacht.«

Er sprach nicht weiter.

»Können Sie das näher ausführen?«

Wieder blickte Rob Dixon aus dem Fenster. »Ihr Vater hatte auf dem Handy ihrer Mutter ein paar SMS entdeckt.«

*

Myron raste zum Campus der Columbia University. Bei ihrem letzten Treffen hatte Clark ihm seine Handynummer gegeben, und die wählte er jetzt. Nach dem dritten Klingeln meldete er sich.

»Hallo?«

»Wo ist Francesca?«, fragte Myron.

»Wir sitzen hier draußen auf dem Square.«

»Bleiben Sie, wo Sie sind. Und lassen Sie auch Francesca nicht weggehen.«

»Wieso, was ist los?«

»Bleiben Sie einfach, wo Sie sind.«

Auf der George Washington Bridge staute sich der Verkehr. Myron nahm die Abkürzung über die Jones Road. Das sparte etwas Zeit. Der Henry Hudson Parkway war auch voll, sodass er auf dem Riverside Drive bis zur 120th Street fuhr und zu nah an einem Hydranten parkte. Er riskierte es, abgeschleppt zu werden. Von dort rannte er die 120th Street und den Broadway entlang und bog an der Havemeyer Hall auf den Campus ein. Studenten starrten den »älteren Mann« an, der über den Campus rannte. Es war ihm egal.

Als er am auffälligsten Gebäude auf dem Campus vorbeilief, der Low Library mit ihrer Kuppel und den griechischen Säulen, öffnete sich der Blick auf den Square. Er sprang gewissermaßen im umgekehrten Rocky-Stil die Treppe hinunter, stürmte an der Skulptur der sitzenden Athene vorbei und auf den Rasen des South Field East.

Sie waren beide da, Francesca und Clark saßen draußen auf

der malerischen Grünfläche dieser Ivy-League-Universität. Myron wusste, dass es nur wenige Orte wie diesen gab, dass nur wenige Momente im Leben so rein und grandios, so unschuldig und behütet waren wie die, die man als College-Student auf dem Rasen des Squares verbrachte. Oder bildete er sich das nur ein? Eigentlich spielte es keine Rolle. Es spielte keine Rolle, dass er drauf und dran war, dieses Erlebnis für diese beiden jungen Menschen zu zerstören.

Er war der Wahrheit jetzt ziemlich nah.

Francesca blickte auf, als Myron vor ihnen stehen blieb. Clark stand auf und sagte: »Was gibt's denn so Wichtiges?«

Myron überlegte, ob er vorschlagen sollte, sich einen Ort zu suchen, an dem sie ungestörter waren, aber hier draußen war niemand in Hörweite, außerdem konnte er sowieso keine Zeit damit verschwenden, um das Thema herumzureden oder das Gespräch angenehm zu gestalten.

Er setzte sich im Schneidersitz zu ihnen auf die Rasenfläche. Man brauchte kein Meister der Deduktion zu sein, um zu erkennen, dass Francesca verzweifelt war. Sie weinte immer noch. Ihre Augen waren rot und geschwollen.

»Sie erzählt mir nicht, was los ist«, sagte Clark.

Francesca kniff die Augen zu. Myron drehte sich um und sah Clark an. »Können Sie uns ein paar Minuten Zeit geben?«

Clark sagte: »Francesca?«

Sie nickte, ohne die Augen zu öffnen.

»Ich geh ins Café in der Lerner Hall«, sagte Clark.

Er warf sich den Rucksack über die rechte Schulter und stapfte davon. Francesca öffnete endlich die Augen. Als er weit genug weg war, sagte Myron: »Sie müssen mir die Wahrheit sagen.«

Sie schüttelte den Kopf. »Das kann ich nicht.«

»Das frisst Sie auf. Und nicht nur Sie, auch Ihren Bruder.

Außerdem werde ich sowieso dahinterkommen. Also lassen Sie mich helfen. Wir kriegen das wieder hin.«

Sie zischte höhnisch und brach wieder in Tränen aus. Ein paar Studenten, die in der Nähe waren, sahen sie besorgt an. Myron versuchte, sie mit einem Lächeln zu beruhigen, nahm aber an, dass es entweder aussah, als würde ein älterer Mann mit einem jungen Mädchen Schluss machen, oder – was er hoffte – als würde ein Professor einer Studentin eine schlechte Nachricht überbringen.

»Ich habe gerade mit Mr Dixon gesprochen«, sagte Myron.

Sie sah ihn verwirrt an. »Was?«

»Ihr Lehrer aus der fünften Klasse.«

»Ich weiß, wer er ist, aber wieso …?«

Sie stoppte.

»Erzählen Sie mir, was passiert ist«, sagte Myron.

»Das verstehe ich nicht. Was hat Mr Dixon gesagt?«

»Er ist ein anständiger Mensch. Er wollte Sie nicht hintergehen.«

»Was hat er gesagt?«, fragte Francesca noch einmal.

»Ihre Eltern hatten Eheprobleme«, sagte Myron. »Sie haben mit ihm darüber gesprochen.«

Francesca riss einen Grashalm ab. Sie hatte Sommersprossen im Gesicht. Mann, dachte Myron, sie sieht noch so jung aus. Er hatte sie als verängstigte Fünftklässlerin vor Augen, die völlig verzweifelt im Klassenzimmer saß, weil sie das Gefühl hatte, ihre ganze Welt würde auseinanderbrechen.

»Francesca?«

Sie sah zu ihm auf.

»Ihr Vater hat diese SMS auf dem Handy Ihrer Mutter gefunden, stimmt's?«

Sie wurde blass.

»Francesca?«

»Bitte erzählen Sie Clark nichts davon.«

»Ich werde niemandem davon erzählen.«

»Ich hab es nicht gewusst, ja? Ich hab es nicht gewusst, bis …«, sie schüttelte den Kopf. »Clark wird es mir niemals verzeihen.«

Myron rückte ein Stück weiter herum, sodass sie sich direkt gegenübersaßen. Aus einem Wohnheimfenster plärrte Musik. Der Song fing damit an, dass der Sänger erklärte, er sei einst sieben Jahre alt gewesen. Sekunden später war er elf Jahre alt.

Ja, dachte Myron und sah das Mädchen vor sich an, das verstehe ich.

»Erzählen Sie mir, was passiert ist, Francesca. Bitte.«

Sie antwortete nicht.

»Ihr Vater hat die SMS auf dem Handy Ihrer Mutter entdeckt«, versuchte Myron, sie aus der Reserve zu locken. »Waren Sie zu Hause, als das passiert ist?«

Sie schüttelte den Kopf. »Ich bin ein paar Minuten danach gekommen.«

Schweigen.

»War Ihr Bruder da?«

»Nein, er war beim Kinderturnen. Da war er montags immer.«

»Okay«, sagte Myron. »Sie sind also nach Hause gekommen. Kamen Sie aus der Schule?«

Francesca nickte.

»Und da haben sich Ihre Eltern gestritten?«

Wieder kniff sie die Augen zusammen. »Ich hatte ihn noch nie so gesehen.«

»Ihren Vater meinen Sie?«

Wieder nickte sie. »Sie waren in der Küche. Dad hatte etwas in der Hand. Ich konnte nicht sehen, was es war. Er hat Mom angeschrien. Sie hat sich die Ohren zugehalten und sich weggeduckt. Sie haben nicht einmal bemerkt, dass ich nach Hause gekommen war.«

Myron versuchte, sich die Szene vor Augen zu führen. Die zehnjährige Francesca öffnet die Tür. Sie hört, wie Hunter die sich windende Nancy in der Küche anschreit.

»Was haben Sie getan?«

»Ich hab mich versteckt«, sagte sie.

»Wo?«

»Im Wohnzimmer hinterm Sofa.«

»Okay. Was ist dann passiert?«

»Dad … er hat Mom geschlagen.«

Um sie herum herrschte reges Campustreiben. Lachende und plaudernde Studenten schlenderten über den Square. Zwei Jungs mit freien Oberkörpern warfen ein Frisbee. Ein Hund bellte.

»Mein Dad hat nicht viel getrunken, nur ein paarmal, aber dann …«, wieder schloss Francesca die Augen, »… war es schrecklich. Ich hatte ihn vielleicht drei, vier Mal betrunken gesehen. Öfter nicht. Es war jedes Mal schlimm, aber nie so schlimm wie damals.«

»Und wie ging's weiter, Francesca?«

»Mom hat ihn übel beschimpft. Sie ist in die Garage gerannt und in ihr Auto gestiegen. Dad ist …«

Wieder stoppte sie.

»Dad ist was?«

»Dad ist hinter ihr hergelaufen«, sagte sie. Sie sprach jetzt langsam und bedächtig. »Aber vorher hat er das, was er in der Hand hatte, auf den Tisch gelegt.«

Ihre Blicke trafen sich.

»Was hat er auf den Tisch gelegt?«, fragte Myron.

»Eine Pistole.«

Ein kalter Schauer lief Myron über den Rücken.

»Als er durch die Tür hinaus war, bin ich aufgestanden und hinter dem Sofa hervorgekommen.«

Francesca sprach mit weit aufgerissenen Augen. Sie war wieder in dieser Situation im Haus.

»Ich bin zur Küche gegangen. Die Pistole lag auf dem Küchentisch. Allein bei dem Anblick habe ich gezittert. Ich wusste nicht, was ich tun sollte. Dad war so wütend. Er war betrunken. Ich konnte die Pistole nicht einfach dort liegen lassen.«

»Was haben Sie getan, Francesca?«

»Bitte«, sagte sie. »Ich hab es bis vor Kurzem nicht gewusst. Das müssen Sie mir glauben. Sie haben mich all die Jahre belogen. Ich habe nichts davon gewusst, bis Patrick zurückgekommen ist.«

»Schon okay«, sagte Myron. Er legte ihr die Hände auf die Schultern. »Francesca, was haben Sie getan, als Sie die Pistole gesehen haben?«

»Ich hatte Angst, dass Dad sie benutzen würde.« Tränen rannen über ihre Wangen. »Also habe ich sie weggenommen. Ich habe sie oben in meinem Zimmer versteckt.«

»Und dann?«, fragte Myron.

»Dann hat Patrick sie gefunden.«

33

Ich fahre mit Brooke über die Dingmans Ferry Bridge.

Zorra ist in New York geblieben. Ich schaffe das allein. Er muss sich um andere Angelegenheiten kümmern.

Ich sehe meine Cousine an. Sie starrt stur geradeaus. Ich erinnere mich an einen Familienurlaub, als wir beide noch Teenager waren. Wir waren bei Großvater auf seinem Grundstück auf Fishers Island. Fishers Island ist fünfzehn Kilometer lang und anderthalb Kilometer breit. Die Insel liegt vor der Küste Connecticuts, gehört aber zum Staat New York. Sie werden vermutlich noch nie dort gewesen sein. Fremde sind dort nicht unbedingt gern gesehen.

Eines Abends haben Brooke und ich uns am Strand betrunken und gekifft. Ich habe nur selten gekifft. Myron mag das nicht, und es gibt nur sehr wenige andere Menschen, denen ich so sehr vertraue, dass ich bereit bin, in ihrer Gegenwart die Kontrolle über mich selbst zu verlieren. Irgendwann hat Brooke dann vorgeschlagen, eine nächtliche Kanufahrt zu machen.

Also haben wir das getan.

Es war schon spät, wahrscheinlich kurz vor Mitternacht. Wir sind ein Stück gepaddelt und haben uns dann treiben lassen. Wir haben uns beide auf den Rücken gelegt und über das Leben geredet. Ich erinnere mich noch heute an jedes Wort. Ich habe zum Himmel hinaufgeblickt. Die Sterne leuchteten unglaublich hell.

Ein toller Anblick.

Ich weiß nicht, ob es daran lag, dass wir high waren, ob wir zu sehr ins Gespräch vertieft waren oder ob die Schönheit des Nachthimmels uns in eine Art Trance versetzt hatte. Jedenfalls haben wir plötzlich ein Rauschen gehört. Wir sind hochgeschreckt und haben gesehen, wie die letzte Fähre des Tages direkt auf uns zukam. Die Fähre ist groß – groß genug, um Fahrzeuge und Passagiere vom Festland auf die Insel zu bringen.

Sie war schon sehr nahe … eigentlich schon fast über uns.

Zum Wegpaddeln blieb keine Zeit mehr.

Brooke reagierte zuerst. Sie sprang auf und riss mich mit ins Wasser. Wir schwammen hektisch los, als die Fähre immer näher kam. Selbst jetzt, wo ich hier im Auto sitze, kann ich spüren, wie mir der Bug über den Rücken fährt. Ich bin oft dem Tode nahe gewesen, aber so knapp wie damals war es nie.

Ich hatte nicht rechtzeitig reagiert. Brooke schon.

Brooke starrt durch die Windschutzscheibe. »Rhys ist tot, oder?«

»Ich weiß es nicht.«

Sie sieht mich an.

»Ich glaube schon«, sage ich, »aber ich gebe noch nicht auf.«

»Langsam wird es mir bewusst. Mein Sohn ist tot. Ich glaube, ich habe es die ganze Zeit gewusst. Ich habe es gefühlt. Aber ich würde mich niemals nur auf mütterliche Intuition verlassen. Gefühle reichen mir nicht, ich brauche Fakten. Die Gefühle habe ich abgestellt, als mein Sohn vor zehn Jahren verschwunden ist.«

»Du warst eine gute Mutter für Clark.«

Sie lächelt fast. »Das war ich, ja.«

»Eine wunderbare Mutter.«

»Er ist ein guter Junge«, sagt sie. »Er hat so viel gelitten im Lauf der Jahre. Erinnerst du dich an die Beerdigung meines Vaters?«

»Natürlich.«

»Ich war elf. Du warst zwölf. Ich habe seine Leiche nie gesehen. Das ging so schnell mit dem Herzinfarkt. Meine Mutter hat auf einen geschlossenen Sarg bestanden. Es wäre nicht gut, dass wir ihn so sehen. Da haben ihr auch alle zugestimmt. Aber … ich habe eine Freundin gehabt, eine Soldatin. Sie hat mir erzählt, dass das Militär großen Wert darauf legt, die Toten wieder nach Hause zu bringen – die Soldaten würden dafür sogar manchmal ihr eigenes Leben riskieren –, damit die Familien trauern können. Sie sagte, die Menschen bräuchten etwas Greifbares, damit sie ihr Leben fortsetzen können. Wir alle müssen Abschied nehmen, Win. Wir müssen den Verlust, den Tod akzeptieren, ganz egal, wie schrecklich das auch sein mag, und ihn dann hinter uns lassen. Schon bevor Patrick es mir erzählt hat, habe ich gewusst, dass Rhys tot ist. Und trotzdem, obwohl ich weiß, dass ich meinen Jungen nie wiedersehen werde, habe ich noch Hoffnung.«

Ich sage nichts.

»Und ich hasse Hoffnung«, ergänzt Brooke.

Wir erreichen Lake Charmaine. Jemand hat das Schild wieder aufgehängt, die Kette aber nur um den Pfosten gewickelt. Ich fahre einfach durch. Die Kette löst sich und fällt zu Boden. Hinter der Hütte blockiert Hunters Pick-up-Truck wieder die Zufahrt. Ich checke auf dem Handy noch einmal den aktuellen Aufenthaltsort des Mietwagens. Er wurde nicht bewegt, ist hier am Haus. Ich ziehe meinen Revolver, einen Smith & Wesson 460, und sehe Brooke an.

»Darf ich dich bitten hierzubleiben, bis ich mir das angesehen habe?«, frage ich.

Als Antwort öffnet sie die Autotür und steigt aus. Ich hatte erwartet, dass meine Bitte reine Zeitverschwendung sein würde, musste es aber versuchen. Wir gehen die Zufahrt hinauf, genau wie ich es mit Myron getan hatte. Hunter sitzt wieder im selben Adirondack-Gartensessel. Das Gewehr liegt auf seinem Schoß.

Hunter entdeckt uns, als wir uns nähern. Er steht auf und richtet das Gewehr auf uns.

»Bring ihn nicht um«, sagt Brooke.

Ich schieße ihm ins Bein. Er sinkt auf ein Knie. Ich schieße ihm in die Schulter. Das Gewehr fliegt weg. Ich gehe zu ihm. Brooke bleibt direkt hinter mir.

Hunter sieht erst mich, dann Brooke an. Er weint.

»Es tut mir so leid«, sagt er.

»Wo ist sie?«, frage ich.

»Entschuldigt.«

Ich beuge mich herunter, greife an die Schusswunde in seiner Schulter und drücke kräftig zu.

Er schreit.

»Wo ist sie?«

Plötzlich wird die Haustür geöffnet. Eine junge Frau mit langen Haaren tritt heraus.

Brooke legt mir eine Hand auf den Arm und nickt.

»Das ist Vada«, sagt sie.

34

Myron fand Nancy Moore im Garten hinter ihrem Haus.

Sie saß in einem Pavillon am Rosenbeet und hielt einen Kaffeebecher in den Händen. Sie drehte sich nicht um, als Myron sich näherte.

»Ich habe Ihnen doch gesagt, dass Sie nie wieder herkommen sollen«, sagte sie.

»Ja, ich weiß. Haben Sie etwas von Patrick gehört?«

Sie schüttelte den Kopf.

»Machen Sie sich keine Sorgen?«

»Natürlich mache ich mir Sorgen. Aber das Ganze ist eine gewaltige Umstellung für ihn. Ich muss ihm den Freiraum lassen.«

»Er war zehn Jahre weg«, sagte Myron. »Ich hätte nicht gedacht, dass er ausgerechnet jetzt Freiraum braucht.«

»Myron?«

»Ja.«

»Es ist mir egal, was Sie denken. Ich will, dass Sie gehen.«

Myron rührte sich nicht. Er blieb einfach stehen, bis sie ihn ansah. Als sie das schließlich tat, blieb er weiter stehen und starrte sie an. Dann sagte er: »Ich weiß es, Nancy.«

»Was wissen Sie?«

Aber eigentlich war diese Frage eine reine Formalität. Er sah es in ihren Augen.

»Francesca hat es mir erzählt.«

»Francesca ist gerade ziemlich verwirrt. Die Heimkehr ihres Bruders nach all den Jahren hat sie durcheinandergebracht.«

»Er ist tot, oder? Rhys, meine ich.«

»Das hat Patrick doch schon gesagt.«

»Nein, Patrick hat uns eine Geschichte erzählt. Eine Geschichte, die Sie mit ihm erarbeitet haben. Es war übrigens eine sehr gute Geschichte – die bestmögliche für eine am Boden zerstörte Mutter. So wie Patrick es dargestellt hat, wurde Rhys nie etwas angetan. Rhys war glücklich. Er war tapfer. Er ist schnell gestorben, und zwar bevor der eigentliche Horror begann. Als ich die Geschichte gehört habe, musste ich die ganze Zeit daran denken, wie vorteilhaft das alles ist.«

»Machen Sie, dass Sie hier rauskommen.«

Myron stellte sich neben sie. »Wir wissen, dass Vada oben am See ist.«

Nancy griff nach ihrem Handy, doch Myron war schneller und zog es aus ihrer Tasche.

»Geben Sie das her.«

»Nein.«

»Sie verstehen absolut nichts«, sagte Nancy.

»Oh doch, ich glaube, ich verstehe so einiges«, sagte Myron. »Kein Wunder, dass Sie Chick überredet haben, nichts von den SMS zu sagen. Er fürchtete, dass die Information vom Fall ablenken könnte. Weil die Cops dann vor allem in diese Richtung ermitteln würden, weil sie glauben mussten, Sie beide hätten eine Affäre gehabt und einer von Ihnen wäre vielleicht nicht mehr damit klargekommen oder so etwas. Dabei war das gar nicht das Problem. Sie wussten, dass mit diesen SMS alles begonnen hatte. Chick wusste das nicht.«

Nancy Moore stand auf und ging in Richtung Haus. Myron folgte ihr.

»Hunter hat Sie also mit einer Pistole bedroht. War Ihnen klar, dass es Francesca war, die die Pistole dann versteckt hat? Das würde erklären, warum Sie ihr das Ganze verheimlicht haben. Vielleicht haben Sie aber auch gedacht, dass es zu viel für sie wäre, weil sie noch ein Kind war und ein so ungeheuerliches Geheimnis nicht hätte für sich behalten können. Oder Sie wollten verhindern, dass sie sich die Schuld gibt. Wenn sie Daddys Pistole einfach auf dem Tisch hätte liegen lassen, wenn sie nicht darüber nachgedacht hätte, was Hunter womöglich damit anstellen könnte …«

Nancy blieb an der Hintertür stehen. Sie schloss die Augen.

»Aber so hat sie die Pistole in ihrem Zimmer versteckt, und Patrick hat sie gefunden«, sagte Myron. »Ich weiß nicht genau, wann das war. Francesca wusste es auch nicht. Ein paar Tage später. Vielleicht eine Woche. Hat Hunter sie einfach vergessen – oder hatte er Angst, das Thema anzusprechen? Ich weiß es nicht. Spielt auch keine Rolle. Irgendwann hat Patrick sie gefunden. Hunter und Sie haben viel gestritten. Vielleicht wusste Patrick das. Vielleicht wusste er sogar, worum es in diesen Streits ging. Vielleicht hat er Chick oder der ganzen Familie Baldwin die Schuld gegeben.«

»Nein«, sagte Nancy. »Nichts dergleichen.«

»Das ist auch eigentlich egal. Er ist ein sechsjähriger Junge. Er hat die geladene Pistole seines Vaters. Er bewahrt sie in seinem Rucksack auf, nimmt sie mit zur Schule. Irgendwann – vielleicht sogar an dem Tag, an dem er sie gefunden hat – ist er mit Rhys Baldwin zum Spielen verabredet. Sie spielen hinten im Wald. Jedenfalls haben Sie das Francesca so erzählt. Das Au-pair-Mädchen, Vada Linna, achtet nicht so genau auf sie. Oder vielleicht tut sie es doch. Woher soll ich das wissen. Sie ist eine verschüchterte Jugendliche in einem fremden Land. Was sollte sie denn tun?«

Nancy Moore stand ganz still da. Myron glaubte nicht, dass sie zu atmen wagte.

»Ich weiß nicht, ob sie irgendetwas gespielt haben. Ich weiß nicht, ob sich der Schuss zufällig gelöst hat. Ich weiß nicht, ob Patrick wütend war wegen seines Vaters. Das alles kann ich nicht sagen. Ich weiß aber, dass ein sechsjähriger Junge einen anderen erschossen hat.«

»Es war ein Unfall«, sagte Nancy.

»Möglich.«

»Es war einer.«

»Und was ist mit den Dingen, die dann passiert sind?«

»Ich weiß nicht, was Sie meinen«, sagte Nancy.

»Oh doch, das wissen Sie. Sie sind zu den Baldwins gefahren, um Ihren Sohn abzuholen. Ich nehme an, dass der Schuss, mit dem Patrick Rhys getötet hat, direkt vor Ihrer Ankunft gefallen ist. Nur wenige Sekunden vorher. Denn wenn es, sagen wir, zehn Minuten vorher geschehen wäre, hätte Vada Linna den Notruf gewählt.«

»Ich habe den Schuss gehört«, sagte Nancy. »Ich hatte gerade vor der Tür gehalten und ...«

Myron nickte. Das war plausibel. »Sie sind sofort nach hinten in den Garten gelaufen.«

»Vada und ich ... Wir sind beide hingerannt. Aber es war zu spät. Die Kugel ... sie hatte Rhys in den Kopf getroffen. Wir konnten nichts tun.«

Schweigen.

»Warum haben Sie nicht einfach die Polizei gerufen?«, fragte Myron.

»Sie wissen, warum. Es war unsere Pistole. Meine, um genau zu sein. Ich hatte sie gekauft. Hunter und ich – wir wären angeklagt worden. Es gab ein paar solcher Fälle. Ich hatte etwas über einen Vater gelesen, der seine geladene Waffe immer unter das Bett legte. Sein sechsjähriger Sohn hat sie gefunden. Er hat mit seiner vierjährigen Schwester Cowboy und Indianer gespielt. Hat sie erschossen. Der Vater wurde wegen Totschlags verurteilt und hat acht Jahre im Gefängnis gesessen. Solche Dinge sind mir durch den Kopf gegangen. Und ich dachte auch an Patrick. Ja, er hat gewusst, dass wir uns viel gestritten haben. Er hatte es mitgekriegt. Na ja – selbst wenn er erst sechs Jahre alt war, was wäre, wenn jemand die Sache aufbauschen würde? Was wäre, wenn jemand behaupten würde, dass es kein Unfall war, dass er Rhys absichtlich umgebracht hätte. Er würde sein Leben lang gezeichnet sein – der Junge, der einen anderen Jungen ermordet hat. Und dann waren da noch Chick und Brooke. Machen die beiden auf Sie den Eindruck, der nachsichtige oder versöhnliche Typ zu sein?«

»Also haben Sie es so arrangiert, dass es wie eine Entführung aussieht.« Myron versuchte, ruhig zu sprechen.

Sie sparte sich die Antwort.

»Wie haben Sie Vada dazu gebracht, dass sie dabei mitmacht?«

»Ich habe ihr erzählt, dass die Polizei sie dafür verantwortlich machen würde. Es wäre ihre Aufgabe gewesen, auf die Kinder aufzupassen, die Polizei würde ihr die Schuld geben und sie ins Gefängnis stecken. Ich habe ihr gesagt, dass sie besser tut, was ich sage. Zu ihrem eigenen Schutz. Vada war verängstigt und viel zu verstört, um sich zu wehren. Als sie später Zweifel bekam, war sie schon zu tief in die Sache verwickelt.«

»Also haben Sie den Tatort gereinigt. Ich nehme an, dass da alles voller Blut war.«

»Das war nicht so viel. Außerdem war es hinten im Wald. Ich habe da sauber gemacht.«

»Dann haben Sie Ihre Story mit Vada abgesprochen, sie im Keller gefesselt, sind gegangen und haben Brooke angerufen. Sie haben ihr erzählt, dass Sie gerade am Haus waren und niemand aufgemacht hätte.«

»Richtig.«

Myron schluckte. »Wo war Patrick?«

»Ich habe ihn nach Hause gebracht. Ich habe ihm gesagt, er soll sich verstecken, bis sein Vater kommt.«

»Und Rhys?«

Nancy sah ihn an. Sie zögerte keinen Moment, als sie sagte: »Ich habe ihn hinten in der Garage in eine Mülltonne gesteckt.«

Der Rest war klar.

»Hat Hunter versucht, Ihnen das auszureden, als er nach Hause kam?«

»Ja. Er wollte sofort alles gestehen. Aber da war es schon zu spät. Ich hatte die falsche Entführung schon zur Anzeige gebracht. Solche Dinge – sie reißen einen mit wie eine Lawine. Es war nicht Hunters Schuld. Er war schwach. Er ist nicht zurechtgekommen mit dem, was wir getan haben. Er hat angefangen zu trinken. Den Rest können Sie sich vermutlich denken. Es war nicht besonders schwer, eine falsche Identität für Patrick zu erschaffen, aber es hat eine Weile gedauert, weil die Polizei ja immer noch bei uns ein und aus ging. Hunter blieb mit Patrick am See. Schließlich haben wir ihn außer Landes gebracht. Sein neuer Name lautete Paul Simpson.«

»Und warum haben Sie ihn jetzt wieder nach Haus geholt?«

Sie zuckte die Achseln. »Er geriet immer mehr unter Druck. Unter anderem durch die immer strenger werdenden Sicherheitsprüfungen an der Schule. Die Leute fingen an, Fragen zu stellen. Wir konnten nicht ewig so weitermachen. Francesca sollte erfahren, dass ihr Bruder lebt. Vor allem aber wollte Patrick nach Hause. Also haben Hunter und ich das besprochen. Wir hatten überlegt, ob er einfach in eine Polizeiwache gehen und eine Geschichte über seine Flucht erzählen soll. Aber das hätte nur noch mehr Fragen aufgeworfen.«

»Also haben Sie Win diese anonyme E-Mail geschickt.«

»Ich wusste, dass Win die Suche nie aufgegeben hatte. Wenn er Patrick fand – wenn er ihn rettete –, wäre die Sache glaubhafter. Das dachte ich jedenfalls. Ich habe es so eingerichtet, dass Win zur gleichen Zeit in King's Cross ist wie Patrick. Der Ort selbst war leicht zu finden. Die Stellen, an denen minderjährige Stricher stehen, findet man im Internet.«

»Das lief dann aber nicht wie geplant.«

»Es ist, gelinde gesagt, voll nach hinten losgegangen«, sagte sie. »Patrick ist geflohen, als er gesehen hat, wie Win die Männer getötet hat. Er hat mich voller Panik angerufen. Ich habe ihm gesagt, dass er sich ein Hotel suchen und dort bleiben soll. Aber dieser Fat Gandhi hat ihn gefunden.«

»Und als Sie mir tränenüberströmt dafür gedankt haben, dass ich ihm das Leben gerettet habe …«

»Das war nicht gespielt.« Sie sah Myron in die Augen, vielleicht in der Hoffnung da etwas Freundlichkeit oder Zuspruch zu finden. »Sie haben ihm das Leben gerettet. Ich habe Mist gebaut. Ich habe von Anfang an Mist gebaut. Sie werden fragen, warum ich dies oder jenes nicht so oder so gemacht habe und ob es nicht anders geschickter gewesen wäre. Ich weiß es nicht. Ich habe in jeder Situation neu überlegt und immer das getan, von dem ich glaubte, dass es das Beste für meinen Sohn wäre. Und am Anfang lief es auch ganz gut. Patrick hat vergessen, was passiert ist. Meine Schwester lebt in Frankreich. Er war oft bei ihr. Er liebte das Internat. Er war glücklich. Natürlich hat er uns vermisst. Seine Schwester hat er auch vermisst. Und natürlich war es eine sehr schwierige Entscheidung, Francesca nicht die Wahrheit zu sagen. Sie wäre jedoch nicht in der Lage gewesen, so ein Geheimnis für sich zu behalten. Nicht als Zehnjährige. Wir haben versucht, sie zu beruhigen, ihr zu sagen, dass es ihrem Bruder gut geht, aber natürlich hat sie gelitten. Das war hart.«

Sie legte den Kopf auf die Seite: »Hätten Sie es ihr erzählt?«

Myron wollte antworten, dass er diesen Weg niemals eingeschlagen hätte, dachte dann aber, dass das eigentlich selbstverständlich wäre. »Ich weiß es nicht«, sagte er. »Aber so, wie Sie vorgegangen sind, haben Sie all diese Leben zerstört, oder? Ihr Mann hat es nicht verkraftet. Brooke, Chick und Clark – was Sie denen angetan haben, was die Ihretwegen durchmachen mussten.«

»Rhys war tot«, sagte sie. »Begreifen Sie das nicht? Nichts konnte ihn wieder zurückbringen. Ihn konnte ich nicht mehr retten. Ich konnte nur meinen eigenen Sohn retten.«

Nancys Handy vibrierte in Myrons Hand. Er sah aufs Display und las ihr die Nummer vor.

»Das ist Patrick!« Nancy nahm es und hielt es ans Ohr. »Hallo? Patrick?«

Myron hörte ihn weinen. »Mommy?«

Er klang viel jünger als sechzehn.

»Ich bin ja da, mein Schatz.«

»Sie wissen, was ich getan habe. Ich … ich will sterben.«

Nancy warf Myron einen bösen Blick zu. »Nein, hör auf Mommy. Alles wird wieder gut. Sag Mommy einfach, wo du bist.«

»Du weißt, wo ich bin.«

»Nein, das weiß ich nicht.«

»Hilf mir, Mommy.«

»Wo bist du, Patrick?«

»Ich möchte sterben. Ich möchte sterben, damit ich bei Rhys sein kann.«

»Nein, Schatz, hör mir zu.«

»Goodbye, Mommy.«

Er legte auf.

»Oh mein Gott.«

Das Handy fiel ihr aus der Hand.

»Damit ich bei Rhys sein kann«, wiederholte Myron leise. Er packte ihre Schultern. »Wo haben Sie Rhys' Leiche entsorgt?«

Sie riss sich plötzlich los und rannte zu ihrem Wagen.

Myron lief hinter ihr her und überholte sie.

»Ich fahre«, sagte er. »Wo ist er?«

Nancy zögerte.

Myron dachte daran, wie Patrick auf dem Küchenstuhl gesessen hatte. Er hatte lange mit unnatürlicher, monotoner Stimme gesprochen, weil er gelogen hatte. Aber am Ende hatte Patricks Stimme sich verändert, war emotionaler geworden …

»Ich hab es gesehen … Ich war dabei … Sie haben … seine Leiche einfach in die Schlucht geworfen. Als ob es gar nichts wäre. Als ob Rhys gar nichts wäre …«

Weil er die Wahrheit gesagt hatte.

»Soll Ihr Sohn leben oder sterben?«, schrie Myron. »Wo ist diese Schlucht, Nancy?«

35

Laut Myrons Routenplaner würde die Fahrt zum Lake Charmaine bei der aktuellen Verkehrslage über neunzig Minuten dauern. Also rief Myron das Büro des Sheriffs in Pike County, Pennsylvania, an, um sie über die Lage zu informieren. Er wurde sofort zu Sheriff Daniel Yiannikos durchgestellt.

»Ich bin im Streifenwagen unterwegs«, sagte der Sheriff. »Wo ist der Junge?«

»Wenn Sie die Old Oak Road in der Nähe vom Lake Charmaine bis ans Ende fahren«, sagte Myron, »und von dort knapp einen halben Kilometer nach Süden gehen, stoßen Sie auf eine Schlucht.«

»Ich kenne die Stelle«, sagte Sheriff Yiannikos.

»Der Junge heißt Patrick. Er ist jetzt dort.«

»Will er springen? Er wäre nicht der Erste.«

»Ich weiß es nicht. Aber er hat gedroht, sich umzubringen.«

»In Ordnung. Ich bin acht Minuten von der Old Oak Road entfernt. Wie alt ist Patrick?«

»Sechzehn.«

Seit sie losgefahren waren, wählte Nancy unablässig seine Nummer. Er meldete sich nicht.

»Wie lautet sein voller Name?«, fragte Yiannikos.

»Patrick Moore.«

»Warum kommt mir der Name bekannt vor?«

»Er war in den Nachrichten.«

»Der gerettete Junge?«

»Er hat eine sehr harte Zeit hinter sich«, sagte Myron.

»Okay. Wir gehen behutsam vor.«

»Sagen Sie ihm, dass seine Mutter auf dem Weg ist.«

Myron legte auf und rief seinen alten Freund Jake Coulter an, auch er war Sheriff, in diesem Fall in Bergen County, New Jersey. Er erläuterte die Situation und bat um eine Polizeieskorte.

»Die Wagen sind unterwegs«, sagte Jake. »Sie erwarten euch an der Route 80. Fahrt einfach weiter.«

Als Sheriff Yiannikos zwanzig Minuten später endlich zurückrief, umklammerte Nancy Moore Myrons Arm so fest, dass er sicher war, davon Blutergüsse zu bekommen.

»Hallo?«

»Patrick lebt«, sagte der Sheriff. »Zumindest noch.«

Myron atmete tief durch.

»Er steht allerdings direkt oben an der Schlucht und hält sich einen Revolver an den Kopf.«

Nancy sackte zusammen. »O mein Gott.«

»Es ist heute ziemlich ruhig hier draußen. Er hat gesagt, wir sollen Abstand halten. Und das tun wir.«

»Hat er irgendwelche Forderungen gestellt?«

»Er hat nur gefragt, ob seine Mutter wirklich auf dem Weg ist. Wir haben das bejaht. Wir haben ihn gefragt, ob er sie sprechen will. Er hat das abgelehnt und gesagt, er wollte sie nur sehen. Dann hat er uns noch einmal aufgefordert zurückzubleiben, sonst würde er sich erschießen. Also halten wir Abstand. Wie lange brauchen Sie noch?«

Wie versprochen, waren die Polizeiwagen aus Bergen County an der Route 80 in Richtung Westen zu ihnen gestoßen. Myron hatte Gas gegeben. Die Polizei hatte ihn durch den dichten Verkehr eskortiert.

»Eine halbe Stunde, höchstens vierzig Minuten.«

»Okay«, sagte Sheriff Yiannikos. »Wenn sich was tut, rufe ich an.«

Myron legte auf, rief Win kurz an, dann fragte er Nancy: »Warum ist Vada zurückgekommen?«

»Was glauben Sie?«

»Sie hat aus den Nachrichten von Patricks Rückkehr erfahren«, sagte Myron.

»Richtig.«

»Und jetzt will sie reinen Tisch machen.«

»Das sagt sie jedenfalls. Wir haben sie … äh … abgefangen. Ohne Gewaltanwendung. Wir haben sie nur überzeugt, zum See mitzukommen, um das zu besprechen. Dann haben wir ihr die Autoschlüssel abgenommen und sie gebeten, uns ein paar Tage Zeit zu geben. Um es ihr auszureden.«

»Und wenn Ihnen das nicht gelungen wäre?«

Nancy zuckte die Achseln. »Ich denke, wir hätten eine Möglichkeit gefunden.«

»Also hat Hunter sie erwartet, als wir dort hingefahren sind.«

»Ja, sie ist eine halbe Stunde nachdem Sie und Win wieder weg waren, angekommen.«

»Hunter kann Win nicht aufhalten.«

»Nein, bestimmt nicht«, sagte Nancy. »Können Sie bitte schneller fahren?«

»Und Tamryn Rogers?«

»Sie war Patricks Freundin im Internat. Ich dachte, er könnte mit ihr Schluss machen, wenn er wieder zu Hause ist. Aber Sie wissen ja, wie das bei Teenagern ist. Ihr Neffe hatte da schon recht, was? Teenager fühlen sich schnell einsam. Sie brauchen Gesellschaft. Also hat Patrick sich rausgeschlichen. Was ja auch kein Problem gewesen wäre, wenn Sie ihn nicht verfolgt hätten.«

Sie überquerten die Dingmans Ferry Bridge. Der Routenplaner sagte, dass sie noch acht Minuten entfernt waren.

»Jetzt ist es vorbei«, sagte Myron.

»Ja, das glaube ich auch. Trotzdem muss ich meinen Sohn retten. Darum ging es schließlich von Anfang an. Und dann, na ja, leben wir weiter, oder? Die Polizei wird Rhys' Leiche aus der Schlucht bergen. Dann können Brooke und Chick ihn endlich ordentlich beerdigen. Ich habe mit einem Anwalt gesprochen, bevor ich diesen Weg eingeschlagen habe. Was meinen Sie, wie lang die Verjährungsfrist für das Verstecken einer Leiche ist?«

Myron umklammerte das Lenkrad fester.

»Zehn Jahre. Und im Endeffekt habe ich eigentlich nur eine Leiche versteckt und ein paar Beweise manipuliert. Ich habe die Polizei angelogen. Hunter wurde von Schuldgefühlen zerfressen. Er wird zwar den Kopf hinhalten, aber wir nehmen uns einen guten Verteidiger, sodass er nur eine kurze Gefängnisstrafe bekommt, wenn überhaupt. Also ja, Myron, wenn wir meinen Jungen retten können, ist alles vorbei.«

»Kaltblütig«, sagte Myron.

»Es musste sein.«

»Nichts davon musste sein.«

»Rhys war tot. Ich konnte ihn nicht retten.«

»Und Sie glauben wirklich, dass Sie Patrick gerettet haben? Was meinen Sie, was Sie einem sechsjährigen Jungen angetan haben, als Sie ihn zwangen, solche Lügen zu erzählen?«

»Ja, er war erst sechs.«

»Sie haben es also einfach ausgeblendet. Ihr Mann ist zum Trinker geworden. Ihre Tochter musste den Verlust ihres Bruders verkraften. Und Vada … da weiß ich gar nicht, wie sehr Sie ihr Leben versaut haben. Und Brooke, Chick und Clark. Haben Sie eine Vorstellung, was Sie denen angetan haben?«

»Ich muss mich Ihnen gegenüber nicht rechtfertigen. Eine Mutter beschützt ihr Kind. So ist das nun einmal. Und jetzt bekomme ich meinen Jungen zurück. Wir werden ihm Hilfe besorgen. Es wird alles wieder gut. Ich nehme ihn mit nach Hause. Wenn er erst einmal dort ist, wird er sich wieder erholen.«

Myron bog in die Old Oak Road ein. Am Ende der Fahrbahn standen vier Polizeiwagen. Sheriff Yiannikos kam auf ihn zu und stellte sich vor. »Wir haben Abstand gehalten. Er will mit seiner Mutter sprechen.«

»Das bin ich«, sagte Nancy. Sie rannte auf den Wald zu. Myron folgte ihr. »Nein«, sagte sie. »Bleiben Sie hier.«

Sie verschwand zwischen den Bäumen. Myron wandte sich an Sheriff Yiannikos. »Ich kann Ihnen das jetzt nicht so schnell erklären, aber wir können sie nicht alleine lassen. Ich muss hinter ihr her.«

»Ich komme mit«, sagte er.

Myron nickte. Sie eilten den Pfad hinauf auf eine Anhöhe. In der Ferne krächzte ein Vogel. Sie liefen weiter. Nancy drehte sich im Laufen kurz um, blieb aber nicht stehen und rief ihnen nichts zu. Sie wollte so schnell wie möglich zu Patrick.

Eine Mutter beschützt ihr Kind.

Als sie die Anhöhe erreicht hatte, blieb sie wie angewurzelt stehen. Sie hielt sich erschrocken die Hände vors Gesicht. Myron rannte schneller. Er hielt sich rechts. Sheriff Yiannikos blieb bei ihm. Als sie auf die Lichtung kamen, sahen auch sie, was Nancy sah.

Patrick drückte sich den Revolver an den Kopf. Er weinte nicht. Er war nicht hysterisch.

Er lächelte.

Vorsichtig machte Nancy einen Schritt auf ihn zu. »Patrick?«

Patricks laute, klare Stimme war im ruhigen Wald gut zu verstehen. »Bleib da stehen.«

»Ich bin jetzt hier«, sagte Nancy. »Ich bin hergekommen, um dich nach Hause zu bringen.«

»Ich bin schon zu Hause«, sagte er.

»Was meinst du?«

»Habt ihr wirklich gedacht, ich wäre im Auto geblieben?«

»Was? Schatz, ich weiß nicht …«

»Ihr seid mit mir hier raufgefahren. Ihr habt gesagt, ich soll im Auto bleiben und die Augen schließen.« Wieder lächelte Patrick mit der Waffe an der Schläfe. »Dachtet ihr, ich würde auf euch hören?«

»Ich hab es gesehen … Ich war dabei … Sie haben … seine Leiche einfach in die Schlucht geworfen. Als ob es gar nichts wäre. Als ob Rhys gar nichts wäre …«

»Ich habe ihn getötet«, sagte Patrick, und eine einzelne Träne lief seine Wange hinab. »Und ihr habt ihn hier weggeworfen. Ihr habt mich gezwungen, damit zu leben.«

»Das ist okay«, sagte Nancy. Ihre Stimme überschlug sich. »Es wird alles wieder gut …«

»Ich sehe es Tag für Tag vor mir. Dachtet ihr, dass ich es vergesse? Dachtet ihr, ich könnte mir das je verzeihen? Oder euch?«

»Bitte, Patrick.«

»Ihr habt mich damals auch getötet, Mom. Ihr habt mich auch in die Schlucht geworfen. Und jetzt müssen wir alle dafür bezahlen.«

»Das werden wir, mein Schatz.« Nancy sah sich verzweifelt um, suchte nach irgendeinem Rettungsring. »Pass auf, Patrick, die Polizei ist hier. Sie weiß jetzt alles. Es wird wieder gut. Bitte, Schatz, leg die Waffe weg. Ich bin hier, um dich nach Hause zu bringen.«

Patrick schüttelte den Kopf. Als er die nächsten Worte sagte, war seine Stimme eiskalt.

»Du bist nicht deshalb hier, Mutter.«

Nancy sank auf die Knie. »Bitte, Patrick, leg die Waffe weg. Lass uns nach Hause fahren. Bitte.«

»Mein Gott«, murmelte Sheriff Yiannikos leise, »er wird es tun.«

Myron sah es auch so. Er überlegte, ob er irgendwie einschreiten sollte, ob er einfach zu dem Jungen stürmen sollte, aber er würde es niemals rechtzeitig schaffen.

»Hier ist mein Zuhause«, sagte Patrick. »Hier gehöre ich her.«

Er spannte den Hahn des Revolvers.

Nancy schrie: »Nein!«

»Ich habe dich nicht hergerufen, damit du mich rettest.« Sein Finger zitterte, als er ihn auf den Abzug legte. »Ich habe dich hergerufen, damit du siehst, wie ich meinem Leben ein …«

Und dann rief eine andere Stimme – eine Frauenstimme: »Halt!«

Einen Moment lang stand alles still. Myron sah nach links. Auf der anderen Seite der Lichtung standen Brooke Baldwin und Win.

Brooke ging auf den Jungen zu. »Es ist vorbei, Patrick.«

Patrick drückte sich den Revolver weiter an den Kopf. »Mrs Baldwin …«

»Es ist vorbei, habe ich gesagt.«

»Bleiben Sie stehen«, sagte Patrick.

Brooke schüttelte den Kopf. »Du warst erst sechs Jahre alt, Patrick. Ein kleiner Junge. Es war ein Unfall. Ich gebe dir keine Schuld. Hast du gehört, Patrick?« Sie trat noch einen Schritt näher an ihn heran. »Es ist vorbei.«

»Ich will sterben«, schrie er. »Ich will bei Rhys sein.«

»Nein«, sagte Brooke. »Es hat schon genug Tod und Zerstörung gegeben. Bitte, Patrick. Bitte mach meinen Schmerz nicht noch schlimmer.« Sie streckte ihm die Hand entgegen. »Sieh mich an.«

Patrick tat das. Brooke wartete, bis sie sicher war, dass er ihr in die Augen sah.

»Ich verzeihe dir«, sagte sie. »Du warst ein kleiner Junge. Es war nicht deine Schuld. Rhys, mein Sohn, dein Freund … Er würde das nicht wollen, Patrick. Wenn es andersherum wäre, wenn Rhys dich erschossen hätte, würdest du ihm verzeihen?«

Der Revolver in Patricks Hand zitterte.

»Würdest du das?«

Patrick nickte.

»Bitte, Patrick. Gib mir den Revolver.«

Die Luft schien völlig stillzustehen. Keiner rührte sich. Keiner atmete. Selbst die Bäume schienen die Luft anzuhalten. Brooke ging schnell auf Patrick zu. Der zögerte, und einen Moment lang dachte Myron, er würde trotzdem abdrücken.

Als Brooke die Hand wieder ausstreckte und die Waffe nahm, sank Patrick in ihre Arme. Er stieß einen gutturalen Laut aus und fing an zu schluchzen. Brooke schloss die Augen und drückte ihn an sich.

»Es tut mir so leid. Es tut mir so schrecklich leid.«

Brooke blickte über die Schlucht, den Ort, an dem ihr Sohn seit zehn Jahren lag. Sie umklammerte den Jungen fester, und endlich stürzte auch ihre Fassade ein, sie weinte mit ihm. So standen die beiden eine Weile da – die Mutter eines toten Jungen in enger Umklammerung mit dem Jungen, der ihn getötet hatte.

Nancy Moore näherte sich vorsichtig. Brooke sah sie über Patricks Schulter hinweg an. Ihre Blicke trafen sich. Nancy sagte lautlos »Danke«, und Brooke nickte ihr zu. Aber sie ließ Patrick nicht los. Sie ließ den Jungen nicht los, bis er aufgehört hatte zu weinen.

36

Vier Stunden später hatte die Polizei die Leichenreste geborgen.

Hunter Moore war zur Behandlung seiner Schusswunden im Krankenhaus. Sie würden ihn wieder hinbekommen. Vada Linna ging es gut. Sie hatte Win und Brooke die ganze Wahrheit erzählt. Denn genau deshalb war sie zurückgekehrt. Vielleicht würde Hunter wegen Freiheitsentzug angeklagt werden. Das konnte niemand so genau sagen.

Nancy Moore war in Gewahrsam genommen worden, dann aber, nachdem sie ein schriftliches Geständnis abgelegt hatte, mithilfe ihrer Anwältin Hester Crimstein unter Auflagen entlassen worden. Nancy hatte recht. Eine größere Strafe hatte sie nicht zu befürchten.

Win sagte: »Du solltest nach Hause fahren.«

Myron schüttelte den Kopf. Er war so lange geblieben. Er würde jetzt noch nicht gehen.

Von der Leiche waren nur Knochen übrig, aber die Kleidung war noch zu erkennen. Brooke ging hin und streichelte das rote Sweatshirt und die Jeans.

»Ist die von Rhys«, sagte sie.

Ohne ein weiteres Wort richtete Brooke sich auf und ging zurück zu ihrem Wagen. Win folgte ihr, doch sie schüttelte den Kopf. »Fahr mit Myron zurück. Ich muss eine Weile allein sein. Und ich muss es Chick persönlich sagen.«

Win sagte: »Ich halte das für keine gute Idee.«

»Ich liebe dich«, sagte Brooke, »aber was du davon hältst, ist mir eigentlich egal.«

Sie sahen Brooke hinterher, als sie kerzengerade zum Wagen ging, einstieg und losfuhr.

»Komm«, sagte Win. »Ab nach Hause.«

Win fuhr. Als sie ein paar Minuten unterwegs waren, rief Mickey an, um sich über den Stand der Dinge zu informieren. Ema und Löffel waren bei ihm.

»Es ist vorbei«, sagte Myron zu seinem Neffen.

»Habt ihr Rhys gefunden?«

»Er ist tot.«

Myron hörte, wie Mickey es Ema sagte. Dann hörte er Ema weinen.

Win parkte in der Garage hinter dem Dakota Building. Als sie ins Apartment kamen, nahm Terese beide zusammen in die Arme. So blieben sie stehen, bis Wins Handy surrte. Win entschuldigte sich und wünschte ihnen eine gute Nacht. Myron sah Terese tief in die Augen.

»Ich kann es nicht erwarten, dich zu heiraten«, sagte er.

Er duschte lange. Terese leistete ihm Gesellschaft. Sie sprachen nicht. Noch nicht. Nicht in dieser Nacht. Sie liebten sich. Es war wild, roh und perfekt und vielleicht sogar heilsam. Myron schlief nicht in den Armen seiner Verlobten ein, eher wurde er bewusstlos. Er träumte nicht. Er lag einfach lange in ihren Armen. Eine Stunde. Vielleicht zwei.

Dann kroch ein kalter Schauer seinen Rücken hinauf.

»Was ist?«, fragte Terese. »Was ist los?«

»Der Revolver«, sagte Myron.

»Was für ein Revolver?«

»Patrick hatte einen Revolver«, sagte Myron. »Was ist damit passiert?«

Epilog

DREI MONATE SPÄTER

Vielleicht hoffen Sie noch auf eine Wendung und ein Happy End.

Sie glauben, womöglich hat jemand einen Fehler gemacht, es wäre nicht Rhys Baldwins Leiche gewesen, und Brooke und Chick hätten ihr Kind irgendwie zurückbekommen.

Aber manchmal gibt es keine Wendung. Und oft gibt es auch kein Happy End.

Heute ist allerdings ein glücklicher Tag.

Vor zwei Wochen habe ich für Myron den womöglich legendärsten Junggesellenabschied aller Zeiten geschmissen. Wie legendär? Sagen wir einfach, dass wir auf vier Kontinenten waren. Myron war – natürlich – sehr anständig. Das ist er immer. Sie werden erfreut zur Kenntnis nehmen, dass ich unanständig genug für uns beide war. Für Esperanza und Big Cyndi gilt dasselbe.

Was, werfen Sie ein, Frauen auf einem Junggesellenabschied?

Die Zeiten ändern sich, mein Freund.

Heute bin ich Myrons Trauzeuge und trage einen Frack. Es ist seltsam. Myron träumt schon ewig von diesem Tag, davon, die Liebe seines Lebens zu heiraten, sich niederzulassen und eine Familie zu gründen. Die Götter hatten leider andere Pläne für ihn. Ich hingegen habe solchen Vorstellungen nie nachgehangen. Ich begreife diese ganze Sache mit der »Liebe« nicht.

Oder ich habe sie nicht begriffen.

Myron ist mehr als nur mein bester Freund. Jüngere nennen das, was wir haben, eine »Bromance«, und das ist wohl eine durchaus angemessene Bezeichnung. Ich liebe Myron. Ich will, dass er glücklich ist – mehr sogar, für mich ist es notwendig, dass er glücklich ist. Letztes Jahr hat er mir gefehlt, obwohl ich ihm häufig näher war, als er ahnte. An dem Abend, als er sich *Hamilton* angesehen hat, saß ich drei Reihen hinter ihm. Als er seinen Bruder, Brad, an diesem schrecklichen Ort gefunden hat, war ich auch nicht weit weg.

Für alle Fälle.

Ich liebe ihn. Und ich will, dass er glücklich ist.

Er hat schon andere Frauen geliebt, vor allem eine Frau namens Jessica. Aber Terese ist anders. Das merkt man, wenn man in ihrer Nähe ist. Sie sind jeder für sich tolle Menschen, aber wenn sie zusammen sind, entsteht etwas ganz anderes, etwas viel Spektakuläreres. Oder, einfach gesagt, wenn das alles eine chemische Reaktion ist – und das glaube ich –, vereinigen sich diese beiden Komponenten zu einem faszinierenden Ganzen.

Ich klopfe an die Tür. Terese sagt: »Herein.«

Ich trete ein.

»Und?«, sagt sie und dreht sich vor mir einmal um ihre Achse.

Haben Sie je eine schöne, glückliche Braut in ihrem Brautkleid gesehen? Dann wissen Sie Bescheid.

»Wow«, sage ich.

»Du klingst schon wie Myron.«

Ich nehme ihre Hand und küsse sie.

»Ich wollte dir nur alles Gute wünschen«, sage ich. »Ich will, dass du weißt, dass ich immer für dich da bin, ob es dir passt oder nicht.«

Sie nickt. »Das weiß ich.«

»Und wenn du ihm das Herz brichst, breche ich dir die Beine.«

»Auch das weiß ich.«

Ich gebe ihr einen Wangenkuss und verlasse den Raum.

Sie werden vermutlich wissen wollen, was nach der Entdeckung von Rhys' Leiche geschehen ist. Erlauben Sie mir, Sie ins Bild zu setzen. Wie Sie in den Nachrichten gesehen haben, ist die ganze Wahrheit ans Tageslicht gekommen. Natürlich hat niemand Patrick angeklagt. Schließlich war er damals, wie Brooke an der Schlucht schon sagte, noch ein kleines Kind.

Den Baldwins – Brooke, Chick und Clark – geht es so gut, wie man es in einer solchen Situation erhoffen kann. Myron sagt gerne, dass selbst die hässlichste Wahrheit besser sei als die schönste Lüge. Ich weiß nicht recht, ob das immer zutrifft, in diesem Fall wirkt es allerdings so. Sie wissen jetzt Bescheid. Brooke hat Rhys auf unserem Familienfriedhof außerhalb von Philadelphia zu Grabe getragen. Sie haben um ihn getrauert und werden auch weiterhin um ihn trauern.

Aber sie leben auch weiter.

Clark und Francesca sind weiterhin enge Freunde und WG-Mitbewohner. Bis zu Patricks Rückkehr kannte Francesca die Wahrheit nicht, erst dann hatte Nancy Moore den Eindruck, dass ihre Tochter stark und reif genug wäre, damit zurechtzukommen.

Natürlich hatte sie sich in dem Punkt geirrt.

Hunter Moore hat sich im Großen und Ganzen von seinen Verletzungen erholt. Gegen ihn wird Klage erhoben, vor allem wegen der halbherzigen Entführung Vada Linnas. Ich weiß nicht, was daraus wird. Wir werden sehen.

Nancy Moore wird von der Polizei gesucht, wenn auch, wie ich vermute, nicht unbedingt mit höchster Priorität. Nach ihrem Geständnis und der daraus resultierenden Entlassung an jenem Abend scheint sie sich ein Beispiel an ihrem Sohn genommen zu haben und spurlos verschwunden zu sein. Die Strafvollzugsbehörden betonen, dass sie nicht ruhen werden, bis sie sie gefunden haben.

Myron hat mich gefragt, ob auch wir nach ihr suchen und helfen sollten, Nancy Moore vor Gericht zu bringen.

Nein, habe ich geantwortet. Wir haben das für Brooke getan. Wenn die Sache für sie erledigt ist, ist sie auch für uns erledigt.

Aber genug davon.

Myron heiratet heute. Ich stehe neben ihm auf dem Podium. Als seine Zukünftige erscheint, als er Terese zum ersten Mal in ihrem Brautkleid sieht, höre ich, wie er »Wow« murmelt.

Ich lächle und sage: »Ganz meine Meinung.«

Tereses Eltern sind schon tot, daher wird Myrons Vater, Al, sie zur Trauung führen. Ich lasse den Blick über die Gäste schweifen. Sie sind alle da. Big Cyndi ist die Brautjungfer. Esperanza tritt hinter dem Vorhang hervor. Sie wird diese Trauung vollziehen. Oh, vielleicht fragen Sie sich, wie es um Little Pocahontas und Big Chief Mama steht. Beide haben beschlossen, ihre auf die amerikanischen Ureinwohner anspielenden Künstlernamen nicht länger zu benutzen. Manche Leute mögen das bedauern. Esperanza tut das nicht. »Es ist noch niemand daran gestorben«, sagte sie zu mir, »dass er einer Kultur zu großen Respekt entgegengebracht hätte.«

Die Zeiten ändern sich, mein Freund.

Myron atmet tief durch. Ich sehe, wie ihm Tränen in die Augen treten. Ich lege ihm die Hand auf die Schulter, um uns beiden Kraft zu spenden. Er legt seine Hand auf meine, bedankt sich so für die Geste. Wir warten darauf, dass Myrons Vater Terese nach vorne geleitet.

Ein Großteil der Zeremonie verläuft für mich wie im Nebel.

Als Esperanza mir das Zeichen gibt, reiche ich Myron den Ring.

Wir sind die besten Freunde, und ich liebe ihn.

Aber, so leid es mir tut, manchmal ist eine schöne Lüge dennoch besser als die Wahrheit.

Daher werde ich es Myron nie erzählen. Wobei ich mich frage, ob er es nicht längst vermutet.

Er hat mich an dem Morgen, nachdem Rhys' Leiche gefunden worden war, angerufen. »Wo ist der Revolver?«, fragte er.

»Was?«

»Patricks Revolver.«

»Oh«, log ich. »Die Polizei hat ihn beschlagnahmt.«

Er zögerte kurz – vielleicht eine Sekunde zu lang –, dann sagte er: »Okay.«

Vielleicht glauben Sie, ich hätte den Revolver behalten. Das habe ich nicht.

Wie Sie sich erinnern werden, war Brooke diejenige, die Patrick die Waffe abgenommen hat.

Der Anruf, den ich bekam, als wir wieder im Dakota Building waren? Das war Brooke. Ich bin zurückgefahren und habe ihr beim Aufräumen geholfen. Die Polizei hatte genügend Überreste gefunden, um meinen Cousin Rhys auch zehn Jahre später noch zu identifizieren.

Das wird bei Nancy Moore nicht möglich sein.

Niemand wird jemals auch nur die kleinste Spur finden.

Oh, sie wird gelegentlich »gesichtet« werden. Ein anonymer Anrufer wird behaupten, sie an einem Strand auf den Fidschiinseln entdeckt zu haben. Jemand anders wird sagen, sie lebe in einem Kloster in den Hügeln der Toscana. Und vielleicht wird sie auch noch jemand in London erblicken, wo Zorra gerade einem gewissen rundlichen Pädophilen einen Besuch abstattet.

Nancy Moores Verbleib wird für immer ein Mysterium bleiben.

Die Zeremonie neigt sich dem Ende zu. Ich beobachte, wie Myron Tereses Schleier hebt. Er wartet kurz, weil – tja, ich kenne ihn eben – er diesen Moment in sich aufsaugen will. Er versteht, dass es ein ganz besonderer Augenblick ist, will die Zeit anhalten und ihn genießen.

Er will, dass dieser Augenblick nie zu Ende geht.

Myron ist gut darin.

Ich weiß nicht, ob mir das gefällt, was Brooke getan hat, oder ob ich an ihrer Stelle ebenso gehandelt hätte. Aber es steht mir nicht zu, ihren Entschluss in Frage zu stellen. Nancy Moore hat ihr nicht nur den Sohn genommen, sondern es ihr auch unmöglich gemacht, einen Schlussstrich zu ziehen. Sie hat Chick und Clark unermessliches Leid zugefügt. Nancy Moore kannte die Wahrheit seit zehn Jahren und hat sie leiden lassen. Sie hat Brookes Leben zerstört. Sie hat Brooke das Kind genommen, ihr Baby, und es in eine Schlucht geworfen, wie andere es mit ihrem Müll machen.

Sagen Sie mir, was eine gerechte Strafe dafür wäre.

Ich frage mich auch, ob ich sexistisch bin. Wenn Nancy Moore ein Mann wäre – wenn Hunter Moore an jenem Tag die Leiche gefunden und einen Sechsjährigen wie Müll weggeworfen, viele Leben zerstört, meine Cousine, ihren Mann und ihren Sohn in tiefstes Leid gestürzt hätte, hätte ich dann einen zweiten Gedanken daran verschwendet, ihn zur Rechenschaft zu ziehen?

Interessante Frage.

Brooke und ich sind uns ähnlich. Zwischen uns besteht eine enge Verbindung. Diese Verbindung hat womöglich nicht nur positive Seiten. Hat Brooke in einem nachvollziehbaren Anfall mütterlichen Zorns reagiert? Würde Brooke wieder so handeln, wenn sie Zeit hätte, darüber nachzudenken?

Ich weiß es nicht.

Aber auch Nancy Moores »mütterliche« Entscheidungen verstehe ich nicht ganz. Offenbar hatte sie anfangs Angst, zur Polizei zu gehen. Aber warum? Weil man sie eines Verbrechens beschuldigt hätte? Oder weil ihr Sohn für immer gezeichnet wäre? Oder weil Chick einige dubiose Geschäftspartner hatte, die ihr Schaden zufügen könnten?

Oder war Nancy klar, dass der gefährlichste Zorn der einer Mutter ist, die ihr Kind verloren hat?

Aber jetzt beobachte ich, wie Myron das Weinglas zertritt. Die Menge steht auf und ruft laut: »Masel tov«. Myron Bolitar geht als verheirateter Mann mit seiner liebenden Frau den Gang entlang.

Ich erspare Ihnen die Schilderungen der Tränen, Umarmungen und Gratulationen.

Stattdessen komme ich direkt zum ersten Lied des Hochzeitstanzes. Es ist, tja, so kitschig, dass es einem hochkommen könnte, aber typisch Myron. Der DJ bittet Myron und Ellen zum Tanz des Bräutigams mit seiner Mutter auf die Tanzfläche. Ellen Bolitar zittert wegen des Parkinsons, aber Myron nimmt ihre Hand und führt sie auf die Tanzfläche.

Niemand bewegt sich.

Die Musik beginnt. Ellen hat sich einen Song von Bruce Springsteen ausgesucht. Ich höre zu, als der Boss passenderweise schmachtet:

»If I should fall behind,
Wait for me.«

Wir alle sehen ihnen beim Tanz zu. Dann lasse ich den Blick schweifen und betrachte die Gesichter einiger Gäste. Big Cyndi weint hysterisch. Sie unterdrückt ihr lautes Schluchzen nicht. Es ist herrlich. Myrons Schwester ist aus Seattle hergeflogen. Sein Bruder Brad und dessen Frau Kitty sind wieder zurück. Sie stehen neben Mickey und Ema. Mickey und Ema halten Händchen. Ich versuche, sie nicht anzustarren.

Der DJ sagt: »Würden jetzt bitte alle Myron und seiner Mutter Ellen auf der Tanzfläche Gesellschaft leisten?«

Myrons Dad, Al, führt Terese auf die Tanzfläche. Der junge

Mickey übernimmt von Myron und tanzt mit seiner Großmutter auf eine Art, wie es nur ein ungeschickter Teenager kann. Esperanza geht zu Myron. Auch sie, meine engsten Freunde, tanzen miteinander.

Andere kommen dazu, und es wird voll auf der Tanzfläche. Ich begnüge mich mit der Rolle des Zuschauers.

Dies, meine Freunde, ist das Leben.

Hey, auch ich bin gelegentlich für Übelkeit erregenden Kitsch zu haben.

Ich spüre, dass sie neben mir steht, bevor sie mich anspricht.

»Sie sind Win, oder?«

Ich sehe Ema an.

»Der bin ich.«

»Meine Mom hat gesagt, dass ich Sie grüßen soll.«

Es gelingt mir zu nicken. »Grüßen Sie Angelica zurück.«

Sie sieht mich einen Moment lang an. Dann fragt sie: »Wollen wir tanzen?«

Sie hat keine Ahnung, was mir das bedeutet. Oder vielleicht doch? Ich dachte, ihre Mutter würde es ihr nie sagen. Hat sie es getan? Oder wäre es möglich, dass Ema unglaublich scharfsinnig und einfühlsam ist?

Es könnte an den Genen liegen.

Ich bekomme kaum ein Wort heraus. »Das wäre reizend«, antworte ich schließlich.

Wir gehen auf die Tanzfläche. Wir sehen uns an. Sie legt mir eine Hand auf die Schulter und die andere in meine. Wir tanzen. Irgendwann kommt Ema näher. Sie lehnt den Kopf an meine Schulter.

Ich bewege mich kaum. Ich atme kaum.

Ich will nur, dass dieser Augenblick nie zu Ende geht.

Danksagungen

Der Autor (der sich gelegentlich gerne einmal in der dritten Person nennt) möchte sich ohne bestimmte Reihenfolge bei folgenden Personen bedanken: Michelle Singer, Andy Morgan, Rick Kronberg, Linda Fairstein, Ian Rankin (der das Bier ausgewählt hat), Bill Friedman, Rick Friedman (die beiden Friedmans sind nicht miteinander verwandt – zumindest glaube ich nicht, dass sie das sind), Selina Walker, Ben Sevier, Christine Ball, Jamie Knapp, Carrie Swetonic, Stephanie Kelly, Lisa Erbach Vance, Diane Discepolo, Craig Coben und Anne Armstrong-Coben, MD.

Die Geschichten von Mickey Bolitar und seinen Freunden Ema und Löffel findet man in der Jugendbuch-Trilogie *Der schwarze Schmetterling*, *Das dunkle Haus* und *Das geheimnisvolle Grab*. Ich glaube, die werden auch Ihnen als Erwachsenen gefallen. Myron erscheint in der Serie auch, weil Gefallen auf Gegenseitigkeit beruhen.

Außerdem möchte sich der Autor bei Joe Corless, Rob Dixon, Neil Huber, Alyse Mervosh, Denise Nussbaum, Jesse und Mindy Rogers, Chris Alan Weeks und Daniel Yiannikos bedanken. Diese Menschen (oder ihre Liebsten) haben großzügig an Wohltätigkeitsorganisationen meiner Wahl gespendet, damit im Gegenzug ihr Name in meinem Roman erscheint. Falls Sie daran auch Interesse haben, finden Sie die Einzelheiten hierzu auf www.HarlanCoben.com.

Harlan Coben im Goldmann-Verlag:

Kein Sterbenswort. Thriller • Kein Lebenszeichen. Thriller
Keine zweite Chance. Thriller • Kein böser Traum. Thriller
Kein Friede den Toten. Thriller • Das Grab im Wald. Thriller
Sie sehen dich. Thriller • In seinen Händen. Thriller
Wer einmal lügt. Thriller • Ich vermisse dich. Thriller
Ich finde dich. Thriller • Ich schweige für dich. Thriller
In ewiger Schuld. Thriller • In deinem Namen. Thriller

Die Thriller um Myron Bolitar:

Das Spiel seines Lebens • Schlag auf Schlag • Der Insider • Preisgeld • Abgeblockt • Böses Spiel • Seine dunkelste Stunde • Ein verhängnisvolles Versprechen • Von meinem Blut • Sein letzter Wille • Der Preis der Lüge

Alle auch als E-Book erhältlich.